凧

Romantique mondial

Мировой романтизм

小説《ロマン》とは、ロマン的な書物のことである。

フリードリヒ・シュレーゲル

世界浪漫派

Les cerfs-volants

Romain Gary

Мировой романтизм
世界浪曼派

凧

ロマン・ガリ
Romain GARY

Les Cerfs-volants

永田千奈訳
China NAGATA

editorialrepublica
共和国

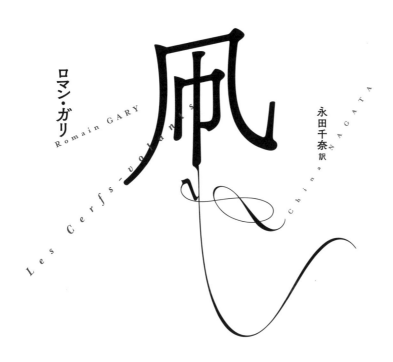

凧

目次

追悼のために

A la mémoire

1

クレリ町[1]にアンブロワーズ・フルリの作品を集めた小さな博物館があるが、いまとなっては、ここもささやかな観光名所でしかない。ほとんどの観光客は、レストラン《クロ・ジョリ》で昼食をとったあとにここを訪れる。《クロ・ジョリ》は、どのガイドブックにもかならず載っているこの地方の名所だが、この小さな博物館も「遠回りしてでも一見の価値あり」とされているのだ。五室に分かれた館内には、ぼくの伯父が作った凧のほとんどが展示されている。伯父の凧には、フランス人がくぐりぬけてきた戦争、占領、レジスタンスという、あの時代の苦しみや諦め、すべての思いがこめられているのだ。

　国を問わず、凧というのは庶民の絵心から生まれたものであり、どんな凧にも少しばかり素朴な味わいがあるものだ。ぼくの伯父、アンブロワーズ・フルリの凧も例外ではない。晩年の作品群にも、みずみずしい魂、無邪気な心持ちが感じられる。収益が少なかろうが、自治体の補助金が少額であろうが、この博物館がなくなることはない。この博物館はぼくらの歴史とあまりにも深いかかわりがあるからだ。だが、展示室はたいていがらんとしている。いまの時代、フランス人はみな、昔を思い出すよりも忘れたいと思っているのだ。

　アンブロワーズ・フルリの生涯最高の写真が博物館の入り口にある。いかにも田舎の郵便配達夫という写真だ。ケピ帽をかぶり、制服を着て、どた靴を履き、腹の前に革の配達用かばんを提げて、テントウムシの凧とガンベッタの凧のあいだに立っている。このガンベッタの凧は、顔と身体がそれぞれ気球とつりかごになっていて、パリが包囲されたときに飛行したあの気球を模したものだった。[2] 長いあいだ「切手つきのいかれた郵便配達夫《ファクトゥール・タンブレ》」と呼ばれた伯父の写真は他にもある。ラ・モットにある伯父のアトリエを訪ねた者は誰もが、話の種《たね》にと写真を撮って帰ったからだ。伯父はいやな顔ひとつしなかった。伯父は、ひとに笑われるのも気にしなかったし、「いかれた郵便配達夫」だとか、「やさしき変わり者」だと言われても平然としていた。近所の人たちが自分を「あの凧狂いのフルリの親父」と呼んでいるのは知っていても、軽蔑というより、敬意を表してのことだと解釈しているようだった。一九三〇年代、伯父の凧が有名になり始めたころ、《クロ・ジョリ》の店主マルスラン・ドゥプラの思いつきで、制服姿の伯父が凧と一緒に写った絵葉書がつくられた。添え書きはこうだ。「クレリ名物の郵便配達夫アンブロワーズ・フルリとその凧」。何種類かある絵葉書は残念ながらどれもモノクロ写真で、色も形もさまざまな凧たちがかもし出すにぎにぎしさ、伯父のにこにこと善良な感じが伝わってこない。まるで凧に話しかけているような、伯父が空を見あげるときのあの眼差しもだ。

　ぼくの父は第一次世界大戦で死んだ。母もその直後にこの世を去った。フルリ家の三人兄弟のうち、二番目のロベールも第一次大戦で命を落としている。伯父のアンブロワーズ自身も、胸に銃弾を受けて帰還したのだ。さらに、歴史的な知識をつけ加えるなら、ぼくの曽祖父アントワーヌは、パリ・コミューンのバリケードのなかで死んでいる。

　こうした過去のエピソードや、クレリの町の追悼碑に刻まれたフルリ家の二人の死は、ぼくの後見人となった伯父の人生に大きな影響を与えていたのではないだろうか。第一次世界大戦このかた、これまで周囲から喧嘩っ早いと評されていた若者とはまったくの別人になってしまった。戦功章までもらった兵士が、ことあるごとに平和を説き、良心的兵役拒否を弁護し、あらゆる暴力をきっぱりと否定する姿に人びとは驚いていた。そんなとき、彼の目には炎が宿った。それは、つまるところ、無名兵士の墓で燃える炎と同じものだったのだろう。

　伯父の外見は、やさ男とはほど遠かった。彫りが深く、ごつくて意志的な顔立ち、短く刈ったグレーの髪、濃くて長い口ひげは、いわゆる「ゴーロワひげ」というやつだ。そう、フランス人はいまでも歴史的な記憶にこだわりをもっている。たとえ、それがひげの名称にすぎないとしても。伯父の瞳の色は黒く、その奥底にいつも明朗さを秘めていた。たいていの場合、彼は、戦争から「イカレて」戻ってきたと思われていた。さもないと、彼の平和主義や空き時間をすべて凧作りに注ぎ込む熱狂ぶりに説明がつかない、というわけだ。

伯父は、凧を「ニャマス」と呼んでいた。これは、伯父がアフリカ中部に関する本のなかにみつけた言葉で、人間、小バエ、ライオン、イデアでも象でも、あらゆる生命の息吹をさすものらしい。伯父が郵便配達の仕事を選んだのは、きっと、戦功章と二度にわたる十字戦功章の表彰が効を奏して、特別職につくことができたからだろう。たぶん、伯父はこの仕事が平和主義者に似あうと思ったのだ。伯父はよくぼくにいったものだ。

「リュド、運がよければ、そう、おまえががんばって勉強すれば、おまえもいつか郵便局員になれるぞ。ホワイトカラーだ」

その後、何年かすると、ぼくにも伯父の厳粛さや誠実さの深み、そして皮肉屋の一面が理解できるようになった。この皮肉屋の一面こそ、フランス人の誰もが共有する深みから来るものであり、途方に暮れたときの拠り所となるものなのだ。

伯父は「凧だって練習しなくちゃ飛べないんだ。なんだってそうだろ」と言っていた。七歳になると、ぼくは学校のあと、伯父がいうところの「トレーニング」についていくようになった。ときにはラ・モットの前の野原へ、ときには少し離れたリゴール川の河川敷まで、まだ新しい糊のにおいがする「ニャマス」をもって凧揚げに行った。伯父は言う。

「しっかり持っていないと引っ張られるぞ。凧が糸を切って逃げることもある。高く揚がりすぎて、そのまま紺碧を極めようとするんだ。そうなったら、もうみつからない。誰かが残骸を拾ってきてくれる場合は別だがね」

「強くぐっと糸を握っていたら、ぼくも凧といっしょに飛ばされちゃう？」

伯父は微笑んでいた。笑うと大きな口ひげが、ますます優しげになった。

「そうかもしれないな。凧にもってかれないようにしろよ」

伯父は一つひとつの凧に愛情のこもった名前をつけていた。クロック・ムーシュ〔ハエ食い凧〕、バティフォル〔遊び好き〕、クロパン・クロパン〔よたよた〕、パタプッフ〔ずんぐり〕、怪盗ジゴマ[3]、パルピタール〔ぴくぴく〕、エマーブル〔ご愛嬌〕などだ。伯父がどういう基準で名を決めていたのか、ぼくにはいまもってわからない。風に乗り、「やあやあ」と手を振っているように見えるヒキガエルの凧がどうしてティチューブ〔よちよち〕で、空中で銀のうろこやピンクのヒレを震わせるほほえましい魚の凧がどうしてクラポート〔ぱしゃぱしゃ〕だったのか。なぜ、ラ・モットの前の野原では、ミミルよりポポタンを揚げることが多かったのか。そういえば、ミミルは愛嬌のある火星人をかたどった凧で、ぎょろ目に、翼のような大きな耳が風にぱたぱた揺れたものだった。ぼくはクラスの誰よりもうまくその姿を真似て見せ、大いに人気を集めた。よくわからない形の凧を揚げるとき、伯父はこう言っていた。

「これまで誰も見たことがないものをつくろうとしなければだめだ。まったく新しいものをね。だが、そういうやつこそ、糸の端をしっかりもっていてやらなければいけないんだ。ちょっとでも気を許すと、紺碧を極めようとして離れていってしまう。そして、落ちるときにはかならずといっていいほど、めちゃくちゃになってしまう」

　ときおり、凧の方が、糸の先にいるアンブロワーズ・フルリを支えているように見えることがあった。

　長いあいだ、ぼくがひいきにしていたのは、勇敢な感じがする凧、パタプッフだった。パタプッフは高みに到達すると腹部をおどろくほど大きくふくらませる。そして、わずかな風さえあれば、伯父が糸を張ったり、ゆるめたりするのにあわせて、おどけた調子で手足を使い、腹を叩いて見せるのだった。

　ぼくは、パタプッフをベッドにまで連れていった。地上におりた凧は、たっぷりと愛してやることが必要なのだ。凧は、地面におりたとたん、元気も活気もなくして、すぐにしょんぼりとしてしまう。高みにあってこそ、自由な空気、広々とした空にあってこそ、凧はその美しさを存分に開花させることができるのだ。

　伯父は日々、地元を駆け巡りながら仕事をしていた。朝、郵便局に配達物を取りに行き、それを住民に届けてまわるのだ。でも、ぼくが五キロの道のりを歩いて学校から帰ってくると、伯父は毎日のように、制服のまま、ラ・モットの前の野原で上空にはためく「お仲間」を見上げていた。このあたりでは、夕方にいちばんいい風が吹くのだ。

　だが、ある日のこと、十二枚の帆が広がる素晴らしい凧「四つの海」を揚げていたら、一陣の風が凧をあおり、ぼくの手から糸巻《リール》ごと凧を奪っていった。伯父は空に消えていく凧を目で追っていたが、ぼくが泣き出したとたん、こう言った。

「泣くんじゃない。凧というのはそういうものさ。

きっと、空の上で喜んでるよ」

翌日、近所の農夫が、「四つの海」のなれの果てである木片と紙のかたまりを、干草用の台車に載せて届けてくれた。

ぼくが十歳のとき、オンフルールの雑誌『ガゼット』が、皮肉な口調で「われらが隣人、クレリ在住の郵便配達夫、愉快な変わり者のアンブロワーズ・フルリ氏」について記事を載せた。いわく、「彼の凧は、いつの日か、ヴァレンシエンヌのレース、リモージュの陶器、カンブレのミント・キャンディーのように、この地方の名を広く知らしめることだろう」。伯父はこの記事を額に入れ、アトリエの壁にぶらさげた。

「わたしにも虚栄心というものがあるからね。なあ、そうだろ？」

伯父はいたずらっぽくウィンクしながら言った。

『ガゼット』誌のこの記事が写真ごと、パリの新聞に再録された。以来、うちの納屋は「アトリエ」となり、見学者が訪れるだけではなく、注文も入るようになった。伯父の古くからの友人である《クロ・ジョリ》の店主は、レストランの客に「地元の名所」としてここを紹介していた。

ある日、うちの前に自動車が停まり、見るからにエレガントな紳士がおりてきた。ぼくは彼の口ひげにびっくりした。耳まで届き、頬のひげとまざりあって、顔の下半分を覆っているのだ。あとになって、この紳士がイギリス人の凧コレクター、ハウ卿だと知った。お供は、従者がひとりと鞄がひとつ。この鞄は、底にビロードを敷いた特別製のもので、中には、ビルマ〔現ミャンマー〕、日本、中国、シャム〔現タイ〕などさまざまな国の凧が丁重に納められていた。彼のコレクションを前に、伯父は真底感じ入っていた。伯父は他国のものでも、いいものはいい、と素直に認めるひとだった。伯父の数少ないお国自慢といえば、「凧に貴族授爵状を与えたのは、一七八九年のフランスが最初で最後だ」ということぐらいだろうか。イギリス人コレクターのもってきた作品を堪能すると、次は伯父が自分の創作した作品を見せる番だった。そのなかには、雲に囲まれたビクトル・ユゴーの肖像もあった。有名なナダール撮影の写真を模したもので、空高く揚げるとユゴーの顔が神さまのように見えてくるのだった。一、二時間ほど、互いの凧を仔細に観察し、褒めあった後、二人は野原に向かった。二人はちょっとした茶目っ気から、自作の凧を交換し、ノルマンディーの空と戯れはじめた。そうこうするうちに、近隣の子どもたちが一人残らず、このお祭り騒ぎに加わろうと駆けつけてきたものだった。

アンブロワーズ・フルリの凧は、どんどん有名になっていった。だが、伯父が浮き足立つことはなかった。革命の象徴、フリジア帽を被った「グランド・デモワゼル」の凧――伯父は共和主義者だった――がノジャンの大会で一等になったときや、ハウ卿に招かれてロンドンに行き、ハイド・パークで開かれた大会で自作の凧をいくつかデモンストレーションして見せたときでさえもそうだった。ちょうどヒトラーが政権につき、ラインラントの占領が始まった直後のことで、ヨーロッパの政治情勢に影がさし始めたころだった。このハイド・パークでの大会にしても、じつは、当時盛んだった仏英の協力体制を強調する催事の一環だったのだ。ぼくは、いまでも『イラストレイテッド・ロンドン・ニュース』に載った写真をもっている。伯父は、ハウ卿と英国皇太子のあいだに立ち、世界を照らす凧「リベルテ」を手にしている。この大会がきっかけで伯父は、凧仲間から正式に認められたようだ。その後、伯父はまず「フランス凧の会」役員となり、やがて名誉会長になった。

アトリエの見学者も増え続けていった。パリから着飾った紳士淑女が訪れては、《クロ・ジョリ》で昼食をとり、その後、わが家に立ち寄って、「名人」に作品をいくつか揚げて見せてくれないかと頼むのだった。ご婦人方は草の上に腰を降ろし、紳士たちは葉巻をくわえて、大まじめな顔をとりつくろう。人びとは、「いかれた郵便配達夫」が糸の先に「モンテーニュ」や「世界平和」なる凧を操り、航海士のような真剣なまなざしで空をじっと見つめているさまを眺めて楽しんでいた。やがてぼくは、女性陣のちょっとした笑い声や、男性陣のうわべだけの表情には、侮蔑がまざっていることに気づいてしまった。そこに潜む皮肉や、あわれみの片鱗が見えてしまうこともあった。

「どうやら頭がいかれているらしい。このあいだの戦争〔第一次世界大戦のこと〕で砲弾を受けておかしくなったんだ」「平和主義者だとか良心的兵役拒否だなんて言っているが、私に言わせれば、目立ちたがりのずるいやつなんじゃないか」「いやはや、おかしくてたまらん」「マルスラン・デュプラの言うとおりだ。たしかに遠回りしても一見の価値ありだ」「リヨテ元帥〔フランス軍人、一八五四－一九三四〕に似てない？　短く刈ったグレーの髪に、あのひげまで」「目つきがおかしいよ」「そのとおり。聖なる炎がやつの瞳には宿っているのさ」

　彼らはまるで、拝観料を払うかのように凧を買い求め、無造作に車のトランクに投げ入れる。伯父は凧に夢中になるあまり、まわりに無関心になり、他人が自分を馬鹿にして楽しんでいることなど思いも寄らない。伯父がそんな状態だけに、ぼくから見ると痛々しいものがあった。

　ある日、ぼくは家に帰ってくるなり、ひとことといわずにいられないほどひどい光景を目にして、憤りをおさえることができなくなってしまった。伯父は長年のお気に入り、「ジャン＝ジャック・ルソー」を揚げようとしていた。翼が本を開いた形をしており、風がページをぱたぱたさせる趣向の凧だ。ぼくは、伯父の後ろ姿にむかって、眉をしかめ、ポケットのなかで拳を握り締めたままずんずん歩み寄っていった。あまりにも力みすぎて、靴下がかかとまでずり落ちてしまうほどだった。

「伯父さん、パリから来たやつらに馬鹿にされてるよ。変人扱いされているんだよ」

　伯父は足をとめた。むっとした顔を見せるでもなく、むしろ満足げだった。

「ふうん、そうかい。そう言ってたかい」

　ぼくは一メートル四〇センチの高みから、マルスラン・ドゥプラの店で覚えた言葉を伯父に向かって言ってやった。勘定に文句をつけた《クロ・ジョリ》の客に対してドゥプラが使っていた言葉だ。

「げすなやつらだ」

「げすなやつなんていないさ」。伯父は言った。

　伯父は屈《かが》みこみ、ジャン＝ジャック・ルソーをそっと草の上に置くと、そこに腰を降ろした。ぼくも横に座った。

「私を変人扱いしているだって？　どうかな。あの着飾った紳士淑女の言うとおりだよ。人生のすべてを凧に捧げている男なんて、たしかにちょっと普通じゃない。それは確かだ。単に解釈の問題さ。『普通じゃない』ってことは、『特別な才能がある』っていうのと紙一重なんだ。この二つを区別することは難しい。でもね、もし、おまえに何か好きなものや、誰か好きなひとがいたら、もっているものすべて、いや、自分そのものをすべて、そこに捧げるんだ。まわりのことなんて気にしちゃいけない」

　伯父の濃い口ひげに陽気な表情がすっと過ぎった。

「いま言ったことは、覚えていろよ。リュド、もし、おまえが立派な郵便局員になろうと思うならな」

2

ぼくらの住んでいた家は、「大事件」の直後に、フルリ一族のひとりが建てたものらしい。祖父母のころは、まだそれを「大事件」と呼んでいた。ぼくは「大事件」とはなんのことかわからず、ある日、伯父に聞いてみた。伯父はそれが一七八九年のフランス革命のことだと教えてくれた。こうして、ぼくはわが家が、代々記憶力に長けていることを知ったのだ。

「そうさ。義務教育の成果かどうかは知らないが、フルリ家は代々歴史に関して驚くべき記憶をもっているんだ。一族の誰もが一度覚えたことは絶対に忘れない。じいさんはときおり私らに人権宣言の条文を暗誦させたものさ。もう癖になっているから、いまでも覚えているね」

そのころぼくは十歳になったばかりで、まだ「歴史」になるような記憶はなかったものの、自分の記憶力がすでに、学校の先生であるエルビエ氏――彼はときどきクレリの合唱団でバスを担当していた――を驚かせ、さらには心配させるほどのものであることを自覚していた。習ったことをやすやすと覚え、一、二回読んだだけで教科書を数ページにわたって暗誦してしまううえに、暗算が異様に得意だったため、エルビエ先生はこれを、優等生の能力というよりは脳の異常によるものではないか、と疑っていたのだ。先生はぼくの能力をけっして才能とは呼ばず「体質」という言葉を使い、しかもまるでぼくが悪者であるかのように不吉な調子でこの語を発音した。どうも、ぼくの能力が彼には疎ましかったようだ。伯父の「ちょっといかれた」ようすはみなに知られており、ぼく自身も致命的な遺伝上の欠陥を受け継いでいるのではないかと思われていただけに、なおさらである。エルビエ先生の口からもっとも頻繁に聞かれた言葉は、「何よりも節度が大事」だった。この慎重きわまる言葉を告げながら、先生はぼくを真剣な顔で見つめた。この体質がいよいよ表面化し、同級生と賭けをして、シェ鉄道の時刻表を一〇頁にわたって暗誦してみせ、ちょっとした額をまきあげて煙たがられるようになると、エルビエ先生はぼくを「小さな怪物」と見なすようになった。ぼくはさらに、開平や、桁数のやたらと多い乗法の暗算へと難易度を上げていった。ある日、エルビエ先生は家まで訪ねてきて、伯父としばらく話しこんでいた。先生は、伯父に、ぼくをパリに連れて行って専門家に検査してもらったほうがいいと勧めていたのだ。ぼくは扉に耳を押しつけ、二人の会話をひとことも漏らさず聞いていた。

「アンブロワーズ、これは普通の能力じゃない。暗算が驚くほど得意だった子があとで異常だとわかるケースはけっこうあるんだ。そんな芸当、ミュージック・ホールの見世物ぐらいにしかならない。脳みその一部がとんでもなく発達して、残りの部分はまったく馬鹿なままなんだよ。リュドヴィックは、いまのままでポリテクニックにも合格できる」

「たしかに不思議だね。うちの家系、フルリ家はむしろ歴史的な記憶に強いんだがね。なにしろコミューンで銃殺されたやつまでいるんだ」

「それとこれとどういう関係があるんだ？」

「もの覚えがいいってことさ」

「何を覚えてるって？」

伯父は少し黙った。

「たぶん、何もかもだ」

「おたくの先祖が銃殺されたのは、記憶力が良すぎたからだとでもいうのか？」

「その通りだ。うちの先祖はフランス国民がいくつもの時代のなかでどんな目にあってきたか、記憶を蓄積してきたのさ」

「アンブロワーズ、あなたはここらで有名だ。その、言っちゃ悪いが、酔狂なやつだということで。だがな、私は凧の話をしに来たんじゃないんだ」

「ああ、それがどうした。私もふつうじゃないんだろ」

「私はただリュドヴィックは子供とは思えない、いや、年齢がいくつだろうと、あの記憶力は異常だと言いにきたんだ。なにしろ時刻表を暗誦したんだよ。一〇ページも。一四桁かそこらの大きな数字でも暗算でかけ算できる」

「ふむ。やつは数字に向かったか。歴史的記憶の方には陥っていないようだな。今度は銃殺を免れることができるかもしれん」

「今度って何です？」

「私にわかるはずないだろう。いつの時代にも何かあるものさ」

「医者に診てもらうべきだ」

「おい、エルビエ。そろそろ堪忍袋の緒が切れるぞ。うちの甥っ子が本当に異常だったら、もっと頭が悪いはずだ。ご足労いただいてすみませんね。あなたに悪気がないのはわかっている。リュドは算数と同じぐらい歴史の成績もいいんじゃないか」

「もう一度言う。才能の話をしてるんじゃない。知性の話でもない。知性の前提となるのが、理性だ。はっきりさせてこう。理性だ。で、その点、リュドの理性は、同い年の子どものそれ以上でもそれ以下でもない。が、歴史について言うなら、やつは世界史の始まりから終わりまで暗誦してみせるよ」

　さきほどよりも長い沈黙が訪れた。そして、伯父が話し出すのが聞こえた。

「終わりだって？　終わりってなんだい。最後がどうなるか、もうわかってるとでもいうのか？」

　エルビエは返す言葉がみつからなかった。一九四〇年にフランスがドイツに負け、「終わり」が地平のかなたにはっきりと姿を現したとき、ぼくはこのときの会話を何度も思い出した。

　ぼくの「体質」に不安を示さなかったのは、国語のパンデール先生だけだった。先生が一度だけ怒ったのは、ぼくが悪乗りして、ジョゼ・マリア・ド・エレディアの詩「出征」(4)を、最後の節から逆さまに暗誦しようとしたときだった。パンデール先生はぼくをさえぎり、指先で威圧しながらこう言った。

「リュドヴィック、君はこうして私たちを脅威に陥れるもの、つまり逆さまの生活、逆さまの世界に向かおうとしているのでしょうか。だが、少なくとも詩を逆さまにするのだけはやめていただきたい」

　もう少しあとのことだが、「以下二つの文言を比較、検討せよ。『理性を保つ』『理念を守る』」、このふたつの考え方は矛盾するものであるか否か」というテーマで作文を書かせたのもパンデール先生だ。この思い出は、その後のぼくの人生にちょっとした影響を与えることになった。

　伯父にぼくの心配な状況を話にきたエルビエ先生が、ぼくのなんでも覚える記憶力には精神的な成熟、分別、常識が伴っていないと言っていたのは、まんざら間違いではなかったと認めなくてはならない。

数年後、多くのフランス人が収容所で命を落とした
り、銃殺されたりするころになって明らかになった

ように、過剰な記憶力に苦しむ者は、誰しもみなそ
ういうところがあるのかもしれない。

3

うちの家は、クロの集落の近郊、ヴォワニーの森の端にあった。森には、シダやエニシダがからみあい、ブナやコナラが生い茂っていて、鹿やイノシシがいた。さらにその向こうには、コガモ、カワウソ、トンボ、白鳥たちが平和に暮らす沼があった。

ラ・モットの丘は、他の家からぽつんと離れたところにあった。そんなわけで、ゆうに三十分はかかるものの、いちばん近い、お隣がカーユ家であった。カーユ家の子、ジャノはぼくより二つ年下で、ぼくの「弟分」だった。ジャノの両親は町で酪農をやっていた。祖父のガストンは、電気のこぎりの事故で片足を失い、養蜂をしていた。その向こうにあるのがマニャール家。彼らは、無口で、牛とバターと畑のことしか関心がない。父と息子と、年老いた二人の娘は、誰とも口をきかない。「値段を言うときと、訊ねるとき以外はな」とガストン・カーユがぶつぶつ言っていた。

ラ・モットからクレリまで、その先は、ぜんぶモニエ家とシモン家の農場だ。どちらの家にもぼくと同級の子供がいた。

ぼくは、このあたりの森をひと気のない片隅まで知り尽くしていた。伯父に手伝ってもらって、〈古い泉《ヴィエイユソース》〉と呼ばれる峡谷の端に、アメリカ原住民を真似して、ウィグワムを造った。要するに木の枝を組んだ上に防水布をかけてつくった掘っ立て小屋だ。ぼくはジェームズ・オリバー・カーウッド〔アメリカ人作家。代表作「仔熊物語」〕やJ・フェニモア・クーパー〔アメリカ人作家。代表作「最後のモヒカン」〕の本とともにここにこもっては、アパッチ族や、スー族を夢見たり、定番通り、「圧倒的多数の」強敵に包囲され最後の銃弾まで戦い抜く自分の姿を想像したりしていた。六月半ば、おなかがいっぱいになり、うとうとしていたぼくが目を開くと、目の前に大きな麦藁帽子を被った、輝くようなブロンドの髪の少女がいた。ぼくをきびしい眼差しで見つめている。木漏れ日がきらきらしていた。それから何年もたったいまでも思う。木漏れ日がリラのまわりできらきらしていて、理由もそれが何であるかもわからなかったけれど、この感動の一瞬に、ぼくはある種の運命をさとったのだ。それが内心の強さから来たものか、弱さから来たものかもわからないが、ぼくはとっさにある行動をとった。当時、ぼくは、その動作が決定的な、取り返しのつかないものになるなんて予想だにしていなかった。そう、ぼくは、その険しい目をしたブロンドの少女に、ひとにぎりの木イチゴを差し出したのだ。だが、その程度では済まなかった。少女はぼくの横に腰をおろし、ぼくの差し出した木イチゴには目もくれず、木イチゴの入った籠をまるごと手にした。これで、ふたりの力関係が決まってしまった。籠のなかの木イチゴが残り少なくなると、彼女はぼくに籠を返し、非難するかのようにこう言った。

「お砂糖があれば、もっと美味しいのに」

ぼくのすべきことはただひとつだ。なんの躊躇もない。跳ねるように立ち上がると森と野を走りぬける。ラ・モットにたどり着くと、砲丸のように台所へ急ぎ、棚の上の粉砂糖の箱を掴んで、行きと同じ速度で来た道をとって返した。少女は同じ場所にいた。麦藁帽子を傍らに置いて草のうえに座り、手の甲に乗せたテントウムシをじっと見つめていた。ぼくは砂糖を差しだした。

「もういいわ。でも、ありがとう」

ぼくはがっかりして言った。

「砂糖はここに置いておくから、明日もまた来る？」

「さあ。あなた、なんて名前？」

「リュド。君は？」

テントウムシが飛び立った。

「まだ、あなたのことよく知らないもの。私の名前は、そうね、いつかは教えてあげるかも。私って、けっこう謎めいてるの。もうこれっきり、会うことはないでしょう。親は何しているひと？」

「親はいないよ。伯父さんといっしょに住んでる」

「伯父さんは何しているひと？」

なんとなく、「田舎の郵便配達夫」では都合が悪いという気がしていた。

「伯父さんは凧名人なんだ」

少女はいい意味で驚いてくれたようだ。

「それ、どういうこと?」

「大将みたいなものさ。海じゃなくて、空のね」

少女はしばらく考え込んだあと、立ち上がった。

「明日、また来るかもしれない。わからないわ。私ってとても気まぐれなの。あなた何歳?」

「もうすぐ十歳」

「あら、私とはつりあわないわね。私は十一歳半だもの。でも、木イチゴは気に入ったわ。明日も今日と同じ時間に待っててね。他におもしろそうなことがなかったら、また来るかもしれないわ」

少女は最後にもう一度、きびしい視線をぼくに向けたあと、去っていった。

翌日、ぼくは木イチゴを三キロも摘んでしまった。彼女が来ているのではないかと、数分ごとに見に行った。でも、その日、彼女は来なかった。翌日も、その翌日も。

ぼくは毎日彼女を待っていた。六月中ずっと。そして、七月も八月も九月も。最初は木イチゴ、次はブルーベリー、さらには桑の実、やがてキノコを用意して待った。こんなに苦しく待ったのは、一九四〇年から一九四四年の占領期、フランス解放を待ちわびたときぐらいだ。キノコすらなくなっても、ぼくは、森に来ては彼女と出会った場所に立った。


一年が経ち、また一年が過ぎ、さらにまた一年が過ぎ、エルビエ先生が、ぼくの記憶力は心配の種だと伯父に忠告したのはまんざら見当はずれではなかったと、ぼくは気がついた。フルリ家には、先天的な欠陥がひきつがれていた。忘却という安穏な能力が欠落しているのだ。勉強していても、アトリエで伯父の手伝いをしていても、毎日のように、ぼくの脳裏に白いドレスを着たブロンドの少女が大きな麦藁帽子を手に現れるのだ。エルビエ先生がいみじくも言っていた「過剰な記憶力」とはこのことだ。エルビエ先生自身は「過剰な記憶力」に苦しんだことなんて、これっぽっちもないだろう。彼は、ナチの支配下、過去を思い起こすすべてのものから、巧妙に距離をおいたのだから。あの時代、過去を思うことは、実に情熱と危険を伴うことだった。

出会いから三、四年たっても、木イチゴが実をつけ始めるやいなや、ぼくは籠いっぱいにそれを摘み取り、ブナの下に寝転んで首の後ろで手を組み、目を閉じては、過剰な記憶で自分を騙そうとしたものだ。砂糖も忘れずに用意した。もちろん、ついには、そうしたことすべてにどこか笑いを伴うようになった。伯父が「紺碧の極み」と呼んだものがわかるようになってきたし、自分自身や自分の記憶力を嘲う術も覚えた。

4

　ぼくは十四歳で飛び級し、町役場の書記官ジュイアック氏に十五歳に「調整」してもらった戸籍謄本を使ってバカロレア〔大学入学資格試験〕を受けた。まだ将来のことなどわからなかった。とりあえず、計算に強かったので、マルスラン・ドゥプラ氏からレストラン、《クロ・ジョリ》の経理を任され、週二回はここで働くことになった。中世のファブリオ〔滑稽詩〕から、バルビュスの『砲火』やエーリッヒ・マリア・レマルクの『西部戦線異常なし』(5)まで手当たり次第に読んでいた。バルビュスやレマルクは、伯父が買ってくれたものだ。といっても、伯父がぼくの読書に口をはさむことが滅多になかった。それは、伯父が義務教育を信用していたからであり、それより何より、後天的性質の遺伝というものを信じていたからのように思う。後天的性質の遺伝については、それ以前も、その当時もその後も、議論が絶えないが、伯父はこれを確固たるものと見なしており、「うちでは特別に」記憶も遺伝するのだとつけ加えるのだった。

　伯父が郵便配達の職を辞めてからすでに何年かたっていたが、マルスラン・ドゥプラは伯父に、来客があるときは、郵便配達の制服を着るよう勧めていた。《クロ・ジョリ》の店主は、いまの言葉でいえば、ビジネス・センスに長けた人だった。

「なあ、アンブロワーズ、おまえはいまや伝説なんだよ。伝説を汚しちゃいかん。おまえはどうでもいいと思っているんだろうが、地元に恩があるんだ。うちの客からよく訊かれるよ。『あの、有名な郵便屋さんはいまもいるんですか。いまも凧を？　会えますかね』。結局のところ、あのがらくた凧を売ってるんだろ。だったら商標はちゃんと守らなくちゃ。いつか、『税関吏ルソー』のように『郵便配達夫フルリ』と言われるようになるさ。私だって、お客と話すときは、コック帽と白いコック服を身につける。向こうだってそれを期待しているわけだし」

　マルスランは伯父の古くからの友人だが、彼の作る気取った料理は、伯父の好みではなかった。ひどい喧嘩も何度かあった。《クロ・ジョリ》の店主は、自分の店がフランスでも屈指のものだと自負しており、ヴィエンヌのポワン、ヴァランスのピック、ソーリューのドュメーヌ[6]ぐらいしか、ライバルとして認めようとしなかった。彼の風采は立派だった。少し薄くなった頭、青い鋼のような明るい色の瞳。小さな口ひげが、少し威張ったような印象だった。その姿勢にはどこか、軍人を思わせるところがあった。第一次大戦中に塹壕のなかで過ごした年月が彼をそうさせていたのかもしれない。一九三〇年代、フランスはまだ料理という栄光に逃げ込むなどとは思いもよらない状況だったし、ドゥプラは自分が充分に評価されていないと思っていた。

「私の唯一の理解者はエドゥアール・エリオ〔フランスの政治家、一八七二―一九五七〕だ。このあいだ帰り際に彼はこう言ったのさ。『ここに来るたびにほっとするよ。この先どうなるのかはわからないが、《クロ・ジョリ》は何があっても残る。だが、マルスラン、君がレジオンドヌールをもらうのは、まだ先かもしれないな。フランスは文化の豊かな、あふれんばかりの国だからね、地味な価値にはなかなか目が届かないんだよ』と、こう言ったのさ、エリオがね。なあ、アンブロワーズ、私のためだと思って、やってくれよ。この田舎で名が知られてるのは君と私だけなんだから。本当だって。たまにはお客のために郵便配達の格好をしてみろ、田舎臭いコール天なんかとは見違えるぞ」

　伯父はついに面白がりだした。こんなふうに、伯父の顔に、いかにも陽気そうな笑い皺が浮かぶのを見るとぼくはいつも幸せな気持ちになった。

「マルスランのやつ！　あれほどの栄光を肩に背負うとは、重たいだろうな。いやはや。まあ、やつの言うことにも理はある。どれ、凧という平和の芸術を広めるためには、多少自尊心が傷ついても我慢しようか」

　だが、伯父自身、ときおり、かつての郵便配達の制服に袖を通し、子どもに囲まれて野原に行き、凧を揚げるのを楽しんでいた節がある。子どもたちのなかには、学校が終わると「トレーニング」を見に、ラ・モットにやってくる常連組も二、三人いた。

　前にも言ったように、伯父はフランス凧の会名誉会長に任命された。だが、理由も明かさぬまま、ミュンヘン会議の直後にはその役職も辞任してしまった。筋金入りの平和主義者が、「宥和政策」に際して、どれほどの屈辱感、敗北感をもったのか、ぼくにはいまもってわからない。これも、フルリ家の歴史的記憶とやらが作用してのことなのだろう。

　ぼくも、自分の記憶にとりつかれていた。毎年、夏になると思い出の森に行く。あれは亡霊だったのでないかと疑うこともあったが、地元の人たちに話を聞くと、どうも、亡霊に出くわしたわけではなさそうだった。リラこと、エリザベート・ブロニカ嬢〔ポーランドの姓は男性と女性で語尾が異なる。男性形はブロニキ、女性形はブロニカ〕はたしかに存在していた。彼女の両親は、クレリのクロ通りの横にあるジャールの屋敷の持ち主だった。ぼくが学校に行くとき、塀沿いに歩くあのお屋敷だ。ここ数年はノルマンディーに来ていない。伯父によると、郵便物は、ポーランドにある一族の領地に転送されているらしい。自由都市グダニスク——当時は、ダンチヒという名で知られていた——にほど近い、バルト海に面したところだという。フランスに戻ることがあるのかどうかは誰も知らない。

「凧をなくすときみたいに、こういうのはよくあることさ」

　悲しいほどにたっぷりとイチゴを入れたかごを提げ、森から戻ったぼくの姿を見て伯父が言った。

　もう何も期待していなかった。十四歳の少年にとって幼稚すぎる遊びとなっても、目の前には、成熟しても子供心を忘れない男のお手本みたいな伯父がいた。子供心が知恵に変わるのは、うまく齢を重ねられなかったときだけだ。

　ひそかに「ポーランドのお嬢さん」と名づけた、あの彼女に再会できぬまま四年がすぎた。だが、ぼくの記憶はちっとも薄れることはなかった。手にとりたくなるような繊細な顔だち。どんなしぐさにも、いきいきとした調和があり、この調和のおかげで、ぼくはバカロレアの哲学の試験で良い成績をとることができた。口頭試験で、ぼくは美学を選択した。試験官はまる一日同じことの繰り返しで疲れていたようで、こう言った。

「問題は一問だけ。ひと言で答えなさい。優美さの条件とはなにか」

　ぼくは、「ポーランドのお嬢さん」のうなじや、腕や、髪のウェーブを思い浮かべ、即座に返答した。

「動きです」

これで二十点満点中十九点だった。愛の力で試験合格だ。

ジャノ・カイヨーは、ときおり、ぼくのそばに腰を下ろし、ちょっと悲しそうな目でぼくを見たものだ。ある日、彼は、羨ましそうに言った。「誰かいるだけいいじゃないか」。そんなジャノを除いて、ぼくは誰ともつきあいがなかった。ぼくはマニャール家の人たちと大差ないほど、まわりのすべてに対して無関心になっていた。がたがた揺れるトラックに乗り、父と息子、籠をもった二人の娘とで市場に向かうマニャール家の人たちと、ときおり道ですれちがうことはあった。ぼくは、毎回、挨拶をしていたけれど、彼らがそれに応えることはなかった。

一九三六年七月のはじめ、ぼくは木イチゴの入った籠を傍らに置き、草の上に座っていた。ぼくは、ジョゼ・マリア・ド・エレディア（エレディアはもっと読まれてしかるべき詩人だといまでも思っている）の詩を読んでいた。目の前にはブナの木々がつくる明るいトンネルがあって、そこから、享楽的な猫を思わせる光が地面に延びていた。近くの沼からはときおり、シジュウカラが逃げ出すように飛びたつのが聞こえていた。

ふと目をあげると、彼女がいた。目の前に、あの少女がいたのだ。まるで四年の歳月がぼくの記憶に報いるために、そのままの姿でとっておいてくれたかのようだった。胸から心臓が飛び出しそうになり、喉がつまり、ぼくは動けずにいた。ようやく衝撃がおさまると、ぼくはそっと本を置いた。彼女は戻ってきた。少し遅れただけだ。

「まるで四年間ずっと待ってたみたいね」

彼女は笑った。

「お砂糖まで忘れてなかったのね！」

「ぜんぶ覚えてるさ」

「私はすぐに忘れちゃうの。あなたの名前も思い出せないわ」

ぼくは彼女にさからわなかった。ぼくがずっと彼女を探していたこともばれているようだし、ぼくが誰なのかも本当はわかっているんだろう。

「ちょっと待って。ええと。そう、リュドヴィック。リュド。お父さんは、有名な郵便配達のアンブロワーズ・フルリだったわね」

「ううん、伯父さんだ」

ぼくは、彼女にイチゴの入った籠を差し出した。彼女はイチゴをひとつ食べると、ぼくの横に腰をおろし、本を手にとった。

「あら、ジョゼ・マリア・ド・エレディア！　古いわね。読むなら、ランボーかアポリネールにしなさいよ」

　こうなったら、やるしかない。ぼくは暗誦してみせた。

かの人がアンジェの優美と呼びしヴィオル
かなわぬ恋の痛みゆえ
心乱れて苦しめば、
震える弦のその上に
すがしき魂はさまよいぬ

弦の響きは風に乗り
はるか遠くに運ばれて
こころ変わりし
かの人のもとにも
歌を届くるや
麦簸る人に捧げたる
あの日の歌を届くるや(7)

彼女は嬉しそうに、自信ありげに見えた。

「私がいつ戻るか聞きに来たって庭師から聞いたわ。私に夢中なんですって？」

　どうやら、反撃しないことには負けてしまいそうだ。

「誰かを忘れるためにいちばん良いのは、再会することだってね」

「あら、怒らないで。冗談よ。みんなの言ってたことは本当ね。あなたの家って全員そうなの？」

「そうなのって？」

「なんでも覚えてるんでしょう？」

「伯父さんが言っていたけど、先祖のなかには記憶力が良すぎて死んだ人もいるらしいよ」

「記憶で死ぬなんてありえない。ばかみたい」

「伯父もそう思ったんだ。伯父はそのせいで郵便配達人になったし、戦争嫌いになったんだ。いまは凧にしか興味がない。凧はきれいだよ。空に揚がってるときはね。いちおう糸はついているけれど、ひとたび糸が切れて落ちたら、もう紙と棒切れになっちゃうんだ」

「どうやったら記憶で人が死ぬのか聞かせてちょうだい」

「ちょっと面倒な話なんだ」

「私だってそれほどばかじゃないわ。わからないと決めつけないで」

「いや、ただ、説明するのがけっこう難しくって。どうやら、うちの家系はみんな、ギムキョウイクの犠牲者らしいんだ」

「なんの犠牲ですって？」

「義務教育の犠牲者って伯父は言ってる。学校ではいろんなことを教えすぎるし、うちはみんなそれをぜんぶ覚えちゃうし、まるごと信じちゃうっていうんだ。父から子へひきつがれてゆくんだ。それも、後天的性質の遺伝とかで……」

　うまく説明できていないのはわかっていた。記憶力と一緒にちょっとばかり「おかしい」ところも引き継がれているらしいとつけ加えたかったのだが、青い瞳が容赦なくこちらに向けられているのを感じると、さらに困難は極まり、同じことを一本調子で繰り返すのが精いっぱいだった。

「たくさんのことを教わって、それをぜんぶ信じちゃうから、それで、そのせいで、死ぬことになっちゃった人もいて……、だから、伯父は平和主義者になって、良心的兵役拒否者になったんだ」

　彼女はうなずき、ふんふんと頭を振った。

「何が言いたいのかちっともわからないわ。つじつまがあってないじゃない、伯父さんが言ったことって」

　そのとき、ぼくの頭にいい考えが浮かんだ。

「うちにおいでよ。伯父さん本人から聞けばいいんだ」

「そんなくだらない話で時間を無駄にしたくないわ。私、リルケとトーマス・マンは読むけど、ジョゼ・マリア・ド・エレディアは読まないの。それに、あなた、伯父さんと一緒に住んでいるんでしょ。そのあなたでさえ、ちゃんとわかってないみたいじゃない」

「フランス人でなきゃ、わからないよ」

　彼女は怒った。

「ふん、フランス人はポーランド人より記憶力がいいっていうの？」

　ぼくはあわてだした。悲しい別離を経て四年ぶりに再会したというのに、思い描いていたのとまったく違う話になってしまった。その一方、リルケやトーマス・マンを読んでいないからといって、格好悪い思いをするのも嫌だった。

「これは歴史的記憶の話なんだ。いろんなことがあって、なかにはフランス人が覚えていること、忘れられないことがある。一生忘れない。記憶喪失になったら別だけど。さっきも言ったように、義務教育のせいなんだ。どこがわからないのかなあ」

　彼女は立ち上がり、哀れむような目でぼくを見た。

「歴史的記憶をもっているのは、あなたたちフランス人だけだとでも思ってるの？　私たちポーランド人には歴史がないとでも言いたいわけ？　あなたほど馬鹿なひと初めて見たわ。この五世紀のあいだだけで、ブロニキ家の人間は百六十人も殺されたのよ。しかも、ほとんどは英雄として死んだの。ちゃんと記録に残ってる。さようなら。もう会うことはないでしょう。いえ、でもあなたは会いにくるんでしょうね。あなたに同情するわ。四年ものあいだ、ここに来ては私を待っていたというのに、素直に私のことを好きだって言えばいいじゃない。私に恋してるのはあなただけじゃないのよ。それなのに、愛の告白もせずに私の国を悪く言うなんて。あなた、ポーランドについて何を知ってるの？　言ってごらんなさい。聞くわよ」

彼女は胸の前で腕を組み、ぼくの言葉を待った。

再会を夢に描いていたときには思ってもみなかった、想像してもみなかったことになり、その瞬間、目に涙が浮かんできた。何もかも、あの変わり者の伯父がいけないんだ。伯父さんなんて凧作りで満足してればいいのに、伯父さんが、ぼくにあれこれ吹き込んだせいだ。ぼくが泣くまいとして必死になっていると、彼女が急に心配し始めた。

「どうしたの。真っ青よ」

「君が好きだ」ぼくはつぶやいた。

「だからって、青ざめることないでしょう。ちょっと早すぎるわ。私をもっとよく知ることね。じゃあ、またね。でも、私たちポーランド人に歴史的記憶についてお説教するのは、もうやめてちょうだいね。わかった？」

「もう絶対にしないって誓うよ。ポーランドのいいとこだってたくさん知っている。まず有名なのは……」

「有名なのは？」

ぼくは黙り込んだ。ぞっとすることに、ポーランドと聞いてぼくの頭に唯一浮かぶのは、「ポーランド人のように酔う」という「へべれけ」を指す慣用句だけだった。

彼女は笑った。

「まあ、いいわ。四年はたいしたものよね。まだいまひとつだけど、時間がたてばなんとかなるでしょう」

重々しい口調で結論を言い渡すと、彼女は立ち去った。白く動きのあるシルエットが、ブナの木立のもと、光と影のなかを抜けて行った。

ぼくは家までのろのろと歩いて帰り、壁の方を向いて横になった。人生をだめにしてしまったような気分だった。彼女への愛を叫ぶはずが、どうしてあんな馬鹿げた議論になってしまったんだろう。フランスとポーランドの歴史的記憶がどうしたこうしたなんて、ちっとも興味のないことなのに。それもこれも伯父のせいだ。この虹色の羽根がついた凧「ジョレス」〔社会党の政治家 一八五九－一九一四〕や、ナポレオンの戦勝地にあやかった「アルコル」のせいだ。もっとも伯父の説明によると、本当か嘘か知らないが、アルコルは橋の名にしか残っていないらしいけど。

夕方、伯父がぼくの部屋にようすを見に来た。

「どうしたんだ？」

「あの子が戻ってきた」

伯父はあたたかな笑顔を見せた。

「賭けてもいいが、きっと変わってしまっていただろ。凧と同じさ。きれいな色を使って紙と糸で創りあげたものに限って、そんなもんさ」

5

翌日の午後四時ごろのことだった。ぼくがもうこれで終わりだ、とつぶやき、ときにとても超人的な力を必要とする行為、「忘れる」という行為を実行しなければならないのかと思い始めていたところに、青いオープンカーがやってきて家の前に停まった。グレーの制服を着た上品な運転手が、お嬢さまの住む「お屋敷」でのお茶会にぼくを迎えに来た、と言う。ぼくは大急ぎで靴を磨き、もう小さくなってしまった一張羅に袖を通し、イギリス人だという運転手の隣に乗り込んだ。運転手によると、「お嬢さま」の父、スタニスラス・ド・ブロニキは天才的事業家で、その妻はワルシャワの有名女優だったが、劇場を離れた寂しさを紛らわせるためか、しょっちゅう癇癪をおこしてばかりいるのだという。

「ポーランドには、広大な領地とお城をお持ちで、お城には、国の要人や世界中の有名人がいらっしゃいます。すごい方ですよ。わかりますね？　もしあの方があなたに興味を示すようなら、このまま郵便配達夫で一生を終わるわけにはいかなくなりますよ」

　ジャールのお屋敷は大きな丸太組の家だった。四階建てで、ポーチには彫刻のほどこされた手すりがついており、見晴台や、格子組みのバルコニーもあった。うちとは大違いだ。なんでも、親戚筋のオストロローグ家がイスタンブールのボスポラス海峡にもっている家を再現したものらしい。屋敷は敷地の奥にあり、門からは屋敷に続く道しか見えない。クレリのメイル通りにあるタバコ屋《プチ・グリ》で売っている、このあたりの地図のなかでも、ここの敷地はかなりの面積を占めていた。一九〇二年にスタニスラス・ブロニキの父が、友人のピエール・ロチ〔日本にも造詣の深いフランスの外交官、作家。一八五〇－一九二三〕にあやかって、当時流行していたトルコ風に建てたもので、ロチ自身もよく遊びに来ていたようだ。年月と湿気のせいでその床は黒光りしており、ブロニキの人たちは、古いものを大事にするあまり触れないようにしていたほどだ。伯父はこの屋敷をよく知っていて、ぼくにも幾度となく話をしてくれた。まだ郵便配達夫をしていたころ、伯父は毎日のようにここに来ていた。というのも、ブロニキ家はクロやクレリの誰よりも、たくさんの郵便物を受け取っていたからだ。伯父はぼやいていた。

「金持ちというのは何を考えているんだろう。ノルマンディーにトルコ風の家を建てるなんて。きっと、トルコにはノルマンディー風の家を建てるんだろうな」

　六月の終わり、屋敷の庭は最高の季節を迎えていた。ぼくが知っている自然というのは、実にシンプルなものだった。これほど手入れの行き届いた自然は見たことがなかった。花々はまるでマルスラン・ドゥプラの店《クロ・ジョリ》から出てきたばかりのように、いかにも栄養が行き渡った顔をしている。運転手が言っていたっけ。

「多いときには五人の庭師を使ってるんですよ」

　ぼくはひとりポーチに取り残された。

　ぼくはベレー帽を脱ぎ、つばをつけて髪を整え、階段を昇った。呼び鈴を鳴らしたとたん、扉が開いた。扉を開けてくれた家政婦は、取り乱していた。どうも最悪のタイミングで来てしまったらしい。青色と薔薇色の布切れを巻きつけたようなドレスを着たブロンドの女性が、ソファに半分寝そべるようにして泣きじゃくっていた。医者のガルドュー先生が心配そうな顔で、大きな懐中時計を手に脈をとっている。小柄だががっしりした体格の男が、銀の甲冑のように光る部屋着を着て、居間の端から端へと歩いており、その後ろを給仕が飲み物の載った盆を抱えてついてまわっていた。スタニスラス・ブロニキの顔には、赤ん坊のような豊かなブロンドの巻き毛が頬の半ばまで垂れかかっていた。高貴な顔立ちとは言いがたい。もっとも、品格というものが鑑定書も何もなしに肉眼で見抜けるものだとしたら、の話だけれど。丸顔のでっぷりした頬は少しハムみたいな色をしている。肉屋の陳列台にぶらさがっていたら似合いそうだ。うぶ毛のような薄い口ひげが、つんと尖った膨れ面の口元を飾っているせいで、なんだか怒っているように見える。ぼくが着いたときは、まさにそんな感じだった。薄い青色の瞳は、ぎょろ目に近い。その目の光り方や微動だにしないさまは、給仕が手にしている盆の上の酒瓶に似ていた。きっと、その酒瓶の中身のせいであんな目をしているにちがいない。

リラは部屋の隅に平然と座り、お菓子をねだるプードル犬に、後脚で立つ芸をさせようと仕向けているところだった。全身黒ずくめの猛禽を思わせる人物が、机に向かい書類の山に身をかがめていた。背の高いその男が何かを探し回るようすは、まるで鼻をくんくんさせて書類を掘りあてようとしているかのようだった。

ぼくはもじもじしながら、誰かが気づいてくれるのを待った。ちらりとぼくの方を見たリラが、ようやくプードルにごほうびをやり、ぼくの方に来て手を取った。そのとき、さきほどの美女がひときわ大声でしゃくりあげたが、そこにいる誰もが彼女に関心を示そうとしなかった。リラが言った。

「たいしたことじゃないの。また、綿花のことよ」

なんのことかわからないといぶかしむぼくの目つきを見て、リラが説明がわりに言った。

「パパがまた、綿花の取引に首をつっこんだの。止めても無駄なんだから」

さらに軽く肩をすくめながらつけ加えた。

「どうせならコーヒー豆にすればいいのに」

あとから知ったことだが、当時、スタニスラス・ブロニキは、とんでもない速さで株を売買し、勝ったり負けたりしていたので、もう誰も彼が大金持ちなのか一文無しなのかわからなくなるほどだったのだ。

スタニスラス・ブロニキ、クラブや競馬の遊び仲間、シャバネやスフィンクス〔いずれもパリにあった高級娼館〕の女性たちからは「スタス」の愛称で呼ばれていた彼は、四十五歳だった。ノワイユ伯爵夫人の表現を借りるなら「探さないとわからないほど」細密な顔立ちは、彼のごつくて重圧感のある輪郭にあまりにもそぐわないもので、ぼくはいつまでたってもなじめず、違和感を覚えていた。赤ん坊のようなブロンドの巻き毛、薔薇色の頬、サックスブルーの瞳にも、どこかちぐはぐしたところがあった。ブロニキ家の人びとは、長男のタッドを除き、全員がブルー、ブロンド、薔薇色でできている。投機家であり、ばくち打ちでもある彼は、先祖たちと同様、無造作に金を投げ出すのだった。そう、彼の先祖たちは戦場に兵士を送り込み、すべてを失い、貴族の名前だけが残った。ブロニキ家は、サピエカ家、ラジヴィウ家、チャルトリスキ家と並ぶ、ポーランドの五本の指に入る貴族の大家なのだ。ポーランドは長いあいだこの四家で支配されてきたが、やがて別の勢力が現われ、別の者たちがこの国を支配するようになっていた。彼の目は眼窩のなかでじつによく動きまわり、ルーレットの上を転がる玉を目で追いながら、その動きをすべて把握しているかのように見えた。

リラは、まずぼくを父親の前に連れて行ったが、ブロニキ氏は額に手をあてたまま、そこから破滅が落ちてくるかのように天井を仰ぎ、どう見てもぼくに関心はなさそうだった。ぼくはそのまま夫人のもとに連れて行かれた。夫人は泣き止み、ぼくの方をちらりと見た。その目は、ぼくがいままで見たことがないほど、びっしりとまつげに取り囲まれていた。泣いていた彼女は、口もとにあてていたハンカチをおろすと、まだ上ずったままの小さな声でたずねた。

「この子、どこにいたの?」

「森よ」。リラが答える。

「森ですって! なんてことでしょ。狂犬病は大丈夫でしょうね。この時期の動物はどれも、狂犬病にかかっているらしいわ。新聞で読んだのよ。もし嚙まれたりしたら、ひどくつらい治療を受けなくてはならないんですって。気をつけなさいね」

夫人は身をかがめてプードルを抱き上げると胸に抱きしめながら、ぼくの方を疑うような目で見た。

「もう、ママったら落ち着いてよ」。リラが言った。

こうしてぼくは初めてブロニキ家の日常を垣間見たのだった。劇的な大騒ぎこそが、彼らの日常なのだ。母親の名は、ジェニーナ・ド・ブロニカ。もっともこれはあとから知ったことだが、ポーランドでは貴族の称号として「ド」を使う慣習はなく、彼らが祖国に戻ったときは「ド・ブロニキ」とは言わないらしい。フランスにいるときだけ「ド」をつけて名乗るのだ。ジェニーナは美しい人で、かつては「罪つくり」な人だったらしい。だが、この言葉も最近は聞かなくなった。あまりにも犯罪に溢れる世のなかだけに、こんな表現が意味をなさなくなってしまったのだろう。とても細身なのに、彼女の腰と胸のあたりは荘厳な曲線を描いていた。この世には、自分の美しさをもてあましてしまう女性がいる。彼女はそんな女性のひとりだった。

夫人はハンカチを動かし、早々にぼくを下がらせようとした。リラは、先ほどから握ったままのぼくの手を引っぱり、廊下を横切ると階段を昇っていった。綿花の大騒ぎがあった玄関ホールから、屋根裏部屋まで三階分の階段を昇った。だが、このわずかな時間で、ぼくは男と女のあいだで交わされる奇妙なやりとりについて、これまでの人生で聞いたこともなかったような詳細に至るまで教えられたのだった。階段を数段昇ったところで、ジェニーナの最初の夫は初夜に花嫁の待つ寝室に入るのを拒否して自殺したのだ、とリラが告げた。

「きっと緊張したのね」

リラは、まるでぼくが逃げるとでも思っているかのようにぼくの手を握り続けていた。

逆にふたり目の夫は自信過剰のあまり死んでしまった。

「果てたってことね」

リラは、ぼくに警告するように正面から目を見て言った。いったい、どういう意味だろう。

「母は、ポーランドでいちばん有名な女優だったの。劇場には次々と花束が届いて、それを受け取るための使用人がいたほどよ。国王アルフォンソ十三世や、ルーマニアのカロル王の愛人だったこともある。でも、母が愛した人は生涯ただひとりだけ。秘密なんだけど……」

「ルドルフ・ヴァレンチノ〔イタリア出身の映画俳優。ハリウッド無声映画で活躍。一八九五－一九二六〕さ」どこからか声が聞こえた。

ちょうど屋根裏部屋に着いたところだった。皮肉な調子で口をはさんできた声の主に目をやると、少年がいた。天井窓の下で、足を組み、床に座っている。膝には地図帳が広げられ、傍らには地球儀があった。少年の横顔はワシを思わせた。まるで、顔のなかの王さま、支配者のように鼻が顔のほかの部分を圧倒している。黒髪に黒い目、ぼくとひとつかふたつしか違わないだろう年齢の割には、薄い唇にたっぷりの皮肉を浮かべている。微笑んでいるのか、もともとそういう顔なのかもわからない。

「うちの妹の話には気をつけたほうがいいよ。嘘ばっかりなんだから。想像の産物さ。リラがあんまり必死になって嘘をつくものだから、誰も彼女を叱れない。天職なんだろうね。ぼくは理性的で現実的な性分だ。そんな性分、うちではぼくぐらいのもんだよ。ぼくの名はタッド」

彼は立ち上がり、ぼくと握手を交わした。屋根裏部屋の奥には赤いカーテンが下がっていて、その向こうでは誰かがピアノを弾いていた。

リラは、実の兄の辛辣な言葉をまったく気にするようすもなく、面白そうにぼくのほうを見た。

「あなた、私の言うことを信じる？　信じてない？」

ぼくは即答した。

「信じる」

リラは兄の方に勝ち誇った視線を向け、ぼろぼろの大きなソファに座り込んだ。タッドが反論する。

「おやおや、もうぞっこんなんだ。そうなったら理性に勝ち目はないいね。ぼくの家族ときたら、完全にいかれた母親と、ポーランドまで賭けの対象にして失いかねない父親と、真実を自分の仇と思い込んでいる妹だ。君たち、もう長いのかい？」

ぼくが答えようとするとタッドは片手でそれを制した。

「いや、待てよ。昨日会ったばかり、そうだろ？」

ぼくはうなずいた。

じつは四年前に一度だけ会ったことがあり、それ以来ずっと彼女を思い続けていたなんて告白しようものなら、とんでもない嫌味を言われそうだった。

「やっぱりね。昨日、リラのミリトンっていうプードル犬がいなくなってね。彼女は代わりの遊び相手を探してたのさ」

「ミリトンなら、今朝帰ってきたわ」

二人にとって、こうしたこぜりあいは日常茶飯事であるらしい。

「なるほどね、あとは妹が君を早々にお払い箱にしないことを祈るよ。もし、リラが君をうんざりさせるようなら、ぼくに相談したまえ。ぼくは算術なら得意なんでね。まあ、でも本気で忠告するなら、いまのうちに逃げたほうがいいな」

彼はもとの場所に戻ると床に座り、再び地図帳に没頭し始めた。リラはソファの背もたれに身をあずけ、無関心な顔で宙を見ている。ぼくは少し迷ったすえ、彼女に近づき、リラの足元にあるクッションの上に座った。リラは顎の下で膝を抱え、まるで次はどこの部分をものにしようかと狙っているかのようにじっとぼくを見つめていた。ぼくはリラの目線を感じて、うつむいた。そのあいだもタッドは眉を寄せ、地球儀の上で、ニジェール川だかヴォルガ川だかオリノコ川だかぼくにはわからないが、何かの軌跡を指でたどっているようだった。ぼくはときおり目を上げ、リラのじっと見つめる視線に出会うと怖くなってすぐにまたうつむいてしまった。なんだか、「あなたじゃ、やっぱりだめだわ。見込み違いだったわね」と言われそうな気がしたのだ。自分はいま人生の岐路に立たされているのだと思った。地球の重力の中心は、学校で教わった場所にあるのではない。もっと別のところにあるのだ。このまま死ぬまで彼女の足元にいたいという思いと、逃げ出したい思いがあった。このとき逃げなかったからぼくの人生は成功したのか、それとも、このときとどまってしまったからこそ、ぼくは人生をふいにしたのか、じつはいまもってぼくにはわからない。

リラは笑い、ぼくの鼻先を指でつっついた。

「かわいそうに、すっかりのぼせちゃってるのね。タッド、聞いてる？　リュドは四年間で二回しか私に会ってないのに、もう私にめろめろなのよ。私が何をしたっていうのかしら。どうしてみんな私に恋してしまうのかしらね。誰もかれもが私を見つめていたかと思うと、まともに話せなくなってしまうのよ。あー、とか、うー、とかときどき口にするばかりで、私にみとれちゃうんだから」

タッドはゴビ砂漠かサハラ砂漠を探検中らしく、乾きで死んだりしないよう、地球儀から指を離さないままで、妹に冷たい視線を投げた。タッド・ブロニキは十六歳にして世界中を知り尽くし、この星の歴史と地理を少々修正するだけで充分といった風情だった。

「おやおや、自意識過剰で大変だね」

そのあいだもずっとカーテンの向こう、屋根裏部屋の奥からはピアノが響き続けていた。姿の見えない演奏者は、きっと自分のメロディに乗ってかなたに流されているのだろう。ぼくたちの声どころか、この世のあらゆる音が聞こえていないかのようだった。やがて音楽が止み、カーテンが少し開いたかと思うと、ぼさぼさの髪に囲まれた実にやさしげな顔が現われた。どこか知らないところに流れていった余韻をまだ追いかけているような目をしている。それ以外は、いかにも青年期の身体つきで、年のころは十五歳か十六歳ぐらい、身体が大きすぎるかのように猫背気味だ。最初はぼくの方を見ているのかと思った。だが、傍からは注意深く見つめているように思えても、ブリュノはただぼんやり見ているだけだし、現実世界、タッドのいう「必要最小限の物理的存在」など、ブリュノにとっては多少の驚きこそあれ、じつはどうでもいいものでしかなかったのだ。

「あれがブリュノよ」

リラの「あれ」という言葉には、ある種の思いやりと、パトロンとしての自慢げな感情が混ざっていた。

「ブリュノはいつかコンセルヴァトワールで金賞をとるの。私に約束してくれたのよ。きっと有名になるわ。それにあと何年かすれば、私たち、みんな有名人よ。タッドは偉大な冒険家になるし、ブリュノはどこのコンサートホールでも大喝采。私は、ガルボみたいな女優になるの。あなたは……」

リラはぼくをしげしげと眺めた。ぼくは赤くなった。

「まあ、いいでしょう」

ぼくはうつむいた。ぼくは必死に屈辱感を隠そうとしていたが、それもたいして意味がなかった。というのも、タッドが勢いよく立ち上がるとリラに近寄り、ポーランド語でののしり言葉とおぼしきものを口にした。二人はぼくの存在など忘れたように話していたので、そのあいだにぼくも少しは気持ちを落ち着かせることができた。

そこへ白い上着を着た使用人が家政婦と共に部屋に入ってきた。《クロ・ジョリ》のサービス係のムッシュー・ジュリアンだった。菓子や皿、ティーカップ、ポットが載ったずっしりと重い盆を二枚も抱えている。床の上に白いテーブルクロスが広げられ、お茶が出された。最初は床でお茶を飲むのがポーランド風のしきたりなのかと思っていたが、タッドが「耐えがたいほど贅沢が習慣となっているこの屋敷で、少しでも素朴な雰囲気を味わうために」そうしているのだと説明してくれた。

「そもそも、ぼくはマルクス主義者なんだ」

このとき初めてマルクス主義という言葉を聞いた。そして、その言葉は、床に座ってものを食べるやり方とあっているように思えた。

菓子や軽食を口にしながら、タッドはぼくに、妹が望むような冒険家になるつもりは毛頭ないと告げた。彼は、「世界を変えようとしている人を手伝う」ことを目指しているのだ。そう言いながら彼は窓辺の地球儀を指し示した。ブリュノは、彼らがポーランドで雇っていたイタリア人給仕長の息子だった。この給仕長の死後、その息子に音楽にとんでもない才能があることに気づいたブロニキ氏は、この少年を養子にし、自分の名を与え、「第二のルビンシュタイン」になるのを援助しているのだという。

「これも投資なんだろ。父はブリュノのプロデューサーになって、大儲けしようとしているのさ」

さらにタッドがいうには、夏が終わるとブロニキ家は全員ポーランドに帰ってしまうらしい。

「でも、債権者がパパを引き止めたり、パパがポーランドの領地を売ってしまったりしたら、帰れなくなるかもね。まあ、そんなのたいしたことじゃないわ。ママが私たちを商売から救ってくれるもの。ママにはいつだってお金持ちの愛人、最後まで見捨てずにいてくれる人がいるんですもの。三年前は世界最高の武器商人、バジル・ザハロフでしょ、去年は、ムッシュー五パーセントと呼ばれたグルベンキアン。彼はね、アラブにあるイギリスの石油会社から収益の五パーセントをとっていたの。ママはパパを愛しているから、パパが破産しそうになると、自殺するって大騒ぎして、それで、結局、なんと言ったらいいのかしら」

「家族のために身を売るのさ」

タッドがひとことでまとめた。

ぼくは子供が親のことをこんな風に話すのをはじめて聞いた。きっとあ然とした顔をしていたのだろう、タッドが親しげにぼくの肩を叩いて言った。

「おいおい、ポピーみたいに真っ赤だぞ。まあ、ぼくらはちょっとデカダンに見えるだろうな。ブロニキ家はさ。デカダンってわかる?」

ぼくは無言のまま うなずいた。

だが、フルリ家の名高い「歴史的記憶」をどんなに探っても、デカダンという言葉はどこにも登場しないのだった。

6

ぼくは「大物」になる決心をして家に帰った。しかも、できることなら、新しい友人がポーランドに帰るまでの短い時間でなんとかしなくてはならない。そんなことを考えていたら高熱が出てしまった。ぼくは数日間、寝たきりになった。熱にうかされて、ぼくは銀河を征服する偉大な人間となり、リラから祝福のキスを受ける夢を見ていた。激しく抵抗する惑星を制圧しての帰り、ぼくはヌビア人の捕虜十万人――ヌビアが何を指すのか知らなかったけれど、宇宙戦争の略奪者にぴったりの名前だと思った――を運んでいた。ぼくは宝石がたくさんついた服を着て、新たな王国をリラに捧げようとしていた。これまでここらの光年ではぱっとしない存在だった地球から、これほど強い光が生まれたことに、輝く星たちが大騒ぎになっていた。

ぼくは少しずつ快方にむかっていた。ぼくの部屋は薄暗かった。よろい戸は閉めてあり、カーテンも引いてあった。数日間の潜伏期間が過ぎたあとで麻疹だとわかったら困るからだった。それに、目が疲れないように病人は暗いところに寝かせるというのが当時の習慣だったのだ。ぼくが十五歳であり、麻疹にかかるには遅いほうだったので、ガルデュー先生は心配そうだった。扉が開き、部屋に差し込んできた光から察するに正午ころだったろうか、リラがやってきた。後ろには大きな果物籠を抱えた運転手のジョーンズ氏を従えている。その後ろからは伯父がやってきて、病気がうつるかもしれないので、気をつけるよう、しきりにリラに忠告していた。リラはしばらく扉のところに立ち止まっていた。ぼくは取り乱していたものの、髪をいじりながら立つリラのポーズを見ただけで、聡明さの奥で彼女が何か企んでいるのを感じずにはいられなかった。彼女が来たのはたしかにぼくのためなのだけれど、それより何より、「死の床にある恋人にすがる乙女」という劇的な演出が彼女にとっては大切なのだ。愛も死もないわけではないけれど、彼女にとって愛よりも死よりも大切なのはそこなのだ。運転手がテーブルの上に果物籠を置いているあいだ、リラはしばらくそのポーズのままでいたが、いきおいよく部屋を横切るとぼくの枕元に屈みこみ、頬に軽くキスをした。伯父が、ぼくの身体に巣食っているかもしれないウィルスの強くて危険な感染力についてさんざん吹き込んだにもかかわらず、だ。

「病気で死んだりしないわよね」

まるで、ぼくにもっと他の素敵な死に方を期待しているかのような口調だ。

「さわらないほうがいいよ。うつるかもしれないから」

リラはベッドに腰をおろした。

「そんなことが怖くて、ひとを好きになれる？」

ぼくは熱いものが頭に上るのを感じた。伯父はひげを撫でている。ジョーンズ氏は、南洋の風景よりも、パリの贅沢を思わせるライチ、パパイヤ、グァバの実などの入った果物籠の横で待機している。このままぼくにこの世を去れといわんばかりだ。アンブロワーズ・フルリは、言葉を選びながら感謝の言葉を述べた。伯父いわく、ぼくが衰弱していて気持ちを表現できないので代わりに、ということだ。リラはカーテンを開き、よろい戸を開き、光を呼び入れた。そして、髪をなびかせながら、ぼくの前にかがみこんだ。役回りを心得た太陽は、何ものにも縛られることなく、彼女の髪を照らしている。

「病気になっちゃいやよ。病気は嫌い。このまま病気がちになったりしないでね。ときたま風邪をひくくらいならいいけど、それ以上はだめ。あなたが病気にならなくても、もう病人の数は足りているわ。死ぬ人さえいるけど、愛で死ぬんじゃないの。なんだか知らないけど、ひどく不潔なのが理由で死ぬ人もいる。愛で死ぬならわかるわ。愛はあまりにも激しいものだから、命が耐え切れなくなって壊れちゃうの。そうね、そういうお話が書いてある本を貸してあげるわ」

スラブ系の習慣にそうものかどうか案じつつ、伯父がお茶を入れた。ジョーンズ氏がちらりと腕時計に目をやり言った。「お嬢さま、そろそろ帰らないと音楽のレッスンの時間ですよ」。だが、リラに急ぐようすはなかった。ぼくが無言のまま見とれているのが、彼女には心地よいのだ。彼女は支配していた。ぼくは彼女の領土なのだ。ベッドの端に座り、やさしげにぼくの方に身を傾け、彼女はぼくの恋ごころを浴びていた。ぼくはといえば、彼女が帰ってからようやくわれに返った。ぼくは生まれて初めて女性の息遣いを頬に感じ、初めてあんなに近くに肉体を感じた甘い香りの半時間を、その瞬間ではなく、通り過ぎたそのあとで、ようやく実感したのだった。リラが帰ったあと、十五分ほどは我慢していたのだが、その後ぼくは起き上がり、伯父に興奮しているのを悟られないように、壁の方に顔を向けたまま、そっとベッドを出た。昂りはその日一日続いた。ぼくは服を着て、午後は野原を歩いて過ごした。だが、それでも効果はなかった。夜になり、眠りにつくと、ようやく自然の摂理が作用してぼくをなだめてくれた。

青いパッカード車が毎日ぼくを迎えに来るようになり、伯父はぶつぶつ言い始めた。

「あいつらは、自分たちは偏見をもっていない、心が広くて、娘が田舎ものと友だちになっても許しますよ、っていうのを見せたくておまえを呼びに来るのかもしれん。このあいだ、クレリでブロニカ夫人に会ったが、何をしてたと思う？　中世じゃあるまいし、貧乏人を訪問してるんだ。おまえは頭がいい。だが、上を見すぎるのはよくない。幸い、そのうち彼らもポーランドに帰るだろう。おまえが悪い習慣を身に着ける前にな」

ぼくは皿を押しのけた。

「どっちにしたって、ぼくは郵便局に勤める気はないよ。もっと違う、ちゃんとした職につきたいんだ。まだ、自分でも何がしたいのかわからない。何かしたいという気持ちが強すぎて、ぴったりするものが存在しないんだ。自分で何か考えなくちゃ」

ぼくは落ち着き払って宣言すると、誇らしげに顔をあげた。リラのことを考えて言ったわけではなかった。自分の言葉のなかに、そして、自分を高めたい、もっと上に行きたい、何かを達成したいという意志のなかに、リラがいて、唇に感じた彼女の息遣いや頬に触れた彼女の手があることに、自分でも気づいていなかったのだ。

ぼくは再びスープを食べ始めた。

伯父は満足げだった。軽く目を細め、ひげをなでつけることで口元に浮かぶ笑みを隠しているようだった。

7

ラ・モットから数キロメートル、マズ沼の向こう側、トネリコやカバノキが茂る中に小さな渓谷があった。かつてコルベールの海軍(8)のために開拓されたこの森は、当時、荒れ放題になっていた。赤いコナラが何本もあり、やぶやシダが雑多に生えてる中で、かつては斧で木を切る作業が行なわれていたのだろう。伯父の手を借りてぼくが泉の近くに小屋を建てたのは、この渓谷のほとりだった。その泉も年月を経て力を失い、せせらぎの水音も失っていた。どういう風の流れがあるのか、渓谷のほとりで凧を揚げると、凧はやすやすと風に乗るのだった。伯父はこれを理屈っぽく説明していたが、ぼくは空が自分に味方してくれているからだと思っていた。ブロニキ家のフランス滞在が残り二週間となったある日、ぼくはここで伯父の最新作の凧「バストゥシュ」を見上げていた。二つに分かれた要塞の形をした凧で、たくさんついている小さな人形が風に揺れると、要塞のなかで人びとが走りまわっているように見える。糸を緩め、故郷に帰ったかのように空を謳歌する凧を少し自由にしてやろうとしたその瞬間、誰かがぼくを突き飛ばし、ぶんなぐった。ぼくは糸巻《リール》を手にしたまま、地面に転がった。それでも、相手はぼくの上に全体重をかけてのしかかってくる。だが、そいつは戦意を攻撃に変える力も、けんか作法も知らぬようだった。ぼくは、自由に使える片手だけで、すぐに相手の攻撃から身をすり抜けることができた。むこうはそれでもなお、あきらめることなく、なりふりかまわず拳をふりあげてきた。ぼくは相手の胸のうちに飛び込むと、膝で片手を、手でもう片方の手を押さえ込んだ。相手はさらに頭突きを試みたが、効果はなかった。だが、ぼくは驚いていた。今まで、誰かをこれほどまでに怒らせたことなどなかったのだ。その少年は女の子のように繊細な顔立ちをしており、ブロンドの髪も長かった。激しい闘志があっても、きゃしゃな肩幅と腕力のなさはどうしようもなかった。ついに力尽きて彼は動かなくなった。しばらくすると力を取り戻し、もぞもぞと動いたが、ぼくは片手に凧をもったまま、彼を地面に押さえつけていた。

「なんだっていうんだ。いったい、どうしたんだ」

やつはぼくの腹に頭突きをくわせようとしたが、結局、うなじを石にぶつけただけだった。

「おまえ、誰だ?」

彼は答えない。じっとぼくを見つめる青い瞳にどきりとした。そこにははっきりと、ある種の怒りが込められていたからだ。

「ぼくが何をしたというんだ」

相変わらず無言だ。鼻血が出ていた。ぼくは自分の勝利をもてあましていた。自分が強い立場になるといつもこうなのだ。ぼくはどちらかというと、彼をこれ以上傷つけたくなかったし、助けてやりたいとさえ思った。ぼくは勢いよく立ち上がり、後ずさりした。

彼はそのまま地面に寝ていたが、やがて立ち上がった。

「明日、今日と同じ時刻に」

彼はそう言ったかと思うとぼくに背を向け、遠ざかった。その背に叫んだ。

「おい、待てよ。ぼくが何をしたっていうんだ」

少年は立ち止まった。白いシャツと上品なゴルフ・ズボンが泥で汚れていた。

「明日、今日と同じ時刻に」

彼は同じ言葉を繰り返した。そのときはじめて、ぼくは彼の言葉にしゃがれた訛りがあるのに気づいた。

「もし来なかったら、おまえはひきょうものだ」

「おい、ぼくが何をしたと聞いてるんだ」

彼は何も言わずに去った。片手をポケットに入れ、もう片方の腕を曲げ、肘を身体に押しつけるようにした姿勢が、とてもエレガントに見えた。ぼくは、彼がシダの茂みのなかに見えなくなるまで目で追っていた。それからバストーシュを地上に呼び戻し、そのあとはずっと、一度も会ったことのない少年からあれほど恨まれる理由はなんだろうと考え込んで過ごした。ぼくがこの顛末を話すと、伯父は、きっとその少年はきれいな凧を見てどうしても欲しくなり、ぼくからそれを奪いとろうとしたのではないかと言った。

「ううん、彼はぼくのことを恨んでた」

「おまえが何もしないのに？」

「自分でも気がつかないうちに、何かしでかしちゃったのかもしれない」

ぼくはなんだか、最悪の罪を犯してしまったような罪悪感を覚え始めていた。それが何を指すのかはわからなかったが。どんなに記憶を掘り返してみても、ぼくが唯一責められるとしたら、数日前、リラの誘いに乗って、ミサの最中、教会にへびを放したことくらいだ。ミサに出ていた人たちは大騒ぎになって、ぼくらは満足だった。明日、あの少年と再会するのが待ち遠しかった。今度こそ、この恨みがましい復讐心の原因がなんなのか、ぼくがいったい何をしたというのか、白状させてやらなくては。

翌日、ぼくがウィグワムに着くやいなや彼は姿を現した。渓谷のほとりの桑の茂みに隠れてぼくを待っていたのではないだろうか。少年は青と白のストライプの上着を着ていた。お金持ちの世界で覚えたブレザーというやつだ。それに、白いフラネルのズボン。今度は、ぼくに飛びかかろうとはせず、足を一歩前に出して、拳を突き出した。イギリス風ボクシングの構えだ。ぼくははっとした。ボクシングについては無知だったが、チャンピオン、マルセル・チルの写真でまったく同じポーズを見たことがあった。彼は、一歩、また一歩と、拳を突き出しながらぼくに近づいてくる。まるで、これからぼくにお見舞いする一撃を前もって楽しんでいるかのようだった。近くまで来ると、彼はぴょんぴょん跳ね、ぼくの周りで踊り始めた。ときおり、ぼくの頬に拳をかすめたり、すぐ近くまで来ては、後ろや横に飛び退ったりしている。こうして、しばらく動き回っていたが、やがてこっちに突っ込んできた挙句、ぼくの拳を額にもろにくらった。そのまま後ろにひっくり返ったが、すぐに立ち上がると、また動き回り始めた。腕を伸ばしてぼくの身体に何発か打ち込もうとするのだが、かすめる程度にしかならない。ぼくはついにばかばかしくなって、手の甲で彼にノルマンディー流の平手打ちをお見舞いした。そのつもりはなかったのだが、けっこう強く打ってしまったのかもしれない。彼はまたもやすっ転び、唇を切ったようだった。こんなひ弱なやつは初めて見た。立ち上がろうとした彼を、ぼくは地面に押さえつけた。

「おい、説明しろよ」

少年は黙ったまま、挑むような目でぼくをじっと見つめた。ぼくは困っていた。これ以上殴るわけにもいかない。こいつときたら、本当に弱々しいのだ。せいぜい相手が疲れるのを待つぐらいしか手がない。そのまま半時間、地面に押さえ込んでいた。だが、それでも効果がなかった。何も言わないのだ。このまままる一日、押さえ込んでいるわけにもいかない。やつを傷つけるのが怖かった。こいつは勇敢だし、根性もある。ぼくがようやく解放してやると、やつは立ち上がり、服や髪の乱れを整えた。そして、ぼくの方を見て言った。

「明日、同じ時刻に」

「いいかげんにしろよ」

ぼくはもう一度胸に手をあてて考えてみたが、誰からも咎められるようなことはしておらず、こいつはきっと、ぼくを誰かと勘違いしているに違いないと思った。


その日の午後、リラにもらったランボーの詩集を読んでいると、家の前で聞きなれたパッカード車のクラクションが鳴り、ぼくは本から目を上げた。大急ぎで外に出ると、ジョーンズ氏がウィンクして、親しげなからかいをこめた、いつもの言葉を告げた。

「お茶会にお迎えに参りました」

ぼくは身繕いをするために部屋に駆け上がった。きれいなシャツを着て、髪を濡らしたものの、代わり映えのしない姿にがっかりし、アトリエに糊を取りに行く。この糊がポマード代わりなのだ。それから、うやうやしく後部座席に乗り込み、スコットランド製の毛布を膝にかける。だが、車が走り出したとたん、ぼくはジョーンズ氏の困惑を尻目に車から飛び降り、再び部屋に駆け上がる。靴を磨くのを忘れていたのだ。

8

ブロニキ家のサロンにはたくさんの人が集まっていたが、ぼくの目はすぐに、あの攻撃的な少年にひきつけられた。少年はリラと一緒にいた。リラが彼の腕をつかみ、ぼくのほうに連れてきた。そのようすにとくに敵意を感じさせるものはなかった。

「いとこのハンスよ」

彼は軽く会釈した。

「初めまして。でも前にも会ったことがあるし、これからも会う機会がありそうだね」

彼はわれ関せずといった風情で立ち去った。

「どうしたの？　そんな顔して。仲良くしてちょうだいね。あなたたち、似ているところもあるのよ。ハンスも、私に恋してるの」

ブロニカ夫人は頭痛で寝込んでおり、リラは慣れたようすで女主人然としてふるまい、招待客にぼくを紹介してまわった。

「ご紹介します。お友だちのリュド。リュドの伯父さんは、あの有名なアンブロワーズ・フルリさんなの」

そこに集まっていたパリ在住の人たちは、伯父のことを知らない人がほとんどだったが、とんでもない無知を人目にさらすのを恐れるかのように、誰もがしたり顔でうなずくのだった。どの人物もエレガントな装いをしており、ぼくは圧倒されていた。驚くほどの宝石、帽子、ベスト、ゲートル、背広。あんな背広、《クロ・ジョリ》のお客が着ているのを背中しか見たことがない。ぼくは居心地が悪かった。ぼくときたら、踵の擦り切れた靴、袖の光った上着、ポケットからはベレー帽がはみだしている。招待客のそれぞれを凧に見立てることで、ぼくは、果敢に劣等感と闘っていた。しわのないズボン、チェックの上着に黄色いネクタイ。ぼくが握る糸の先っちょで、ぼくの意のままに風に舞う凧たち。自分を守るための武器として想像力を使ったのは、それが初めてだった。これほど強い味方はない。社会的な階級を意識し始めたのはずっと先のことだが、少なくとも、このとき、ぼくはすでに小さいながらも、ある種の意地を見せるようになっていた。革命的とは言わないまでも反抗的な意地だ。招待客のなかにでっぷりとした男がいた。きれいにひげをそり、ぶあつい唇の上、脂ぎった顔に丸っこい鼻があり、名前はオストリック。彼の番が来て、リラがぼくを「有名なアンブロワーズ・フルリ」の甥だと紹介すると、彼はぼくの手を握り、言った。

「それは素晴らしい。フランスはあなたの伯父さんのような人をたくさん必要としているのです」

リラの顔にいたずらっぽい閃きが走った。すでに見え覚えのある、あの表情だ。

「ご存知かしら。フルリ氏は、次期内閣の郵政大臣になるかもしれないんですって」

「それは、それは、それは！」

オストリック氏は即座に合いの手を入れ、唇のすぐそばまで持ってきたプチ・フールに向かって顔を近づけた。

ぼくは、急にプチ・フールを定められた運命から救出したくなった。この気取った人びとの前でぼくは自分が塵のような存在に思えてならず、そんな自分の存在をリラに印象づけるには、すばやい行動に出るしかなかった。

ぼくはオストリック氏のぽっちゃりした指から素早くプチ・フールを掠め取ると、そのまま自分の口にもっていった。簡単なことではなかった。心臓がばくばくしたいていた。こんなことでは、一八七〇年にバリケードのなかで死んだご先祖さんみたいにはなれないし、兵士を率いてベルリンに行き、ヒトラーを捕らえてリラを驚かせることもできそうにない。それでも、これでリラにぼくの実力を見せることができた。

ぼくの口のなかにプチ・フールが消えるのを見て、オストリック氏は呆然としていた。そのようすを見て、ようやく自分がいかに大胆なことをしでかしたかがわかった。当時のぼくは、本当の意味で革命家の勇気などまだもっておらず、とっさにリラの顔色をうかがった。彼女はぼくにやさしい眼差しを向け、楽しんでいるようだった。リラはぼくの手を取り、間仕切りの裏に連れてゆくと、ぼくにキスをした。

「いまの、まるでポーランド人みたいだったわ。私たちポーランド人はね、無鉄砲な気質なの。ナポレオンの時代だったら軽騎兵になれたわね。最後は元帥よ。あなたはきっと何か大きなことをやり遂げるわ。私、応援するわね」

ぼくは彼女を試してみることにした。彼女がありのままのぼくを好きなのか、ぼくが彼女のために成し遂げるだろう功績ゆえにぼくを好きなのか、知りたかったのだ。

「もう少し大人になったら、郵便関係の役人にでもなろうと思っているんだ」

リラはうなずき、母親のようにぼくの頬を撫でた。

「私のことがわかっていないのね」

まるで、ぼくの話じゃなくて彼女のことを話していたみたいな口ぶりだ。

「行きましょう」

その日、ブロニキ家には当時の社交界の錚々《そうそう》たる顔ぶれが揃っていた。だが、彼らがぼくの伯父を知らないのと同様、ぼくは彼らの名を聞いてもぴんとこなかった。中にひとりだけ、ぼくに友好的な者がいた。有名な飛行士のコルニグリオン・モリニエだ。(9) 彼は、ちょうどイギリス人モリソンとともにパリ・オーストラリア間の飛行に挑戦し、残念なことに途中で断念したばかりだった。『ガゼット誌』は、この挑戦失敗を「モリソンもモリニエも、二度と空爆に飛びたつことはあるまい」と報じた。背の低い南仏出身のモリニエは、女性的な長いまつげにふちどられた物憂げな眼差しの持ち主だった。リラがぼくを紹介し、「有名なアンブロワーズ・フルリの甥」だと忘れずにつけ加えると、彼はおもしろいことを言った。

「ああ、このあいだの失敗の後、君の伯父さんが私に自作の凧を贈ってくれたよ。どうせ飛ばすなら飛行機より凧にしろよってことかな」

こうしてサロンをまわり終え、ようやく同年代の連中が集まる別室に行くことができた。そこにはテーブルがあり、白手袋の給仕が、菓子や軽食を皿に取り分けてくれる。ブロニキ家の家紋である朱の楔《くさび》マークが入った銀のお盆には、ケーキやアイスクリーム、ムース、トロピカル・フルーツが並んでいたが、ぼくはほとんど手をつけなかった。この贅沢で優雅な雰囲気にはなじめなかった。森で脆弱ながらも果敢に挑んできたあの少年、リラのいとこだというあの少年が真ん前にいるだけになおさらだ。ハンス・フォン・シュウェッドは、背筋を伸ばして足を組み、肘を身体にぴったりつけたまま、ティーカップをもっていた。リラと同じぐらいブロンドで、同じくらいの長さの髪に囲まれた顔は、実に繊細だった。当時のぼくは、美意識と貴族的という言葉を結びつけることができなかったのだが、彼は貴族的な品のある顔立ちをしていた。ハンスはぼくになんの敵意も示さず、ぼくと彼との服装の違いをからかって優位に立とうとするそぶりも見せなかった。そう、彼は銀ボタンのブレザーに、白いフラネルのズボンをはいていたが、ぼくときたら古ぼけた窮屈そうな上着を着ていて、周囲から完全に浮き上がっていたのだ。彼はまるでぼくがそこにいないかのように振る舞い、ぼくはぼくで、彼の顔にぼくとの格闘のあとがはっきりと残っているのを見て、満足していた。ハンスは唇が少し腫れ上がり、片目も腫れていた。彼は、そっとスプーンを操り、カシスのシャーベットで、薔薇の形をつくろうとしていた。タッドは、「夜会」の招待客を冷ややかな目でちらりと見やった。そういえば、「夜会」という言葉が使われたのはこの時期が最後だったろう。彼の薄い唇は、すぐにも「テロリスト風アイロニー」と共謀しそうな雰囲気をもっていた。「テロリスト風アイロニー」というのは、ぼくがずいぶんあとになって名づけたものだが、ウードン作のヴォルテール像に見られるあの表情だ。片手を椅子の背に垂らし、彼はテーブルを囲む招待客たちを観察していた。その日の招待客たちは、まさに三〇年代の古き良き雰囲気そのものだった。当時、コートダジュールはまだ夏のリゾートではなく、ホテルは冬しか営業していなかった。カブールも、過去の悪趣味を塗り替えるだけの「ひなびた」魅力を獲得していなかった。そんな時代だ。ブリュノはと言えば、もの静かに、いつものように猫背ぎみに椅子に腰かけ、ちょっとぼんやりした表情を浮かべていた。彼の無造作な髪には、弱冠十六歳にしてすでに白髪が見えていた。この先の円熟を思わせる顔立ち、春先からすでに雪の到来を想起させるような、やさしげな顔というのがあるものだ。リラが近づくと、タッド、ブリュノ、ハンスの三人が立ち上がったので、リラはぼくを隣に座らせた。いまでも覚えている。ぼくは自分のズボンが短すぎるのを気にしていて、靴下の上に裸の脛が見えてしまうのではないかと恐れていた。こうして、一九三五年七月の終わり、一生忘れられないこの午後に、ぼくらは初めて全員が顔をそろえたのだった。ぼくの記憶のなかには、この日のフルーツ・シャーベットやケーキやベルエレーヌ〔洋梨のコンポートにチョコレートソースをかけたもの〕の洋梨が、崩れたり痛んだりすることなく、そのまま保存されている。

　タッドが言った。

「見てみろよ。仕立て屋も洋服屋も美容師も理容師も、社交界の繊細な花がもつ没個性や俗物根性や貧しい知性を隠そうと必死なのさ。話の内容だって、外見と同じようなものだ。やつらに株と競馬とパーティー以外の話題があるなら、ぼくはこの首をかけてもいい。外の世界では、スペインに内戦が広がり、ムッソリーニがエチオピア人に毒ガスを使い、ヒトラーはオーストリアとスデーデンを要求しているというのにさ……。あそこに脱毛症の兆候がある痩せた男がいるだろ。ダチョウのたまごみたいな頭をしている。グレコが、『オルガス伯爵の埋葬』で彼の先祖を美化しなければ、やつなんてスペインの貴族でもなんでもないんだ。うちの父に二十パーセントの利子で金を貸すただの高利貸しさ。あのグレーの上着とベストを着た男は弁護士だが、妻を名刺代わりに、片端から大臣たちにお近づきになっている。うちの両親だって、家系図に守ってもらえなくなったら、どうなることやら。それが怖くてびくびくしている。親父は貴族をやめたら、せいぜい肉屋といった風情だろうし、母だって、シャネルの服を買えなくなり、美容師のアントワーヌ、マッサージ師のジュリアン、化粧係のフェルナンド、ジゴロのニノを雇えなくなったら、アイロンを探しておたおたする召使いみたいになるはずさ」

　リラはエクレアを頬張っていた。

「タッドはアナーキストなのよ」

「結局、エリートだってことさ」

　ハンスが口を挟む。

　ぼくはハンスのフランス語にドイツ訛りがあるのに気づいて、ほくそえんだ。フランスとドイツは長年のライバルだった。彼の敵意の理由が何であれ、ぼくは彼を打ち負かしたことに優越感をもっていた。

　ブリュノは悲しそうな顔をしていた。

「タッド、君だって、あの人たちと同じぐらい、すべての人間に偏見の目を向けているじゃないか。自然とそういう見方になってるんだよ。鳥は馬鹿だとか、犬はお尻を舐めるから下劣だとか、ひとさまのためにせっせと蜜を集める蜂はまぬけだとか。気をつけたほうがいいよ。ものの見方だけならともかく、そういう生き方になっちゃうから。ずっとひねくれた見方ばかりしてると、自分がひねくれちゃうんだ」

　タッドがぼくの方を向いた。

「君には果汁たっぷりの梨がしゃべるのが聞こえま

したか？　梨にとっては食われることが天命だそうですよ。そういうのを理想主義っていうんだ」

「どうして、急にそんな気取った喋り方をするの？」

リラの問いにタッドが答える。

「彼はぼくの友人ではないし、この先も友だちになるつもりはないからね。十七歳になって、ぼくはもう友情に身を捧げる気はない。他のものにもね。ぼくはポーランド人だが、『汗水たらして』というのはぼくの性にあわない。軽騎兵だったご先祖さまにはお似合いだったろうけど。彼らはクソ勇気が必要だったんだ」

「若い女性の前でそういう言葉はやめてもらいたいね」

ハンスの言葉にタッドはため息をついて見せる。

「ほらほら、今度はプロイセン軍のユンカーが目を覚ましたぞ。ところで、その顔はどうしたんだ？　決闘でもしたのか」

「二人は私の心を得るために闘ったのよ。二人とも私に恋しているの。友情が二人を結びつけるはずなのに、仲違いになったの。でも、もう大丈夫でしょう。私は二人とも大好きだし、どちらかを贔屓したりしないってわかりさえすればね」

ぼくはまだ一度も口を開いてなかった。でも、いまこそ、なんとか自分の存在を見せつけなくては、と感じていた。なにしろ、ぼくはアンブロワーズ・フルリの甥なのだし、彼の血を引き継いでいるのだ。ぼくは社交界で目立つ術など知らなかった。だが、どうしても、いますぐ、リラの目の前でエレガントに優位にあることを示し、他の連中を呆然とさせてやりたかった。本当なら、この瞬間、ぼくは空を飛べるだとか、ライオンに立ち向かって勝利するだとか、リラが見守るなかリングにあがり、全階級で勝利を収めるという能力を手にしてもいいはずだった。だが、ぼくにできたのは、ただひとつ、質問を投げかけることだった。

「二七万三六七八の平方根は？」

少なくとも驚かす効果はあったようだ。少年たちは三人ともぼくの方をじっと見たかと思うと、互いに顔を見合わせた。リラは嬉しそうだった。彼女は数学を毛嫌いしていた。彼女に言わせると、数字には二足す二は四だと主張する厄介な性質があり、どうもポーランド人気質と相容れないものがあるらしい。ぼくは続けた。

「誰も知らないなら、ぼくが言っていいね。五二三・一四二一四二だ」

ハンスが軽蔑したように言った。

「ここに来る前に暗記してきたんだろ。そういうのを用意周到っていうんだ。別に大道芸を非難するつもりはないよ。美女をまっぷたつとか、帽子からウサギを出すとか。それも、まあ、生活する手段のひとつなんだろう。必要に迫られてさ」

「それなら、なんでもいいから数字をあげてみてくれよ。すぐに平方根を答えて見せるから。掛け算でもいい。百個の数字を書いたリストを読み上げてもいい。そのまま順番どおりに繰り返して見せる」

タッドが言った。

「よし、七一九万八四八九の平方根は?」

暗算にいつもより少し時間がかかった。緊張していたからだ。命がけの計算だった。

「二六八三」

ハンスが肩をすくめた。

「それがなんの役に立つんだ。正解かどうか確かめようもないのに」

だが、タッドがポケットから手帳と鉛筆を出し、計算した。

「あってる」

リラが拍手した。

「言ったでしょ。リュドは天才なの。こんな馬鹿馬鹿しい暗算なんてしてみせなくても、そんなのあたりまえじゃない。私の目に狂いはないわ」

タッドが言う。

「もうちょっとよく見てからじゃないとね。でも、おもしろいじゃないか。もうすこし試させてもらってもいいかな」

意気揚々と、とはいかなかったが、ぼくは一問の誤答もなく試練に耐えてみせた。半時間にわたって、ぼくは読み上げられた百の数字を記憶だけで暗誦し、長々とした数字の平方根を計算し、宇宙空間も顔負けの壮大な数字を暗算で掛け算して見せた。ついに、ぼくは、そこにいた者たちに、自分のもつ力――リラはこれをやがてぼくの「権力」と呼ぶようになった――を認めさせることに成功した。それだけではない。リラはテーブルを離れ、父親を探しに行った。娘からぼくが数学の「天才」だと聞き、ブロニキ氏は興味をもったようだ。彼はすぐにぼくに歩み寄って来た。きっとぼくの頭のどこかに公算が眠っており、それを利用さえすれば、ルーレットもバカラも株も勝ち放題だと思ったのだろう。彼は、金という形で存在する奇跡を心から信じていた。かくして、ぼくはサロンの中央、客人たちの前に連れて行かれた。そのなかには、否応なく数字に引きつけられている、当時の有名実業家たちもいた。これほど必死に勝利を目指して暗算をしたことなど、初めてだった。ぼくを田舎者扱いしたり、社会階級の違いをからかったりする者は、ブロニキ家には誰もいなかった。ブロニキ家は非常に古い貴族の家柄であり、周囲の人間のあいだに、手の届かないものに対するちょっとした悲哀をともなった魅力とノスタルジーをかもしだすようになっていた。だが、いまや、ノルマンディーの片田舎で育った十五歳の少年が、短すぎるズボンと色褪せたシャツ、ポケットからベレー帽をのぞかせたいでたちで、着飾った紳士淑女五十名ほどに取り囲まれているのである。しかもこれらの招待客は、誰もが自分たちの存在を社交界のなかで目立たせようと必死なのだ。社交界は、あのラヴァショル〔十九世紀の無政府主義者〕が「その世界に入るには、その存在自体を消滅させるしかない」と言った場所である（もっとも当時のぼくはラヴァショルを知らなかったのだが）。ぼくがどれほどの情熱とどれほどの不安を感じながらこの名誉の戦いに挑んだのか、状況を想像すれば、おわかりいただけるだろう。十五年も生きれば、この世界では「名誉の戦い」という言葉がもはや古臭い馬鹿げた意味しかもたず、せいぜい冷やかしの的にしかならぬことはわかっていた。だが、それでも、ぼくが名誉の戦いを挑まざるを得なかったのは、世界はすべて「向こう側」にあり、ぼくの味方ではないとわかっていたからだ。どちらが道を誤っているかなんて、ぼくは判断できる立場になかったのだ。

　ぴかぴかに磨かれた床に立ち、片足を前に出して腕を組み、頬を紅潮させ、ぼくは、とんでもない桁数のかけ算、割り算をし、平方根を導き出し、電話帳から読み上げられる百ほどの電話番号を暗誦してみせた。数字の一切射撃に正面から立ち向かったのだ。ついには、心配したリラがぼくを助けに来た。リラはぼくの手を掴み、怒りに震える声で聴衆に対してこう言い放った。

「いいかげんにして！　リュドが疲れちゃうじゃない」

　リラは、ぼくをビュフェの裏の配膳室に連れて行った。《クロ・ジョリ》から届いたばかりのデコレーション・ケーキ、アイスクリーム、シャーベットのまわりでブロニキ家の使用人たちが忙しく働いている。どうしてだろう。ぼくは試練を見事にくぐり抜けたはずなのに、敗北感と屈辱感に苛まれていた。そこへブリュノとタッドがやってきて、社交界と配膳室を遮るビロードのカーテンを開けながら、ぼくの苦悩を説明してくれた。

「申しわけない。妹のやつ、うちの父に知られたら客人の一興に使われることぐらい、気がつきそうなものなのに。君の才能はたいしたものだ。晒し者にされぬよう気をつけた方がいい」

「タッドの言うことなんて気にしないでね」

驚くことにリラは煙草を吸っていた。

「頭のいい男の子ってみんなそうだけど、タッドもそうね、お兄さまの性格からすると、嫉妬するのよ。才能がある人を見ると許せないの。お風呂屋さんにでもなったらいいわ。だって、冷や水を浴びせるのがお好きでしょ！」

タッドはリラの額にキスをした。

「かわいいやつだ。君が妹で残念だよ」

「その点、ぼくは従兄弟でよかったってことかな」

あのドイツ訛りの声がした。

ハンスがポルト・ワインの瓶をもって立っていた。ぼくは、頭の緊張と興奮がなかなか抜けずにいたが、この繊細そうなブロンドの美少年を見たとたん、われにかえった。彼とはライバル関係にあることがもうわかっていた。彼は酔っており、挑戦的な目でぼくをじろじろ見ている。フランスとドイツがすぐにも戦争を始めればいいのに。そうしたら、こいつとは完全な敵になる。ぼくは、彼の気取ったエレガンスも、頑固さも、このポケットに手を入れ、肘を身体にぴたりとつけた、うぬぼれ屋のポーズも嫌いだった。もしかすると彼はチュートン騎士団や、バルトの騎士の末裔かもしれない。だが、ぼくは彼に片手で勝利したのだ。

「お見事！　あなたは将来有望だな」

「あなた、なんて言わないで。みんなお友だちでしょ」

「あなたは成功を収めるでしょう。ムッシュー・フルリ。数字の世界は間違いなく前途洋々だ。騎士の時代が終わり、ひとびとは計算を覚えたが、それ以来、世の中は悪くなるばかりだ。数字で表せないものは、ぼくらの前から次々と姿を消しつつある。たとえば、名誉なんてものがね」

タッドは面白がりながら、ハンスを見つめていた。彼には、ほとんど生まれつきの才能と言ってもいいほど飄々としたところがあった。無造作でどこか投げやりな態度をとることで、自分の性格のなかの過激なもの、情熱的なものをなだめようとしているように見える。タッドは何か辛辣なことを言いたそうだったが、ぼく自身が森での「格闘」中に感じたように、ハンスにはどこか攻撃を控えさせるものがあった。十四歳の彼は、ぼくらのなかでいちばん若く、弱々しかった。それでも、彼はフォン・シュウェッド家の伝統にのっとり、軍人を目指しているらしい。リラから聞いたところによると、ぼくと彼の「宿命」には、重なる部分があるという。そのとき、ぼくにはフルリ家の血筋について「宿命」という言葉を使うなんて思いつきもしなかった。自分の人生について語るには「境遇」という言葉しか聞いたことがなかったのだ。ハンスの父は第一次大戦で戦死し、彼の母は、ぼくの母と同様、彼が生まれてすぐに死んでしまったそうだ。彼は、ポーランドにあるブロニキ家の領地から、国境を挟みわずか数キロメートルのところにある東プロイセンのクレームニッツ城に住む伯母のもとで育てられた。

　こうしてぼくらが、友好的と言えなくもない会話を交わしているあいだ、ブリュノはテーブルの縁を指で叩き、頭のなかでピアノを弾いていた。

「ボートでお散歩しましょう。雨が降りそうよ。嵐になるかも。雷もあるかも。どきどきするじゃない？」

　彼女は空を仰ぎ見たが、そこにあるのは、当然のことながら、ただの天井にすぎなかった。

「ああ、神さま、とんでもない嵐を起こしてください。もしできるなら、火山を噴火させて、このノルマンディーの平和をぶち破ってもいいわ！」

　タッドがリラにやさしく腕をまわす。

「おいおい、たしかに地球上にはエキゾチックな名前の火山がたくさんあるけど、いま、ヨーロッパを覆いつつある炎はもっと危険なやつだ。しかも炎が燃え盛っているのは、土中深くじゃなくて、人間のなかなんだからな」

　池につくと、ちょうど雨が降り始めた。この池は、イギリス人の造園設計家サンダースによるものだったが、彼の園芸的な価値はもはやヨーロッパでは評価されていなかった。リラの父は、領地の手入れに何百万もの金額をつぎこみ、買値の五、六倍の値段で衝動買いの好きな成金相手に売り飛ばすつもりだった。ブロニキ家はつねに、タッドが多少の希望を込めて「いよいよ最後」と形容する、金融破綻の瀬戸際にいた。一見、贅沢な暮らしぶりからは、災難や絶望的な状況は窺えない。だが、うわべの富こそが、内情を隠す唯一の方法だったのだ。

　ぼくらはボートをこいだ。リラは物憂げにクッションに身を沈めていた。ぽつりぽつりときたものの、空がぼくらに味方したらしく、本格的な雨にはならなかった。雲はずっしりと重たく、ギャロップ・レースで勝利できそうな勢いで流れていたが、風はそれほど強くなかった。雨に敏感な鳥たちものんびりと落ち着いている。はるか遠くから汽笛が聞こえたが、ノスタルジーはない。というのも、パリ＝ドーヴィル間のような長旅を思わせる路線ではないのだ。睡蓮の花をいためないようにオールの動きに気を使った。水面からはひんやりとした土の匂いが漂っていた。そこここに浮かぶ虫たちが、水面に筋をつくっている。ぼくの好きなトンボがいる季節ではない。まぬけなマルハナバチが、ときおりおどけてみせる。白いドレス姿のリラは男性陣にオールを任せ、ポーランド語の哀歌を口ずさんでいた。視線の先には幸運の空が広がっている。いちばん力強く漕いでいたのはぼくだ。だが、リラはそんなこと気にかけていなかったし、ぼくも他の連中のペースにあわせざるをえなかった。よく手入れされた枝にぶつからないように気をつける必要もあった。池に伸びた枝には花が咲き誇っていた。定番通り、池には優雅なラインの橋がかかっていて、東洋から特別に取り寄せた白い外灯がついている。そこだけが人為的に整備されていた。その他の多数の花が咲き誇る部分は、いかにも野趣を装うかのように手入れが行き届いていたのだ。

　リラは歌うのをやめた。彼女は自分の豊かな髪をもてあそんでいた。空と青さを競い合うようなその目には深刻な表情が浮かんでいた。夢想に身をゆだねるような、いつものあの目だ。

「私、本気でガルボみたいになりたいのかしら。自分でもわからなくなっちゃった。誰かみたいになるんじゃいやなの。何をしたいのかまだわからないけど、とにかく特別な存在になりたいの。女性が世界地図を書き換えるような時代じゃないことはわかっている。でも、世界を変えたいと思うことは、男でなくてもできるはずでしょ。女優にはならないわ。女優が別の人間になれるのは上演時間のあいだだけ。私には朝から晩までずっと変化し続けることが必要なの。いつも同じ、偶然によってつくられたちっぽけな自分でいるなんて、そんなの最悪だわ。これで決まりなんて耐えられない」

　ぼくは信者のように、リラの話にずっと耳を傾けながらボートを漕いでいた。タッドに言わせるとリラは「自分の夢に酔っている」のだ。リラは、アラン・ジェルボー〔一八九三－一九四一、テニス選手としても活躍した冒険家〕のように大西洋を単独横断し、あらゆる言語に翻訳されるような小説を書き、弁護士になって、その雄弁の才によって人びととの命を救うのだ。ぼくにとってリラは、彼女が自分自身をよく知らぬままに思い描くどんな姿よりも、ずっと特別でずっと衝撃的な存在なのだけれど、四人の漕ぎ手の中央で、東洋趣味のクッションに預けられたリラのブロンドの頭のなかでは、ぼくの思いなど思いも寄らないかのようだった。

オールを動かすたびに淀んだ水のずっしり重い匂いがつきあげてくる。伸びた草が顔に触れる。ときおり低い茂みを透かして、人工的な奥行きの、計算し尽くされたジャングルが垣間見える。もっとも、醒めた目で見れば、ただのイギリス風庭園でしかないのだが。「どれも失敗に終わるかもしれない。私はまだ若すぎるから。歳を取れば、何もかも失敗に終わったらどうしよう、なんて心配しなくてすむわね。もう時間がないし、すでに失敗したことを受け入れて大人しくしているしかなくなるでしょうから。それが、いわゆる『心の平穏』というものなのかも。でも、私はまだ十六歳だから、なんでも試すことができるし、何にも成功しない可能性もある。こういうのを『未来がある』っていうのね」

リラの声が震える。

「ねえ。あなたたちを怖がらせるつもりはないけれど、私、ときどき怖くなるの。私にはなんの才能もないんじゃないかしらって」

ぼくらは反論した。「ぼくら」というのは、主にタッドとブリュノで、二人はリラに薔薇色の未来を予想してみせた。キュリー夫人(10)のようになるとか、まだ誰もなしえていない新たなジャンルで成功するとか。ぼくはといえば、リラには申しわけないが、リラが言うとおりになればいいと思っていた。彼女に特別な才能がないなら、ぼくの恋にも勝算がでてくる。だが、まわりの慰めも効果がなかった。涙が頬をつたい、ちょうどいいところで止まると、きらきら光る珠になった。リラは涙をぬぐおうともしない。

「私も特別な存在になりたいの。だって、まわりはみんな、天才なのよ。ブリュノは大喝采を浴びるわ。タッドはきっとスヴェン・ヘディン(11)以上の冒険家になる。リュドでさえ、ひとを驚かせるような記憶力だし……」

「リュドでさえ」と言われてもたいして腹が立たなかった。ぼくとしては充分満足していたのだ。だって、ハンスは黙り込んでいた。彼はそっぽを向いていたので、その表情は見えなかった。だが、ぼくは密かに優越感を抱いた。ハンスは、リラに自分にも輝かしい未来がある、とは言えないのだ。ポーランド人少女を愛している彼が、ドイツの軍事アカデミーに歓迎されるわけはない。ぼくは、よく言うところの「首尾は上々」という気分だった。それでも、まだハンスを許すわけにはいかなかった。ぼくはライバルを相手に同情する、という贅沢を味わっていた。チュートン騎士団のようなおめでたい時代はもう終わったのだ。女性を喜ばせることはどんどん難しくなっていると認めざるをえない。アメリカ大陸はすでに発見されてしまっているし、ナイルの源泉だってそうだ。大西洋横断はすでにリンドバーグがやってのけたし、エヴェレストだって、レイ・マルロイが登頂済みだ。

ぼくたちは五人ともまだ子供っぽい柔らかなところを残していた。そしてこの柔らかなところこそが、人生がわれわれに与え、やがて奪い去っていくもっとも豊穣な部分なのだ。

9

その翌日に早速、ブロニキ氏がうちの伯父に会いに来た。その登場ぶりは実に印象的だった。庶民の家を訪ねるために、わざわざ着替えて、地味な格好をするという無作法な発想が彼にはなかった。青いパッカード車はぴかぴかだった。ジョーンズ氏は、厳かに扉を開き、すぐさま帽子を脱いだ。この堂々とした動きは、主人の価値とともに使用人の価値を示すものなのだ。パリの社交界で「金融界の軽騎兵」と呼ばれているブロニキ氏は素晴らしい衣裳で登場した。ローズ・ウッドのスーツ、ロンドン最高のクラブのチェック柄ネクタイ、薄黄色の手袋にステッキ、ボタン穴にはナデシコがさしてある。そして、いつものあの苦悩に満ちた表情。あれこれ知恵を絞っても、株とバカラとルーレットが彼を汚い手で裏切り続けるからだ。

ぼくと伯父はソーセージを食べているところだった。ブロニキ氏は、大きなソーセージや田舎パンやバターを興味深げに見やり、勧められると即座に食卓に加わった。そして、ぶこつな台所用ナイフを優雅にあやつり、少々むせながらも、うちの安ワインを何杯か飲み干した。それから、伯父に向かって予想だにしなかったことを言い出した。彼によると——彼の声にはリラと同じポーランド訛りがあり、母音は歌うように、子音は少々雑に発音される——ぼくには暗算と記憶力の才があり、将来に向けて、この能力を大事にしなくてはいけない、というのだ。彼はぼくの先導役となり、少しずつぼくに株式投資について教えてゆきたいと提案した。この才能を放っておくのは犯罪だ、才能を開花させるのに適した環境を欠くことで、この才能をだめにしてしまうのはもったいないという。だが、ぼくはまだ財務省の入省試験を受けるには若すぎたし、ましてひとりで事業を起こすのも無理だ。事業には数字の才に加えて、精神的な成熟と知識が必要になる。そこで、とりあえずは、毎年夏のあいだ、ブロニキ氏の秘書として働く気はないか、というのだ。

「おわかりでしょう。甥子さんと私は、ある種、補完し合うようにできているんです。私は株式の動きに関しては非常に高度な科学的知識をもっておりますす。リュドには、私の予想やセオリーを即座に数字に翻訳する才能があるんです。私はワルシャワとパリとロンドンに専門の事務所を構えておりますが、夏はこちらにいますし、終日、電話にかじりついているわけにもいきません。昨日、甥子さんは素早い計算力と記憶力を見せてくれました。あの才能があれば、私はどんなに時間が節約できるでしょう。そう、この世界では時間は金であり、まさに『時間を節約する』ことが金を稼ぐことなのです。もし、ご了承いただけるのなら、毎朝、運転手に迎えに来させますし、夕方も車で送り届けます。月給は百フラン。その一部は、私がこれと判断した株に投資するというのでどうでしょう」

ぼくは一日じゅうリラのそばにいられると思うだけで頭に血が上り、これはきっと昨日、空のかなたに消えた凧「アルバトロス」のおかげだと思った。あの凧がブロニキ氏にぼくのことを頼んでくれたのかもしれない。伯父はといえば、パイプに火をつけ、考え込むような目でブロニキ氏を見ていた。しばらくして、伯父はブロニキ氏にソーセージとワインを差し出した。ブロニキ氏はそれを手にし、今度はなんの気取りもなくソーセージに直接かぶりついた。そして口をいっぱいにしたまま、にんにくの強烈な匂いとともに本音をぶちまけ出した。

「私を金の亡者だと思っているんでしょう。あなたにはあなたの生き方があって、翼あるもの、空高くにあるものに熱中していらっしゃる。それに比べて私の生き方はあまりにも俗物的だと思っている。でもね、ムッシュー・フルリ、私は本気で名誉のために闘っているんです。私の先祖は自分たちを虐げようとする者たちをすべて打ち負かしてきた。私は、金を打ち負かしたい。金というのは、新たなる侵略者、貴族の領域を侵す敵なのです。貴族の特権に固執していると思わんでください。私は民主主義というものを心得ており、そのために財を手放すのなら致し方ないと思っております。だが、金に負けるのだけは……」

彼は話をやめ、驚きのあまりまつげを逆立てた。

彼はある一点をじっとみつめた。ちょうど人民戦線〔党派を超えた反ファシスト運動〕が崩壊する直前だった。伯父は（本人の弁によると）党員ではなかったが、それでも、この歴史的瞬間にインスピレーションを受け、紙と糸と厚紙で、東洋風の尻尾がついたレオン・ブルム〔人民戦線を代表する政治家〕の凧をつくったのだ。黒い帽子を被り、雄弁に腕を広げたレオン・ブルムの凧は、空に舞うと実に優雅に見えた。もっとも、ブロニキ氏が見たとき、ブルムの凧は時代考証を無視し、琴をもったミュッセの凧の隣に置かれていた。

ブロニキ氏はソーセージを置いて尋ねた。

「あれは何ですか」

「自作の歴史シリーズです」

「レオン・ブルムのようですね」

「ええ、時事ものです。それだけのことです」

ブロニキは何やら手を動かしたかと思うと、目線を戻した。

「話を戻しましょう。つまりですね、甥子さんの才能は、私にとって非常にありがたいものなんです。これほど速く計算できる機械はありませんからね。フェンシングと同じで、高度な金融取引には速度が非常に重要なんです。他人よりも先に手を打たねばなりません」

彼はレオン・ブルムのほうに不安げな視線を送り、ポケットチーフを手にして額をぬぐった。ブロニキ氏の淡青色の瞳には、聖杯を求めて旅立とうとしているのに、馬も甲冑も槍も質屋に入っていてどうにもならない騎士の姿を思わせるものがあった。

後年、ブロニキ氏の投資の才は本物だということがはっきりした。彼は、その後普及した投資システムを最初に導入した先駆者であり、そのシステムがゆえに、銀行は彼への支援を惜しまなかった。というのも、彼の銀行からの借入高は相当なものであり、融資した側もそう簡単に彼を破産に追い込むわけにはいかなかったのである。

伯父は慎重だった。これだけ皮肉な状況のなかで、伯父がまったく皮肉な調子を見せなかったのは、ぼくの保護者たらんとするブロニキ氏に対して、ぼくの人生はすでに決まっているようなものであり、高望みはしていないということを示したかったのだろう。

「この子には、郵便関係のちょっとした職について、年金がもらえるような生活を送って欲しいと思っていました」

ブロニキ氏はテーブルを叩いた。

「そんな！　甥子さんは天才ですよ。それなのに、ちっぽけな郵便屋で終わらせる気ですか！」

「これからは郵便屋が最重要任務になるかもしれませんよ。彼らはこう言うでしょう。『いやいや、たいしたことはしてませんよ』ってね」

だが、伯父は夏のあいだだけ「計算係」としてブロニキ氏のもとにぼくを預けることに同意した。そして伯父とジョーンズ氏は両側からブロニキ氏の肘を支え、車まで連れて行った。ソーセージのせいだ。本当はソーセージと一緒にワインを二本空けていたのだが、それは内緒だ。ぼくはこれまでジョーンズ氏を落ち着きがあり、控えめなイギリスの美徳そのものだと思っていたのだが、その冷静沈着なジョーンズ氏が、運転席から伯父の方を向き、強い英語訛りがあるものの、どう考えても忠実な運転手とは思えないようなフランス語でこう言った。

「かわいそうに。これほど間抜けなやつはいないね。いいカモだよ」

次の瞬間、手袋をはめ、いつもの直立不動の雰囲気に戻ったジョーンズ氏はパッカード車を発進させた。残されたぼくと伯父は彼の言い得て妙なフランス語に打たれ、呆然としていた。

「さてと、おまえもついに出発だな。たいした親分を見つけたもんだ。ただ、ひとつだけ言っておくぞ」

伯父は真剣な顔でぼくを見た。伯父の性格を知っているぼくは、それだけで笑いだしてしまった。

「あいつに金は貸すなよ」

10

それから三年間、一九三五年から三八年まで、ぼくの人生には二つの季節しかなかった。ブロニキ家がポーランドからやってくる六月上旬に始まる夏、そして八月末に彼らがポーランドに帰ると始まり、次の再会までつづく冬。リラに会えないまま過ごす何カ月ものあいだ、ぼくは記憶を支えに生きていた。リラと離れているうちに、もう忘れることなど絶対にできなくなってしまいそうだった。リラからは回数こそ少なかったが、日記のような文面の長い手紙がきた。タッドからの手紙によると、リラは相変わらず「自分の夢に酔っており、今度はハンセン病患者を看病に行くと言い出した」らしい。たしかに、リラの手紙にはやさしい言葉や愛を告げる言葉も書いてあったけれど、なんだか心がこもっていないような、文字面だけの印象があり、リラがその後の手紙でこれまでぼくに送った手紙は、現在彼女が執筆中の長大な作品の一節なのだと明かしたときも、ぼくはちっとも驚かなかった。だが、ブロニキ家がノルマンディーに戻ると、リラは大きく腕を広げてぼくに抱きつき、笑ったかと思うと、ときに涙を見せながらぼくをキス責めにする。このほんの数秒間がために、ぼくは、人生のあらゆる約束はきちんと守られるものだし、疑ってはいけないのだと思うのだ。

ところで、ぼくの仕事は「計算係兼任秘書」だった。ぼくの仕事をこう名づけたのは、ブロニキ氏の右腕であるポドロフスキー氏である。つるりとした顔だが、あごのかたちが独特で、髪は真ん中分け、手はいつも汗で湿っていて、ぺこぺこしてばかりいる男だ。でも「計算係兼任秘書」として、ぼくに求められたのは、お世辞にも熱中できる仕事ではなかった。

銀行家や株式仲買人、仲間の相場師がやってきて、ブロニキ氏が利子の見込み額や利益の増加や利鞘についての話を始めると、ぼくはそこに同席し、百万単位の数字を操るのだった。まず、巨額の財を想像し、手数料と負債分を差し引き、午前中にあげられたはずの利益で買えたはずの株価を、当日の相場に応じて計算する。さらにはブロニキ氏の見込みどおりに価格高騰が続いた場合、何トンもの砂糖やコーヒーが、その日のポンド、フラン、ドルの為替レートでそれぞれいくらいなるかを計算する。そのうち百万単位の金額に慣れ、自分が貧しいということも忘れた。高みを飛ぶような目のくらみに身を任せながらも、ぼくは開いたドアの隙間からリラの姿が見えないかとうかがっていた。そしてリラが姿を見せようものなら、ぼくは冷静さを失い、とんでもない失敗をやらかして、リラの父を一瞬にして破産に追い込みそうになったり綿花レートを暴落させたり掛け算の代わりに割り算をしたりしていた。ブロニキ氏はそのたびにあわてふためき、そのようすがさらにリラの笑いを誘うのだった。リラはぼくがどれほど彼女に心を奪われているかを確かめるために、あらゆる手段を講じていたが、ぼくのほうでも徐々に彼女のやり方に慣れてきて、冷静さを保ち、計算を間違わないようになっていった。だが、そうなると彼女は悔しそうな顔をして、怒りをあらわにしたまま去っていってしまうのだ。ぼくは金銭上の損失よりも、ずっと重要なものをすっぽり損失してしまったような気がした。

毎日夕方五時ごろに敷地のはずれでリラと二人きりになった。池の向こう側、庭師が「適齢期を過ぎた」花（これはリラの表現だ）を入れておく小屋のなかで待ち合わせるのだ。輝きや新鮮さを失った花たちは、それでも最後の残り香を漂わせていた。ぼくらは、赤、青、黄色、緑、紫の花びらや、勝手に生えるがゆえに雑草と呼ばれる草たちのなかを転げまわった。

そのころギターを習い始めたリラは、「自分の夢に酔い」、歌手になるのだと言っていた。草や花のなかに座り、スカートをひざまでたくしあげて、リラはぼくにアメリカでコンサートツアーをして成功したり、熱狂的なファンを得たりするようすを語って聞かせた。彼女があまりにも断固たる口調で夢を語るせいか、それとも、ぼくが彼女をそれだけ溺愛しているということか、話を聞くうちに、ぼくはリラの足元にひろがる花々が、ファンからの贈り物のように思えてくるのだった。リラの腿が見えた。ぼくは強い欲望にかられたが、何もしなかった。動けなかった。ただ、じわじわと正気を失っていった。リラは、なんだか忘れたが、彼女が詩を書いてブリュノが作曲したという歌の話をしていた。その声はおぼつかない。やがて、彼女のいつもの宿敵、現実に直面する。理想とする声の響きが自分の声帯からは出せないという現実だ。彼女はギターを放り投げ、泣きだしてしまう。

「私にはなんの才能もないんだわ」

ぼくはリラを慰めていた。この彼女が絶望する瞬間こそ、ぼくにとっては至福のときだった。このときとばかり、ぼくはリラを胸に抱きしめ、胸に手をやったり、唇に唇を寄せたりするのだ。ある日、ついにわれを失い、リラが抵抗しないのをいいことに、思うがままに彼女の身体に唇を這わせていたときのことだった。ぼくは、リラの口から、いままでにない、どんな声楽家でも出しえないような声が漏れるのを聞いたのだ。ぼくは跪いたまま動かなかった。その声はぼくを酔わせ、これまで知っていた世界を越えたところへ、ぼく自身を越えたところへと連れて行ってくれた。その叫びはあまりにも高いところまでのぼりつめて行ったので、ぼくは、それまで信心深い人間ではなかったにもかかわらず、何かの神に借りていたものをようやく返したような気がした。彼女はぼくの頭に両手をおいたまま、花の褥《しとね》に力なく横たわっていた。

「リュド、リュド、私たち、いったい何をしたの?」

「わからない」

ぼくに言えることは、事実そのままとしてそれだけだった。

「よくそんなことができたわね」

何か信心深い説明をしようとするうちに、とんでもない言葉が頭に浮かんだ。

「ぼくじゃないよ。神さまがしたんだ」

リラは少し身を起こし、座りなおすと、涙をぬぐった。

「リラ、泣くなよ。君を悲しませるつもりはなかったんだ」

リラはためいきをつき、ぼくをつき放すように手を動かした。

「ばかね。びっくりしたから涙が出ただけよ」

リラはぼくを険しい目つきで見た。

「こんなこと、どこで覚えたの?」

「なんだって?」

「ふん、こんなにばかな人初めて!」

「リラ……」

「お黙りなさい！」

リラは背中から倒れこんだ。ぼくはその横にねそべり、手をとった。だが、彼女は手を引っ込めた。

「ついにやったわ。私、娼婦になったのね」

「えぇっ、なんてこと言うんだ」

「娼婦。私、娼婦になったの」

彼女の声は満足げだった。

「ようやく、何かになることができたのね」

「リラ、聞いて」

「私、歌の才能なんてまったくない」

「そんなことないよ。ただ、ただ……」

「ただ、何よ。もう聞きたくない。私は娼婦なの。どうせなら、高級娼婦にならなくちゃ。世界一有名な娼婦にね。椿姫みたいな。でも、結核はなしね。もう失うものはないもの。私の人生はもう決まっているし、もうほかに選択肢はないのよ」

彼女の突飛な発想には慣れていたが、それでも驚いた。もう迷信みたいなものだ。もし運命がこの言葉を聞き、忘れないように書きとったりしたらえらいことだ。ぼくは立ち上がった。

「そんなこと言うなよ。言葉にしたら本当になっちゃう。それに、なんだっていうんだ。ぼくはただ、舌で……」

リラは「ああ！」と声をあげ、ぼくの口を手でふさいだ。

「リュド、そんなこと言わないで。ひどいわ。ひどい！　向こうへ行って！　もう会いたくないわ。もう絶対いや。ううん、ここにいて。どうせ、もう、こうなってしまったのだし」

ある日、いつものように庭の小屋での逢引から戻ると、玄関ホールでタッドに出くわした。どうもぼくを待っていたようだ。

「おい、リュド」

「なに？」

「いつから、妹とできてるんだ？」

ぼくは黙っていた。壁では、サン・ドミンゴの海戦[12]で英雄となった軽騎兵ヤン・ブロニキ氏の肖像が、ぼくの頭上でサーベルを掲げている。

「そんな顔するなよ。ぼくがブロニキ家の名誉のためにこんなこと言ってるなんて思わないでくれ。ただ、面倒なことにならないよう心配しているだけさ。君たち、二人とも周期があることすら、知らないだろ」

「周期って？」

「やはり、思ったとおりだ。そういう時期があるのさ。だいたい月経前の一週間と、その後の一週間なら妊娠しない。つまり、そのあいだなら大丈夫だ。君は記憶力がいいのだから、覚えておくんだな。面倒なことにならないようにしろよ、二人とも。どこその百姓女に編み棒で始末してもらうのなんてご免だからな。そのせいで死んだ娘だってたくさんいる。言っておきたかったのはそれだけさ。二度とこの話はしない」

タッドはぼくの肩を叩き、そのまま立ち去ろうとした。だが、そのまま行かせてしまうわけにはいかない。ぼくは正しておきたかった。

「ぼくたちは愛し合っている」

彼は、まるで科学的に観察するかのように、ぼくをじろじろと見つめた。

「妹と寝ているから後ろめたいんだろ。いつまでも消えない罪悪感だ。君は、妹といて幸せかい？」

ウィと答えるだけでは不十分なような気がしてぼくは口をつぐんだ。

「ほらね。それ以上の証拠は後にも先にもない。図書館に一生こもったって、他に答はみつからないさ」

タッドは飄々と口笛を吹きながら去っていった。いまでも、このとき彼が吹いていた「熱情〔ベートーヴェンのピアノソナタ〕」のメロディが聞こえるようだ。

ブリュノはぼくを避けていた。自分は悪いことはしていない、テントウムシがぼくの手にとまったのと同じくらい、ぼくの意志とは関係なく、リラがぼくを選んだだけなのだといくら自分に言い聞かせてみても、ブリュノと目が合うたびに、彼の顔に苦痛が浮かぶのを感じてつらかった。ブリュノは、終日ピアノを弾き続けており、音楽が止むと、その静寂は、ぼくが知っているショパンのどんな曲よりも物悲しい響きに聞こえてくるのだ。

11

ブロニキ氏のもとで任されていた仕事は、投資分野に限らなかった。ブロニキ氏がカジノで圧倒的かつ決定的な勝利を収めるための「勝算」作成も手伝わされた。カジノはブロニキ氏にとって難攻不落の砦であり、彼はここに最後の攻撃をかけようと企んでいたのである。彼はブリッジ・テーブルにルーレットを置き、玉を転がし続けた挙句、つい本気になって「もうだめだ！」と叫びだした。ぼくにはこの叫びが、深層心理と呼ばれる心の闇から飛び出たもののように思えた。彼のこの命がけの「システム」追及のために、ぼくができることはといえば、出た数字を暗記し、それを十回も二十回も繰り返し暗誦することで、ブロニキ氏がなんらかのひらめきを得るのを待つことだけだった。だが、長い頬ひげに覆われた彼の顔には、夢の終焉が読み取れた。「紺碧の極み」を追い求め、何時間も過ごした挙句、彼は額の汗をぬぐい、つぶやいたものだ。

「リュドヴィック君、私は君の才能を買いかぶりすぎたようだ。また、明日がんばろう。よく休んで、明日に備えてくれたまえ」

ぼくは彼に同情し、少しでも役に立ちたいと思うあまり、手心を加えるようになった。ぼくの暗誦する数列のなかにブロニキ氏が、周期的に繰り返される数字や、数列を探し求めていることはわかっていた。そこで、ぼくはつい、見当はずれのおせっかいがどんな結果を生むかを深く考えもせず、出た数字を並び替えてしまったのだ。そう、まるで、交霊術に参加した人が、幻想を捨てられず無意識のうちにテーブルを押してしまうように〔丸テーブルを囲んで霊を呼ぶ術。丸テーブルが回りだすのは、霊が降りてきた証拠だと言われていた〕。それが大惨事となった。ぼくが細工した数列を何度も繰り返させた後、ブロニキ氏は、「常軌を逸した」としか言いようのない表情を見せ、手に鉛筆をもったまま、あたかも天上の響きを聞いたかのように全神経を逆立て、しばらく動けなくなっていた。それから、興奮のあまりうわずった声でぼくにもう一度繰り返すように言った。ぼくは即座に、善意による嘘をもう一度繰り返した。ブロニキ氏はテーブルをがつんと叩くと、まるでご先祖さまたちが刀を抜き、攻撃に加担してくれるのを期待するかのように叫んだ。

「やったぞ《クルヴァ・マーチ》！　やつらを仕留めるぞ！　復讐してやる！」

　彼はあわてて立ち上がると書斎を出て行った。ぼくは無邪気にも、いいことをしたと思い満足していた。

　その晩、ブロニキ氏はドーヴィルのカジノで百万フランの負けをつくった。

　翌朝、ブロニキ氏が帰宅したとき、ぼくはリラと一緒にいた。彼が帰館する一時間前に、ぼくらはポドロフスキーから、惨事について聞いていた。ポドロフスキーは言った。

「また、自殺騒ぎになりますよ」

　そのとき、リラはハチミツを塗ったトーストと一緒に紅茶を飲んでいたが、それほどショックを受けたようには見えなかった。

「父にそんな大金があるわけないわ。その金額が本当なら、きっと誰か別の人のお金よ。つまり負けたのは誰かから借りたお金ってこと。自分のお金じゃなくてほっとしてるんじゃないの」

　ポーランド人っていうのは、呆れるほど連帯が固い。だからこそ、あれだけの惨事をくぐりぬけて祖国を守ってこられたのだろう。ぼくは、てっきりブロニカ夫人が伝統的な舞台劇のようにヒステリーの発作を起こし、医者に電話したり、気絶したりするのだろうと思っていた。ちょうどそこへ、ブロニカ夫人が、プードルを抱き、薔薇色のネグリジェ姿で食堂に降りてきた。彼女はリラの額にキスをし、ぼくににこやかに挨拶すると、紅茶を前に話し出した。

「リボルバーを金庫に入れたわ。スタスに見つからないように。一週間はあたり散らすわね。ポトッキか、サピエカか、ラジヴィウか、誰にお金を借りたのかしら。でも、まあ、ギャンブルの借金は名誉の借金だから、わかってもらえるでしょう。誰がそれを払おうともはっきりしてるのは、ポーランド貴族が伝統をきちんと継承しているってことね」

　タッドがあくびをしながら階段を下りてきた。部屋着姿で新聞を手にしている。

「何があったんだ？　ママが落ち着いていていると ころをみると、最悪の事態が起こったようだな」

「パパがまた破産したの」

「つまり誰かを破産させたんだろ」

「ゆうべ、ドーヴィルで百万すったらしいわ」

「有り金ぜんぶはたいたんだな」

メイドがあつあつのクロワッサンを運んできたと き、ブロニキ氏が帰ってきた。むっつりしている。その後ろでは、ジョーンズ氏が隙のないようすで コートをもって控えており、なんでも屋のボドロフ スキーも、青いひげあとのせいで、いつもよりさら に顎を目立せた顔で立っていた。

ブロニキ氏は無言のまま皆をみつめた。

「誰か十万フラン貸してくれないかな」

彼の目はぼくの方を見た。タッドとリラは笑い出 した。人間のできたブリュノでさえ、笑いをこらえ きれずにいた。

「おかけなさいよ。紅茶をどうぞ」

ブロニカ夫人が言った。

「一万フランでどうかな」

「マリー、クロワッサンとお茶をあたため直して ちょうだい」

「千フランでどうだ！」ブロニキ氏は必死だ。

威風堂々としたジョーンズ氏がブロニキのチェッ クのコートを大事に抱えつつ、片手を上着の懐に入 れて、一歩進み出た。

「私でよろしければ、百フランでいかがでしょう。 当然、フィフティ・フィフティでございます」

ブロニキは一瞬、躊躇したが、運転手の手から百 フラン札を取ると外に飛び出していった。ボドロフ スキーは、ぐったりした顔で腕と肩をすくめてみ せた。ジョーンズ氏はぼくらに丁寧に会釈をすると、 姿を消した。

ブロニカ夫人がためいきをつく。

「ほら、結局頼りになるのはイギリス人ね」

後年、まったく別の状況で、ぼくはこの言葉が何 度も繰り返されるのを聞くことになる。

12

ぼくがなんの悪気もなくでっちあげた勝算システムのせいでブロニキ氏がすってしまったお金を提供していたのは、サピエカ家のご子息か、あるいはラジヴィウ家かポトッキ家の伯爵だったのか、はわからない。だがその後の数日間、屋敷はポーランド人名士であふれかえった。しかも、いかにもお上品な彼らが、不良のように下品な言葉を口にするのだ。やれ、「ブロニキの馬鹿息子」だの「面汚し」「恥さらし」だのという罵りが降り注いでいた。あの肖像画に描かれた軽騎兵隊長ヤン・ブロニキ氏の肖像の口からこの言葉がでたのなら、ぼくも納得がいくのだが。ルーレットで負けたブロニキ氏に、ポーランドの名家がこぞって襲いかかっているみたいだった。当の本人はといえば、いくたびも廃墟から再生してきたお国柄を体現するかのように、実に冷静な態度でこの嵐に立ち向かっていた。彼の信念に揺らぎはなかった。いわく「あと百万あれば『システム』が作動して大儲けできたはずなのだ。もし、誰かが二百万貸してくれれば、明日にでも再挑戦する。そうなったら、いまここで私を嘲っている者たちも、こぞって私をほめそやし、勝利を祝福するはずだ」と。だが、今回ばかりは世話好きの同郷人たちも負けを認め、勝利を信じていないようだった。ブロニキ氏は、ポドロフスキーと二人で長々と密談していた。ぼくもそこに同席したのだが、もはや計算は必要なかった。どうやっても、馬鹿馬鹿しいほどに「ゼロ」という数字しかないのだ。ブロニキ氏は宝石を売ることを決め、夫人に宝石を出せと迫った。だが、夫人は拒絶した。そのようすを、リラはソファにゆったりと座り、マロングラッセを食べながら見ていた。「貧乏になるんだったら、いまのうち食べておかなくちゃ」というのが彼女の言い分だ。そのリラの説明によると、売ろうとしているダイヤと真珠は、アヴィラ公爵がワルシャワ駐在のスペイン大使だったときに、ブロニカ夫人に贈ったものらしい。これを夫のために売却するなんて公爵に失礼だと夫人は主張する。タッドがぼくに言った。

「ほらね。いつものことさ。わが家では何よりもまず名誉が大切なのさ」

こうなると、ブロニキ氏にはもう退却するしか選択肢がなかった。ポーランドの領地に帰るのである。あそこなら敵に取られることもない。なにしろ歴史的遺産の一部であり、ピウスーツキ元帥のあとを引き継いだ連隊が、羨望を秘めて警備にあたっているのだから。城と領地はビスワ河の河口、ドイツと東プロイセンの境界にある「ポーランド回廊」にあった。ヒトラーはこの地の「返還」を求め、すでにダンチヒの自由都市にナチ政権をうちたてていた。だが、ブロニキ家の領地は一九三五年の政令によって保護されており、ブロニキ家はその領地の維持費として国の補助を受けていた。

ぼくはショックだった。リラを失うことは人類についてぼくが知っていることすべてをかきあつめてもこれ以上はないというほど残酷なことだった。リラと離れて過ごす数カ月、いや、数年は、ぼくにとって自分が計算できる膨大な数字を超越した、想像もつかない長さなのだった。伯父は、運命の日が近づくにつれて元気をなくしていくぼくの姿を見て、文学の世界には、何年も離ればなれになっても続く恋もあると言い出した。とくに重症の恋に陥った者ならば、と。

「どうせならもうフランスに来なければいいのに。おまえももう十七歳だ。自分の人生を考えなくては。ひとりの女のためだけに生きるわけにもいかんだろ。ここ数年、おまえはあの子のためだけに、あの子によって、生きてきた。みんなに『変わり者のフルリ家』と言われているが、うちにも多少の理性はあるんだ。『自分を納得させる』という言葉がある。これには、諦め、放棄、従属という意味も込められているんだが、ほかの連中はそれに気づいていないようだな。もし、フランス人全員が『自分を納得させ』ていたら、フランスなんてとっくの昔になくなっているよ。正直なところ、理性がありすぎるのも、狂気が足りないのもうまくない。つまり、ほどほどが肝心だと私は思っている。これは、《クロ・ジョリ》のレシピや、調理中のマルスランにも言えることだ。まあ、たしかに、ときにはわれわれを忘れることも必要だけど。いいか、私だってこんなことは言いたくない。だが、いっそ一思いに終わらせたほうがいい。おまえが一生あの子を愛し続けるにしても、あの子はおまえの前から永久に姿を消したほうがいい。そうすれば思い出は美しくなるばかりだ」

ぼくはその前日に壊れた凧「青い鳥」を修繕しているところだった。

「伯父さん、何がいいたいんだ。『理性を失うな』、それとも『理念を守り通せ』ってこと?」

伯父はうつむいた。

「わかった。もう何も言わない。これが最後だ。私は生涯ひとりの女性しか愛さなかった。で、うまくいかなかったってわけさ」

「どうしてうまくいかなかったの?　その人にその気がなかったの?」

「うまくいかなかったわけはね、私がその人に一度も会えなかったからだ。その人は私の心のなかにいた。三十年間、毎日、心のなかでその人に会っていた。だが、結局、見つけることができなかった。出会えなかったんだよ。想像力のせいで本末転倒になってしまうこともある。本当だ。女だったり、思想だったり、国家だったりする。ある考えが気に入って、世界でそれがいちばん美しいと思う。だが、それが実現すると、思っていたのと違っていたり、それどころか、最悪のものだったりする。例えば、おまえが国を愛するあまり、それに耐えられなくなるかもしれない。国はいつでも正しいと限らないからね」

伯父は笑った。

「だから、人生や、思想や、夢をこめて……私は凧をつくる」

もうあと数日しか残っていなかった。ぼくらはまなざしで、もう二人で見ることがないだろう森、沼、旧街道に別れを告げた。まるで、ぼくたちをいたわるかのように夏の終わりは柔らかな色合いを帯びていた。太陽までもが名残惜しそうだ。

「私はどうしても何かの仕事につきたいの」

リラはまるでぼくがそこにいないみたいな口調で言った。

「ぼくを愛してないからそんなこと言うんだ」

「あら、あなたを愛しているわよ、リュド。でも、それがまずいのよ。私はそれだけで満足できないし、自分のことを考えずにいられないの。まだ十八歳だというのに、私はひとを愛せないのね。もし本当に愛してるなら、何を仕事にしようかなんていつもいつも考えないはずだわ。自分のことなんてどうでもよくなるはず。幸せになることすら考えなくなるはず。もし、本気で愛することができるなら、私はそこにいないわ。あなたしかいなくなるはず。本当の愛って、相手のことしか見えなくなることでしょう。それなのに……」。リラの顔に悲劇的な色が浮かんだ。

「まだ十八歳なのに。ひとを愛せないなんて」

リラは叫び声をあげ、泣き崩れた。

ぼくはたいして動じなかった。ここ数日で、彼女は医学の勉強を諦め、建築学を諦め、今度はワルシャワの演劇学校に入り、早々にポーランド演劇界で成功を収めると言いだした。ぼくもようやく彼女のことがわかってきた。ぼくの役割は、鑑定人として、彼女の声や痛みや苦しみの深刻さを判定することだった。彼女がぼくにそれを求めたことはない。だが、後れ毛に手をやるそのしぐさ、ぼくがいつまでも女性のしぐさのなかでもっとも美しいと感じるそのしぐさや、彼女の青い瞳がぼくをとらえ、問い掛けるのだ。「私って才能あると思わない？」。彼女の目に、荘厳な頂上の高みが見えないようにするためなら、ぼくはなんだってしただろう。とにかく、ぼくの恋のお相手は、ショパンに憧れていた。恋人ジョルジュ・サンドを喜ばせようと冬のマジョルカ島に行き、湿気のせいで結核を悪化させたショパンの姿にだ。さらに、彼女が希望に目を輝かせて語ったところによると、ロシアの二大詩人プーシュキンとレールモントフは二人とも決闘で命を落としたという。プーシュキンは三十六歳、レールモントフは二十七歳だった。ヘルダーリンは愛するあまり狂気に達したし、クライストは愛人と心中した。どれもこれも、ぼくにとってはスラブ圏もドイツもごっちゃになって、ポーランドの物語なのだ。

ぼくはリラの腕をとってなだめようとしたが、そのさなか、ぼくは自分の唇に伯父の冷笑にそっくりなものが浮かぶのを感じていた。

「君はぼくを愛してない。それだけのことじゃないか。どうやら自分ではそう思っていないようだけど。でも、いつかはそうなるよ。次の相手はブリュノかもしれないし、ハンスかもしれない。もうすぐ、ハンスと再会するんだろ。ドイツはもうポーランド国境まで迫っているらしいから。いや、それとも、これからまったく別のひとに出会って本当の恋に落ちるのかも」

リラは涙ぐんでかぶりを振る。

「何いってるの。リュド、あなたが好きよ。本当に愛してる。でも、それだけじゃだめなの。誰かを愛するだけじゃだめ。それとも、私がだめな人間だからそうなってしまうのかしら。心が狭くて表面的だから、ひとつのことを掘り下げたり立派になったり、感動させることができないのね」

ぼくは伯父の助言を思い出した。そして、スラブ的な激しさに巻き込まれても、ぼくの美しい凧を奪われてなるものかと、糸を強く握り締めるような気持ちで、ぼくはリラを引き寄せた。そして自分の唇を彼女の唇に押しつける。正気を失う寸前、最後に思ったのは、もし、〈リラ〉がぼくにくれるものが、彼女の宣言したとおり、〈本当の愛、本気の恋〉ではないとしても、〈人生〉には、ぼくがまだ想像したことのない美や、喜びや、幸福にあふれているということだ。

その晩、彼女はパリに発った――先のことがわかっていて、こんな言い方をしたわけではないけれど、〈リラ〉と〈人生〉を構文上ごちゃまぜにしてしまったことで、微苦笑が浮かんだ。パリでは彼女の両親が待っていた。そして、追い詰められたラジヴィウ、サピエカ、ポトッキ、ザモイスキーたちも、ポーランド屈指の名を汚さぬよう、愛国心に免じてそれ以上の追及を諦めたのだった。折しも祖国ポーランドでは、名誉をあきらめた政治家たちが恥辱に甘んじ、やくざなナチ政権のミュンヘン協定に屈服していた。そんな時期だけに、彼らは名誉にこだわったのだ。

ぼくはもう一度だけお屋敷を訪ねた。タッドとブリュノは、美術品の梱包や「細々した雑事」のために残っていた。とくに、庭師や使用人の給与の支払いについてはもめているようだった。ソモシエラ戦のヤン・ブロニキ隊長の肖像はすでに壁から下ろされ、ケースに入れられて祖国に帰るのを待つばかりとなっていた。ポドロフスキーは部屋から部屋へと動き回り、売却するための家具を選んでいた。そのお金で給料を払い、マルスラン・ドゥプラが断固として請求している《クロ・ジョリ》への勘定もすませようというわけだ。クロやクレリの業者も勘定を帳消しにするつもりはなく、損害を取り戻すために何かしら手に入れようとしていた。もっとも、それから数週間後、ブロニカ夫人がついに「思い出の」ダイアモンドを手放すことを決めたので、それもこれも解決したはずだ。ピアノも地球儀も、家具のほとんどは、また戻るときもあろうかと、そのまま屋敷に置いていくことになっていた。ブリュノは、ごたごたのせいで愛用のスタンウエイを手放すことになるではと案じ、絶望していた。タッドはといえば、そうした現実的なことよりも政治情勢のほうに気を取られていた。タッドは膝の上に新聞の束を置き、座ったまま、ぼくを迎え入れた。

「もうここには戻ってこないだろう。でも、まあ、それもたいしたことじゃない。もうすぐ何百人という人間が家に帰れず死んでゆくことになるんだからね」

だが、ぼくはなんとしてでもリラと再会するつもりでいたので、きっぱりと言い返した。

「戦争になんてならないさ。来年はぼくがポーランドまで会いに行くよ」

「それまでポーランドがあったらね。いまやヒトラーは君たちフランス人の臆病風につけこんでるからな。あとはこのまま突き進んでくるさ」

ブリュノは楽譜を箱に詰めていた。

「ピアノがめちゃくちゃだ」

タッドがつぶやく。

「自分勝手なやつだな。世界が崩れようとしているのに、この後に及んでまだ音楽だとさ」

「フランスもイギリスもこのままでは終わらないよ」

そう反論したものの、タッドが自分勝手だと言ったのは当たっていた。「フランスもイギリスもこのままでは終わらないよ」というのはどう考えても、「ぼくとリラはこのまま別れるわけにはいかない」という意味だと、自分でも思い当たったのだ。

タッドは新聞を床に投げ捨てた。彼はぼくを嫌悪に近い表情で見つめた。

「ああ、『絶望込めた歌こそこよない歌』〔ミュッセ『五月の夜』〕、それから『正義の戦いのなかで死んだ者は幸いである。熟れた穂、刈られた麦は幸いである』〔シャルル・ペギー『われら肉体をもつもののための祈り』〕というわけか。音楽の次は詩かい。不屈の文化がヒトラーを追い払うとでもいうのかい。冗談じゃないぜ」

彼はなおもぼくを見つめた。唇が震えている。

「来年の夏、グロテクに来たら歓迎するよ。ぼくだって間違うことはある。きっと、ぼくは愛の全能の力を知らないせいだろう。ぼくの知らない神さまがいて、恋人たちを引き裂かないようにはからってくれるかもしれないな。ふん。ちくしょう。なんだって君たちはそうやって軟弱なんだ」

ぼくは彼に、平和主義者で良心的兵役拒否者であるぼくの伯父は、ついこのあいだミュンヘン協定に抗議して、フランス凧の会の名誉会長を辞めたのだと告げた。

「それがどうしたっていうんだ。それが世間の言う良心的兵役拒否者というやつだろう。まあ、どうなるかわからん。あと二、三年もつかもしれない。というわけで、リュド、また来年会おう」

「ああ、来年」

ぼくらは抱き合った。タッドとブリュノはテラスまで出て、ぼくを見送ってくれた。いまでも二人が手を挙げ、ぼくに手を振る姿が目に浮かぶ。タッドは間違っていると確信していた。ぼくは彼を哀れんだ。タッドは情熱的な人類愛の持ち主だったが、結局のところ彼は誰も信じていないのだ。彼は不幸を信じている。それは彼が孤独だからだ。希望をもつには一ではなく二、つまり二人であることが必要だ。どんな大数の法則だって、この信条に基づいているのだから。

13

一九三八年から翌年にかけての冬のあいだに、ぼくの記憶力は、かつて伯父のところへ「この子は忘れる能力が欠如しているのです」と警告しにきたときエルビエ先生が示した懸念を、現実のものとするようになった。何度も話には聞いていたが、フルリ家の人間がそろってそうなのだろうか。というのも、今回は別に自由にも人権にもフランスにも関係ないことなのだ。フランスはまだちゃんと存在し、見たところ、とくにがんばって記憶する必要もなさそうだった。リラのことが頭を離れない。

ぼくは再び《クロ・ジョリ》の経理係として働き始めた。さらにポーランドへの旅費を貯めるために、地元の企業の経理も引き受けた。農場の仕事もしていた。だが、そのあいだもぼくの隣には、リラの姿がはっきりと見えており、伯父も、皮肉か本気かは知らないが、「そこにいないのに存在する」彼女のために三人分の食器を用意するようになったほどだ。伯父は医者のガルドュー先生に相談した。先生の診断は「偏執状態」とのことで、散歩と団体スポーツを勧められた。医者の的外れな診断にはたいして驚かなかったが、伯父の態度には心が痛んだ。これまでうちの家系に不幸を及ぼしてきた妄信的な部分に関して伯父が心配していることは重々承知していたのだが。伯父とは何度か口論もした。

伯父は言った。この夏、ポーランドに行ったら、ぼくはきっとひどく失望することになるだろう。そもそも「初恋」というのはいつか終わるものだのだ、と。だが、その一方、伯父はどこか誇らしげな目でぼくを見つめていた。そして、ついにはこう言ったのだ。

「よし、もしポーランド行きの旅費が足りないようなら、出してやろう。それから、服を買わなきゃならないな。ああいう連中のところに行くのに、みすぼらしい格好じゃまずいだろう」

　冬のあいだ、リラからは何通か手紙が来た。手紙はだんだん短くなり、ついには絵葉書だけになった。それもあたりまえだ。ぼくらはもうすぐ再びひとつになれるのだから。「みんな、待ってます」「あなたにポーランドを見せられるのが楽しみだわ」「あなたを思っています」「いよいよ六月ね」といった短い言葉こそが、ときの流れを速め、数カ月、数週間をあっという間のように感じさせてくれた。そして、出発まで、リラからはなんの便りもこなかった。それもまた、最後の待ち時間を縮めてくれるかのようだった。

　六月二十日、ぼくはクレリ駅から汽車に乗った。伯父はぼくを駅まで送ってくれた。並んで自転車を走らせながら伯父はひと言だけ言った。

「見聞を広めてくるんだな」

　祖国、外国、世界のことなんてぼくは関心がなかった。旅行なんて興味ない。ぼくはただ、自分を取り戻すこと、失われた半身を取り戻すことしか考えていなかった。汽車が動き出し、ぼくが窓から身を乗り出すと、伯父が叫んだ。

「あまり高いところから落ちるなよ。めちゃくちゃになって、調子の悪いおまえを拾いにゆくなんてごめんだぞ。あの凧、『四つの海』みたいにな。覚えているか？」

「ぼくがなんでも忘れちゃうこと、知ってるくせに！」

　こうして伯父とぼくは、笑いながら別れたのだった。

14

ぼくはそれまでノルマンディーの僻地を出たことがなかった。地理の授業で得た知識以外に世界について何も知らなかったし、歴史についても、教科書で習ったこと、クレリの戦没者碑で父やロベール伯父の名を見ながら学んだことや、伯父が凧の題材にした歴史上人物のについて話してくれたことによる知識がすべてだった。いまこのとき、〈現在〉もまた、歴史の一部だとは考えたことがなかった。政治や政治家についても、《クロ・ジョリ》でマルスラン・ドゥプラの執務室から出たときに、垣間見たことがある、エドゥアール・エリオ、アンドレ・タルドュー、エドゥアール・ダラディエ、ピエール・ラヴァル、ピエール＝エチエンヌ・フランダン、アルベール・サローなどの顔を知っている程度だった[13]。イタリアにファシズム政権が誕生したのは知っていたが、壁に「ファシズム反対！」と描かれていても、ここはフランスなのに何が関係あるんだろうと思っていたし、タッドが何度も話題にしたスペイン内戦についても、遠いところのことだと思っていた。他人事であり、風土の異なる国のことであり、そもそも、誰もが知ってのとおり、そしてよく言われるように、スペイン人というのは、「血の気が多い」性分なのだと思っていた。その前の年のミュンヘン協定についても屈辱的だと感じていたのは、何よりハンスがドイツ人であり、対立しあい、競いあう関係のなかで、彼に一本とられたような気がしたというのが大きな理由だった。ぼくが確信していたのは、ただひとつ、フランスはポーランドを見捨てたりしないということだった。要するに、ぼくはリラを諦めないということだ。現代人からすれば、十八歳にもなってこれほど無知で、世間知らずな青年が存在するなど考えがたいことかもしれない。だが、当時、フランスはまだ大国であり、その力を疑う者はなく、特別な国だった。フランスがもつ「神秘の力」を盲信するあまり、フランスのことは放っておいても大丈夫だと当然のように思っていたし、フランス人は誰ひとり、何も心配していなかった。この分野に関してぼくが特別に無教養だったわけではない。むしろその反対だ。義務教育を受け、フランスがフランスである限り、自由、品格、人権とは絶対に侵されるものではないとひたすら教え込まれていたので、一度覚えたら忘れないぼくとしては、これだけは疑いようがないと思っていたのだ。近隣国での出来事は、そう遠くないところではあっても、国境の向こうである限り、ぼくにとっては、少々軽蔑の混ざった驚きを感じる程度のものでしかなく、ああ、やっぱりフランスがいちばんなのだと感じさせるものであった。それに伯父もマルスラン・ドゥプラも、学校の教師たちも、みな、独裁政権は、国民の支持を得られない以上、そう長く続くはずはないという点で一致していた。伯父にとって、〈国民〉というのは神聖な言葉であり、この言葉には、ムッソリーニやヒトラーやフランコの失墜を約束する力が秘められていると思っていた。ファシズムやナチズムはどう見ても民衆による政治には見えなかったし、義務教育の根底をなす教えを真っ向から否定するものだった。

　さらに、伯父の徹底した平和主義が追い討ちをかける。ときおりぼくには、伯父があたふたしたり、矛盾した態度をとったりしているように見えることがあった。例えば伯父は、スペイン戦争に介入しないことを決めたレオン・ブルムを評価していたが、その一方で、ミュンヘン会談の決定には怒りを感じていた。どうやら伯父も必死に抵抗した挙句、ついにフルリ家の「歴史的記憶」に負けたのだ。三十五年間平和に郵便配達夫をしていたというのに、「歴史的記憶」の再燃を免れることはできなかったのだ。

　そんなわけで、ぼくは自分が旅している一九三九年のヨーロッパの状況について、最悪といっていいほど何もわかっていなかった。イタリア国境では、黒シャツに短刀、ファシスト党の紋章をつけた連中が待ち構えていて、ぼくのもっていたナイフを没収した。わずか七センチの小刀だというのに。駅の階段には分遣隊が軍靴を響かせていた。居合わせたフランス人が、マラパルテ〔イタリア人作家〕の書いた時評を翻訳してくれた。その記事でマラパルテは、フランスを従順な小娘にたとえ、「フランスの堕落」を語っていた。オーストリア国境を過ぎたところで、ぼくのいたコンパートメントに、小柄で頭の薄い物憂げな男が乗りこんできたが、やがて下車するように言われ、泣きながら降りていった。あちらこちらにハーケンクロイツがあった。旗にも、腕章にも、壁にも、どのポスターにも、ヒトラーの存在があった。パスポートやビザを検問するときも、ぼくの行き先がポーランドだとわかると担当官の目つきが険しくなり、ぶっきらぼうな態度と軽蔑的な雰囲気でパスポートを返してくるのだった。二度にわたって汽車の窓が特別なシールで封鎖され、しばらくのあいだ、カメラも取り上げられた。汽車が「軍事施設」の横を通過する区間に違いない。ウィーンからブラティスラヴァ〔現スロバキア〕の区間、ぼくの前に座ったSSたちは、ぼくのフランス風ベレー帽を見てにやりとし、「勝利万歳《ジーク・ハイル》」と告げて降りていった。

汽車がポーランドに入って最初の駅に停まると、雰囲気が急に、しかも完全に変化した。ぼくのベレー帽のもつ意味合い、もしくは性格もそれによって変わった。ポーランド人の乗客たちはベレー帽に親しみをこめた視線を向けていた。フランス語を話せない者は、他に親しみを表す方法がないので、ぼくの肩を叩いたり、手を握ったり、自分のビールや食べ物を差し出したりしてくれる。ワルシャワまでの区間、それからワルシャワで列車を乗り換えてビスワ川がバルト海に注ぐまで、川沿いに広がる「回廊」地区を列車が通過していくあいだじゅうずっと、ぼくはいままで聞いたことがないほどたくさんの「フランス万歳」を耳にした。

ブロニキ家からの電報には、駅まで迎えに行くとあった。もうすぐグロテクだと車掌に教えられ、ぼくは三等車から一等車に移った。再会にふさわしく、一等車から堂々と降りてゆくつもりだった。マルスラン・ドゥプラは、ぼくに本革製の旅行鞄を貸してくれた。「まあ、おまえもいうなれば、フランス代表として行くわけだからな」という勿体つきだ。彼は、ぼくの上着の裏地かベレー帽に、三ツ星がついた《クロ・ジョリ》のエンブレム、しかも国旗と同じトリコロールのものをつけようと言い出した。ぼくは承諾するふりはしたものの、エンブレムはポケットに入れたままになっていた。そのころは、まさか《クロ・ジョリ》が世界から認められるフランス最後の栄誉になるなんて思ってもみなかったのだ。たしかにマルスラン・ドゥプラは有名だったけれど、当時、彼の先見の明に気づいていた者はいなかった。

彼が「フランスの三ツ星」と呼んだものは、いまほど輝かしい価値をもっていなかったのだ。

赤いレンガ造りの小さな駅、グロテクに列車が着いたとき、車内には籠をもった農民が数人いるだけだった。だがどうやら、要人がぼくと同じ列車で着くことになっていたらしい。ぼくがステップに降りると、十人ほどの楽団がファンファーレを演奏し始めた。そのうえ、駅の屋根にはフランスとポーランドの国旗が交差した飾りがつけられており、ぼくが鞄と一緒に一歩踏み出したとたん、フランス国歌の演奏が始まり、ポーランド国歌が続いた。ぼくは大急ぎでベレー帽を脱ぎ、直立不動の姿勢でそれを聞いたのだが、そのあいだも、目ばかりはきょろきょろと周囲をみまわしていた。こんな大歓迎を受ける人物は一体誰なんだろう。脱いだ帽子を胸にもち、国歌を聞いているブロニキ氏の姿が目に入った。リラがぼくに手を振っている。タッドはうつむいているが、どう見てもふきだすのをこらえているようにしか見えない。一歩下がったところには、いつもの所在なげなブリュノの姿があった。ブリュノがぼくを見る視線には、友情と困惑が読み取れた。赤、青、白のリボンをつけた少女が、赤、青、白の花束をぼくに差し出したそのとき、ぼくはブリュノの目に浮かんだ困惑の意味がわかった。しかも、花束を差し出した少女は、一語一語ていねいに発音しながらフランス語でこう言ったのだ。「永遠なるフランス万歳。フランスとポーランドの不滅の友情に万歳！」。永遠と不滅がいちどに来るなんて、ずいぶん大げさだ。ようやくこの公式セレモニーのような大歓迎が、ぼくのためなのだとわかり、一瞬パニックに陥った。なにしろ、外国でフランス代表としてふるまうなんて初めてのことだったのだから。でも、次の瞬間、ぼくはわれに返り、堂々とポーランド語で答えた。

「ポーランド万歳《ニェフィジェポルスカ》！」

先ほどの少女が感極まって泣き出し、ファンファーレを奏でていた楽団員たちは列を離れてぼくに駆け寄り、ぼくに握手を求めた。ブロニキ氏がぼくを抱擁し、リラがぼくに抱きつく。ブリュノはぼくにキスをして、すぐに身を引いた。みなの熱狂的愛国心が落ち着いてきたところで、タッドがぼくの肘をつつき、耳元でささやいた。

「おい、見ただろ。もう勝ったつもりなのさ」

その皮肉な調子のなかには、失望が感じられた。にわか「フランス代表」のぼくは、少し馬鹿にされたような気がして、彼の腕を振り払うと言い渡した。

「タッド、シニズムに浸る者もいれば、フランスとポーランドの友愛を信じる者もいる。この二つは相容れないものなのさ」

　ブロニキ氏も割ってはいる。

「そもそも戦争なんてありゃしないよ。ヒトラー政権はいまにも崩壊しそうじゃないか」

「ミュンヘン会談のとき、チャーチルがイギリス議会で言ってたな。『恥辱と戦争、どちらを選ぶかという状況だったのに、あなた方は恥辱を選んだ。そして、戦争が起こる』ってさ」

　ぼくはリラの手を握っていた。

「戦争になったって、勝つから大丈夫」。ぼくの言葉に感動したリラが、頬にキスしてくれた。

　ぼくはまるで王冠を被っているかのように、フランスの重みを額に感じていた。マルスラン・ドゥプラが図々しくも、ぼくの胸に《クロ・ジョリ》のエンブレムを縫いつけてポーランドに行かせようとしたことを思い出し、あのとき、マルスランの顔に往復びんたでもくらわせておけばよかったと後悔した。マルスランは、自分の店に第三共和制の要人のすべてを迎え入れるうちに、フランスという国の偉大さ、諸外国にとってフランスがどんな国なのかを忘れてしまったんだ。ブロニキ氏自ら運転する古めかしいフォード——青いパッカード車はクレリの債権者に差し押さえられたのだそうだ——に乗って駅から城へ向かう途中、ぼくはリラの肩を抱きながら、みんなに最近のフランスのようすを話して聞かせた。フランスはいままでになく自信に満ちている。ヒトラーの遠吠えなんて笑い飛ばしてやる。びくびくしたり心配したりするようすはどこにもない。国全体が穏やかに自国の力を確信し、かつて人びとが「イギリス的沈着さ」と呼んだような、いままでにない風格が出てきたんだ。

「ルブラン大統領は、ヒトラーをからかうようなしぐさをして、やつを怒らせたらしいね。ヒトラーはマジノ戦〔仏独国境にフランスが建設した要塞線〕にフランス人兵士が植えた薔薇園を見に行ったんだってさ」

　リラはぼくの隣に座っていた。明るい色の髪に隠れた、透き通るような横顔、すべての疑問や疑いに終止符をうつようなこのまなざし。彼女を見ていると、勝利のへの確信がわいてきた。いや、この気持ちは幻ではない。だってこれまで負けるなんてありえなかったし、これからもありえないのだ。このことは、少なくとも今日まで、ぼくの人生に於いて間違いないことだ。

「ドイツ軍はヒトラーを追い出そうと手ぐすねひいて待ってるとこだって、ハンスが言ってたわ」

この言葉で、ハンスがブロニキ家に来ていることがわかった。ちくしょう。ぼくは即座にそう思った。高潔な思想から急に下品な感情に転じたことを恥じる気持ちはなかった。むしろ、フランス国民としての怒りがたちのぼるのを抑えられなかったのだ。

「ドイツ軍がヒトラーを追い出すかどうかは知らないけど、誰がドイツ軍を追い出すのかは明らかだ」

と宣言しながら、内心こう思っていた。「それはぼくだ」と。愛国的な歓迎を受けて高揚していたせいだろうか、リラの手を握っていたためだろうか、ぼくはのぼせあがっていた。

「フランスには用意がある」

正直なところ傲慢すぎるのが心配になって、ぼくは一人称を「フランス」と言い換えた。

タッドはよく見せる薄ら笑いのうちのひとつ浮かべ、黙りこんでいる。そんなとき彼の横顔は、いつも以上に鷲を思わせるのだった。タッドの辛辣な話し方には許しがたいものがあった。ブリュノが場をなごませようとする。

「アンブロワーズ伯父さんは元気にしている？ 凧は相変わらず？ よく思い出すんだ。いかにも平和な感じだったよね」

「伯父は戦争のことを思い出そうとはしない。昔のひとだからね。つらい体験をしすぎたんだろう。伯父は過激なものを信じない。どんな高潔な思いを抱こうが、糸の先でちゃんと支えていかなくちゃいけないって伯父は言うんだ。さもないと、とんでもない数の人間が『紺碧の極み』を目指して命を落とすことになる。伯父は凧といるときだけが幸せなんだ。でも、ぼくたち、まだ若いフランス人は、紙でできた夢に満足するわけにはいかない。ううん、夢なんて見ている場合じゃないんだ。武器をとって、夢じゃなくて現実のために闘わなくちゃ。この現実こそ、自由、名誉、人間の権利……」

リラがそっと、握っていた手を引っ込めた。ぼくの愛国的な高揚や大演説に当惑したせいだろうか、それとも自分のことが話題にならないから不機嫌になったのだろうか。でも、ぼくはリラのことを忘れていたわけではない。ぼくはリラの話をしていたのだ。

15

ブロニキ家の城は、要塞のようだった。実際、かつては要塞そのものだったのだ。バルト海から数百メートル、ドイツ国境からは十キロあるかないかという位置にある。城の周辺には庭園や松林の砂地が広がっていた。堀はそのまま残っていたが、跳ね橋があった部分には、広々とした階段とテラスが造られている。壁や古い塔は、歳月と海風によってぼろぼろだった。玄関ホールに入るなり、甲冑や旗、盾、旧式の銃、矛槍、エンブレムに見つめられ、ぼくは気後れした。

そして、この骨董オークションの会場のような屋敷のなかに一歩足を踏み入れたとたん、大理石のテーブルの横、織物張りのソファに座るハンスの姿が目に入った。ハンスはセーターに乗馬ズボンとブーツといういでたちで、英語のグラビア雑誌を読んでいた。ぼくらは距離をおいたまま、挨拶を交わした。やつはなんでここにいるんだろう。プロイセンのドイツ軍人学校に在籍しているはずだし、ポーランドとドイツのあいだでは日に日に緊張が高まっているというのに。リラの説明によると「おぼっちゃん」は、肺炎にかかり、国境の向こう側にある彼の伯父ゲオルク・フォン・テイエルのもとで療養中らしい。そして、彼はときおり、子供のときから慣れ親しんだ国境の道に馬を走らせ、ポーランドの従兄弟のところに遊びにくる。つまり、彼はいまでもリラに恋しているのだ。

リラは、昔のままではなかった。二十歳になったばかりのはずだ。だが、タッドがぼくに言ったように、彼女はいまも自分の夢に酔っているのだった。彼女はいつも言っていた。

「一生のうちに何かをやりとげたいのよ」

あるとき、ぼくはついに言ってしまった。

「せめて、ぼくがフランスに帰ってからにしてくれよ」

ぼくはどうして、愛こそが存在のすべて、存在理由のすべてだと思うようになったのだろう。伯父の無欲な性格を引きついだのかもしれない。あまりにも早く、あまりにも幼いうちに命がけの恋をし、自分のなかに他のものが育つだけの余地がなかったせいかもしれない。妙に聡明な気分になって、いまの自分のがっかりするような実像や平凡さは、ぼくの胸にブロンドの頭をあずけ、目を閉じ口元に笑みを浮かべて、何やら将来の成功を思い描いているリラが夢見がちに期待するものからすれば、これ以上はないというほど、かけ離れたもののように思えるときもある。ぼくに素朴なところがあるからこそ、リラは何か安心できるものを感じているのだろうとすでにうすうす気づいてはいた。だが、彼女がぼくに求めているのは、高みにのぼるための存在ではなく、地に足をつけておくための存在なのだと認めるのはつらかった。まる一日、「森で自分探し」(と彼女は言っていた)に明け暮れたあと、リラはぼくの部屋にやってきて、悲しげに抱きついてきたものだ。彼女にとってぼくは、あらゆる問いかけを重ねた挙句、ようやく諦めがつき、たどりついた結論のようなものなのだ。

「リュド、愛してちょうだい。それいくらいしか、私には価値がないのよ。愛されることしかできない女たちがいる。私もそうなのかも。背中で男のひとが言ってるのが聞こえるの。『なんてきれいなんだろう』って。それって、私の人生は鏡のなかの姿だけにしか価値がないって言われているみたいだわ。私はなんの才能もない。そんな私でも……」

リラはぼくの鼻先にふれる。

「あなたにだけは特別な存在なのね。私はキュリー夫人にはなれないわ。今年は医学部を受けるつもりよ。運が良ければ、誰かの病気を治してあげられるかも」

リラの悲しみについてぼくにわかっていることは、ひとつだけ。ぼくでは「不充分」なのだということ。バルト海の浜辺で松の大木の根元に腰を下ろし、リラは自分の夢に酔っている。そこらの草を摘んで、口元でもてあそぶ。ぼくはこの野草と同じようなもの、いつ捨てられてもおかしくない。「君はぼくの人生のすべてだ」と囁きかけたら、リラを怒らせてしまった。陳腐な言い回しが失礼だと言うのか、それとも、そんなちっぽけな単位で自分を計らないでほしいというのだろうか。

「ねえ、リュド。あなたの前にも、私に恋したひとたちがいたわ」

「知ってるよ。前任者がいるんだろ」

いまにして思えば、このころリラは、自分でもうまく言葉にできないまま、漠とした意志をもっていた。女であることだけに縛られたくないという意志だ。若いときのぼく、世間知らずだったぼくには、当時、「女であること」が女性にとってどれほど強い呪縛であるかなんて想像もつかなかった。タッドはぼくに言った。

「政治的にいうと、うちの妹は文盲みたいなもんだ。でも、あいつが自分の夢に酔っているさまは、自分をわかっていない革命家と同じだな」

七月半ば、タッドが逮捕され、ワルシャワに連行された。尋問は数日間続いた。当時、ポーランドに闇で出回っていた雑誌に「反体制的な」記事を書いたのは彼なのではないか、と疑われたのだ。やがて上からの命令で、謝罪とともに彼は釈放された。彼が有罪であろうとなかろうと、歴史的に名のあるブロニキ家がこのような事件にかかわるはずはないということで釈放されたのだ。


戦争に関する噂は、日々騒々しくなっていた。地平線の向こうからずっと雷鳴が聞こえてくるような状態だ。ぼくがグロテクの街を歩いていると、見知らぬ人びとが、ぼくの上着の裏についている三色旗のエンブレム（《クロ・ジョリ》の名は、糸を一本一本取り除いて消してあった）に気づいて、ぼくに握手を求めてきた。だが、ポーランドの人たちだって、まさか前の大戦の敗北から二十年もたたないうちにドイツが再び敗戦にむかって突き進もうとしているなんて、まったく思ってもみなかったのだ。タッドだけが、国際政治の切迫した危機を理解していた。ぼくは、彼の説く戦争の脅威と、過去の廃墟から新たな世界が誕生する希望とのあいだで揺れていた。タッドはぼくの直情ぶりと無知さかげんを良く知っているはずだった。その彼でさえあまりにも深刻な顔でぼくに問い掛けてくるのものだから、ぼくは当惑してしまった。

「君、フランス軍は、みなが信じてるほどの力を本当にもっているんだろうか」

だが、次の瞬間、タッドはすぐに取り繕うように微笑んでみせる。

「君にわかるはずないよな。誰にもわかりっこないんだ。これが歴史の『予測不可能』なところなんだよな」

　バルト海のほとりにぼくらの隠れ家があって、晴れた日はそこでリラと会っていた。そこにいると、あと数週間に訪れる世界の終わりなど、まったく気にならなかった。だが、リラは何か不安そうだった。おびえていたと言ってもいい。理由を尋ねても答えは返ってこない。リラは首を振り、ぼくにしがみついてきた。目を大きく見開き、胸を震わせている。

「リュド。怖いの。私、怖い」

「何が怖いんだ？」

　ぼくは当然のように言い足した。

「ぼくがいるじゃないか」

　繊細な人間には、何か前兆を感じる力があるのだろう。あるとき、リラは不思議なほど穏やかな声でぼくに囁いた。

「地面がひっくり返るわ」

「どうして、そんなこと言うんだ」

「リュド、地面がひっくり返るの。私にはわかるの」

「このあたりで地震なんてないよ。科学的に立証されている」

　リラが哀願するような目でぼくを見上げるこの瞬間にこそ、ぼくはいままでにない静かな力と自信を感じるのだった。

「自分でもよくわからないけれど……」

　リラは自分の胸に手をやって続けた。

「ここにあるのは心臓じゃない。小さなウサギがここで怯えているの」

　ぼくはバルト海に目をやった。冷たすぎる海水、海にひろがる霧。でも、それがなんだというのだ。ぼくはここにいるのだ。

　何もかもが穏やかに見えた。北の地方の松の古木がぼくらの頭上に枝を伸ばしていた。カラスが鳴いているのは、近くに巣があるから、もう夕方だから。それだけのことだ。ぼくにとっては、ブロンドの髪に縁取られたリラの横顔こそが、憎しみの叫びや戦争の脅威よりも、ぼくの運命をくっきりと示すものだった。

　リラは真剣な顔でぼくの方を見た。

「リュド、今日こそは言うわ」

「なに？」

「あなたが好きよ」

　しばらくは何も言えなかった。

「どうしたの？」

「別に。でも、リラの言うとおりさ。地面がひっくりかえった」

ずっとラジオの前を離れずにいたタッドがぼくらを悲しげに見つめて言った。

「のんびりしていられないぞ。これが世界最後の恋になるかもしれない」

だが、若さというのはすぐに活力を取りもどす。ブロニキ家の城は歴史的衣裳を集めた博物館のようだった。「追憶の棟」にある三室は、棚も箪笥も、栄光ある過去の遺物であふれかえっていた。ぼくは軽騎兵の軍服をあててみた。タッドはぼくらに促され、コシニエリの衣裳を着た。コシニエリとは、コシチューシュコ〔十八世紀にポーランド独立を目指した英雄〕のもと、長槍だけを武器に皇帝軍に反旗を翻した農民たちのことだ。リラは金糸の刺繍が施された眩いばかりのドレス姿で現われた。曾祖母の世代の誰だったか、お姫さまのドレスだ。ブリュノはショパンの格好をしてピアノを弾き始めた。リラは仮面舞踏会のような眺めに笑い声をあげ、ぼくらをひとりずつ誘っては、ポロネーズを踊らせるのだった。過ぎ去りし時代、かつての暮らしを知るはずの鏡張りの壁は、そんなぼくらの姿をやさしく映し出していた。リラの顔が平和である限り、世界の平和は何よりも確実なものに思えた。リラの手を取り、床の上で不器用なステップを踏みながら、すべてはここに、いまも、これからもあるのだと感じていた。かくして、勇敢なるノルマンディー出身の軽騎兵は、地面から高く高く浮かび上がり、女王さまの高みにまで到達したのだ。ポーランドはまだこの女王陛下の名を知らない。いや、この国は、一九三九年七月下旬のこのとき、恋愛どころではなかったのだ。

ぼくらは「追憶の棟」を出て、庭園を散歩した。タッドとブリュノはそっと離れてゆき、ぼくらを二人きりにしてくれた。並木道が終わると、そこから先は森だ。松濤や波音が聞こえてくる。藪が生い茂るなか、まるで時間がとまっているかのように土と岩の露出した部分がある。ぼくは、なんとも言えない古代の密やかな夢想に耽け入っているようなこの場所が気に入っていた。きっと古代からずっとこのままなのだ。砂上には、ここ数日のぼくらの身体の名残があった。リラがひと息つく。ぼくはリラの肩越しに目を閉じる。だが、その直後には、軽騎兵の紅白の上着が茂みのなかでお姫さまのドレスに重なり合う。こうなると、もう海も森も大地も関係ない。身体を重ねるたびに、すべての危険から、すべての過ちから守られているような気がしていた。まるでこれまでぼくが知っていた彼女は、思わせぶりな見せかけにすぎなかったかのようだ。ふとわれに返ると、大きな帆船が、何年もの航海を経てゆっくりと港に帰ってゆくような気持ちになった。愛撫を終えたぼくの手がリラの乳房を離れ、石や木の皮にふれると、それだけですべてが緩む。ときには目を開けたまま彼女を抱こうとするのだが、結局、いつも目を閉じていた。見えるものに気を取られすぎて、それだけで感覚がいっぱいになってしまうのだ。リラがわずかにぼくから身を離し、ぼくの顔をつくづくと眺める。そこには残酷なものがないわけではない。

「ハンスはあなたより美男だし、ブリュノのほうがあなたより才能がある。それなのに、どうして私は誰よりもあなたが好きなのかしら」

「ぼくにも不思議だ」

リラは笑い出した。

「女って、いつまでたっても謎のままね」

16

　ブリュノはぼくを避けているようだ。彼の顔に浮かぶ苦しみが気になってしようがなかった。いつもなら、彼は一日五、六時間ピアノをひく。彼の部屋の窓の下で、長いあいだそれに聞き入ったことも何度かある。だが、ここ数日、ピアノの音がしないのだ。音楽室に行ってみた。ピアノがない。とっさに頭に浮かんだのは、馬鹿げたことだが、ぼく自身が恋の苦しみのあまり、何度か考えたことだった。そう、ぼくは、ブリュノが自らピアノを海に沈めたのではないかと思ったのだ。

　その日の午後、リラを探して道を歩いていたら、波音にまざってショパンの一節が聞こえてきた。ちくちくする草の生えた砂地を少し歩くと、浜辺に出た。ぼくの左側、松の古木が身をかがめるように枝を伸ばした下にピアノが見えた。古木の頂はどれも過去の夢に浸っているように見える。ぼくから二十メートルくらいのところでブリュノがピアノに向かっていた。横顔が見える。海風を受け、彼の顔はまるで幽霊のように青白く見えた。もう日が暮れかけていて、陽光は照りつけるというよりも、ぼんやりと照らすだけになっていたし、カモメの声が霧笛のように鋭く響いていたせいだろう。

　ぼくは木の陰で立ち停まった。隠れたつもりはない。だが、青白い光と海による北国のシンフォニーのなかですべてがあまりにも完璧だったので、ぼくはそれを壊したくなかったのだ。こうした一瞬は記憶がある限り、一生そのまま残る。霧から逃げ出して来たツバメが海面に短い奇跡を刻み、音符のように舞い上がる。海鳴り。結局それだけのことなのだ。バルト海といっても、海水の広がりでしかなく、塩と水でできているだけなのだ。その海鳴りが、ピアノ前の浜辺に流れ着いては消えていく。まるで、主人の足元に伏せる犬のように。

やがて、ブリュノの手が黙り込む。ぼくは余韻が消えるのを待って、彼に歩み寄った。ぼさぼさの厚みがある髪に埋もれ、彼の顔はいつも巣から落ちた雛のようだった。ぼくは何か言おうとした。雄弁すぎる沈黙を打ち消すには、言葉の助けを借りるしかない。そのとき、後ろに誰かがいるのに気づいた。リラだ。砂の上に裸足で立っている。母親から借りたのだろう、透ける布とレースでできたひらひらのドレスを着ていた。リラは泣いていた。

「ブリュノ、あなたのことも大好きよ。リュドとのことは明日終わるかも、一生続くかもわからない。私には決められないの。人生次第なの」

リラはブリュノに近づき、唇にキスをした。ぼくは嫉妬しなかった。そういうキスではなかったのだ。

ぼくは、まったく別の人物をライバルとして案じていた。ほら、そこの道、松の木の下から二頭の馬の手綱を引いて現われたやつ、そう、ハンスだ。彼はその後も国境越えを成功させては、リラに会いにきていた。時代と家系図の奇遇な絡み合いのなかで、ブロニキ家のひとりが、プロシアまで枝を広げたのだとリラから説明は聞いていたものの、ヴェーアマハト〔ドイツ軍〕の軍人学校に在籍中の年下の「いとこ」の存在は、ぼくにとって許しがたいものだった。彼がイギリス風の乗馬服に身を包み、無表情のままそこに立っているだけでも、ぼくは彼が横柄に割り込んできたように感じ、憤りを抑えられないのだ。ぼくは拳を握り締めた。リラは心配そうだった。

「どうしたの？　なんでそんな顔するの？」

ぼくはみんなから離れ、森のなかを突き進んだ。ぼくにはやはり理解できなかった。いくら血縁があるといっても、ブロニキ家の人たちは、どうしてハンスの存在が許せるのだろう。ハンスは、ドイツ軍の先頭に立ち、聖なる「回廊」地帯を侵略する側にまわるかもしれない人物だというのに。一度だけ、ハンスがヒトラーを手厳しく批判したあとで、ポーランドとドイツの緊張状態についてふれたことがある。居間に集まり、暖炉を前に話していたときだった。暖炉のなかでは炎が踊り、調教師の死を夢見る老いたライオンのような声をあげていた。タッドがラジオを消した直後、ハンスがぼくらを眺め渡した。

「君たちの考えていることはわかっている。でも、それは間違いだ。ヒトラーはぼくたちドイツ人を支配しているわけじゃない。ヒトラーは、ぼくらに使われているだけだ。役に立たなくなったら、さっさとお払い箱にするだけの力がドイツ軍にはある。敗戦国の屈辱をはらす。ドイツは、不名誉に苦しんできた者によって再出発するんだ」

タッドは、代々ブロニキ家の尻に敷かれて布が擦り切れ、ぼろぼろになったソファに座っていた。

「ハンス、エリートなんてでたらめだ。やつらの時代は終わった。彼らが世界のためにできることは、唯一、消えてなくなることだね」

リラは、背もたれのついた修道院風の角張った高椅子、いかにもポーランド版ルイ十一世調家具といった椅子に、半ば横たわるかのように座っていた。

「天にましますわれらが神よ」

リラの声がささやいた。ぼくらは驚いて顔を見合わせた。リラは、教会や宗教、司祭に対して、キリスト教的な慈悲をもった態度で接していた。というのも、彼女いわく「あの人たちを許してあげなくちゃ。だって、自分では何をやっているのかわかってないのよ」

「天にましますわれらが神よ。世界を女性的なものしてください。思想も国も国家元首もぜんぶ女のようにしてください。ねえ、最初に女性的な声で語った男は誰だと思う？　イエス・キリストよ」

タッドが肩をすくめる。

「イエスがホモセクシャルだってのはナチの愚論で、歴史的な根拠も何もないんだぜ」

「タッド、それこそが男性的な考え方なのよ。私だってそんなこというほど馬鹿じゃないわ。私が言ったのは、ただ、人類の歴史で最初に女性的なもの言いをした男はイエスだってこと。そう言ったの。証拠もあるの。だって、最初に、慈悲や愛、優しさや、たおやかさ、許すこと、弱きものを尊重することを説いたのは誰？　最初に、武力や硬直したものや、残酷なもの、喧嘩や、流血沙汰なんか犬にくわせろ――あら、まあ、言葉のはずみよ――って言ったのは誰？　最初に世界を女性的なものにしようとしたのはイエスで、私も同じ意見だわ。キリスト亡きあと、世界の女性化を主張した二人目の人間が私なの」

「キリストの再来か！　いま、まさに人びとが待ちわびてるものだな」。タッドがつぶやく。

リラの姿をほとんど目にしない日もあった。リラは大きなノートと鉛筆を抱えて森に姿を消すのだ。リラは、当時有名だったマリ・バシュキルツェフ〔ウクライナ出身の女性画家〕の「日記」をうわまわる手記を書こうとしていたのだ。リラは、タッドからメアリー・スタンフィールドの『フェミニズム闘争の歴史』を借りていたが、「フェミニスト」という言葉が気にいらないようだった。

「なんとか主義なんて言い方じゃだめよ。別の言葉を考えなくちゃ」

ぼくは彼女が一人でいることに嫉妬した。彼女が一人で歩く道、彼女が持ち歩き、まるでぼくがいることを忘れたかのように読みふける本に嫉妬していた。ぼくは自分の過ぎたる要求や、暴君のような憤りを多少の自嘲とともに受け入れられるようになっていた。彼女が生きるためには、ときおりぼくから離れるのを許さなくてはならないこともわかってきた。そして、ぼくよりも孤独を選ぶことを、水平線と、あの名は知らないがちょっとした凪にも白い頭を垂れるあの背の高い草に囲まれて過ごす時間を許さなくてはならないことも。彼女がぼくを離れ、「自分探し」に行くあいだ――パリのルーブル美術学校に入るといったかと思えば、翌日にはイギリスで生物学を学ぶと言い出すのだ――、ぼくは自分がちっぽけな存在に思え、彼女の人生から追い出されたような気分になった。その一方で、ただ愛するだけでは足りず、愛し方を学ばなくてはならないと思うようになった。ぼくは、凧が「紺碧の極み」を目指して姿を消さぬよう強く糸を握っていなければいけない、という伯父の助言を思い出した。ぼくは、ぼく高く遠いところばかり夢見てきた。とはいえ、ぼくにはぼくの人生しかなく、リラの人生をどうすることもできないということを認めなくてはならない。自由というものが、これほど厳しく、要求が多く、難しいことに思えたことはない。伯父の言う「義務教育の犠牲になった」フルリ家の歴史を知り尽くしていただけに、自由とは常に犠牲を強いるものだと認めないわけにはいかなかった。だが、まさか女性を愛することが自由という概念を教えてくれるとは思いもしなかった。ぼくは、慎重にがんばってみることにした。もう森までリラを探しに行ったりはしない。彼女がなかなか帰って来ないと、ぼくは必死に闘っていた。自分がちっぽけで無意味なものに思えてくるのを打ち消そうと闘っていたのだ。「だんだんと」無感覚になっていくのを楽しむようなところもあり、挙句の果てには自分が小人になっていやしないかと、鏡の前で確かめて笑いだすほどになった。

とんでもない記憶力をもっていることがさらに事態を深刻にしていた。リラが目の前からいなくなったとたん、ぼくにはリラの姿が見える。その姿はやけに鮮明で、自分が彼女をこっそり偵察しているような後ろめたさを感じるほどだった。たった一人の女性を愛するためには、まず多くの女性を愛することが必要なのだろうか。初恋に予備知識はない。タッドはときおりぼくに「まあ、君も一生のうちには別の女を愛することになるさ」と言ったものだが、そのたびにぼくはそんな風に一生という言葉を使うのは不謹慎だと思った。

城には図書室が三室あり、金や紅の装丁が施された分厚い本が壁を埋めていた。ぼくはよくそこへ行き、リラ以外にも人生の目的はないものかと書物をめくっていた。だが、リラのほかに人生の目的などみつからなかった。ぼくは怖くなった。リラがぼくを本当に愛しているのかすら確信できない。あの日、ブロニカ夫人が言っていたように「ちょっとしたフランスびいきの気まぐれ」に過ぎないのではないかという疑いが頭から消えない。リラはぼくたち四人、タッド、ブリュノ、ハンス、そしてぼくのことを、「世界の終わりに抵抗する四銃士」と呼んでいた。みんなでいつか人類を救う恩人となるのだと。だが、ぼくは馬に乗ることもできない。リラに突き放され、一人きりになったとき、ぼくは本の世界に逃避した。そんなある日、ぼくがモンテーニュの初版本を読みふけっていると、グロテクには滅多に姿を現さないブロニキ氏が図書室にやってきた。ここしばらく、彼は名誉を守るためにワルシャワを離れられずにいた。というのも、噂によると、いまやブロニカ夫人は政府の高官の愛人となっており、ことをあからさまにしてブロニキ家の名を傷つけないためには、彼女をひとりワルシャワにおいておくわけにはいかなかったのだ。図書室に現われたブロニキ氏は、大きく腕を広げて輝かしい蔵書を指し示しながら言った。

「私はここで青年期のもっとも胸躍る、多感な時期を過ごした。年をとったら、ここでもういちど、本当にやりたかったことをやるんだ。文化的な生活をな」

タッドがぼくの耳元で囁いた

「うちの親父は本なんて一冊も読んだことないんだぜ。それでも感傷はあるらしいな」

リラの不在が長引いたり、最悪の場合、ハンスが来てリラとふたり馬を並べて森に向かったりすると、ぼくは不安でいたたまれなくなり、そのさまは誰の目にも明らかだった。ブリュノは、嫉妬するほどのことではないとぼくをなだめた。ハンスが乗馬の名手であることはぼくも認めざるをえなかった。タッドは、必死になってぼくをからかうような言葉を控えていた。彼の性格にしてみれば、それが精一杯のやさしさだったのだ。それでも、ドイツ軍が回廊地帯沿いに部隊を集中させているとポーランド放送が告げたとき、タッドは怒った。

「ヨーロッパが、そして、自由が敗北に向かっているというのに、子供じみた恋にめそめそするなんて、馬鹿みたいだな」

グロテクの路地を歩いていたら、美しい白ひげをたくわえた紳士がぼくに挨拶し、自分の「粗末な棲家」に招いてくれた。その家の居間にはフォッシュ元帥の全身像が飾られていた。ぼくを招き入れた紳士は叫んだ。

「不滅なるフランス、万歳!」

「永遠なるポーランド、万歳!」。ぼくも答えた。

こうして永遠を確かめ合うのも、終焉の予感があるからこそだろう。ポーランド滞在中、唯一このときだけは、疑念が不安という名の翼を広げ、ぼくをかすめていった。めぐりあうポーランド人たちが、何かにつけ「無敗のフランス」に信頼を示すさまを見ていると、何やら急に、無敗どころか、死がすぐ近くまで来ているような気がしてくるのだった。

だが、それも一瞬のことだ。ぼくはすぐにフルリ家の「歴史的記憶」をたどり、確信を得る。この確信があってこそ、ぼくはリラのもとに戻り、世界の平和を救う者にふさわしい、落ち着きをもってリラを腕に抱くことができるのだ。その後始まった戦争が、四千万人の死者を出して終結したことが知れわたっているいま、ぼくは言いわけをするつもりはない。あえて言うなら、純朴さのせいだったということになる。純朴さは、罪深き盲信よりも、多くの犠牲を生むことがある。だが、当時のぼくには、彼女の熱い唇を首や顔に感じることこそが、戦争の脅威に静かに終止符を打つことになると思えた。そして唇が離れたあとも、ぼくはずっとその感覚を片時も失わずにいるのだ。幸せすぎると、人は幸福の怪物になってしまう。道端でぼくの三色旗のエンブレムを見て「フランスが来てくれた」とばかりに話し掛けてくるポーランド人に対し、ぼくはつれなかった。ぼくはこうして、「ぼくらの」未来に影を落とす可能性があるものをすべて排除していたのだ。

いやいやながら、タッドとともにヘルの学生たちの地下集会に出席したことがある。学生たちは二派に分かれて対立していた。一方は、即刻、動員令を出すべきだと言い、もう一方は——ぼくの理解が正しければの話だが——軍事的な意味しかもたない対ドイツ戦については敗北を甘受し、不平等社会の消滅というもうひとつの闘争にこそ勝利しようではないかと説いていた。ぼくの未熟なポーランド語では議論に入ることはできなかった。ぼくは、礼儀正しく、でも、少し皮肉っぽい表情を浮かべ、腕組みしてそこに立っていた。フランス人のぼくがここに静かに存在しているだけで、すべての問いに答えることになると信じていたのだ。

17

学生集会から帰ってきたぼくは、ブロニキ氏から、かつてここで何やら輝かしい条約の締結が行なわれたという楕円形の大広間、通称〈王家の間〉に呼びだされ、おごそかな話し合いの場をもった。ブロニキ氏との約束は午後四時で、ぼくは大広間で彼を待っていた。ぼくの頭上にはナポレオン軍の大将の肖像画があり、そのわずか数メートル先には敗走するコサックの首長マザパや、ウィーンに迫らんとするトルコ軍にヤン三世ソビェスキ〔ポーランド王、在位一六七四－一六九六年〕が勝利した際に活躍したという英雄、ヤロスワフ・ブロニキ氏の肖像があった。ブロニキ氏は、ポーランド国内のあちらこちらに半ダースほどの絵画を所有し、この国の歴史のもっとも古く由緒ある伝統を、絵筆と油絵の具によって昔のままの状態で保存しているのだ。ブロニキ氏は当時、大規模な商談に乗り出したところだった。ロシア人に八百万枚の毛皮を発注していた。そのうち三分の二は、アストラカン産カラクール、ブルー・ミンク、その他長毛種、つまりテン、キツネ、クマ、オオカミなどの高級毛皮で、生産量すべてを買い占めたようなものだった。彼はこれを四倍の値でイギリスに売るつもりだった。彼の天才的な脳は、どうしてこんなことが思いつくのだろう。いまになって思えば、彼には、直感もしくは予感としてひらめくものがあったのだろう。だが、彼の直感はまさに皮算用だったのだ。

　ぼくは毎日何時間もかけ、世界の金融為替に応じて予想される利益高を計算していた。この契約は一九四〇年から四二年にソビエトで生産された毛皮の総生産ほぼ匹敵する大規模なもので、ポーランド政府の援助もあったにちがいない。というのも、背後には高度な外交取引があったのだ。外相のベック大佐がヒトラー政権との交渉に失敗、そのために、商業取引によってソビエト政権と友好関係を作っておこうということになったらしい。人類の歴史のなかで、自然に対して、そして毛皮の価格に対して、これほど大きな過ちはなかった。ポーランドの国立古文書館にこのときの取引の詳細な記録が残っている。ぼくが聞いた言葉のなかでもっとも酷い言葉のひとつは、ワイルド・ライフ・ソサエティの優秀なるメンバーが戦後に発表した以下の一文である。

「一千万匹の動物が大殺戮を逃れて生き残ったことだけでも喜ぶべきなのかもしれない」

　ぼくは、すでにたっぷり半時間ほど、ブロニキ氏を待っていた。午前中、何時間も仕事したあとだというのに、なんの用件で呼び出されたのか、見当がつかない。毛皮の件はほぼ片づき、あとは保管場所を確保するだけになっていた。一度に市場に出しすぎて価格が暴落してしまわないよう、在庫を管理する必要があったのだ。もうひとつ心配なことがあった。ドイツが名乗りを上げ、ソビエトで生産される今後五年分の毛皮を手に入れようとしていたのだ。そんなビジネスの話の最中、ブロニキ氏は、とつぜん、ちょっとばかり厳かな口調でぼくに言い渡したのだ。

「〈王家の間〉で四時に待っていてくれたまえ」それ以上説明の言葉はなく、唐突な形で午前中の会話は終わっていた。

　扉が開き、ブロニキ氏が現われた。少々「酒の勢いを借りている」のだとすぐにわかった。ポーランドでは pod wplywem 〔（アルコールの）影響で〕という巧妙な言い回しで「酔っぱらい」を表現するのだ。ブロニキ氏は、食後にコニャックの瓶を半分空けてしまうこともあった。

「フルリ君、そろそろ腹をわって単刀直入に話すべきだと思う」

　ブロニキ氏がぼくを初めて君づけで、しかも姓の「フルリ」を強調するかのような調子で呼ぶなんて奇異なことだった。上下ともゴルフウェア姿のブロニキ氏は、後ろで手を組み、ときおり、やや爪先立ちになりながらぼくの前に立っていた。

「うちの娘と君との関係についてはもうわかっている。君は、娘とつきあってるな」

　彼はここで手をあげぼくを制した。

「否定しても無駄だ。わかっている。君は名誉についても、名誉に伴う義務についてもわかっている若き紳士だ。つまり、君によこしまな考えはないと思う。ただ、確認しておきたいだけだ」

数秒間、ぼくはただ呆然としていた。ようやく口ごもりつつ言葉にできたのは、

「そうです。ぼくはリラと結婚したいと思ってます」

という言葉だった。

残りの「彼女と結婚できたら世界でいちばん幸せだと思います」や「彼女がいなくては生きる意味がありません」という言葉は音にならないつぶやきに終わった。

ブロニキ氏はぼくにぶしつけな視線を向け、顎をしゃくって見せた。

「フルリ君、君は名誉というものがわかっていると思っていたんだが……」

ぼくはわからなくなった。

「先ほども申し上げたように君にはよこしまな考えはないと思っていた。それなのに、私は残念だよ。フルリ君」

「でも……」

「君がうちの娘と寝ていようが……、うむ、どう言ったらいいものか。深刻にならない遊びならいい。私どもの家系では、女性に神聖さを求めることはしない。わが家では誇りさえあればいいのだ。だが、フルリ君、君との結婚となると、それは無理だ。たしかに君は将来輝かしい功績を得るだろう。しかし、うちの家系からすると、娘は、皇族の血縁者に嫁ぐチャンスが充分にあるのだ。君だって知らないわけではあるまい。娘のもとには、イギリスの社交界や、デンマーク、ルクセンブルク、ノルウェーの社交界から、次々と招待状が届いている」

それは事実だった。ぼく自身、紋章の入った封筒が玄関ホールの大理石のテーブルに並んでいるのを目にしていた。だが、その大半は、招待客の数が何百人を数えるパーティーの招待状だったし、リラはぼくに説明してくれていた。「これも、あの忌まわしい回廊地域のせいよ。うちの城が問題の地域に近いから、個人的な感情よりも政治的な意味があって招待状をよこすんでしょう」。こうしたお祭り騒ぎが続くのを見て、タッドは「沈める森だな」とつぶやいた。「沈める森」は、ウォールデンの詩のタイトルで、湖底に沈んだ森のなかに、夜ごと、もういないはずの鳥の歌声が響き渡るという内容の詩だった(14)。

ぼくは怒りを抑え、キプリングやコナン・ドイルの小説を読んでは憧れていたイギリス人的冷静沈着

さを示そうとしていた。ブロニキ氏の頭にある高潔な理想は、なんて矮小でくだらないものでできているのだろう、といまもって思う。彼はウィスキーのグラスを片手に、片方の眉をひそめながらぼくの前に立っていた。眉の下の青い瞳は、「酒の勢い」でガラス玉のように見えなくもない。たぶん、彼の心の奥底には何ごとにもまさる死活問題の苦悩が潜んでいたのだろう。

「おっしゃる通りにいたしましょう」。ぼくは彼に告げた。

ぼくは会釈して広間を出た。階段を下りているというより、ときの流れをさかのぼってゆくような気がしてきた。威風堂々とした階段を降ながら、タッドが言うように「世界の終わりを告げる」戦争が始まればいいのにと心から願い始めている自分がいた。この戦争で、樹木のような家系図の高みにいるお上品な猿どもがすべて失墜してしまえばいいのに。リラにはこの話は一切しなかった。彼女に恥をかかせたり、泣かせたりするのは嫌だったからだ。タッドには相談した。タッドは冷ややかな笑みを見せた。彼にとってこの笑みは、武器をもたざる者の武器なのだ。それから三年後、殺されたSSのポケットから一枚の写真をみつけた。フランス人レジスタンス兵が、銃殺執行隊を前に、後ろ手に立っている写真だ。この写真は、その後、誰もが知るものとなった。だが、死を前にしたこのフランス人の顔を見たとき、ぼくの脳裏にはタッドの微笑が浮かんだ。タッドは何も言おうとしなかった。彼にとって父の態度はきっと当然のことだったし、救命ブイにすがりつくかのように、これまでの歴史の重みにしがみついていた社交界の人間にはあたり前のことだったからだろう。だが、タッドはこのときのやりとりをリラに話してしまったらしい。リラは父親の書斎に駆け込み、自分を金持ちの男に売り飛ばすつもりなのかとののしったという。ぼくはリラの行動に胸を打たれたが、タッドがそのようすを話してくれたとき、実に象徴的だと感じたのは、リラが父親のブロニキ氏に対し、ポーランドの言い回しで、彼自身も「妾の子」であり、馬蹄の息子じゃないかと言ったことだ。ぼくは、リラが不当な身分差別に抗議するときでさえ、「馬蹄の息子」を屈辱的な言葉として口にしたことに苦笑せざるを得なかった。そう、ぼくはここで皮肉というものを学んだ。タッドの薫陶をうけたのかどうかはわからない。が、生きてゆくため、大人になるにつれて、ぼくは無防備ではいられなくなった。

こうしたことがあったせいで、リラはいままでと違う方向で「夢に酔う」ようになった。タッドはこの変化を喜んでいた。リラは腕いっぱいに「反体制的」書物を抱えてぼくの部屋にやってきた。これまでタッドがどんなにすすめても読もうとしなかった類の本だ。タッドの所属する「勉強会」がこっそり印刷しているパンフレットをベッドの上いっぱいに広げる。豪華な枕が置かれた天蓋つきベッドで、リラは抱えた膝の上に顎を載せ、バクーニンやクロポトキン、さらにはタッドが無条件に賛辞を送るグラムシ[15]とやらの作品を読んでいた。リラから人民戦線について聞かれたが、ぼくが知っているのは伯父のアトリエの隅に残っていたレオン・ブルムの凧ぐらいのものだった。リラはとつぜんスペイン戦争やパッショナリア[16]についてあらゆる情報を集めだした。とくにパッショナリアという言葉に強く惹かれているようだった。彼女は自分も「パッショナリア」になれるかもしれない、と話していた。リラは次から次へと煙草を吸い、ぼくが差し出す銀製の灰皿のなかで反抗的な決意とともにそれをもみ消すのだった。彼女にとっては、これがぼくを安心させ、ぼくに思いやりを見せる方法であり、もしかするとぼくを愛しているからこそ、こんなことをしていたのかもしれない。それはわかっていた。彼女がとつぜん、革命的精神を燃やし始めたのは、政治的信条によるものではなく、むしろ感情の機微によるものなのではないかとぼくは思っていた。やがて、ぼくらは書物やパンフレットをじゅうたんの上に投げ出し、あまり理論的とは言えない恋の情熱に逃げ込んでいった。ぼくは自分が田舎の郵便配達夫になり、毎晩、リラや子供たちが待つ家庭へと帰ってゆく生活を想像していた。ぼくのこういう単純なものの考え方には、笑いを誘うほど素朴なところがあった。かつて、伯父や彼の子供じみた凧が、お上品な訪問者たちを大笑いさせたのと同じことだろう。ぼくはここに近親から受け継いだ、否定しようのない絆を感じていた。だが、ぼくの純朴さは、リラが自らの運命を託す男性に求めている気質とはこれ以上ないほどかけ離れたものだった。ある晩、ぼくはおずおずとリラに尋ねてみた。

「もし、ぼくがポリテクニックを主席で卒業していたら、どう？」

「どうって？」

　ぼくは黙り込んだ。自分が一生の仕事として何をするかよりも、ひとりの女性が自分の人生をどう変えてしまうのかが問題だった。理解に苦しむことに、リラのなかにはまったくちがう「ぼく」、まったくちがう「ぼくら二人」の将来が見えているらしい。ぼくの腕に逃げ込み「地面がひっくり返る」とつぶやいたとき、彼女はおぼろげながらも新しい世界が近づきつつあるのを感じ、いまとは違う新しい世界で生きる「ぼく」や「ぼくら二人」の姿を見ていたようなのだ。

サーベルや旗をもった騎兵隊が、歌いながらグロテクを横切っていった。ドイツ国境に向かっているのだ。フランス軍司令部の高官がヘルムの要塞を調査に訪れ、「ある意味で、フランスにとってのマジノ線に相当するものだ」と語ったらしい。

ほとんど毎週のように、ハンスは、美しいグレーの愛馬に乗り、こっそりと国境を越えてやってきては、リラの家に数日間滞在していた。彼がリラに会いにくることは、軍人としてのキャリアをふいにする危険があるばかりか、ときに命がけなのだということはぼくにもわかっていた。国境の警備兵から発砲されたことも何度かあると言う。一度はポーランド側から、もう一度はドイツ側から撃たれたらしい。彼の存在はぼくにとって耐えがたいものだった。リラが彼に友愛の情を示すのは、さらに耐えがたい。ハンスとリラは馬を並べ、森のなかを長い時間散歩していた。こうした議論を超越した貴族的な友情というものがぼくには理解できなかった。ただの無節操にしか見えないのだ。ぼくは音楽室に行った。ブリュノは一日じゅうこの部屋でピアノを弾いていた。彼はエジンバラで開かれるショパン・コンクールに招待され、イギリスに行くことになっていた。イギリスもまた、この危機的状況をふまえ、ポーランドに対して確固たる力を見せつけようとしていたのだ。

ぼくは長椅子に身を沈め、ブリュノに話し掛けた。

「敵軍の将校になろうとしている男を迎え入れるなんて、ブロニキ家のやっていることがわからないな」

「誰だって、いつなんどき敵になるかわからないもんさ」

「ブリュノ、そんなに誰にでも親切で、寛容で、おっとりしていると生きてゆけないよ」

「それならそれで、死ぬのもいいさ」

ぼくはこの瞬間のことをけっして忘れない。鍵盤のうえの長い指、くしゃくしゃの髪に覆われた優しい顔。運命がその手札を見せたとき、あんなどんでん返しが起ころうとは予想だにしていなかった。ブリュノのカードは別のゲームからまぎれこんだものに違いない。運命はときに目を閉じたまま、カードを操るのだ。

18

　夏空の顔色が悪くなってきた。といっても雲や霧がでてきただけだ。太陽はわずかに水平線を翳っているのみ。松風の音も静かになってきた。海の湿気で松の枝も動かなくなってくるのだ。風のない季節がすでに来ていた。秋分の嵐の前触れだ。いままでに見たことのない蝶が飛び始めた。夏の蝶よりも大きく、重たげで、ビロードのような暗い色の蝶だ。リラはぼくの胸に身を寄せたままじっとしていた。ぼくはリラの沈黙のなかに、これまでにないほど自分の存在を感じていた。

「いつか思い出すときのために、準備をしているのね」とリラは言っていた。

　一日のうちでもっとも憎たらしい時刻は午後五時だった。五時になると、風が冷たくなり、砂も湿っぽくなる。そうなると立ちあがり、身を離し、二つの身体に分かれなくてはならなくなる。残る楽しみは、リラが毛布をかけてくれて、少しでも温かいようにと身を押しつけてくることだ。五時半ころになるとバルト海は急に老け込み、その波音は気難しく、愚痴っぽくなっていく。闇が靄のような翼をはためかせ、ぼくらに襲いかかってくる。リラの唇から声が死に絶えるまで続く最後の抱擁。彼女の唇は半開きのまま動かない。大きく見開いた目から命が消えてゆく。リラの鼓動がぼくの胸の上で徐々に鎮まってゆく。それでもぼくは愚かなことに、リラの魅力を自分の作品のように誇らしく思っていた。だが、こうした虚栄心もやがて消えた。自分がリラを一切の限界なく、つまり性愛という条件さえ越えて愛していること、そして、ぼくたちの結びつきはいつまでも広がりつづけ、他のことなどどうでもよくなっていることに気づいたからだ。

「リュド、いつか私たちが別れることになったらどうする？」

「死ぬ」

「そんなこと言わないでちょうだい」

「五十年後に死ぬか、四十五年後か。フルリ家は長生きなんだ。安心していいよ。君がぼくと別れても、ずっと君のことを思い続けてみせるから」

リラと離れることなどないと信じていた。それほど強く確信していたくせに、その根拠がいかに滑稽なものだったか、当時はまったく思いも寄らなかった。自分の力になんの疑問も抱かずに堂々としていられたのは、ぼくがまだ十八歳で、無邪気なほどに「自信過剰」だったからだ。リラの嘆きを何度聞かされても、ぼくはそれをわがことのように感じ、誰よりもうまくやっていく自信があった。ぼくにとっては、思春期最後の純情だったにちがいない。

「リュド、もうあなたには会わないほうがいいのかも。私は自立していたいの」

ぼくは黙った。リラがいかに「自分探し」を続けたところで、最後にはぼくしかいないのだ。ぼくらを取り囲む夕闇が濃くなってきた。遠くから聞こえるカモメの声は、すでに思い出のようだった。


「リラ、それはちがうよ。ぼくは自分の将来を信じている。伯父の後押しもあって、クレリ町の郵便局でそれなりにいい仕事に就けると思う。そうしたら、君にも本当の生活が始まるってわけさ」

リラは笑った。

「ほら、こんどは階級闘争ってことね。そういうことじゃないのよ、リュド」

「じゃあ、どういうことなんだい。ハンスのこと？」

「いじわるね」

「リラ、本当にぼくのことを愛してる？」

「ええ、愛してるわ。でも、それだけじゃすまないの。私はあなたの片割れになんてなりたくない。よく、そういう言い方するでしょ。『ぼくの片割れはどこだろう』『ぼくの片割れを見ませんでしたか』なんて。私は五年後、十年後もあなたに会ったら、どきどきしたいの。でも、毎晩毎晩、あなたが家に帰ってくるようになって何年もしたら、もう胸が高鳴ったりしない。呼び鈴が鳴るだけよ」

リラはかぶっていた毛布を払いのけ、立ち上がった。いまでもときおり思う。あのザコパネ刺繍の古ぼけた毛布はどうなったのだろう。また来るときのために毛布をそこに残しておいたのだが、ぼくらがそこに戻ることはなかった。

19

ぼくのポーランド滞在が残り十日となった七月二十七日、ポーランド軍の高官、リヅー・シミグウィ元帥に伴われ、ブロニカ夫人がワルシャワから特別列車で帰ってきた。髪を短く刈り込み、精悍な濃い眉をもつ元帥は、日がな一日イーゼルに向かい、繊細な水彩画を描いていた。新聞は、平穏な落ち着きを「何もない週末」と強調した。のちに有名になる、あの週末だった。つまり、すべては、ベルリンからヒトラーのヒステリックな怒声が巻き上がるなか、ポーランド軍幹部がいかに淡々と未来を見据えているかを世界に示すための演出だったのだ。「回廊」地域のまったただなかに安穏と腰をすえ、水彩画を描く元帥の写真は、彼を讃える言葉とともにイギリスやフランスの新聞にも掲載された。ブロニカ夫人がワルシャワから連れ帰った招待客のなかには、元帥以外にも、有名占い師や、「史上最高のハムレット」と紹介された役者、初めて書いた作品がやがて世界中の言語に翻訳される予定の新人作家がいた。ぼくらにせがまれ、女占い師は水晶玉でぼくらの未来を占ってはみたのだが、ぼくらはまだ若く、すでにすべて決められている道程を明かすことで、人生に受身になってしまうのは良くないとやらで、占いの結果は教えてもらえなかった。その一方、占い師は元帥の将来を占い、こんどはなんの躊躇もなく、ポーランド軍が怪物ヒトラーに勝利するだろうと断言した。ただし、彼女の予言は少々思わせぶりな言葉で締めくくられた。「まあ、最後には何もかもうまくおさまりますよ」と言ったのだ。前日から城に来ていたハンスは、週末のあいだずっと部屋にこもって大人しくしており、まさに当時の報道機関が称したとおり「何もない週末」を過ごしていた。元帥はその日のうちに夜の列車でワルシャワに帰り、「史上最高のハムレット」もそれに同行した。ただし、このハムレット氏、夕食の最後に有名な独白「生きるべきか、死ぬべきか」の一節を見るからに真剣な調子で暗誦して見せてから帰っていった。しかし、当時のポーランドの状況からすると、ハムレットの独白は、なんとか楽天的になろうと誰もが必死になっていたその場の雰囲気にそぐわないものだった。若い作家にいたっては、心ここにあらずというようすで席に座って爪をまじまじと見ており、ブロニカ夫人が文学を話題にしようとするたび、少し尊大な笑みを浮かべていた。彼にとって文学は神聖なものであり、ありきたりの社交的な言葉で汚されたくないのだ。彼は翌々日の早朝、駅に送り届けられて、去っていった。使用人用のサウナで起こった「事件」が原因だった。実際に何があったのかは伏せられていたが、とにかく、そのせいで作家は目のまわりに痣をつくっていた。さらに、ブロニカ夫人は庭師のワランティに面倒な話をしなければならなくなった。彼女は、ワランティを「才能の暴走なのだから、怒らずに許してあげなくては」ととりなしていたようである。その週末は、誰にとっても災難だった。なにしろ、金の皿が六枚姿を消し、ブロニカ夫人の青の小部屋からもベリーニのミニチュアとロンギの絵がなくなったのだ。まず、その前の晩に帰った占い師に疑いの目が向けられた。ブロニカ夫人は例の文学青年を疑いたくなかったのだ。そんなわけで月曜の朝、シャツを出そうとクローゼットを開けたぼくが、そこに帽子の箱に入ったロンギの絵、ベリーニのミニチュア、金の皿六枚を見つけたとき、どれほど愕然としたか想像できるだろう。ぼくは何がなんだかわからないまま立ち尽くしていた。だが、たしかに盗まれたものがそこに、ぼくのクローゼットのなかにあった。ここに盗品を置いた目的はなんなのか、ぞっとする思いが閃光のように走り、ぼくは理解した。誰かがぼくを陥れようとしている。ほどなく、こんな陰謀が可能な唯一の敵対人物が頭に浮かんだ。あのドイツ野郎だ。リラに愛されるという許しがたい罪を犯したノルマンディーの田舎者を汚い、だが巧妙な方法で追い払おうというわけだ。

七時だった。ぼくは廊下に飛び出した。ハンスの部屋は城の西棟、海に面した部屋だった。扉の前まで来たものの、上流階級の人たちと過ごすうちに身についてきた「マナー」なるものが妙なところで顔を出し、扉をノックすべきかどうかで迷ったことをいまでも覚えている。状況が状況だけに、ぼくは敵陣に乗り込む覚悟だったし、礼儀を無視すべきだと思った。ブロンズのずっしりしたドアノブに手を掛け、ぼくは彼の部屋に飛び込んだ。部屋は空っぽだった。その部屋は、ぼくの使っている部屋と同様、上品なゆったりした広さで壁には威風堂々としたワシのタピスリーがある。家具にしても、それぞれの椅子には、かつてここに座ったであろう名君たちの尻の名残りが感じられたし、暖炉で燃える炎の上にはポーランド軽騎兵の槍が二本交差して立てかけられていた。シャワーの水音が聞こえた。バスルームまで踏み込むのは躊躇した。名誉の問題を解決するのにふさわしい場所ではない。ぼくは入口に戻り、扉をもう一度開き、わざと大きな音をたてて閉めた。数秒後、ハンスが部屋に戻ってきた。黒いバスローブを身につけている。その胸元にはどこのものだか知らないが彼の所属する軍人アカデミーのものと思しきエンブレムがついていた。ブロンドの髪や顔からしずくが垂れている。ぼくは彼をどなりつけた。

「汚いやつめ、おまえだな」

　彼は両手をバスローブのポケットにつっこんで立っていた。ものに動じず、感情を表に出さない彼のようすは、陰謀に慣れているだけでなく、すでに陰謀が第二の性となっている人間のものだった。

「盗んだものをぼくのクローゼットにおいただろ。嵌めるつもりだったな」

　彼の顔にようやく感情が表れた。まるでぼくが名誉を気にすることなど予想外だったといわんばかりの、皮肉っぽい驚きが浮かんできた。ひとを見下す特権を生まれながらにもっている者が、病気のように歴代引き継いできた尊大な優越感そのものだ。

「いまここで、素手でぶんなぐることもできるが、それだけじゃ足りない。夜十一時に武器室に来い」

　ぼくはその場をあとにした。自室に戻ると、部屋係のマレクが靴を取りに来ていた。彼が朝晩靴を磨いておいてくれるのだ。ずんぐりした体格のポマードで髪をかためた男で、額の真ん中に巻き毛がひと房垂れている。いつも陽気で女好きなやつだ。寝具を整えながら、いつものように簡単なポーランド語でぼくに話し掛けてきて、言葉の意味を説明してくれる。グロテクに来て以来、ぼくは城の使用人たちと仲良くなっていた。彼らにしても、結局のところ、ぼくと同様、めかした農夫に過ぎなかった。偏見を乗り越えるのは何よりも難しいことだった。たとえそれが好意によるものであっても、偏見を覆すことの難しさに変わりはない。

　マレクは枕を叩いてふっくらと形を整え、毛布を広げると、クローゼットの方に向かった。彼はクローゼットを開けたが、一見したところ、帽子の箱とその中身にはなんの注意も払っていないようだった。金の皿がきらりと光る。彼はぼくのスペアの靴を手に取った。そして靴をもち去っていった。

　ブロニカ夫人に盗品がぼくの部屋にあったことを知らせるつもりだったが、こうなったら、もう知らせる必要もない。マレクが盗品を目にしたはずだ。いまさら、何を言っても、負けることを承知で弁解のために先手を打ったと思われることだろう。

　八時、夕食の鐘が鳴り、ぼくは階下に降りていった。フランスからの客人として、ぼくの席はいつもブロニカ夫人の右側だった。ハンスはテーブルの端に座っている。以前から彼の顔には、柔和とは言いがたいものの、どこか女性的な雰囲気があると思っていた。彼はときおり微笑みのようなものを浮かべて、ぼくのほうを見た。ぼくはといえば頭に血が上り、食べたり話したりするどころではなかった。オーク材のテーブルの上には大きな燭台が二つ置かれており、空気の流れによって光と影が戯れ、ぼくらの顔を明るく照らしたり、影をつくったりしていた。十九歳になったばかりのタッドは、年齢の交差点に立ち、苦しんでいた。成熟した力はすでに行動を求めいているのだが、思春期がまだそれを許してくれない、そんな年齢なのだ。タッドはスペインの反フランコ政権に対抗する市民戦争が敗北に終わるだろうと、バイロンやガリバルディと列席しているかのような熱っぽい口調で話していた。ブロニカ夫人はテーブルの上でパンをいじりながら、呆れ顔で話を聞いていた。アナーキストたちが墓から掘り出した修道女のミイラを抱いて路上で踊っていた、あのカタロニアについて、タッドがこれほどまでに熱心に語るのを見て、ブロニカ夫人はさらに確信を強めた。これもきっとピカソのせいだわ。彼女はピカソが若者に悪い影響を与えていると信じ、ことあるごとにそう言っていた。彼女にとってスペインで起こった恐ろしい出来事は何もかも、直接的だろうが間接的だろうが、ピカソの作品なのだった。そもそもはシュルレアリスムこそが諸悪の根源なのだと、ブロニカ夫人はタッドが「反論の余地なし」と呼ぶ口調で言った。

　夕食が終わるとぼくは早々にブロニカ夫人の手にキスをして、自室に戻った。リラは驚いたようすで何度もぼくの方を見ていた。ぼくは感情を隠すために表情を作る、という上流階級の作法が身についておらず、自分の怒りをごまかせないでいた。ぼくが食堂を出ると、リラはぼくのあとを追ってきて階段のところで足をとめた。

「リュド、何があったの」

「別に」

「いったいどうしたの」

「放っておいてくれよ。君のことばかりかまっていられないんだ」

いままでリラにこんな話し方をしたことはなかった。もしあと十歳大人だったら、怒りと屈辱に泣いていたかもしれない。だが、このときぼくはまだ若すぎた。ぼくはいかにも男性的だった。こうしたマッチョな考え方は、涙を女のものと決めつけ、男たちから柔らかな感情表現を奪うのだ。

リラの唇はかすかに震えていた。ぼくのせいでリラが悲しんでいる。ぼくは気分が良くなった。孤独感がうすらいだからだ。

「ごめん、リラ。心に重荷があってさ。ポーランド語でもそういう言い方があるのかな」

「チェシュケ・セルツ（重い心）」

「明日には何もかも話すよ」

ぼくは階段を昇った。初めてリラと対等に話したような気がした。ぼくは振り返った。リラは少し心配そうな顔をしていた。たぶんぼくと別れることになるのではないかと案じていたのだ。リラはいつだってとんでもないことを想像するのだから。

これはぼくだけの問題ではなかった。ぼくの受けた痛みは、先祖代々まで溯っていった。フルリ家は誰もが侮辱を浴びせられてきた。身分の低いぼくならば、「生まれながらの」盗人という役にぴったりだと考え、ハンスがこのぼくを標的として選んだという事実が、ぼくを強い不公平感と憤怒に引きずり込んでいた。こうした思いこそが、歴史のなかで、憎しみのメトロノームのように、被害者と加害者の立場を入れ替えさせ続けてきたのだ。ぼくは興奮のあまり気が急いてどうしようもなく、過ぎてゆく一分一分がすべて敵に思えてきた。時間がわざとゆっくり流れて、ぼくの邪魔をしようとしているようだ。そして、それもこれも、すべてがあの忌まわしい貴族青年と共謀しているように感じていた。

ハンスのおかげでぼくは階級闘争に目覚めた。

20

十一時五分前、ぼくは階下に向かった。

武器室は奥行き五十メートル、幅十メートル、天井の低い部屋だった。壁の漆喰のなかからはレンガが見えていた。丸みをおびた天井には、場違いなべネチア・ガラスのシャンデリアがあったが、片側が壊れて枝状の部分がなくなっていた。床には古いじゅうたんが敷き詰められ、壁沿いに並ぶ武器棚には槍や剣がびっしりと並んでいた。

部屋の向こう側の端でハンスがぼくを待っていた。白いシャツにスモーキングのズボン。指のあいだには煙草があった。彼はいつも丸い金属製のシガレットケースを持ち歩いていた。イギリス製で、ひげ面の海兵のマークがついている。ハンスは落ち着いていた。それもそのはず。ぼくが剣を手にしたことがないのは彼も知っている。一方、彼はと言えば、プロイセンの伝統を守り、子供のときからフェンシングをやってきたのだから。

ぼくは床に上着を脱ぎ捨てた。壁を見る。どの剣を選べばいいだろう。使い慣れたノルマンディーのこん棒があればいいのに。迷ったすえ、ぼくは手もとにあった武器を手に取った。古ぼけたポーランドの刀剣《シャベルカ》は、刃がトルコ風にカーブしていた。ハンスはプレイヤーズのシガレットケースをじゅうたんの上に置き、部屋の隅に行って吸っていた煙草を踏み消した。ぼくはシャンデリアの下に立ち、彼が自分の剣を壁から降ろすあいだ、そのまま待っていた。

長いあいだ憎み、いくたびもその息の根を止めることを想像してきた相手とあらためて向き合ったときによくあることだが、ぼくの怒りは少々勢いを失っていた。現実の敵というのは、自分が思い描いてきた姿に比べると、いつだって見劣りがするものだ。とつぜん、ぼくはあることに気づき、困惑を感じると同時に動きが止まりかけた。ハンスはどこかリラと似ているのだ。同じブロンドの髪、同じ白い肌、顔立ちも似ている。このままあと数秒動かずにいたら、負けてしまう。早く炎を掻き立てなくては。

「こんな汚い手を使うのはナチだけだ。リラがぼくを愛しているのが我慢できなかったんだろ。ぼくとリラが運命の決めた二人だって認めたくなかった。そうだろ。他のナチどもと同じように、おまえもユダヤ人が必要だったわけだ。だから、盗みをやって、盗んだものをぼくのクローゼットに置いた。だが、おまえの計画も浅はかだったな。たとえ、ぼくが犯人になっても、リラのぼくへの気持ちは変わらない。本当に人を愛するというのがどういうことか、おまえにはわかってないんだ。どんな些細なことも許せない。でも、何もかも許せるのが愛なんだ」

二年後、このときと同じ感情でフランスを思うことになるなんて、そのときは想像もしなかった。

ぼくは剣をふりかざした。グロテクの映画館で見た『スカラムーシュ』〔レックス・イングラム監督作品。一九二三年〕の一場面のように、片足を前に出し、もう片方を引くことはなんとなく知っていた。ハンスはぼくの踏み出した右足と引いた左足、まるで樵の斧のように頭上にふりかざした剣をまじまじと見ていた。彼は剣を下ろしていた。ぼくは膝を曲げ、その場でぴょんぴょん跳ねて見せた。足をカエルのような形にするべきだということは知っていたのだ。ハンスは唇を噛んでいた。どうも、笑うのをこらえるためらしい。ぼくは言葉にならない叫び声とともにハンスにとびかかった。次の瞬間、ハンスの左頬から血が流れ出ているのを見てぼくは呆然とした。ハンスは動かなかった。手にした剣を一度も構えなかった。ぼくは武器を下ろしたまま、ゆっくりと立ち上がった。ハンスの顔から流れる血は勢いを増し、シャツを赤く染めていた。まず頭にはっきり浮かんだのは、自分がきっと決闘のルールをまったく無視して行動したのだということだった。自分の目から見ても野暮な姿に恥じ入り、その恥ずかしさが怒りに変わった。ぼくはもう一度剣を構えると必死になって叫んだ。

「こんちくしょう!」

ハンスもぼくと同時に剣を構えた。次の瞬間、ぼくの剣は手を離れ、宙に舞った。ハンスは剣を下ろし、眉をひそめ、歯をくいしばってぼくを見つめていた。顔から流れる血をまったく気にするようすはなかった。

「ばかだな。大馬鹿者だ」

彼は壁に向かって剣を投げ捨て、ぼくに背を向けた。

じゅうたんに血が落ちていた。

ハンスはプレイヤーズのシガレット・ケースを拾い上げ、煙草を手にした。そしてぼくに言う。

「ことを急くなんて愚かだよ。いずれにしろ、もうすぐわかるはずさ」

ぼくはひとり取り残された。呆然としたまま、足元の血の跡を見ていた。屈辱と恨みを晴らすことはできたが、その代わり、どうしても消せない気まずさがあった。ハンスがあまりにも堂々としていたので、ぼくは不安になった。

ぼくを不安にしたものがなんだったのか、翌朝になってわかった。マレクが盗品とともに捕まったのだ。彼は占い師や作家のように、自分の目から見て怪しい招待客が城にやってくると、それに乗じて調理場やブロニカ夫人のサロンを荒らしていたのだ。寝室に入ってきた使用人に不意打ちをくらい、マレクは箱をぼくのクローゼットに隠した。あとでそっと取りに来るつもりだった。だが、そこでさらにもう一度、ぼくが部屋に戻ってきたので、彼は計画を改め、ぼくが夕食に降りていったあいだに、ようやく盗品を回収したのだ。

午前九時、朝食のために降りていった食堂で、ぼくはブリュノからこの話を聞いた。ぼくの全身を寒気が襲った。手にもったティーポットの存在を忘れ、お茶がカップからあふれ、テーブルクロスを濡らすまで気づかなかったほどだ。ぼくは椅子をもとに戻し、驚いているブリュノを尻目にテーブルを立った。こんなに憎悪を感じたのは初めてだった。しかも、その激しい憎悪の矛先は自分に向けられているのだ。ぼくは、ライバルの企む卑劣な謀略の被害にあったと思い込み、自分自身も同じように卑劣な行為をしていたのだ。だが、ハンスに会いに行って、謝罪することは考えられなかった。「彼ら」の前で辱められるくらいなら、自分の心の愚鈍さを受け入れるほうがましだ。

ぼくは昼食にも降りていかなかった。夕方四時、ぼくは荷造りを始めた。こんなことなら、いっそ本当に盗みをはたらき、みなの前で盗人呼ばわりされるほうがよかったかもしれない。そうすれば、劇的に、まるで勝ち誇ったかのような形で、ぼくとは別世界に住む人たちときっぱり縁を切ることができたかもしれないではないか。

ぼくがようやく部屋を出たのは午後の終わりだっ

た。出発の手順を整えるためだ。ぼくは誰にも会いたくなかったし、礼を言い、別れを告げるつもりもなかった。だが、廊下でタッドに会ってしまった。彼はぼくに、そんな荷物をもってどうしたのかと尋ねた。さらにタッドは、ハンスが夜の散歩中に事故にあったと告げた。月もなく暗かったので、木の枝が頬にあたり、ひどいけがをしたという。タッドはぼくに再び、荷物なんてもってどうしたのかと問いただした。ぼくは駅まで誰かに送ってもらうつもりだと答えた。夜九時十分にワルシャワ行きの列車がある。ぼくはフランスに帰る。もし戦争が始まったら、帰るに帰れなくなるかもしれない。そこまで話したところで、ハンスが廊下の向こうに現われ、ゆっくりとこちらに向かってくるのが見えた。いつものようにイギリス製の丸いシガレットケースを手にしている。左の頬には大きな絆創膏が貼られている。彼はぼくらの前で立ち止まった。顔色は非常に青白かったが、奇妙なほど平穏な顔をしている。ハンスはぼくがもっていた旅行かばんにちらりと目をやった。

「ぼくは今夜発つ」

ハンスはきびすを返し、遠ざかっていった。

21

ぼくはそのあとも数日、グロテクに残った。雨のために景色はもやめき、空からは目に見えないカラスが鳴いているかのような声が響いていた。そんな霧がかかった日の午後のことだった。風のせいで波しぶきが顔にかかるなか、浜辺を歩いていると、行く末を暗示するような出来事があった。浜辺にユダヤ人がいた。ポーランド語でカポタと呼ぶ裾の長い上着《カフタン》を着て、黒い帽子をかぶっている。そう、当時、ゲットーのなかで暮らす何百人ものユダヤ人が一様にかぶっていたあの黒い帽子だ。顔はやけに色白で、灰色のひげを生やしており、グディニアの車道の端にある道標に腰掛けていた。彼が棒の先に結びつけて、肩に担いでいた荷物は何千年もの放浪の歴史を思わせるものだった。この荷物のせいだろうか、いや、誰もいない道の端で誰かに出くわすなんて思いもよらなかったからだろうか。それとも霧のなかのぼんやりした風景のなかから現われた彼の姿が亡霊じみていたためだろうか。ぼくはとつぜん、不安と困惑を覚えた。ただし、その予感の意味がわかったのは、ずいぶん後になってからで、ユダヤ人、道、道標だなんて、当時は実にありふれた、要するによくある話のとりあわせでしかなかった。リラがおずおずと声を掛けた。

「ジェン・ドブリィ・パーノ（こんにちは）」

だが、彼は何も答えず、顔をそむけた。

「タッドはもうすぐこの国が侵略されるって本気で思ってるわ」

「ぼくにはよくわからないけど、そんなことで戦争になるなんて信じられないな」

「でも、いつだってそうして戦争が起こったわけでしょう」

「それは以前のことだよ」

本当は「ぼくと君が出会う以前」と言いたかった。でも、戦争や憎悪や大虐殺の原因をそんなふうに説明するのは、うぬぼれすぎのような気がした。自分の思うことを国民に知らしめるには、もっと権威が必要だ。ぼくにはまだそんな権威がなかった。

「新しい兵器はとても強力で破壊力も大きい。だからもう怖くて誰も使えないんだ。今度戦争が起こったら、もう勝者も敗者もなく、ただ廃墟ができるだけだからね」

これはブロニキ家が定期購読しているフランスの新聞『ル・タン』の社説で読んだことだった。

ぼくは何度も書き直しながら、リラに便箋三十枚の手紙を書いた。だが、結局、それも燃やしてしまった。どうやっても恋文にしかならない。それ以上のものは書けないのだ。

ぼくが出発する日、外には霧がヒツジの群れのような靄を漂わせていた。そんななか、ぼくの代わりに、リラに語りかけてくれたのはブリュノだった。

ぼくはリラとともに居間にいた。ぼくは最後にもう一度、壁面を覆うガラスケースに入った蝶の標本コレクションに目をやった。蝶たちの姿は伯父の凧を思わせた。これもまた、小さな夢の端切れなのだ。

ブリュノはソファに座り、楽譜をめくっていた。彼は譜面から目をあげ、微笑みながらしばしぼくらをみつめた。ぼくは、彼の微笑みのなかに、善良さ以外のものが混じるのを見たことがない。ブリュノは立ち上がり、ピアノの前に座った。指を鍵盤の上に載せたまま、彼はぼくらのほうを向き、ぼくらをしばらく見つめた。まるで、画家が鉛筆で最初の線を引く前にモデルを観察するときのようだった。ブリュノがピアノを弾き始めた。

即興曲だ。ブリュノは「ぼくら」を奏でているのだ。彼がぼくらに語りかける旋律のなかには、リラがいて、ぼくがいて、ぼくらの別れとぼくらの覚悟があった。ぼくの愛が、絶望が、確信が聞こえていた。ぼくはリラを失い、再び彼女を見いだしていた。不幸がぼくらの上に暗い影を振りかざしたかと思うと、すべてが喜びに変わった。ぼくは数分かかってようやく、ブリュノが友情をこめ、いかにも彼らしい贈り物をくれたことを理解した。

リラが泣きながら部屋を出て行った。ブリュノは立ち上がり、大きな窓の淡いガラスを通して差し込む光のなか、ぼくに歩み寄って来た。ブリュノはぼくの肩を抱いた。

「最後に君と話せてよかった。ぼくには、本当にもう音楽しか残ってないんだ」

ブリュノは笑った。

「たしかに愛するのはつらいし、いくら愛していても、自分にできるのは、彼女のためにコンサートを開くぐらいだと思うのは苦しいもんだよ。でもね、この思いから湧き上がるインスピレーションは、いつまでも尽きることがなさそうだ。ぼくの指さえ衰えなければ、あと五十年分はもつかな。いまから目に浮かぶんだ。年をとったリラがコンサート・ホールに座っている。ぼくは彼女をモチーフにした曲を奏でながら、リラが二十歳だったころを思い出すんだ」

ブリュノは目を閉じ、片方の手で両まぶたを覆って見せた。

「まあ、途中で消える愛もあるみたいだけどね。何かで読んだことがあるよ」

ぼくは最後の時間をリラと過ごした。そこには、耳に聞こえてくるような幸福があった。まるで聴覚が雑音から遮断され、それまで孤独に隠されていた沈黙の深淵へと到達したかのようだった。眠っているときにも同じようなぼんやりした感覚を味わうことがある。何が夢で、何が自分の身体で、何が巣で、何が翼なのかわからなくなるあの感じだ。いまでもぼくの胸にはリラの横顔がよりそってきたときの感覚がある。その形跡は目には見えないはずだ。だが、本来ひとつであるべきぼくらの身体が離れている重苦しいときでも、ぼくの指はその形を忠実になぞることができる。

ぼくは幸福な時間を記憶しては、貯金しておいた。いわば、へそくりのようなものであり、一生それだけで暮らしてゆけるほどだった。

22

クレリが近づき、列車の窓から身を乗り出すと、駅舎のはるか上のほうにポーランドを象徴するワシの凧が舞っており、伯父が迎えに来ていることがわかった。だが、さらに目をこらすと、平和主義者の伯父が、猛々しいワシを嫌い、双頭の鳩に置き換えていることに気がついた。伯父に会うのは五週間ぶりだった。伯父は心配そうで老けて見えた。

「やあ、上流社会からお帰りだな。こいつはなんだ?」

伯父が指でふれたのは、グディニアのヨットクラブのバッジだった。いつでも自由に海からポーランドに来られるようにとでも言うかのように、出発の前日、グロテクで恭しく手渡されたものだ。

一九三九年八月のこの当時ほど、ヨーロッパ全体に疑惑と不安が広がったことはない。そして、それに伴う騒乱や、疑念や不安を打ち消そうとするわざとらしいまでの平穏さもまた、これまでにないものだった。

「もう時間の問題らしいね」。ぼくは伯父に言った。

「冗談だろう。もう二度と殺し合いなんて許されるわけないじゃないか」

伯父は鳩の凧を地上に下ろした。いつものように凧が空にあがると、伯父のまわりには子供たちが集まっていた。伯父は凧を脇に抱えた。ぼくらが歩き出すと、伯父は小さな自動車のドアを開けた。ぼくが驚いていると伯父が言った。

「そう、うちの車さ。ハウ卿がくれたんだ。覚えているだろう。前に会いに来たあの人だよ」

六十三歳にして伯父は、国際的に認められる人物となっていた。有名になったことで権威的な賞を授けようという話もあったが、伯父はそれを固辞した。

ラ・モットに着くと、ぼくは伯父のアトリエに飛び込んだ。口ではああいったものの、ぼくがいないあいだ、迫りつつある戦火を感じ、伯父だって、本当は不安でしょうがなかったのだ。だからこそ、伯父は「啓蒙主義シリーズ」に取り組んでいた。啓蒙主義の光を信じた者たちにフランスが与えた知性を凧にこめていたのだ。中でも、梁《はり》にかけられた百科全書の凧は、風のない屋内で鎮座していても、それだけで充分に美しかった。

「ほら、けっこうがんばったんだよ」

伯父はひげをなでつけながら、少々誇らしげだった。

「われわれはここしばらくの状況のせいで一時的に自分を見失いかけている。自分たちの本当の姿を思いださなくてはいかん」

時代はもう、ルソーでもディドロでもヴォルテールでもない。いま、ぼくらの目に前にいるのは、ムッソリーニ、ヒトラー、スターリンなんだ。ぼくには、伯父のつくった「啓蒙主義」の凧がこれまでになく下らないものに見えた。それでもぼくは、伯父への愛情から伯父の時代錯誤には目をつぶり、人間の知恵を信じようとした。伯父はまるで彼一人が心に強く思うだけで歴史に打ち勝つことができるかのように、これっぽちも平和を疑おうとしていないのだ。

ある晩、ぼくがバルト海のほとりでリラと会う夢を見ていると、ぐいと腕を引く者がいた。伯父だ。長い寝巻きを着ているので大きく見える。ロウソクを手に、ぼくのベッドに腰を下ろしている。伯父の目は、人間の眼差しにこれほどの悲しみが湛えられるかというほど、悲しみに満ちていた。

「総動員令が出た。まあ、動員令が出たからといって開戦とは限らないが」

「うん、そうだね」。ぼくはまだ寝ぼけまなこのまま答えた。

「リラたちもクリスマスにはフランスに来るはずだし」

伯父はぼくの顔をもっとよく見ようとロウソクを高くかかげた。

「恋は盲目と言うが、おまえの場合、盲目になることでかえって見えてくるものがあるのかもしれないね」

ポーランド侵攻に先立つこの時期、ぼくはフランスのあちらこちらで繰り広げられる滑稽な群舞のなか、完璧な馬鹿さ加減で自分の役割を演じ続けていた。ピレネーからマジノ戦線まで、まるで道化師《タバラン》の舞踏会のようだ。人びとはフレンチカンカンを踊りながら、ドイツのケツを蹴り上げ、誰がいちばん足を高くあげられるか競い合っていたようなものだ。新聞もラジオも「ポーランドは負けない！」と叫んでいた。ぼくはおめでたいことにそれを信じきっていた。世界最高の勇気ある男たちがリラを守ってくれている。ぼくは、剣と旗を掲げ、グロテクの町を歌いながら歩いていた騎兵団の姿を思い浮かべた。ぼくは伯父に言った。ポーランドにも「歴史的記憶」がある。それこそが、勇気と名誉と忠誠の源なのだと。古ぼけたラジオのボタンを押し、ぼくはいまかいまかとポーランド軍の応戦や最初の勝利報告を待ち、「平和のための最終的な努力」を語るアナウンサーに苛立ちを感じた。ぼくは出征する年上の友人たちを駅まで見送りに行き、一緒に歌ったものだ。「われらが父のごとく、勝利にいざゆかん」。路上で見知らぬ者同士が握手をし、「ポーランド万歳」と交し合っているのを見ると、目がじんわりと濡れてきた。村の長老、タッシン神父も説教壇の上から「宗教心を失ったドイツは、腐敗し空洞化した樹木のように倒壊するだろう」と語り、ぼくは彼の話に聞き入った。若者たちに第一次大戦の勇敢なフランス兵の姿を見せることで勝利を確かなものにしようと、ルドック先生が青灰色の軍服に勲章をつけている姿に、ぼくは心を動かされた。伯父は自室に閉じこもったままで、その姿を見ることは稀だったし、ぼくが扉をノックしたところで伯父からは「放っておいてくれ、おまえは、おめでたいやつらと一緒に騒いでればいいだろ」という声が返ってくるだけだった。

九月三日、ぼくは黒ずんだ空っぽの暖炉の横に座っていた。火はすでに消えていた。ふと、アトリエの方からバキバキと奇妙な音が聞こえるのに気づいた。伯父が作業中に聞こえてくるいつもの音とは明らかに違う。ぼくはなんだか心配になり、立ち上がると中庭を横切った。

布切れや木片と化した凧がそこらじゅうに散らばっていた。伯父の手には大事にしていたモンテーニュの凧があった。伯父の膝に押しつけられ、凧は乾いた音をたてて壊れた。粉々になった凧の残骸に目をやると、見覚えのある作品があった。伯父のお気に入りだった「ジャン゠ジャック・ルソー」も「世界を照らす自由の光」もめちゃくちゃに壊されていた。伯父は、「素朴な習作」シリーズにまで手をかけていた。幾度となく無邪気に空を飾ってきたトンボたちや、子供たちの憧れだった凧たちまでも姿をなくしていた。作品の半数近くがすでに粉々になっていた。伯父の顔にこれほど激しい絶望が浮かんでいるのを見たことはない。

「戦争が始まった」。伯父は押し殺した声で言った。

伯父は「ジョレス」を壁からはずし、足で踏みつけた。ぼくは伯父に飛びついた。伯父をはがいじめにし、アトリエから連れ出した。なんの感情も考えもなかった。ただ、とにかく凧を救わなくてはならないと思ったのだ。

23

　ポーランド壊滅の第一報を聞き、ぼくは強い衝撃にうちのめされた。そのせいで、思い出せる場面はひとつしかない。伯父はぼくのベッドに腰を下ろし、寝ているぼくの膝のあたりに手を置いた。ついさっきラジオから、バルト海に面したグロテク地方は爆撃で壊滅したというニュースが流れたのだ。装甲艦シュレースヴィヒ＝ホルシュタインは、宣戦布告もなしに大砲を発し、回廊地域を占領した。このときのドイツ海軍の勝利について、歴史的詳細をつけ加えておこう。この装甲艦は、砲撃のほんの数日前まで海軍学校の演習船を装い、ポーランド政府に「表敬訪問のための」停泊許可を申請していたのだ。

「リュド、泣くな。じきに何百万もの人が泣くことになる。もちろん、おまえの心には、たった一つの自分の悲しみしか聞こえないだろう。でも、計算に強いおまえのことだ。ちょっとは大きな数字で考えてみろ。もっともいまのおまえは二つ数えるのもやっとだろうな。まあ、先のことはわからんさ」

　伯父の眼差しは、計り知れぬ深い希望のなかをさまよっていた。伯父こそは「いかれた」フルリ家の一員であり、フルリ家にとっては、醜悪すぎる現実を拒絶することも、人間の権利の一つなのだ。

「もしかしたら、この戦争だって数日で終わるかもしれない。ヨーロッパは大人だ。さんざん苦しんだ経験があるのだから、こんな馬鹿げたことをそのままにしておけるはずがない。ジェネーブではすでに水面下で交渉が進められているらしい。ドイツの民衆がヒトラーを引き摺り下ろすさ。ドイツ人を信じよう。彼らだって、他の国の連中と同じなんだ」

　ぼくは肘をついて身を起こした。

「世界中の凧たちよ、結集せよ！」

伯父は、ぼくのつっけんどんな態度に傷ついたようには見えなかった。人間の心にはどうやっても壊せないものがあることをぼくは他の誰よりもわかっていた。どんな言葉もそこには届かないのだ。

ぼくはすぐに軍に志願した。だが、脈が百二十もあり、志願兵としては不合格になった。脈が速いのは、健康上の問題ではなく、激しい恋と不幸が原因なのだと必死に説明したが、ぼくの説明のせいで軍医の目つきはさらに険しくなった。ぼくは戸外をさまよい歩き、野や森の清らかなようすに違和感を覚えた。これほどまでに自然が人間の営みから遠いものに思えたことはなかった。リラから届いた唯一の知らせは、ポーランドの崩壊を告げるものだった。苛《さいな》まれるポーランドというと、何やら虐待される女性の姿が目に浮かび、ぼくは戸惑った。

クレリでは、まわりがぼくを妙な目で見るようになった。ぼくが兵役不合格になったのは、フルリ家の血を引いて頭がおかしいからだと噂になっているようだった。「ほら、遺伝なんだよ。あの家は、みんな」。ぼくの考え方は常識とは異なるものなのだと自分でもわかってきた。普通の人たちにとって、愛は生きる理由ではなく、人生に伴うちょっとしたおまけでしかないのだ。

人生を凧に捧げてきた伯父でさえ、ついには本気でぼくのことを心配するようになった。天井から下げたランプの灯りのもとで夕食をとりながら伯父は言った。

「リュド、このままじゃいけない。目の前にいない女性に話しかけながら道を歩いているそうじゃないか。入院させられるぞ」

「それでもかまわないさ。どこにいてもリラとは離れない」

「くそ。おまえがこんなふうに理屈をこねるなんて初めてだ」

きっとぼくにもう少し地に足をつけて暮らすようになってほしいと思ってのことだろう、伯父はドゥプラにぼくの世話を頼んだ。伯父とドゥプラのあいだでどんな話があったのか、ぼくは知らなかった。しかし、ドゥプラは毎朝、市場や農場を廻るときにぼくを誘うようになった。そして、ときおりぼくの方に鋭い視線をやっては、ノルマンディーの大地から生まれた農産物のしっかりとした存在感が、心の乱れの対極にあるものとして、ぼくの「病状」に願い通りの治療効果をあげているか確かめているようだった。

一九四〇年の冬、戦争はまだ遊撃隊と偵察隊の活動に限られていたし、「時間がすべてを解決する」と思われていた。そのころはまだレストランの席を押さえるには――キュルノンスキー〔フランスの料理評論家 一八七二－一九五六〕はこれを「立候補を届け出る」と言っていた――数日前から予約しておかなければないほどだった。ドゥプラは毎晩店を閉めたあとで、満足げに帳場で赤い革表紙の分厚い帳面をめくり、大臣や、当時はまだ勢いのあった軍人たちのサインが新しく加わったページに見入っていた。

「おい、見ろよ。いつの日か、第三共和制の歴史書を書くには、《クロ・ジョリ》の見事なサイン帳の研究が不可欠だと言われるようになるぜ」

レストランは人手が足りなかった。アシスタントや従業員のほとんどが出征したため、替わりに働いていたのは、すでに隠居生活を送っていた老人たちだった。彼らは、連帯感から――愛国心からと言ってもいい――、この非常時の《クロ・ジョリ》で、もう何年も前に引退したはずの職務に復帰することを承諾したのだ。ドゥプラはなんと御年九十六歳になろうというソムリエのムッシュー・ジャンまで呼び戻すことに成功した。

「もう長いことソムリエはおいてなかった。わかるかな、ソムリエっていうのはどうも押しつけがましい感じがする。やつらがワインリストを突きつけると、客がうるさがるんだ。しかし、ムッシュー・ジャンはこの仕事を知り尽くしている。あの人ならいまでもホールを切り盛りできる」

ぼくは毎朝六時に自転車で出勤していた。ぼくの覇気のない顔や心ここにあらずの態度を見るとドゥプラはぶつぶつ言っていた。

「さあ、おれと一緒に来るんだ。おまえを現実に連れ戻してやるぞ」

ぼくは軽トラに乗り、畑や市場を駆け回った。行く先々でドゥプラは野菜を丹念に眺め、グリンピースを耳元にもっていって「コオロギが鳴くか」、つまり良い音を立てるか、インゲン豆が「猫をかぶっているか」を調べて、「黒いココ」「イタリアン」「中国もの」など野菜の「顔色」を見て選び、カリフラワーの「見栄えのよさ」を鑑定する。ドゥプラは「誇り高き」野菜をそのまま使っていた。まるでフランスの将来を知っていたかのように、当時流行っていたピューレを嫌っていたのだ。

「最近はなんでもピューレだ。セロリのピューレ、ブロッコリのピューレ、クレソンも玉ねぎもグリンピースもウイキョウも。フランスは野菜に対する敬意を失いつつある。このピューレづくしが何を意味しているか、おまえにわかるか、リュド。ピューレさ。なんでも噛まずに飲み込んじまう。先が思いやられるぜ」

マルスラン・ドゥプラは、肉の質には特にうるさかった。自慢料理のノルマンディー風トリップのことになればなおさらだ。ドゥプラが怒りのあまり青ざめるのを見たことがある。肉屋のドゥラン——彼は一九四三年に銃殺された——が、二頭の牛から別々に寄せ集めた臓物をトリップ用に売りつけたときだ。

「おい、ドゥラン。今度こんなことをしたら、もうおまえとのつきあいはなしだ。昨日よこした臓物は、二頭の牛から寄せ集めたやつだろう。違う牛の臓物を一緒に煮るわけにはいかないんだ。同じ牛の足をよこしてくれ。いいか。今度と言う今度は言ったとおりにしろ」

肉屋が台の上に、まるでメロンのように真ん丸く糸をかけ、きれいに整えた仔牛の肩肉を載せたときも、ドゥプラは笑っていた。

「重みを出すために内側に脂身を隠してるんじゃないだろうな。ひづめや角まで中に入れてるんじゃないか」

マルスラン・ドゥプラのもとで、「地に足をつける」訓練をした効果はあった。ぼくはそれでもリラと会い続けていたが、前よりもこっそりと会うようになった。ぼくだけに見えるリラの存在を隠すために、つくり笑いを浮かべたり、他人と冗談を言い合ったりする術も覚えた。医師のガルドュー先生はほっとしたようだったが、伯父はぼくが単にごまかすのが上手になっただけではないかと疑っていた。

「おまえが治っていないことも、他人がどうやっても治せるものじゃないこともわかっている。まあ、それもいいだろう。治療すればかえって悪くなることもあるからな」

ぼくもできる限りのことはした。ぼくは行儀よくせねばならなかったし、リラもぼくがそうすることを求めていた。あのままにしておいたら、ぼくは絶望のあまり死んでしまっただろうし、そうなれば、永久にリラを失うことになる。

《クロ・ジョリ》は、ノワジーとカーンを結ぶ街道の交差点から少し引っ込んだところ、ウヴィエールの村落の端にある民家の前にあった。レストランの前には庭があり、春や夏にはマグノリア、リラ、薔薇の花が客を迎える。周囲には白い鳩たくさんおり、「客を和ませる」とドゥプラが言っていた。「うちは法外に高いわけじゃないが、それでも、白い鳩がいると客が安心する。一時期は山鳩がいたこともあったが、レストランの前に山鳩がいても、客は落ち着かないだろう」。ぼくの居場所はたいていレジのところだったが、このレジも同じ理由で少し奥まった場所、すぐには目に入らない場所にあった。

「店に入ったとたん、勘定を考えさせるようではいかん。暗黙の了解って言うのが必要なのさ」

ときおり、ドゥプラは真っ白なコック服――カレーム〔十八世紀末に活躍した有名料理人。一七八四－一八三三〕の時代からこれが定番だ――のままレジに来て頬杖をつき、ぼくに打ち明けた。

「おれは必死でがんばってるんだが、人間どんどんダメになっていく。火が嫌だとさ。熱いと文句が出る。火のない厨房なんてケツのない女みたいなもんさ。火というのは、われわれフランスの料理人にとって、父なるものなんだ。それなのに、電気で料理するやつがいる。自動タイマーまで使う。そんなのどこでイクか確かめるために時計を見ながらセックスするようなものだ」

ぼくは上着に縫いつけられたエンブレムがいままでと違っているのに気づいた。以前は三色の文字で「マルスラン・ドゥプラ、《クロ・ジョリ》、フランス」とあったのだが、いまはこれが「マルスラン・ドゥプラ、フランス」になっていた。《クロ・ジョリ》と「フランス」が同じ意味である以上、それを繰り返すのはくどいと思ったのだろう。

厨房の鍋にはそれぞれC・Jのイニシャルと、ローマ数字の年号が刻まれていた。ライバルたちはドゥプラがシーザーを気取っていると揶揄していた。ドゥプラは厨房という言葉を複数形で使うことを許さなかった。

「複数形だとホテルみたいじゃないか。おれが働いているのは唯一絶対の厨房、ラ・キュイジーヌだ。最近はなんでも数を増やしたがる」

入口には、各地の名物料理のイラストが入った大きな地図が貼られている。彼はノルマンディーの名物料理としてトリップを選んだ。

「まあ、結局、フランス人とフランスの歴史をつくったのは、これだからな」

価格は辛口だ。ある日、大臣のアナトール・ド・モンジー〔フランスの政治家。建設大臣、教育大臣を歴任。一八七六－一九四七〕がドゥプラに言った。

「マルスラン、あなたの料理にはエロティックな味わいがある。だが、値段の方はポルノ的だね」

「奇妙な戦争」〔一九三九年から翌年にかけて、仏独が戦争を始めながらも戦闘はないままこう着状態に陥っていた時期をさす」が始まるとすぐにドゥプラに対して非難の声があがった。敵が虎視眈々と狙っているのに、毎晩のように《クロ・ジョリ》で美食の饗宴が行なわれているのは少々不謹慎ではないかというわけだ。ドゥプラは馬鹿にしたように肩をすくめてみせた。

「ヴィエンヌではポワンが、ソーリューではドュメーヌが、ヴァランスではピック、リヨンではメール・ブラジエ、クレリではうちの店ががんばっている。それぞれが、もっとも得意とする分野で最高の仕事をすることこそが大切なんだ」

　伯父も同じ考え方のようだった。伯父はまるで信仰のような真剣さで凧作りに再び取り組んでいた。伯父は「ヒューマニスト」シリーズを再開し、ラブレー、エラスムス、モンテーニュ、ルソーたちがノルマンディーの森の上空を舞うようになっていた。ぼくは、伯父のがっしりした手が細い木材や翼面や糸を調整するのをじっと見ていた。その撫でるような指先から、啓蒙時代を生きた不滅の人物たちの表情がいましも浮かび上がってくる。伯父のいちばんのお気に入りはジャン＝ジャック・ルソーのようだった。伯父は一生かけてルソーの凧を八十回以上つくっている。

　伯父は正しいと思った。ドゥプラもそうだ。いまこそ、各自が最良の自分を差し出すべきなのだ。ぼくの顔に笑みが浮かんだ。子供のころのことを思い出したのだ。ジャールのお屋敷の屋根裏でリラは、ぼくらの才能に応じて、それぞれの行く末を告げていたっけ。

「タッドは著名な探検家になって、スキタイの戦士の墓やアステカ時代の寺院を発掘するの。ブリュノはメニューインやルビンスタインのような有名ピアニストになるでしょ。ハンスはドイツで偉くなって、ヒトラーを殺すのよ。そして、あなたは……」

　リラはぼくの顔をじっと見つめた。

「あなたは、私を愛し続けるの」

　ぼくの人生に啓示を与え、ぼくの頬に触れた唇の感触がいまでも蘇る。

　ぼくは伯父にドゥプラの店を辞めると宣言した。

「ぼくはパリに行く。ここよりもパリのほうが情報があるはずだ。もしかするとポーランドに行くことになるかもしれない」

「もうポーランドはないよ」

「それでもフランスに新たなポーランド軍が結成される。きっと何か情報があるはずだ。希望はある」

　伯父はうつむいた。

「何を言っても無駄だな。行ってこい。いつだって、希望が行き先を示すのさ。懲りないやつだな、おまえも」

　出発前に別れを告げにゆくと、伯父はしばらく黙り込んだままだった。ベンチに腰を下ろし、革のエプロンをつけて道具を手にした伯父の姿は、いかにもフランスの歴史をつくってきた、老職人という風情だった。

「記念にひとつもらっていっていいかな」

「ああ、好きなのを選べよ」

　ぼくはあたりを見回した。アトリエは縦二十五メートル、横十メートルほどの広さだ。百個近い凧を前に頭に浮かんだ言葉は「贅沢な悩み」だった。どの凧もぼくには大きすぎた。鞄に詰めるよりも記憶に焼きつけておくほうが良さそうだ。ぼくはとても小さな凧、翅の透き通ったトンボの凧を選んだ。

24

ぼくは五百フランの所持金とともにパリにたどり着き、落ち着き先を探して見知らぬ道を延々と歩き続けた。カルディナル・ルモワーヌ通り、ダンスホールの上階に月額五十フランの部屋がみつかった。

「ダンスホールのせいでうるさいから安くしとくよ」と大家が言っていた。

ルーマンニア経由でフランスにたどり着き、やや慇懃ともとれる扱いをうけていたポーランド人の将校や兵士たちは、ぼくの質問に対してうんざりした表情で答えた。ブロニキ家の消息を知る者はなかった。こうなったらフランス陸軍士官学校に間借りする形で結成されたポーランド軍の参謀本部に問い合わせるしかない。ぼくはソルフェリーノ通りに日参したが、丁重に追い払われた。次はスウェーデン大使館、スイス大使館、赤十字にも足を運んだ。ぼくは、大家にひっぱたかれ、部屋を追い出されることになった。大家はヒトラーに協力すべきだ、とぼくを怒鳴りつけた。

「ヒトラーはたいした指導者だ。フランスにもああいう人間が必要なんだ」

大家の妻が警察を呼んだ。だが、ぼくはその前に逃げ出し、ルピック通りの宿屋に身を隠した。娼婦たちがよく使っている安ホテルだ。黒髪の女主人は痩せて背が高く、その厳しくまっすぐな眼差しで見つめられると、ぼくはまるで詮索されているような、取調べを受けているような、いや、身をまさぐられているような気分になったものだ。ほとんどいつもと言っていいほど、ゴロワーズの箱を手に持ち、煙草をくわえていた。記憶のなかの彼女はいつも紫煙に包まれている。

名前はジュリー・エスピノザ。

ぼくは部屋で寝転がっては、ポーランドを解放し、バルト海のほとりでリラを抱きしめることを思って暮らしていた。

ついに宿代が払えなくなった。女主人はぼくを追い出すどころか、毎日、ぼくを台所に呼んで一緒に食事をとらせてくれるようになった。彼女はあたりさわりのない話をし、ぼくにはなんの質問もせず、膝の上の犬を撫でながらぼくをじっと見つめるのだった。こげ茶色と白の毛が入り混じった鼻先の黒いペキニーズ犬のチョンは、いつも彼女の膝の上に陣取っていた。揺らぎのない彼女の視線を感じると、ぼくは居心地が悪かった。彼女の目は常に緊張しているようだった。そのまつげは、年月の深みに潜む蜘蛛の足を思わせた。エスピノザには娘がいて、現在、留学中だと言う。彼女は少し自慢げだった。

「ドイツのハイデルベルクにいるんだ。ねえ、リュド。だいたい想像がついていたのさ。ミュンヘン会議のときからわかっていた。うちの娘もドイツで学んだことが役に立つでしょう。もうすぐドイツ人がここに来るだろうからね」

「でも……」

「でも、あなたも娘さんもユダヤ人じゃないですか」とぼくは言いかけた。だが、彼女はぼくにそんな隙を与えなかった。

「わかってる。でも、娘はアーリア人としてこれ以上はないという証明書をもっているんだ」。エスピノザは腿の上で丸くなったチョンを撫でながら続けた。「私はうまくやった。うちの娘はどこでも通用する名前をもっている。そう簡単につかまるもんか。本当だよ。少なくとも私は大丈夫。千年の試練と経験の賜物ね。何もかも忘れてしまった人もいるし、もう悲劇は終わったと思っている人もいる。もはや人権が尊重されるようになったってね。でも、私にはわかっている。あんたたちの言う人権というのが近代文明の時代だから、そう、新聞がいうところのどれほどのものか。そんなの薔薇の花と同じ。いい香りはするけど、それだけ」

ジュリー・エスピノザは、ブダペストやベルリンで長いあいだ娼館を切り盛りしていたらしく、ハンガリー語とドイツ語が話せる。ぼくは、彼女がいつも同じブローチをしていることに気づいた。金色のトカゲのブローチで、ずいぶんお気に入りのようだった。もの思いにふけるときはいつも、指先でこのブローチをいじっていた。

ある日、ぼくは言った。

「そのトカゲ、きれいですね」

「きれいであろうと、なかろうと、トカゲはいにしえのときを生き延びてきた生き物なのさ。誰よりも上手に石のあいだをすりぬける」

彼女は男性的な声の持ち主で、たまに逆上すると、まるで「馬車引きのように」汚い言葉で罵った（そういえば、「馬車引きのように」というこの表現、ぼくのまわりではとんと聞いたことがなかった）。そんなときにエスピノザが使う言葉の下品なことといったら、口にした当人が困惑するほどだった。ある晩、彼女は、控えめな「こんちくしょう」から、さらにエスカレートしてゆく罵詈雑言——恩人である彼女への敬意と、感謝をこめ、ここではその内容は書かないでおく——の途中で急にわれに返り、よくは知らないが警察と娼婦たちのもめごとが原因で始まった毒舌節を中断した。そして、ふと考え込んだかと思うと言った。

「でも、妙だね。こういう言葉はフランス語でしか出てこない。ハンガリー語やドイツ語で罵詈雑言を吐いたことはない。そういう言葉を知らないせい。それに、ブダペストやベルリンでは客層が違ったからねえ。いいひとたちばっかりだった。オペラ帰りにスモーキングや正装でやってくる人も多かったし、来るとまず手にキスをしてくれたもんだよ。それが、ここではクソ野郎ばかり」

彼女は不安げな顔になった。

「まずい。下品になっちゃまずい」

そして、妙な言葉をつけくわえた。

「なんせ、命がかかっているんだからね」

きっと、つい口から漏れたのだろう。だって、当時、彼女はまだぼくに本気で心を許していなかったはずなのだ。

彼女はテーブルの上のゴロワーズの箱を手に取り、驚くぼくを一人残して立ち去った。ぼくには下品な言葉づかいがなぜ身の危険につながるのか、わからなかった。

やがて驚きを通りこし、呆然とすることが起こった。なんとエスピノザはその年齢にも関わらず、マナーのレッスンを受け始めたのだ。昔、女学校の先生だったという老嬢が週二回やってきて、エスピノザに「上流」の振る舞いを教え始めた。この「上流」という言葉はぼくにとって、グロテクでの屈辱的な最悪の思い出、泥棒騒動とハンスとのやりとり、ブロニキ氏の厳かな警告を呼び覚ますものだった。エスピノザ風に言えば、あの「クソ親父」は、ぼくが娘の恋人であることを認めておきながら、生まれや育ちがブロニキ家にふさわしくないという理由で、リラとの結婚を熱望するぼくを切り捨てようとしたのだ。マナー講師がエスピノザに「上流」の意味を説いているのを聞いているうちにぼくの憤りは激しくなっていった。

「下層のひとたちとは違う、というだけではいけません。それどころか、いかにもマナーを習いましたというふうに見せてはいけないのです。自然に、あくまでも生まれながらにそうであったというように……」

　ぼくは、エスピノザがこうした戒めに微笑みながら頷いているのが腹立たしかった。いつもは「あつかましい」客を罵っているあの彼女が、である。エスピノザは先を急かすようすもなく、マナー講師に従順だった。ある日など、ぼくがふと目をやると彼女は長く尖らせた鉛筆を噛んだり、口にくわえたりしながら、ラ・フォンテーヌの寓話を暗誦していた。もっとも、客引きの女が男を連れてやってくる度、お出迎えのためにラ・フォンテーヌは中断された。しかも、それがしょっちゅうなのだ。当時、女の子たちは一晩に十五人や二十人の客をとることもざらだった。

「どうも私は下町なまりらしいね。ピガール風ってことか。あのキリギリス婆さんによると『庶民的』らしいけどさ。この訛りを矯正するための練習問題を出してくれたよ。馬鹿みたいだと思ってるんだろ。でも、仕方ないんだ。背に腹は変えられないからね」

「なんでそんなにがんばってるんです？　まあ、ぼくには関係ないけど……」

「私なりに考えたんだよ」

　彼女は自分の歩き方を気に病んでいた。

「これじゃ、男みたいだねえ」

　一方の足からもう片方の足へローリングするような足運びに加えて肩でバランスをとり、二の腕を心もちあげて肘をつっぱらせる。たしかに、どう見ても女らしいとは言えず、リングの上のプロレスラーを思わせるものだ。マナー講師のフルビヤック女史は大げさに嘆いてみせた。

「これではとても社交界に入れませんわね」

　エスピノザは頭の上に本を三、四冊載せて居間の端から端までそっと歩く練習をしていた。父親が海軍将校だったというフルビヤック女史が命じる。

「背筋をちゃんと伸ばして！　それに煙草をずっとくわえているのはどうにかしてください。不良に見えます」

「くそっ！」

頭上の本が大きな音をたてて崩れ落ち、エスピノザの口から罵りが出た。

「この汚い言葉づかいも気をつけなくちゃ。まずいときに口をついて出てくるんだもの。下品な言葉ばっかり使ってきたから癖になってるんだね」

容貌からしてエスピノザはフランス人らしくない、とフルビヤック女史は幾度となく言っていた。エスピノザにはロマを思わせるところがあった。後年、美術の知識を得てから、ぼくはジュリー・エスピノザの顔がビザンチンのモザイク画や、サッカラの石棺の板に描かれた肖像画の女性に似ていると思うようになった。いずれにしても、はるか昔の女性の顔だ。

ある日、ぼくがフロントの前を通りかかったときのことだ。客は部屋に上がる前にここで料金を払う。ジュリー・エスピノザはカウンターの奥で歴史の教科書を読んでいた。目を閉じ、開いた本のページに指をおいて、丸暗記しなくてはならないとでもいうように暗誦している。

「……つまり、海軍提督ホルティは不本意ながらハンガリーの摂政となりました。彼は……」

エスピノザは教科書にちらと目をやる。

「……彼は一九一七年オトラントの戦い以降、民衆より大きな支持を得ており、一九一九年にベラ・クンの革命軍を倒してからはさら民衆の支持が高まりました。かくして、彼は国民の意思に従わざるを得なかった……」

エスピノザは、ぼくの唖然とした視線に気づいた。

「どうかした？」

「いいえ、別に」

「気にしないでおくれ」

エスピノザは指先で金のトカゲをもてあそび、ふと表情を緩めると、穏やかな口調で言い足した。

「ドイツ軍が来たときに備えてトレーニングしてるんだよ」

フランスがドイツに負けるなんて、信じがたいことを彼女があまりにも確信をこめて語るので、ぼくは取り乱し、大きな音をたてて扉を閉めて立ち去った。

ぼくはしばらくのあいだ、エスピノザが「高級」娼館を開くために努力しているのだろうと思っていた。だが、彼女がユダヤ人であることを思い出し、わけがわからなくなった。もし、彼女が確信しているようにドイツがフランスを占領するとしたら、そんな高級商売も成り立つはずがない。もしかすると、彼女が興味をもっているポルトガルあたりで高級買春宿を開くつもりなのかもしれない。

「ポルトガルに逃げるんですか？」

エスピノザの唇の上にうすく生えた和毛《にこげ》が、軽蔑の表情で震えた。

「私は逃げたりする女じゃないよ」

彼女は煙草をもみ消すと、ぼくを正面から見据えた。

「だからといってやつらに捕まったりしない。ほんとだよ」

覇気と敗北の予感の混ざり合った彼女の態度を見ていると、ぼくはわからなくなった。若すぎて、こうした生への執着を理解できなかったせいでもある。リラのことで思い悩み、愛に飢えていたぼくにとって、命なんてそんなに執着する価値があるものに思えなかったのだ。

ジュリー・エスピノザはまだぼくをみつめていた。まるでぼくを裁判にかけ、判決を言い渡そうとしているかのようだった。

ある晩、ぼくは夢を見た。ぼくは屋根の上に立っており、エスピノザが道からぼくを見上げていた。ぼくが飛び降りたら、受け止めようと待ち構えているのだ。そして、ついに、それは現実になった。ある日、台所で食事中に、ぼくはエスピノザの目の前で、腕で顔を隠したまま泣きだしてしまったのだ。売春宿特有のビデの音が響き続けるなか、エスピノザは、そのまま夜中の二時までぼくの話を聞いてくれた。

何がなんでもポーランドへ行くつもりだとぼくが告げるとエスピノザは言った。

「あんたほどの馬鹿はいないね。なんで軍があんたを採用しなかったのか不思議だよ、あんたほどの馬鹿をね」

「落とされたんです。心拍数が高すぎて」

「よくお聞き。私は六十歳だ。でも、ときおり、ずいぶん長いこと生きて、生き長らえて来たような気がする。五千年ぐらい、いや、世界の始まる前から生きてきたんじゃないかというぐらいね。それに、忘れてもらっちゃ困る。私の名はエスピノザだ」

彼女は笑った。

「哲学者のスピノザみたいだろう？ あんたは、スピノザを知らないかもしれないがね。別に『エ』をとってしまって、スピノザと呼んでくれてもいい。そのぐらい親しみを感じるんだ」

「なんでぼくにそんなことを？」

「この先、もっとつらいことになるからさ。最悪の事態になって、あんたもあんたの惚れた嬢ちゃんもそこに引きずり込まれる。戦争に負けて、フランスはドイツに占領されるのさ」

ぼくはグラスを置いた。

「フランスは負けません。そんなのありえない」

彼女は煙草をふかしつつ、目を細めた。

「フランス語には不可能という言葉はないんだよ」

彼女は犬を抱いて立ち上がった。深い緑色のブロッシュ地のソファに置いてあったバッグを手にとる。彼女はバッグから札束を出して座りなおした。

「まずはこれをとっときな。まだ他にもあるから」

ぼくはテーブルの上のお金を見つめていた。

「どうした」

「だって、これ一年分はあります。こんなに必要ありません」

エスピノザは楽しそうに笑った。

「愛に命を賭けたいんだね。なら、急がなきゃ。あっちでもこっちでも死者が出るよ。愛で死ぬなんてだめだ。私を信じなさい」

ぼくはエスピノザに親しみを感じ始めていた。人びとが娼婦や女衒を軽蔑的に語ることで、人間性をケツの次元で考え、オツムの下劣さを忘れようとしているとことがわかってきたせいかもしれない。

「でも、どうしてこんなお金をぼくにくれるのか、どうしてもわからないんですけど」

エスピノザは、うすい胸の上にウールの薄紫のショールをかけ、黒い髪を丸く結い上げ、ぼくの前に座っていた。ボヘミアンを思わせる目。長い指は胴着につけた金色のトカゲに触れている。

「わからなくて当然さ。じゃあ、説明しよう。あんたのような男の子が必要なの。ちょっとした組合をつくろうとしてるんだよ」

一九四〇年二月。イギリス軍は「ジーグフリート戦線で下着を乾かそう」と歌い、「われらは勝つ。最強の者が勝つ」と書かれたポスターが貼られ、《クロ・ジョリ》では勝利の祝杯が交わされているときに、売春宿の老女がすでにドイツ軍の占領に備えていた。この段階で、のちに「レジスタンス組織」と呼ばれることになったものを作ろうとすでに考えていたのはフランスじゅうで彼女だけだったと思う。

ぼくは何人かの人たちと連絡をとるよう彼女から頼まれた。そのなかには、二十年刑務所で過ごしてもいまだ自分の職に愛着をもっている偽造技術者もいた。もっとも、エスピノザから固く口止めされているので、いまもってぼくは彼の名をここに書くわけにはいかない。

けにはいかない。カナリアを飼う一人暮らしのダンピエール氏もいた。ちなみに、ダンピエール氏が一九四二年ゲシュタポの尋問中に心臓発作で命を落とした後も、カナリアは生き延び、エスピノザに引き取られた。のちにモン＝ヴァレリアンの英雄[17]として、名が知られるようになったパジョ氏もいた。彼はこの二年後、モン＝ヴァレリアン要塞で二十人の仲間と銃殺されたのだ。警察官のロタールもいた。彼は「アリアンス」のリーダーとなり、著書『地下活動の日々』のなかでジュリー・エスピノザについてこう書いている。

「彼女は一切の幻想を抱かなかった。長いあいだの職業経験から来たものだろう。屈辱感が彼女のもとを訪れ、彼女に打ち明け話をしたことは想像がつく。彼女は屈辱感をよく知っていた。屈辱感は彼女にこう囁いたにちがいない。『ジュリー、もうすぐこっちの出番になるぜ。準備を進めとけよ』いずれにしろ、彼女は苦境に打ち勝った。私は彼女に協力し、あるグループを結成した。われわれは定期的に会合をもち、さまざまな案件を片づけた。身分証明書の偽造に始まり、安全に情報交換できる場所や、ドイツ軍の占領下に陥った場合の避難場所の確保まで、やることはたくさんあった。ジュリー・エスピノザはフランスの敗北を確信していた」

ある日、ゴバン通りの薬局に行き、「薬品」を受け取ってきた。この「薬品」の内容と行き先について知ったのはあとになってからだった。薬局から帰ると、ぼくはエスピノザに尋ねた。

「この薬代はあなたが？」

「リュド、お金で買えないものもあるんだよ」

エスピノザは悲しみと厳しさの混じった視線でぼくをちらりと見た。

「この先、銃殺される人たちの命に値段はない」

ある日、これほどはっきりフランスの敗北とドイツの侵略を確信しながら、どうしてスイスやポルトガルに避難しようと思わないのか尋ねたこともある。

「その話は前にもしたし、もう答えたはずだよ。逃げるなんて、私はごめんだね」

彼女は笑った。

「フルビヤック女史は私のことをよく『悪趣味』っていうけど、きっとこういうところが『悪趣味』なんだろうね」

ある朝、ぼくは、台所のすみにポルトガルの独裁者サラザール、ホルティ海軍大佐、ヒトラーの写真が置いてあるのをみつけた。

「ある人に頼んでサインしてもらうのさ」

エスピノザはまだ本気でぼくを信用していないらしく、これから先、いったいどんな人物に成りすますつもりなのかは明かしてくれなかった。「その道のプロ」が来て、写真に偽の署名を入れ始めると、ぼくは部屋から出て行くよう言われた。

彼女はぼくに運転免許証を渡した。

「役に立つはずさ」

唯一エスピノザでも予想できなかったのが、ドイツ軍による攻撃がいつあるのか、それにつづく敗戦がいつになるのかということだった。彼女は「開戦直後の晴れた日々」からずっと何かを待ち構えており、娼婦たちの行く末を案じていた。当時、この売春宿では、三十から四十人ほどの女たちが二十四時間ひっきりなしに客をとっていたのだ。エスピノザは娼婦たちにドイツ語を習うよう忠告したが、彼女らは誰一人としてフランスが負けるなんて信じようとしなかった。

なぜ彼女はぼくをこんなに信頼してくれるのだろう。人生が始まったばかりの、しかも、とくになんのとりえもない二十歳の若造を、なんの躊躇もなく仲間に迎え入れるなんて不思議だった。

「たしかにあんたを信用したのは無用心だったかも。でも、なんと言ったらいいのかね。あんたの目には、銃殺刑になりそうなものがあるんだよ」

「ちぇっ！」

エスピノザは笑った。

「私の言ったことが怖いかい？　まあ、本当に蜂の巣みたいに撃たれるとは限らないよ。案外、長生きするひともある。ポーランドの嬢ちゃんのせいでそんな目をしてるんだろ。心配ないよ。いつかまた会えるさ」

「どうしてそんなことわかるんです？」

エスピノザはすぐには答えなかった。ぼくを傷つけないように言葉を選んでいるようだった。

「このまま会えないんじゃ、できすぎだからね。そうなったらきれいごとのままだ。だが、人生、きれいなままじゃ終わらないんだよ」

ぼくは相変わらず週に二、三回、フランス参謀本部のなかにあるポーランド軍の事務局を訪れていた。ついには、ぼくの問い合わせにうんざりした軍曹が言った。

「確かな話じゃないが、どうやら、ブロニキ家はみんな爆撃で死亡したようだな」

だが、ぼくはリラが生きていることを確信していた。それどころか、何かの予感のように、彼女の存在はぼくのそばにあり、大きくなっていった。

四月初め、エスピノザは数週間にわたたって姿を消した。帰ってくると、鼻に絆創膏を貼っていた。絆創膏をはがすと、彼女の鼻はこれまでのごつごつした感じがなくなり、前よりもまっすぐ、短くなったようだった。ぼくは別に説明を求めようとはしなかった。でも、ぼくの表情に驚きが浮かぶのを見て、彼女は言った。

「あの馬鹿どもが、まず最初に見るのは鼻だからね」

ぼくはエスピノザの判断に全幅の信頼を置くようになっていた。だからドイツ軍がセダン戦線を突破しても、驚きはなかった。その数日後、エスピノザがぼくに車庫までシトロエンを取りに行かせたときも驚きはしなかった。帰ってきたぼくが部屋に入ると、エスピノザは犬のチョンとともに、山のようなスーツケースのなかに座っていた。高級ブランデーのグラスを手に持ち、「まだ何も失ってはいません」と繰り返すラジオ・ニュースを聞いている。

「『何も失ってない』だなんて言ってくれるじゃない」

彼女はグラスを置き、犬を抱き上げた。

「さあ、行こうか」

「どこへ？」

「途中までは一緒だよ。あんたは故郷に帰るの。ノルマンディーにね。私も似たような方角へ行くわ」

六月二日だった。路上にはまだ敗北の気配はなかった。ぼくらはいくつかの村を通り過ぎたが、どの村も平穏だった。エスピノザはしばらくのあいだ、ぼくに運転させ、やがて、自らハンドルを握った。彼女はグレーのコートを着て、薄紫色の帽子とショールを身につけていた。

「マダム、どこに身を隠すつもりなんですか」

「隠れるつもりなんて毛頭ないよ。隠れたってみつかるもんさ。私は二度も梅毒にやられてるんだ。ナチなんて三度目の梅毒みたいなもんさ」

「でも、それじゃ、いったい何をするつもりなんです？」

彼女は軽く微笑み、答えようとしなかった。ヴェルヴォーから数キロ行ったところで彼女は車を停めた。

「さあ、ここでお別れだ。ここからなら、あんたの家もそう遠くない。なんとかなるだろう」

エスピノザはぼくを抱きしめた。

「連絡するよ。もうすぐあんたみたいな若造が必要になるからね」

彼女はぼくの頬にふれた。

「さあ、行きな」

「ぼくが銃殺されるような人間だっていまでも思ってますか？」

「あんたにはその素質がある。あんたのように誰かを愛することをできる人なら、つまり、目の前にいない女を思い続けられる人なら、この先、ナチが来たとたん、なくなっちまうだろうものも思い続けることができるかもしれないからね」

　ぼくは鞄を手に車の外に立っていた。胸が締めつけられた。

「せめて行き先ぐらい教えてください！」

　エスピノザの車が走り出した。ぼくは道の真ん中に立ち尽くした。いったいこの先、彼女はどうなってしまうのだろう。結局、ぼくはそこまで信用してもらえなかったのだとがっかりした。たしかに、彼女がぼくの目のなかに感じたものだけでは保証にならなかったのだろう。まあ、それもいいさ。ぼくは、銃殺される人間にふさわしい眼差しをしていなかったのかもしれない。つまり、銃殺を免れる可能性があるってことだ。

25

通りかかった軍のトラックに乗せてもらうことができ、午後三時ころ、クレリに着いた。開いた窓からラジオが聞こえてきた。ロワールで敵の侵攻をくいとめると言っていた。だが、さすがにエスピノザでもロワールで敵を阻止することはできないだろう。

　伯父は作業中だった。アトリエに一歩踏み入れると雰囲気がすっかり変わってしまっていることに驚かされた。伯父は、膝までどっぷりフランスの歴史、しかももっとも好戦的な人物たちにのめりこんでいた。伯父のまわりには、シャルル・マルテル、歴代ルイ王、ゴドフロワ・ドブイヨン、ローラン・ド・ロンスヴォー(18)の凧が散らかっていた。フランスの歴史のなかで敵と戦ってきたあらゆる人物、シャルルマーニュから帝政時代の元帥、さらに帝政の張本人ナポレオンその人もいた。もっとも、伯父は以前、ぼくにこう言っていた。「おい、ナポレオンにボルサリーノ帽をかぶせるとアルカポネの顔になるぞ」

　伯父は針と糸を手に、どうやら不幸に見舞われたらしき「ジャンヌ・ダルク」を修理しているところだった。ジャンヌを空に連れてゆくはずの白い鳩が片側にだらりと垂れ下がり、ジャンヌの剣も折れていた。詳細はともかく、ぶざまな形で地面に叩きつけられたに違いない。平和主義で良心的兵役拒否者だった伯父がここまで好戦的になるとは、ぼくは驚きのあまり言葉もなかった。伯父が信念を変えたのは、きっと新たな注文が殺到したせいだろうとぼくは思った。それまで、この国が凧に興味を示したことは滅多になかった。伯父自身も変わった。伯父がこれほどまでに厳しい表情をするのを見たことがなかった。伯父は壊れたジャンヌ・ダルクを膝に置き、そこに座っていた。ノルマンディーの老人にとって、これが憤りの表情の最たるものなのだ。伯父はベンチから立ちあがろうともせず、頭をわずかにぼくの方に向けただけだった。

「で、どうなった？」

伯父の問いかけにぼくは唖然とした。パリが非武装都市を宣言したばかりだというのに。もっと別の質問がたくさんあるはずではないのか。でも、ときはまだ一九四〇年六月、フランス人同士が、頭のなかだけに存在するもののために傷つけあったり、殺しあったりする時代はまだ始まっていなかった。

「なんの消息もわからなかった。いろいろやったんだけど。でも、リラは生きてる。きっとまた会えるさ」

伯父はかすかに頷いた。

「そうだな。ドイツが戦争に勝った。常識や慎重さや理性っていうものがこの国から失われてゆく。それでも信じたい、希望をもちたいと思うなら、馬鹿になるしかない。そう思ってこうしてるんだ」

伯父はぼくの方を見た。

「馬鹿になるしかない」

ここで言っておいたほうがいいかもしれない。降伏したばかりのこのとき、まだフランス人には馬鹿になる覚悟などなかった。フランスを信じる馬鹿者は一人しかおらず、しかも彼はロンドンにいた。

ぼくが初めてドイツ兵に会ったのは、故郷に戻って数日後のことだった。このまま無職でいては収入がないので、ドゥプラがまだぼくを必要としてるなら、《クロ・ジョリ》に戻ろうとぼくは考えた。そこで、伯父がドゥプラに話をつけに行ってくれたのだが、ドイツ軍の勢いづいた進撃はもう止めようがないことを思い知らされて帰ってきた。伯父が《クロ・ジョリ》に行くと、ドゥプラは入口に貼られた、各地の名物料理をイラストで示した地図の前で、目を真っ赤にしていたのだそうだ。そして彼はアルデンヌのハムのあたりを指さして言った。

「ドイツ軍がどこまで来るのかはわからんが、ペリゴールと連絡がとれなくなったら終わりだ。トリュフもフォアグラもなくなったら、店はやっていけない。スペインが中立を保ってくれると助かるんだが。まともなサフランはスペイン産だけだからな」

「やつまでどうにかなったのかと思ったよ」。伯父はドゥプラへの敬意をこめてぼくに言った。

その日、レストランの庭に面した道路には三台の戦車が停まっていた。花ざかりのマグノリアの下、玄関の前には装甲自動車が停まっていた。話し掛けられるかもしれないと、ぼくは思わず身構えてしまったのだが、ドイツ兵たちはぼくのほうをちらりとも見ようとしなかった。ぼくはレストランのエントランスを横切った。ギャラリーとロトンドのよろい戸は閉じられていた。二人のドイツ人将校がテーブルに座り、紙片に見入っていた。光が縞模様に差し込んだ片隅には、ドゥプラが、ジャン氏とともに立っている。九十歳を越えるソムリエのジャン氏は、きっと、周囲から見捨てられた《クロ・ジョリ》で少しでも店主の力になろうとかけつけたのだろう。ドゥプラは胸の前で腕を組み、毅然と顔をあげていたが、その目はかすかに血走っていた。彼は二人のドイツ人将校を意識して、妙に声をはりあげる。

「今年はうまくいきそうだな。これまでで最高のものになるかもしれない。もっとも、急に雨がきてブドウ畑を濡らしたらだめになるが」

皺のあいだから微笑みつつ、ジャン氏が応える。

「とにかく、幸先のいい感じですな。この一九四〇年の収穫はフランスにとって忘れられないものになるでしょう。数あるヴィンテージ・ワインのひとつになるような気がしますね。各地とも良い状態のようですよ。ボージョレも、ブルゴーニュ全体も、ボルドレも。これだけ良いニュースが揃ったことはありません。今年のワインは、これまでにないほどボディのしっかりしたものになりそうですな。このままうまくいきますよ」

「フランス人にとってこんな六月はまたとないね。空がわれらに味方しているみたいだ。雲ひとつない。百合が咲き始めたし、あと三カ月もすれば、心配もなくなる。悲観的になり、こんなにいい天気がそんな続くはずなんてないというやつもいる。でも、おれはブドウ畑を信じている。フランスではいつもこうなのさ。悪いことがあれば、いいこともある」

「当然のことながら、アルザスのワインには期待できないでしょうね」とジャン氏が言った。ドゥプラも少々声を強める。

「アルザス・ワインのないワインリストなんて、とんでもないことだ。ねえ。カーブの在庫であと四、五年はもつ。運がよければ、そのあいだに新しいワインができるだろう。つい先日、ヴィエンヌのポワンに行って来たというやつに会ったんだが、あっちのほうも、これまでになくいい出来らしい。例年を上回る出来のようだ。ロワールでさえ最高らしい。フランスというのは妙な国ですな、ムッシュー・ジャン。何もかもだめになったかのように見えて、ふと、本質的なものは変わらないと悟る」

ジャン氏の手が、皺だらけの笑顔に浮かんだ涙をぬぐう。

「ええ。そうですとも、ドゥプラさん、あと何年もしたら一九四〇年を振り返り、誰もがこういうでしょう。あんな年は最初で最後だなってね。ブドウ畑を眺めて感激のあまり涙ぐんでいるひとを見ましたよ。なんて美しいんだろうってね」

二人のドイツ人将校は、まだ紙片に見入っている。ぼくは彼らがフランスの地図を広げて軍事作戦を練っているのだと思っていた。だが、それはぼくの思い違いだった。たしかにそこにはフランスが描かれていた。しかし、彼らが見ていたのは地図ではなく、《クロ・ジョリ》のメニューだった。マルスラン・ドゥプラ特製、トリュフ風味のフュメのテリーヌ。エストラゴン風味のタラのフィレ。ノルマンディーの森の仔ウサギ、フランボワーズのヴィネーグル・ソース。ディエップ風コキーユ。シードルに至るまで、ぼくはメニューを暗記していた。ぼくはドイツ人将校を見つめた。まだ本当に戦争に負けたわけではない、とぼくはとつぜん思った。片方のドイツ兵が立ち上がり、ドゥプラに近づいた。

「ドイツ軍ノルマンディー駐在部隊の総司令官とオットー・アベッツ大使がここで、十五人の招待客と昼食会を予定している。今度の金曜日だ。アベッツ大使は開戦前からこの店にいらっしゃり、この店についてて非常に良い印象をおもちである。大使殿は《クロ・ジョリ》が評判どおりの味を維持していることを強く希望し、そのための援助は惜しまないと言っておられる。いつもどおり頼むと大使殿からのご伝言だ」

ドゥプラはドイツ兵をじっと見据えた。

「司令官と大使殿にお伝え願う。スタッフも足りないし、鮮度のいい材料もない。期待に添えるかどうかわからんとな」

「これは、上からの、上層部からの命令です。ベルリン本部でも、生活に支障がないようにと願ってますし、われわれもフランスの名誉と誇りを尊重するつもりです。おわかりでしょう。その第一歩が、フランスの料理文化に敬意を払うことなのです。総統ご自身もそう言っておられます」

二人の将校はかかとをならして、敬礼し、去っていった。《クロ・ジョリ》の主人に向かって敬礼し、去っていった。ドゥプラは無言のままだった。ぼくはとつぜん、彼の顔に不思議な表情が浮かぶのを見た。怒りと絶望と決意が交じり合った表情だ。ぼくはひと言も口に出さなかった。ジャン氏も心配そうだった。

「マルスラン、どうしたんだ」

そのとき、ぼくはドゥプラの口から彼がこれまで絶対に口にしたことがなかっただろう言葉を聞いた。

「こんちくしょう！　あの馬鹿ども何を考えていやがる。おれが引き下がるとでも？　三代にわたって『負けてたまるか』がうちの家訓なんだぞ」

彼は来週から店を再開すると宣言した。だが、ぼくらのまわりでは降伏が相次いでいた。イギリスも遅かれ早かれ降伏するだろうと言われていた。ときおり、とりわけ夜更けともなると、何もかも終わりだと思えることがあった。そんなとき、ぼくは眠るのをあきらめ、ジャールの屋敷を訪れた。壁をよじのぼり、マロニエの並木道でリラを待った。もう随分前から、月明かりのもと、空虚と冷気しか相手にしていない石造りのベンチがぼくらをやさしく迎え入れた。ぼくはガラスを割ってテラスの大きな窓から中に入った。屋根裏部屋に上り、地球儀を指でたどる。タッドが記した未来の冒険コースを指でなぞるのだ。ほら、ブリュノがピアノの前に腰を下ろす。ショパンのポロネーズが聞こえてくる。まるで、無関心を装う静寂までもが情けを加えてくれたかのように、ぼくにはあまりにもはっきりとショパンが聞こえるのだ。ぼくのように記憶にすがって生きているフランス人がすでに他にもいたということをぼくはまだ知らなかった。そこにはないもの、永遠に失われたかに見えるものが鮮明に残り、これほどの強い存在感をもつことができるということも。

26

伯父のアトリエには再び注文が入るようになった。フランスの歴史シリーズは人気があった。政府筋も伯父のこうした創作活動を大目に見ていた。歴史的な過去ならすでに解決済みのことだというわけだ。ドイツ軍は、連合軍の飛行機や出始めた「反逆者」への通信に使われることを恐れて、高さ三十メートル以上の上空に凧を揚げることを禁じた。新たにクレリ町長に着任したプランティエ氏がやってきて、上から届いた「勧告」を伯父に告げた。つまり、上層部の者たちが「フランス最優秀職人章」（一九三七年に伯父が受けた称号だ）がつくる栄誉ある「歴史」シリーズに、ペタン元帥の凧が含まれていないのは遺憾だと言ってきたのだ。そこで、町長はクレリで〈フランス凧の会〉の総会を開き、そのメイン・イベントとして伯父が自ら製作したペタン元帥の凧を揚げさせることを思いついた。「胸をはっていこう」を合言葉に華々しく前宣伝を行ない、ここ最近の意気消沈した暗い雰囲気を打ち破ろうというわけだ。伯父は承諾した。ただし、伯父の暗い瞳にはいたずらっぽいひらめきがあった。ぼくは伯父の眼差しに浮かぶこの明るい閃光が大好きだった。白髪まじりの口ひげの下にからかうような笑みがうかがえる。はるか昔から引き継がれてきたおなじみの明るい笑み、伯父の顔をかすめ未来へと向かう明るい笑みだ。そんなわけで伯父は高さ三メートルのペタン元帥の凧を組み立てた。それ自体に問題はなかった。しかし、地元の役人たちは、伯父の薦めに従い、ドイツ軍の将校や兵士たちを大会に招待してしまったのだ。凧コンクールには、実に百を越える作品が集まり、最優秀賞（当然のことながら、ペタン元帥の凧はコンクールの対象外だった）は、ドミニコ派の神父が出品した二段仕込みの凧に授与された。十字架に磔になったキリストが、十字架を離れ空に上ってゆく仕掛けだ。

果たして伯父は最初からそのつもりだったのか、それとも単なる偶然だったのか、ぼくには皆目見当がつかない。ペタン元帥の大きな凧は、時流には乗れても風に乗るには不適なようで、伯父は凧を揚げるのにてこずっていた。そこで、ドイツ軍の伍長が恭しい態度で伯父を手伝うことになった。いや、もしかすると伯父のほうが彼に手助けを求めたのかもしれない。かくして、ようやく凧が風をとらえた。しかし、この凧が頭上三十メートルのところで翼のように腕を広げたとき、その糸の先をドイツ軍伍長が握っているさまが写真に撮られてしまったのだ。その場では誰も気がつかなかった。しかし、この写真が発表される段になって、検閲が不都合に気がついた。この写真は日の目をみなかった。けれども、誰かは知らぬが別の人物が写した写真があり、このときのようすは、フランスが解放されるその日まで、地下組織のあいだで焼き増しされたものが出回ることになった。『ご立派な元帥さまが、上機嫌のドイツ軍伍長がしっかり握った糸の先っちょで大空高く踊らされている図』というわけだ。

この件で伯父やぼくは立場が悪くなり、伯父自身「正体を明かすのが少々早すぎたかもしれない」と言っていた。レジスタンス組織「エスポワール」の核となる部分がようやくノルマンディにできあがったころだった。リーダーはジャン・サンテニー[19]という男で、彼はじきじきに伯父に会いにやってきた。ずいぶん年齢が離れていたものの、ジャンと伯父は相性がよく、互いのよき理解者となった。クレリのなかでも、ペタン元帥の凧の件については賛否両論だった。プチ・グリやヴィニョロン界隈では、ちょっとした目配せとともに、「勇気あるアンブロワーズ・フルリ」を受け入れ、「よくぞやってくれた」という顔で肩を叩く者もいたが、伯父がノルマンディの田園風景のなかでレオン・ブルムの凧をあげていた「人民戦線」シリーズのことを覚えていて、第一次大戦で二人の兄弟を亡くしているのに、ヴェルダンの勝者をこんなふうに愚弄するとは罰当たりなやつだ、と言うものもいた。伯父が良心的兵役拒否者だったことも人びとはあげつらった。ある晴れた朝（ぼくはいつも『ある晴れた朝』という表現を使う。それは、単に習慣からくるものだけど、たとえドイツ軍がきてもいつもの習慣を変えるわけにはいかないという意味もあった)、ぼくらの家に幼なじみのグリヨがやってきた。ちなみに、彼は二年後、レジスタンスに首を切られて殺される。哀れなやつめ。そう、で、そのグリヨが反対派の二人の若者を連れてやってきて、午前中いっぱい伯父の凧をいじくりまわしていった。伯父が他にも何か仕組んでいるのではないかと疑っていたのだ。伯父は「人民戦線」シリーズとブルムの凧をクレリの主任司祭であるタッシン神父のもとに隠していた。最初は文句を言っていた神父だが、ついには折れて、伯父の凧を教会の地下貯蔵庫に押し込んでおいてくれた。もっとも、レオン・ブルムの凧だけは「いくらなんでもそれだけは勘弁してくれ」とのことで、神父が火をつけて燃やしてしまった。伯父はとくに心配していなかった。とはいえ、世間の状況を察し、さんざん考えた挙句に、「やりかたを変えるべきだな」という結論に達した。モントワールでの会談がちょうどいいきっかけになった。伯父は、会談の五日後、歴史に残るペタン元帥とヒトラーの握手を題材にした凧をあげた。「熱いうちに手を打たんとな」と伯父はぼくに言った。この凧はボランティアによって百個以上が量産され、フランスじゅうの空を舞うことになった。誰も伯父の凧に悪意を感じるものはいなかった。ただし、マルスラン・ドゥプラだけは、うちに一杯やりにきたついでに伯父にこう言った。

「おいおい、世間を馬鹿にするにもほどがあるぜ」

27

一九四一年十一月、ポーランドからはなんの連絡もなく、死別の可能性が高まるなか、ぼくは記憶の鍛錬のためにブロニキ家の屋敷を訪れた。その日の朝、ゲシュタポのクレリ支部長官グルーバーの命令を受け、数人の兵士がぼくらの家にやってきたのだ。伯父がロレーヌ勲章の凧を製作しており、クレリからクロ、ジョンキエール、プロストあたりまで見えるほど高い空にこの凧を揚げようとしている、という噂が広がっており、真相を確かめにやってきたのである。噂はでまかせだった。そこまで軽率なふるまいをするほど、伯父は馬鹿ではない。アトリエの凧は、彼らが認可した歴史上の人物のものしかなかった。兵士たちは二十羽の鳩に囲まれたジャンヌ・ダルクの凧の前でしばし躊躇していたが、伯父は、さすがにジャンヌ・ダルクの昇天を禁じるわけにはいかんだろ、と笑って見せた。伯父は彼らにカルヴァドスをふるまい、第三共和制の文字が入った「フランス最優秀職人」認定証を見せた。そもそもドイツ軍は、第三共和制政府があったからこそフランス占領に成功したのだ。上級中隊指揮官は、「うむうむ」とうなずき、帰っていった。

午後五時、ぼくはブロニキ家の屋敷に行き、埃だらけの屋根裏部屋の古い床板の上に立っていた。葉を落とし、棘とげしさを増した木の枝が窓をふさいでいるため、屋内は暗い。ブリュノのピアノが音もなくたたずんでいる。ぼくは目を閉じた。何も見えない。古きよき常識的な判断力をもつ者にとって、それはとりわけつらい晩だった。ドイツ軍はモスクワに接近しており、ラジオはロンドンが空襲で灰と化したと告げていた。

落ち込んだ気分を乗り越えるには必死の努力が必要だった。リラはぼくに対して少し不満げだった。彼女はいつだってぼくの愛を試すのが楽しいのだ。やがてタッドの姿が見えてくる。世界地図を広げて、これからもたらされる戦勝地の名を探している。ようやくリラの姿が現われ、ぼくに抱きついてきた。ワルツだ。たかがワルツなのだけれど、頭がぐるぐるまわりはじめると、すべてがあの日のままだった。ぼくの腕のなかで、リラが頭をそらして笑っている。ブリュノがピアノを弾いている。タッドは地球儀のひとつにもたれるようにして、無造作に立っている。地球儀を見ても、地球のことはわからない。地球儀にはこの地で起きている不幸のことなど描かれていない。ぼくはあらためて確信する。ぼくらはこの戦争を生き抜く。ぼくらには未来がある。ぼくが愛を失わないかぎり。

ぼくは目を閉じ、腕を広げ、勝手な物思いにひたりながら、ワルツを踊り続けた。そのとき、扉がきしむ音がした。隙間風があちこちから吹きこむので、気にもとめなかった。ぼくは歓喜に浸りこんでいたのだ。このときぼくの冒した唯一の間違いは、そう、信念や想像の世界に生きるものにとって命取りともいうべき間違いは、ここで目を開けたことだった。

最初に見えたのは、戸口の闇に浮かぶドイツ人将校のシルエット。それだけだった。

ハンスだ。ぼくはまだ目がまわっていて、記憶を再現することに熱中するあまり、ハンスの姿が見えたのかと思っていた。数秒後、ようやく確信した。やはりハンスだ。彼はすぐそこ、ぼくの目の前に勝利者の軍服を着て立っていた。ハンスはそのまま動かない。まるでぼくがまだ信じられずにいることをわかっていて、自分の姿をそれと認めるまで待っているかのようだった。彼はぼくが屋根裏部屋で目に見えぬパートナーとワルツを踊っているのを見ても、ちっとも驚いていないようだった。かといって同情しているわけでもない。勝者は敗者のみじめな姿を見慣れているのだ。ぼくが常軌を逸してしまったようだと、すでに誰かに聞かされていたのかもしれない。「あのフルリのぼうず、やはり家系かね」と。レジスタンスはまだ始まったばかりで、「狂気」という言葉は、まだ「勇敢」という意味をもっていなかった。

夕暮れの薄暗さが幸いして、互いの顔をはっきり見ずにすんだ。だが、ぼくはハンスの頬に白い傷跡があるのに気づいた。ぼくがポーランドの古剣を乱暴にふりまわしたあのときの傷だ。ハンスは悲しそうだった。さらに言えば、ぼくに敬意を払っているようだった。礼儀正しい振る舞いが軍服によく似合っていた。首元には鉄十字勲章がついていた。ポーランド侵攻中にたてた手柄でもらったものだろう。数分のあいだ、お互い何を言ったのかは思い出せない。とにかく、会話らしい会話はひとこともなかった。ハンスの動きは繊細で、ドイツ軍人一家の父から子へ受け継がれてきた育ちの良さを感じさせるものだった。ハンスは扉を支え、ぼくが通れるように道を譲った。勝利を重ね、敗者が逃げるのを見るのももう慣れっこということか。ぼくは動かなかった。彼はしばし考え、右手の手袋を脱ぎ始めた。彼の表情から、ぼくは一瞬、握手を求められるのかと思った。だが、ちがった。ここでも、彼はぼくに恥をかかせまいとするかのように、窓に向かい、裸の木の枝を眺めながら両手の手袋をはずした。ハンスはブリュノのピアノに歩み寄った。微笑を浮かべ、ピアノに近づくと蓋を開け、指で鍵盤に触れた。二つ三つ音を鳴らし、彼は鍵盤に指を置き、うつむいたまま動かなかった。やがてピアノを離れると、何かを迷っているかのようにゆっくりと歩きながら手袋をはめた。部屋を出る前に半身だけぼくの方を振り向いたので、何か言うのかと思ったら、そのまま無言で去っていた。

　ぼくは野山を夜通し彷徨い歩いた。子供のときから知り尽くした場所だというのに、どこをどう歩いたのかもわからない。ぼくは本当にハンスに会ったのだろうか。それとも記憶力を鍛錬するあまりに、鮮明すぎる幻影を見たのだろうか。翌朝、牧場で意識をなくして倒れているところを、牧場の主であるジャロ兄弟に発見された。ジャロ兄弟はぼくを家まで運び、カーンの病院に入れた方がいいと伯父に忠告した。

「このあたりでは、こいつがちょっとおかしいことは誰もが知っている。でも、今回ばかりは、ちょっと……」

　ちょうど間が悪かった。「マルトおばさんは夜明けに散歩する」「牝牛はナイチンゲールの声で歌う」「ズボンのボタンは予定通り縫っておく」「父はマメルの市長で弟はマッサージ師だ」。ロンドンからレジスタンス活動家への「極秘」メッセージは、長波一五〇〇メートル、中波二七三メートル、もしくは三〇・八五メートルで毎日届けられていた。伯父はジャロ兄弟の忠告に礼を言い、丁重にお引取り願った。そして枕元まで来て、ぼくの手を強く握った。

「リュド、もっと気持ちを抑えろ。無駄に発散させちゃいけない。この国は、この先、そういう勇気をますます必要とするようになっていくんだから」

ぼくだって自制するつもりだった。だが、ハンスと出会ったことでぼくはすっかり取り乱していた。ぼくは再びブロニキ家の屋敷のあたりをうろつき始めた。ドイツ軍はまだ屋敷に来ていなかった。接収は始まってさえいない。

十二月初旬、壁を乗り越えたところで扉の鉄柵が開く音がしたので、ぼくは身を伏せた。ノルマンディー地方に駐屯中のドイツ軍司令部の旗をつけたメルセデス・ベンツが門から通路に入ってきた。運転しているのはハンスだ。他には誰も乗っていない。彼はドイツ軍人としてこの場所を占拠する下準備に来たのだろうか、それともぼくのようにリラのことを思ってここに来たのだろうか。その晩、ぼくは《クロ・ジョリ》からガソリンを五缶盗んだ。ドイツ軍がたっぷり備蓄しているガソリンだ。ぼくはガソリン缶をひとつずつ屋敷に運んだ。その夜のうちに火をつけた。火はなかなか燃え広がらなかった。ぼくは何度も火をつけ直さなくてはならなかった。ぼくは部屋から部屋へと歩き、思い出の品を隠して廻った。こうしておけば、灰に埋もれて無事に保存されるだろう。火がようやく屋根にまで届いた。だが、ぼくは立ち去れずにいた。この炎に愛着を感じざるをえなかったのだ。

翌朝すぐにぼくは逮捕された。クレリに連れて行かれ、きびしい尋問を受けた。ドイツ軍に対する面子の問題もあって、フランス警察はいつになく神経質になっていた。当局にとってぼくは格好の「犯罪者」だった。テロリズム的な意図とは関係ない、精神異常者の仕業というわけだ。

ぼくは何も否定しなかった。ただ、質問に答えるのを拒んだだけだ。ぼくは「エスポワール」のメンバー、ルグリやコストのことを思った。彼らは拷問を受けても、沈黙を貫いた。平手打ちやぶん殴られた程度で口を割るぐらいなら、生まれて初めて記憶喪失になるほうがましだ。だからぼくは殴打に耐え、だらしなく笑って、陰気なもの思いに沈む顔をしていた。これには警官たちも多少ともうんざりしたようだ。

伯父はぼくが一週間前から寝込んでいたと証言し、医者のガルドュー先生は、大喜びで走る馬のクレマンタンに二輪馬車を引かせて三十キロの道のりを駆け抜け、伯父の言葉を裏づけてくれた。だが、当局は「精神障害者による放火」に固執し、翌日、さらにドイツ人の私服警官二人を加えて尋問が再開された。

ぼくは扉に背を向けて椅子に座っていた。とつぜん、二人のドイツ人が立ちあがり敬礼した。ハンスがぼくのほうをちらりとも見ずに、横を通り過ぎた。口をきつく結び緊張した面持ちだ。侮蔑や怒りを必死にこらえているようだった。彼はグルーバーの部下たちのヒトラー式敬礼には応えず、警官にフランス語で話し出した。

「逮捕とはどういうことです。リュドヴィック・フルリのことはよく知っています。彼が火事の晩にジャールの屋敷にいたはずはありません。その日、私は彼の伯父の家で、彼と一緒にいました。アンブロワーズ・フルリと凧について話がはずみ、長居しましたので、私が帰ったのは深夜過ぎでした。ですから彼が火をつけたとは、とても考えられません。目撃者の証言によると、夜十一時にはすでに何キロも離れたところから炎が見えたという話ではありませんか」

とっさに、権力者から助けてもらう、守ってもらうなんて、嫌だと思った。ぼくはもう少しで立ち上がり、「屋敷に火をつけたのはぼくだ！」と叫ぶところだった。心中の混乱を制したのは、またしても

ぼくの田舎者根性だった。ぼくは彼のこうした態度に、寛大さよりも、まず傲慢さや貴族的な優越感を見て取ったのだ。だが、すぐに別の考えが本能的に浮かび、ぼくのかつての反目をぬぐいさった。ハンスは、ぼくらを結びつけると同時にぼくらを敵対させたもの、リラへの思いをいまも抱き続けているのだ。ハンスはリラを心から愛しており、彼はぼくのなかにある、彼にとってかけがえのないものを救いにきたのだ。ぼくを責める者たちに対して、このような高飛車で尊大な態度をとったのは、彼がそれだけリラとの思い出を大事にしているということなのだ。彼はぼくを助けに来たわけではない。彼はぼくらが共有する、あの思い出を助けたくて来たのだ。

ハンスは警官らに質問する暇も与えず、すぐに出て行った。ドイツ人将校の証言は絶対である。ぼくは早々に釈放された。伯父とガルドュー先生と馬のクレマンタンがぼくを家に連れ帰った。帰路、ぼくら三人は互いに交わす言葉もなくただひたすらに黙り込んでいた。家に帰り着き、ガルドゥー先生とクレマンタンがクレリへの道をとって返すのを見送ったあとで、伯父がようやく口を開いた。

「なんで屋敷に火をつけたんだ？」

「ドイツ軍の手に渡さないためさ」。伯父はため息

をついた。「ドイツ軍の手に渡すぐらいなら」、家に火をつけようと思うフランス人の数はいまやけっして少なくないのを知っていたからだ。

地元では誰もぼくを罪人扱いすることはなかった。ロンドンからのラジオ放送だけではなく、あらゆる周波数で「常識はずれ」なレジスタンス活動への呼びかけが始まり、こうした呼びかけに耳を貸し始めた連中のなかには、控えめながらぼくに親近感を示す者もいた。他の者たちはぼくを避けていた。「要領のいい」やつ、「事なかれ主義」のやつ、汚名返上に必死の者たちだ。連合軍の勝利を信じる者は少なかった。ソ連軍を攻撃することで、枢軸国と和平を確立するほうが得策だという人さえいた。

ぼくは経過観察の名目で、カーンの精神病院に入院させられた。ぼくは病院で二週間にわたって目に見えぬ相手と喋り続け、正式に「精神障害者」の診断書をもらった。レジスタンス活動では、このことが非常に役に立った。この診断書のおかげで、ぼくがぶつぶつ言いながら、農場から農場へと歩き回っても誰も不審に思わない。レジスタンスのリーダー、スーバベールは、ぼくに連絡係を一任した。ぼくはまるで魔法のように正気を取り戻し、《クロ・ジョリ》の経理の仕事を続けていた。そんなぼくを見てドゥプラは「まったくケツを蹴り飛ばしたくなるやつだな」と言っていた。彼はきっとぼくが地下活動に参加していることに気づいていたに違いない。彼にはなんでもお見通しなのだ。しかし彼はそのことには触れようとせず（伯父に言わせると「面倒が嫌だから」だそうだ）、せいぜいぼくの前でつぶやいてみせる程度だった。

「まったく懲りないやつらだな。フルリ家だけの話じゃないかもしれん。荒廃したヨーロッパでは常軌を逸したご同輩が増えつつあるようだが、あいつらだけではすまんかもしれんな。まったく非常識なことを考えおって。だが、歴史のなかではこうした馬鹿げだ発想が一度ならず不可能を可能にしてきたんだからな」

彼女は部屋の向こうの隅、暗いところに立っていた。壁には、アトリエに来た七歳の子供が自分で組み立て、彩色した、不恰好な凧がかかっている。ピンクと薄い黄色のボディに白銀の模様がついた凧だ。鳥にも蝶にもトカゲにも見える。子供の想像力からすれば、そのどれかに絞ることができなかったのだ。だから、

「リュド、私はいつもあなたに意地悪だった。だから、いまになって仕返しされているのね。昨日は何

時間も私のことを忘れていたでしょ。私の存在はあなたの思うまま、私にそう思い知らせて楽しんでるのね。いかにも男の考えそうなことだわ。私にこう言わせたいんでしょ。『あなたがいないと生きてゆけないわ』って。私を不安にして、弄んでるのね」

　正直に言うと、彼女が不安そうな顔をしたり心配したりするのを見るのは快かった、あれだけ高貴な家のお姫さまでも、ぼくのようなノルマンディーの田舎者に頼っている。ぼくの変わらぬ心と記憶力だけが彼女の拠り所なのだ。だが、ぼくは彼女に対して傲慢な態度をとったことはない。せいぜい彼女がひとつの動作をしてる姿をいつまでも思い描くこと、たとえば彼女にぼくの髪を手で梳く動作を何度も繰り返させるとか、その程度のものだ。そう、毎朝数分、ぼくはこうして彼女に髪を撫でてもらわないと気がすまなかった。あとは彼女の腕の動きをとめ、ブラジャーをつけさせないようにするとか。

「リュド！　いいかげんにして！」

　ぼくは彼女の瞳に怒りがきらりと光る瞬間が好きだった。とにかく、彼女があのころと変わらず、ありのままの彼女であることがわかると安心するのだ。

「私一人じゃ何もできないからって、何もかも自分の思いのままだと思っているのね。昨日は田舎道を二十キロも歩かせて！　あなたが着せてくれた緑のセーターも趣味が悪いわ」

「あれしかもってないんだ。寒かったしさ」

　やがて彼女の姿は徐々にぼやけ始め、闇の存在に戻ってゆく。ぼくは彼女の姿を守ろうと目を閉じたままでいる。

28

ぼくは地元を歩き回っていた。ドイツ軍から不審に思われる心配はなかった。彼らはぼくが「理性を失っている」と知っていたからだ。そのせいで注目を集めることにもなってしまった。だが、ぼくはいくつかの名前、常に変化する「通信受け渡し場所」を暗記し、紙に書いたものは一切もち歩かなかった。

一晩中歩き続け帰ってきた朝、ぼくはカフェ・テレムでひと息ついていた。隣のテーブルで男が新聞を読んでいる。男の顔は見えなかった。ぼくが見ていたのは、一面の見出しだ。「ソ連軍大敗走」

店主のルボーが「哀れなリュド」のために白ワインのグラスを二つもってきた。一杯はぼくが注文したもの、もう一杯は店主のおごりだ。地元の人たちは、もうずいぶん前からぼくの奇行には慣れっこになっていた。新参者がやってくると、かならず、ぼくについて、「あの成《なり》で有名な郵便配達夫の身内なんだよ。伯父さん以上にいかれてるんだ」と教えてやることになっていたのだ。隣のテーブルの男が新聞を置いた。国語教師のパンデール先生だった。中学卒業以来、会っていなかった。年を重ねることでますます特徴が顕著になったその顔は、ぼくらのノートのスペル・ミスをあげつらったときの厳しさを失っていなかった。上を向いた鼻めがねやひげも昔と同じだ。パンデール先生は四十年にわたって地元の新聞『ガゼット』のクロスワード・パズル欄を担当していることで有名だったが、昔もいまも、どことなく厳かな雰囲気の持ち主だった。ぼくは立ち上がった。

「やあフルリ君。これはこれは、ぜひご挨拶を」

先生は腰を浮かせ、空っぽの椅子に向かって頭を下げた。カウンターのなかでグラスを拭いていたギャルソンのビコが、ギョッとしたように動きを止め、次の瞬間また手を動かし始めた。ビコは血の気の多いやつで、生涯を通じて想像力ってものを使ったことがなかった。だからノルマンディー上陸のあとになって、敗走中のSSに殺されることになった。不当なうえに意味のない死に方だ。

「あなたがたの無謀を讃えますよ。伯父さまの、あなたの、そして記憶のせいで頭がどうにかしてしまったらしい、このあたりの若者たち全員の無謀さをね。かつての義務教育で習ったことを忘れずにいる者が少なくないのは嬉しいことです」

　先生は軽く笑みを浮かべた。

「『理を通す』という言葉には二通りの解釈があります。昔、同じテーマで作文を書かせたことがあったように思います。そう、授業中にね」

「よく覚えています。パンデール先生。『理を通す』とは、すなわち『理性を保つ』ことなのか、それとも正反対の『理念を守る』ことなのか」

　老先生は非常に満足そうだった。もう随分前に教職を引退していた。皺も増え、威厳もくたびれ果てて見えた。だが、世のなかには常に見た目とは別の若さが存在する。それゆえ、七十歳の元教師であってもときに逸脱した行動が可能なのだ。

「うん、うん」

　先生が何に対してうなずいたのかは、わからなかった。

　店主の飼っている犬のロルニュットがやってきて、先生にお手をした。両目の周りが黒いフォックス・テリアだ。先生は犬を撫でた。

「豊かな想像力が必要です。たくさんの想像力が必要なんです。ソ連軍を見ればわかります。この新聞を見ての通り、すでに戦争に負けたかのように見えます。でも、彼らも、きっとこの惨状を認めまいと想像力を駆使しているはずです」

　先生は立ち上がった。

「フルリ君、それでいいんだ。生きてゆくための理を通すことは、ときに理性的であることと相反するものになる。君なら優秀な成績をおさめるだろう。近々会いにきてくれたまえ。早めに頼むよ」

　先生は二十サンチームをテーブルに置き、鼻めがねをはずすと、黒いビロードの帯がついたケースのなかにそっと収めた。もう一度、空席にむかってお辞儀をし、帽子をかぶると、ぎこちない足取りで去っていった。膝が痛むのだ。一九四一年五月から四二年七月まで、先生はノルマンディーで発行された「地下文学」の多くの執筆した。先生は一九四四年ノルマンディー上陸の直前に逮捕された。自らの作成したクロスワードパズルを過信したためだ。週に二度、『ガゼット』誌の四面に載るクロスワードパズルは、西部のレジスタンス・グループへの暗号だった。ところが爪をはがされる拷問のすえ、仲間の一人がゲシュタポに暗号解読のキーワードを教えてしまったのだ。

しかし、ある朝、クレリの壁に「永遠なるフランス」と題したポスターが張り出され、言い古された言葉がとつぜん生まれ変わり、ぼろぼろの古い衣を脱ぎ捨て新たな装いで登場し、思いがけない新たな力を発揮すると、疑われたのは伯父のアンブロワーズ・フルリだった。ぼくは重力のことを知り尽くした役人どもの意外な勘のよさに驚いていた。凧にしろなんにしろ宙に投げ上げたすべてのものは、そこにこめられた希望がどうあれ最後には落ちてくるものだ、という重力の法則は、役人どもだってわかっていたはずだ。だが、それでも、彼らはこの純朴な老人にあえて敬意を表し、犯人に仕立て上げようとした。野原に立ち、子供たちに囲まれながら、もはや十五メートルまでしか揚げられないニャマスの凧を見あげている姿をよく見かけるぼくの伯父をだ。

伯父に容疑が向けられていることを知らせてくれたのは近所のカイヨー家の息子だった。朝早く、彼がアトリエに駆け込んできたのだ。頭の上で麦を踏みつけたようなブロンドの髪のジャノ・カイヨーは、走ってきたせいばかりではなく、興奮のあまりひどく息をはずませていた。

「やつらが来るぞ！」

こうして友情の証しを示した次の瞬間、彼は、慎重さで有名なノルマンディー気質の証しを示すかのように、外に飛び出し、怯えるウサギのように大急ぎで姿を消した。

「やつら」とは、クレリ町長のプランティエ氏と、秘書のジャボ氏のことだった。町長は秘書に対し、外で待つように言った。きっと忠実なる秘書を立ち合わせたくなかったのだろう。この秘書氏、任務に忠実なあまり敵陣営に対しても忠実なのだから。町長は赤いチェックのハンカチで額をぬぐいながら――というのも、初めてのサボタージュ以来、お役人たちは大いに冷や汗をかいていたのだ――入ってきた。町長は小便色したコーデュロイのジャケットにゲートルという格好でベンチに腰を下ろした。挨拶もせず、上機嫌とはほど遠い。

「フルリ、あんたなのか、あんたじゃないのか」

「フルリは私だ」。伯父は自分の名に誇りをもっているのだ。「フルリ家は、十代前まで溯れる。それ以上は言わんでおくがね」

「ふざけるな。銃殺が始まっている。たぶんあんたは知らないだろうが」

「いや、私が何をしたというのだ」

「あのポスターだよ。常軌を逸した世界に誘い込んだ罪さ。そうとしか言いようがない。ドイツ軍の権力を攻撃するなんて、常軌を逸しているとしか思えない。みんなが噂してるぞ。こんなことするのはフルリ家の二人しかありえない。若造の方は、ドイツ占領軍が司令部を置くことになっていた屋敷に火をつけたし、おい、そうなんだろ、爺さんの方は暇さえあれば、空にスローガンを揚げているわけだしな」

伯父は驚き、

「スローガンってなんのことだい、老兵殿」

と言ったが、戦争嫌いの伯父が発した「老兵殿」という言葉には、今までにはない優しさがこめられていた。

「あのくだらん凧のことだ。あのポスターも同じだろうが！」

町長は理屈よりも心情で伯父の言葉を解釈し、大声を出した。

「あんたがつくった、あのクレマンソーの凧！ うちのガキどもが見てるんだ。おい、あれはなんだ」

町長は犯人を指差すような手つきでゾラの凧を示す。

「ゾラを空に泳がせるご時世かい。どうせならドレフュスでもつくりやがれ。ちょっとしたおふざけでも銃殺の対象になるんだぞ」

「問題になっているサボタージュだって理由があってのことだし、私の凧だってそうだ。シードルでもどうだい。考えすぎだよ」

「私が？ 私が考えすぎだって？」

伯父はシードルを注いだ。

「誰にだって想像力はある。あなたにはド・ゴール[20]が空を飛んでいるのが見え始めているようですしね。誰だって狂気に襲われることはある。あなたでさえもね」

「どういう意味だ。私でさえ？ ドイツ軍を追い出したいという気持ちが私にはないとでも思うのかね？」

「まあ、とにかく、あなたはロンドンからの放送を毎晩聞くような人ではないと思いますがね」

町長は沈んだ顔で伯父を見つめた。

「ああ、でも、私が何を聞こうが聞くまいがあんたには関係ない」

　町長は立ち上がった。彼は太っていた。体重のせいで余計に汗をかく。

「つまり、あのポスターを作ったやつが正気の人間じゃないとなれば、丸く収まるんだ。ふつうの人間があれを貼り出したとなれば、ただじゃすまない。あんたが捕まるのを黙って見ていりゃ、誰も困りはしなかったのに。どうしてそうしなかったのかと自分でも思うよ」

「子供のときに、ここに遊びに来たことがあるからかもしれませんな。覚えてますか」。プランティエはため息をついた。

「ああ、そうにちがいない」

　町長は疑いの目であたりを見回した。フランスの歴代王を象った「歴史シリーズ」の凧が鴨居にぶらさがっていた。こうしてうつむきかげんにぶらさがっていると、どの王さまも悲しそうな顔に見える。プランティエはそのうちのひとつを指差した。

「あれは誰だ?」

「ダゴベル王〔七世紀にフランク王国を最初に統一したメロヴィング朝の王〕ですよ。危険思想じゃありません」

「うむ。いまとなっては誰が危険思想で誰がそうでないのか、わきまえないとな」

　町長は出口に歩を進めた。

「気をつけろよ。あいつらがくるはずだ。もしビラの一枚でも見つかったら……」

「あいつら」は一枚のビラも見つけられなかった。フランスの王さまの裏側を探すことは思いつかなかったのだ。会報もみつからなかった。会報は水肥の下に穴を掘ってそこに隠してあった。あいつらは水肥の樽を三桠でつついてみたが、いかにも水肥が入っている音しかしなかったので、それ以上探そうとはしなかった。

　ドイツ兵たちはたびたび凧を注文にやってきた。故国の子供に送るためだ。凧のなかには、パンデール先生が情熱をこめて書いた決起呼びかけの文書だけでなく、ドイツ軍の主な駐屯地や、沿岸部隊の配置を記録したものもあった。だから、「販売用」の凧とその他の凧が混ざらないよう細心の注意が必要だった。

　お隣のカイヨー家には、ぼくらのやっていることがすべてわかっていた。ジャノ・カイヨーはときおり、ぼくらに知らせをもってきてくれた。マニャール家にいたっては、フランスが占領されたことを知っているのかどうかすら疑問だった。彼らは、ドイツ人に対しても、他の人間に接するときと同じ態度で接していた。つまるところ、完全無視ということだ。彼らがわずかでも他人に興味を示すところなど、誰も見たことがなかった。

「でも、あいつらのつくるバターはいつだってこのあたりで最高の味だ」とドゥプラは感心していた。《クロ・ジョリ》では、新顔の客が来るとうちに立ち寄ることを薦める。そんなわけで、ドイツの有名な飛行家ミルヒ将軍も凧を見にやってきた。

だがいちばん足繁くうちにやってきたのはクレリ町長だ。疑い深い陰気な顔でアトリエのベンチに座り、伯父が子供たちの送って来た稚拙な絵に骨組みや羽根をつけているさまをじっと眺めたかと思うと帰ってゆく。町長は何やら案じているようだったが、口には出さずにいた。そして、ある日、ついに伯父を呼び寄せた。

「あんたは何か馬鹿なことをやらかそうとしている。予感がするんだ。なあ、いったいどこに隠してるんだ」

「なんのことだ?」

「おいおい、とぼけるなよ。わかってるんだ。どこかに隠してあって、そのうちお披露目だ。で、あんたが逮捕される。そうにちがいない」

「なんの話かまったくわからん」

「ド・ゴールの凧を作ったんだろ。そうだと思った。そんなもの空に揚げた日には、どうなることか。わかってるか?」

最初、伯父は何も言わなかった。だが、ぼくにはわかった。伯父は感激していたのだ。伯父は心を動かされると、優しい目になる。伯父は町長の横に腰を下ろした。

「おやおや、あんまり思いつめちゃいけないよ、アルベール。さもないと、自分でも気づかぬうちに、町役場のバルコニーから『ド・ゴール万歳』なんて叫んじまうかもしれない。おいおい、そんな顔するな」

伯父はたっぷりとしたひげの奥に笑みを浮かべた。

「密告したりしませんからね」

「私を密告? なんの理由で?」。プランティエは叫んだ。

「あなたが家にド・ゴールを隠しているなんてドイツ軍には内緒にしておきますよ」

プランティエは無言のまま足もとを見た。プランティエはそのまま立ち去り、二度と現われなかった。彼はその後数カ月は持ちこたえたが、一九四二年四月、釣り舟に乗ってド・ゴールのいるイギリスに渡った。

　フランスが変わろうとしていた。目に見えない存在がだんだん大きくなっていった。「理性的」で「常識的」だと思っていた人たちが、危険を承知で、追撃されたイギリス軍飛行士、あるいはロンドンからパラシュート降下で到着した「フランス自由軍」の隊員を匿うようになった。ブルジョワも、労働者や農民も、「紺碧の極み」を目指していることをおおっぴらにできない「普通」の人たちも、レジスタンスの新聞を印刷し、配っていた。新聞には「不滅の魂」という言葉が何度も登場した。もっとも、「不滅の魂」を求めた者が、真っ先に死を迎えることになったのだが。

29

戦争が終わったらリラと住む家を建てるつもりだった。どこでどうやってその資金を得るのかはわからない。考えないようにしていた。聡明すぎたり、良識にとらわれすぎたりするのはくだらない。人生には、美しい羽根のように幸運がふってくることもあるのだから。

そんなわけで、ぼくはいまのうちに頭のなかで家を建てることにした。材料費なんて凧一つ作るより安いもんだ。ぼくらは犬を飼う。でも、犬の名前はまだ決めてなかった。将来の楽しみも残しておかなくっちゃ。グランゼコール〔フランス名門の高等居幾機関〕を受験するのはやめた。昔ながらの「義務教育」の恩に応えて教師になる決意をしたのだが、見せしめに銃殺された者の名が壁に貼りだされるのを見ていると、これほどの犠牲を出してまでも義務教育が必要なのだろうかと思う。ふと怖くなることもある。そんなときは、ぼくらの新居に逃げ込む。この家は人目につかないところにあった。場所を知っているのはぼくだけだ。ぼくは、二人が初めて出会った場所に新居を建てた。キイチゴの季節ではなかったけれど、まあ子供時代の思い出だけがすべてではない。野山を歩き回り、神経を尖らせて何日も過ごした後、ぼくは疲れ果ててこの家に戻ることがしばしばあった。そう簡単にはこの家に帰れない。目を閉じただけでは無理だ。弱気になる自分を乗り越えるのは大変なことだった。ドイツ軍はソ連で次々と勝利を収め、夜毎に必死になって将来の家を建てている場合ではない、そんな状況だけになおさらだ。しかも、その将来は日ごと遠ざかってゆくように思えた。ぼくが正気に戻る瞬間があると、リラはぼくを責めた。

《クロ・ジョリ》でみなが「酔狂」と呼ぶぼくの夢想があってこそ、リラは存在するのだから。伯父自身もぼくの地下活動を心配していた。ぼくは伯父が本気で老け込んでしまったのかと思った。年とともに分別が増すというではないか。だが、それは杞憂だった。伯父はただぼくにもっと注意しろと忠告しただけだった。たしかに、ぼくは非常に危険な任務についていた。パラシュートによる武器の調達が頻繁になっており、空から降りてくる武器をきちんと受け入れ、安全な場所に運び、使い方を教えてまわる必要があったのだ。

たいていの時間、家には誰もいなかった。リラがそこでぼくを待っているわけではない。それはそうだろう。ポーランドの抵抗組織や、森に潜伏している活動家について詳しいことはわからなかったけれど、きっとフランスよりもさらに危険で、苦しく、覆しがたい状況にあるだろうことは見当がついた。その結果、すでに死者の数は数百万人に達しているという話だ。

失望と諦めが極まると、かならずと言ってもいいほどリラがぼくを救いにやってくる。リラの疲れ果てた顔や青ざめた唇を見ただけで、ヨーロッパじゅうどこにいても、ぼくらは同じように闘っている、同じように常軌を逸した努力を重ねているのだと思い出す。

「もういく晩もずっと待ってたんだよ。来てくれなかったね」

「ひどくやられてしまって、大変だったの。森のさらに奥まで行かなければならなくて。治療が必要なけが人もいるし、薬もほとんどないのよ。あなたのことを思う暇なんてなかったの」

「そんなことだろうと思った。行っていいよ」

リラは重たそうな軍用コートを着て、赤十字の看護婦の腕章をつけていた。長い髪とベレー帽は、楽しかったころのままにしておいた。

「そっちはどう?」

「見ないふりとおっかなびっくり。でも、状況が変わり始めている」

「気をつけてね。リュド。もし捕まるようなことがあったら……」

「君にはなんの影響もないだろ」

「殺されたらどうするの?」

「そのときは、誰かが君を愛する。それだけのことさ」

「誰かって? ハンスのこと?」

ぼくは何も言えない。リラはいつだってぼくをいじめて喜ぶのだ。

「あとどのくらいかしら」

「わからない。昔の言葉では『希望にすがって生きる』と言うけど、希望の方がぼくらにすがっているような気がし始めている」

寝覚めの瞬間は最高だった。暖かな寝床はいつも女体を思わせ、ぼくはその心地よさをできるだけ引き伸ばそうとした。だが、日が昇り、現実が重みを増す。届けるべきメッセージがあり、新たな人物と連絡をとることも必要だった。床が鳴る。ぼくはまぶたの奥でリラが身支度をしながら行き来する姿を眺める。リラは、台所に降り、火をつけて湯を沸かす。ぼくは思わず笑ってしまう。家事なんてしたことのないお嬢さんがこんなに早く家のことができるようになるなんて。

伯父がぶつぶつ言っていた。

「おまえのように記憶だけを頼りに生きている人間が、ほかに二人だけいる。一人は、ロンドンのド・ゴール、もうひとりは《クロ・ジョリ》のドゥプラだ」

伯父は楽しそうに笑っていた。

「さて、最後に勝つのはどっちかね」

30

《クロ・ジョリ》は相変わらず繁盛していたが、ドゥプラの地元での評判は落ち始めていた。占領国へのもてなしが熱心すぎるという理由で彼を責める者もいた。ぼくのレジスタンス仲間は、彼のことを腹の底から嫌っていた。ぼくはドゥプラを良く知っていたから、仲間たちがドゥプラのことをゴマスリだの、コラボ〔ドイツ協力者の蔑称〕だのと言っても、彼を弁護していた。実際のところ、占領下での生活が始まり、ドイツ軍の幹部や、パリから疎開してきたエリートたちがこぞって《クロ・ジョリ》の「ギャラリー」や「ロトンド」に押し寄せるようになるとドゥプラは覚悟を決めた。うちのレストランはこれまでの質を落としてはならない。フランスが誇る場所でなくてはいけない。だから、彼は敵であるドイツの来客に対して味では絶対に負けないことを示そうとしていた。だが、ドイツ人たちがここの料理をことのほか気に入り、彼への支援を惜しまないものだから、ドゥプラの態度は誤解を招き、厳しい批判を浴びていたのだ。あるとき、プチグリでこぜりあいに出くわしたことがある。火縄式ライターを買いに立ち寄ったドゥプラに公証人のマジエ氏が喧嘩を売ったのだ。マジエは単刀直入に話し始めた。

「おい、おまえ恥ずかしくないのか。フランスじゅうがひもじい思いをしているのに、ドイツ人にトリュフやフォワグラを出してるなんて。《クロ・ジョリ》のメニューを世間がなんと呼んでるか知ってるか？　屈辱メニューって言ってるんだぞ」

　ドゥプラは身をこわばらせた。一瞬にして険しくなった顔といい、灰色の口ひげの上で堅く結ばれた唇や、鋼のような青い瞳といい、彼の外貌にはどこか軍人を思わせるところがあった。

「何言ってやがる。おれのやろうとしていることがわからないようじゃ、フランスももう終わりだな」

「ふん、何をやろうとしているってんだ」

公証人の口からこんな乱暴な言葉を聞くのははじめてのことだった。

「おれは常に臨戦状態だ」

「何が臨戦状態だ。ほたて貝のフォイエットのチャービル風味、野菜のブルのワーズ風オマール・スープのどこが、鰈の葱フォンドユ添えやタイム風味のヒメジのどこが？　若者たちが収容所で死にかけている。銃殺されるやつだっている。そういう状況のなかで、おまえときたら、ひらめのムース香草風味だと？　ザリガニの尻尾のサラダだって？　このあいだの木曜、おまえは占領国の連中に出したんだろ。オマールのリング仕立てや、リ・ド・ヴォーを。ほかにもトリュフとピスタチオの入った魚介ソーセージやら、コケモモ風味の白レバーのムースやら……」

公証人はハンカチを出して口をぬぐった。きっと生唾がこみあげてきたんだと思う。

ドゥプラはタイミングを見計っていたのだ。カウンターのまわりには大勢の人がいた。土木屋のジェント、店主のドュマ。その数週間後に逮捕されたルーブロウ兄弟の片割れもいた。

ドゥプラがようやく口を開き、控えめの声で喋りだす。

「おい、よく聞け。政治家どもは裏切った。将軍たちも役立たずだとわかった。だが、フランス料理は最後まで持ちこたえる。責任をもって守る人間がいるからだ。これから先……」

ドゥプラの視線が人びとを射る。

「これから先、戦争に勝利するのはドイツじゃない。アメリカでもイギリスでもない。チャーチルでも、ルーズベルトでも、なんと言ったっけ、あのロンドンからおれたちに呼びかけているあいつでもない。戦争に勝利するのは、ドゥプラと《クロ・ジョリ》だ。ヴァランスのピックや、ヴィエンヌのポワンや、ソーリューのドュメーヌだ。わかったか、おれがいいたいのはそれだけだ」

みんなは、ぼくがこれまでに見たことがないほどあきれ返った顔をしていた。ドゥプラはタバコ屋のカウンターに小銭を投げると、ポケットにライターをつっこんだ。最後にもう一度、全員の顔を眺め回すと、彼は立ち去った。

ぼくがこの話をすると、伯父はわかったというように頷いた。

「やつもだいぶまいっているな」

その晩さっそく、《クロ・ジョリ》のトラックがぼくらの家の前に停車した。ドゥプラは親友の支えを必要としていたのだ。二人は無言のまま、真剣な顔でカルバドスを飲み始めた。ぼくの前に座ったドゥプラの顔は、数時間前に《プチ・グリ》の店先で見たときとは別人のようだった。青ざめた顔はゆがみ、先ほどの意志的な表情は見る影もなかった。

「こないだなんか、やつらになんと言われたと思う？　テーブルから立ち上がり、笑いを浮かべて『ヘル・ドゥプラ！　ドイツ軍とフランス料理で共にヨーロッパを構築しよう。ドイツの戦力とフランスの味覚でつくるヨーロッパだ。おまえは新生ヨーロッパにフランスの持分をさし出せ。フランス全土が巨大な《クロ・ジョリ》になるんだ』ってほざきやがる。そのうえまだ続くんだ。『おい、ドイツ軍がマジノ戦線で何をしたか知ってるか。通過したんだ。そのドイツ軍が《クロ・ジョリ》の前に来てどうしたと思う。通過せずにお泊りだ！　ははは』」

ぼくはドゥプラの目に涙が浮かぶのを初めて見た。伯父が言う。

「おい、マルスラン。言葉ってものがしばしば命取りになってきたことはわかってる。でも、そのうち負かしてやるさ」

ドゥプラは元気を取り戻した。いつもの灰色の輝きが目に戻ってきた。何かしら残酷で皮肉な光が点っていた。

「アメリカやイギリスでは、『フランスも落ちぶれたもんだ』と言っているらしい。だがな、《クロ・ジョリ》に来ればみんな言うはずさ。ああ、フランスは変わっていないとな」

「そうそう、その方がいい」伯父はグラスにカルバドスを注いだ。二人ともいまや笑みを浮かべている。

「だってな、おれは怯えて暮らすような人間じゃない。『この先どうなるんだろう』なんて嘆くのはごめんだ。おれにはわかっている。この先何があろうと、ミシュラン・ガイドにはいつだってフランスがあるんだ」

伯父はドゥプラを家まで送り届けなくてはならなかった。この日から、ぼくはマルスラン・ドゥプラのうちにある絶望、怒り、そして何より彼のフランスに対する忠誠心を感じ取った。いかにもノルマンディー人らしい彼の内側には、要領のよさと秘めたる炎が混在しており、この炎こそが、昔、彼がぼくに言った「ぼくらすべての祖先」なのだ。いずれにしても、一九四二年三月、《クロ・ジョリ》には、親ドイツ派の中心人物たちが、ドイツ人たちとテーブルを共にしようと集まっているから、あのレストランに火をつけようという声がレジスタンスのなかから上がったとき、ぼくは必死になって反対した。

その日、ぼくらは五人だった。ぼくは、そのうちの一人、パンデール先生を時間をかけて説得した。パンデール先生は、みなを落ちつかせるため、できる限り協力すると約束してくれていた。他の出席者は、西部地域にこっそり着陸できる場所を探し始めていたゲダール、その悲劇的な最後に向かって生き急ぐかのようだった攻撃的で怒りっぽいジョンベ、カーンで教師をしていたセネシャル、パリから来ていたヴィジエ。ヴィジエは、地元の幹部たちと『ドゥプラの件』について話し合い、決定を下すために来ていたのだ。集まったのは、ゲダールの家の三階、レストランと道を挟んでちょうど真向かいの部屋だ。レストランの前には、すでに上級軍人たちのメルセデス・ベンツ、ゲシュタポとフランス側の幹部のシトロエンが何台も連なっていた。ジョンベが窓の前にたち、カーテンを少しだけ開く。

「こんなことが許されるわけないだろう。ドゥプラときたら、この二年間、奴隷根性で媚ばかり売っていやがる。見てらんねえ。やつときたら、ドイツ野郎と裏切り者をもてなすなんておふざけにも度が過ぎる」

ジョンベはテーブルにつき、ドゥプラに関する書類を広げた。そこには、みなが言うようにドゥプラが敵の協力者だという証拠が記されている。

「聞いてくれ」

そんなの聞く必要はなかった。「証拠」はすでに誰もが暗記していた。パリに駐在しているヒトラーの大使オットー・アベッツとその友人たちにふるまった「うなぎのテリーヌ、エメラルド・ソース」。パリ在住のヴィシー政府代理フェルナン・ブリノン（一九四五年に銃殺）にふるまった「マルスラン・ドゥプラ特製グルメ・コース」。ヴィシー政府の一団を連れたラヴァル張本人にふるまった「エクレビスとアスパラガスの穂先のパイ包み、白レバー・ムースのコケモモ・ソース」。グルーバーとフランス人協力者にふるまった「フランス伝統ポトフ」さらに、ドイツ軍ノルマンディー支部の司令官に新たに赴任したフォン・ティエルが、先月、わずか一週間のあいだに何度も通いつめて堪能したという、「フランス最優秀職人」の称号に恥じない二十皿だか三十皿だかの名作料理。ワイン・リストを見ただ

171

けでも、ドゥプラがいかに熱心にフランスの大地が産んだ最高のものを提供し、占領国の連中を歓待しようとしているかが見て取れる。

「聞いてくれ。おい、聞けってば！」。ジョンベが続ける。

「いちばんいいワインは連合軍が来たときのために隠しておくぐらいしてもいいだろうが。それなのに、やつときたらぜんぶ出しちまった。ぜんぶやっちまった。売っちまったのさ。一九二八年のシャトーマルゴも、一九三四年のシャトー・ラトゥールも。一九二一年のシャトーイケムまで！」

セネシャルはベッドに腰かけ、連れてきたスパニエル犬を撫でていた。やつは金髪に大柄で、がっしりしていた。ぼくはいつも彼を思い出し、生き返らせようとしている。この数カ月後にはこの世から姿を消してしまう、あの髪の色だけでも残しておいてやりたい。セネシャルが口を開いた。

「一週間前、ドゥプラに会ったよ。やつは農場をまわって帰るところだった。車は買ったものでいっぱいさ。やつは目のまわりに痣《あざ》ができていた。『ごろつきどもにやられたのさ』やつはおれにそう言った。『ムッシュー・ドゥプラ、ごろつきじゃないぜ。あんただってよくわかっているはずだ。あんたこそ恥ずかしくないのか』。やつは歯をくいしばった。『へん、おまえもか。おまえはまともなフランス人だと思ってたんだがな』『まともなフランス人ってのはどういうのを言うのかい。こんな状況のなかでさ。聞かせてもらおうか』『教えてやろうか。どうもわかっていないようだしな。まあ、そんなことだろうとは思ったが。フランスの歴史まで忘れてまったとはな。どんなときだってな、まともなフランス人てのは、背筋を正したやつをいうのさ』。おれはめんくらったね。やつはそのとき車に乗ってたんだが、ガソリンを提供しているのはドイツ軍で、載せている荷物はといえば、ドイツ人のために集めた最高の食材だ。フランスの大地が産んだ最高の食材だ。そんなやつがおれに『正しいフランス人』を説くんだぜ。『あんたの言う〈背筋を正す〉ってのはどういう意味だ』『妥協しない。卑屈にならない。ご先祖さんに恥ずかしくない生き方をするってことさ』。やつはおれに向かって両手をつきだした。『おれのじいさんも、親父も偉大なるフランス料理のために尽くしてきた。フランス料理は倒れたりしない。負けたりしない。この先もドゥプラ家が続く限り、絶対に負け知らずだ。ドイツが来ようが、アメリカが来ようが、誰が来ようが、守り抜いてやる。みながおれのことをどう思っているかは知っているよ。さんざん耳に入ってくるからな。おれがドイツ軍にへいこらしているって？　こんちくしょう。おい、ノートル・ダムの司祭が、跪いて祈るドイツ人を追い出したりするか？　二十年後、三十年後にわかるだろうよ。ピックやドュメーヌやドゥプラたちが大事なものを救ったんだってな。いつかフランス全土から、ここに巡礼の人びとが訪れるようになる。この国の偉大さを世界に知らしめるのは、偉大な料理人の功績だってことになるのさ。いつかきっと。たとえ戦争に勝つのがドイツだろうがアメリカだろうがソ連だろうが、この国が落ちぶれるときがくるだろう。そうなるとフランスが名誉回復するには、ミシュラン・ガイドしかなくなるのさ。それだけじゃない。あらゆるグルメ・ガイドブックにフランスは名を残す。本当だぞ』ってさ」

セネシェルが黙り込んだ。

「かわいそうな人なんだよ。彼だって大戦の兵士だったんだぜ」

ぼくがそう言うと、セネシェルはぼくに微笑みかけた。

「おまえの伯父さんの凧と同じだな」

「やつは世間のことなんてどうでもいいのさ。ただ、職人肌で、くだらんことに身も心も捧げているだけなのさ」とヴィジエ。

パンデール先生は困惑したようすだった。

「ドゥプラはドゥプラなりにフランスのためを思っているんだよ」

「なんですって？　パンデール先生、あなたまでそんなことを言うんですか」

ジョンベの非難に先生が応える。

「そんなに熱くなりなさんな。だって、考えてもみなさい……」

ぼくらはそのあとに続く言葉を待った。

「もしかすると、ドゥプラには先見の明があるのかもしれない。もし、彼が先を見越していたら？　もし、本当に彼の言うとおりだとしたら？」

「意味がわからん」。ジョンベがつぶやいた。

「もしかすると、ドゥプラは誰よりも明確にこの国の行く末を見ているのかもしれない。私たちがみな、殺されてしまって、ドイツが勝利したら、最後には、もしかすると、偉大なるフランス料理だけが残るかもしれない。こんなふうに考えてみよう。ヨーロッパに存在する《クロ・ジョリ》こそがフランスそのものだと言われるようになるなら、死んでもいいと思っている人間がどこにいる？」

「ドゥプラだけだ」。ぼくが答える。

「それはフランスを愛しているから？　それとも憎悪しているから？」。ゲダールが問う。ぼくはそれに答えて言った。

「いや、それは表裏一体さ。愛するからこそ鞭打つ。その逆もある。もしここが前の大戦の塹壕で、彼が銃を手にしていたら、ぼくらに本音を説明してくれただろうけどね」

「おい、見ろよ」。ジョンべが言う。

ぼくらは窓に寄った。四人の顔が並ぶ。三人の若者と老人が一人。カーテンは薄い黄色の木綿地に薔薇の花模様散らしたものだ。

客たちが帰ってゆく。

ゲシュタポの長官グルーバーと、フランス人同僚のマルルとデニエ、さらに飛行機乗りの一団がいた。中の一人がハンスだった。

「中に爆弾をしこむ。《クロ・ジョリ》を灰になるまで燃やし尽くせ」。ジョンべが言う。

「そんなことをしたら、人数の割に金がかかりすぎる」とぼくは言った。

ぼくは気まずい思いでいた。マルスラン・ドゥプラのことはよくわかっている。彼の天職に対するこだわりのなかには絶望と誠実さと体裁と狡猾さが交じり合っているのだ。その思いは、それによってもたらされるちょっとしたもめごとなんて超越している。第一次大戦の怒りと不満があったからこそ、彼にとってフランス料理は「最後の切り札」になったのだ、とぼくは確信していた。彼には周りが見えなくなるような度を越した部分があり、ものの見方が他人とは違うのだ。そう、だからこそ、絶望と闘うためには、何かに固執することが必要になる。もちろん何もかも一緒くたにしてはいけない。だが、「いかれたフルリ」の凧に囲まれて育ったぼくは、何かに真底熱中する人間に対して愛着を感じるのだ。

「端から見れば気ちがいじみて見えるかもしれない。でも、ドゥプラのとこはもう四代続いているレストランなんだ。マルスランは、敗戦や、信じていたものすべてを失ったショックでうちのめされているんだ。だから、目の前にあるものに必死で取りすがっているんだよ」

「ペドーク風ソースの鶏料理[21]にすがっている？　おい、ふざけんなよ」

ぼくには入念に用意した案があった。セネシャルだけには打ち明けてある。

「燃やす代わりに《クロ・ジョリ》を利用しよう。ワインが入ると、ドイツ人客はよくしゃべる。気が緩むのさ。レストランにドイツ語の分かる人間を送り込んで、情報をぼくらに知らせてもらうんだ。ロンドンがぼくらに求めているのは衝動的な破壊活動じゃない。情報なんだよ」

　ぼくは報復される可能性が高いことも理由に挙げて説得しようとした。《クロ・ジョリ》焼き討ち計画は延期が決まった。だが、ドゥプラがぼくたちにとって役立つ人間だという証拠を示さない限り、遅かれ早かれ、《クロ・ジョリ》に火が放たれることは確実だった。

31

　ぼくは何日も知恵を絞っていた。セネシャルの婚約者、シュザンヌ・ドゥラックがドイツ語の学士号をもっていた。だが、どうやって彼女をドゥプラのレストランで働かせるかが問題だった。

　数カ月前から、ぼくは逃走経路の手配を任せられていた。撃墜された連合軍のパイロットをスペインに逃がすための連絡や調整だ。ある晩、ビュイ兄弟から連絡があり、フランス解放軍の戦闘機のパイロットが救出され、ビュイ家の農場に匿まわれているという。彼らはこのパイロットを一週間前から家に泊め、事態が沈静化するのを待っていたという。墜落地点周辺をパトロールするドイツ兵の数が減るのを待って、ぼくに連絡してきたのだ。

　ぼくが到着すると、パイロットは台所でトリップを食べていた。彼の名はリュセッシ(22)。紅い水玉模様のスカーフを首に巻き、ロレーヌ勲章のエンブレムがついた青い戦闘服を着た彼は、黒い巻き毛といい、皮肉っぽい表情といい、空から落ちるなんて日常茶飯事だと言わんばかりのようすであっけらかんとしていた。

「ここらに、飛行隊の連中に薦められるようないい宿はないかな。毎月、四、五人は落っことされるんだ。ここらに落ちるやつがいたらさ……」

　この瞬間、ぼくの頭にひらめくものがあった。このパイロットにはスペインに逃がすまで、少なくともあと一週間ほどはここにいてもらわなくちゃならない。

　翌日の夜更け、ぼくは伯父とともに《クロ・ジョリ》へ行った。ドゥプラは息子のリュシアンと共にもの思いに沈んでいた。奥にあるラジオからはヴィシー放送が流れていた。意気消沈させるニュースばかりだ。イギリスの商船ももう運航しておらず、ドイツのアフリカ部隊はカイロに接近しており、イタリア軍はギリシャを占領していた。ドゥプラが実に心配そうな顔でこうした悪いニュースに聞きいっているのを見て、ぼくは驚いた。だが、やがて彼がしゃべりはじめ、ぼくはようやく自分の間違いに気づいた。彼は単にラジオを消し忘れただけで、うつろいやすい時事とはまったく関係ないことを考えていたのだ。

「ロッシーニ風トゥルヌ・ドーはこれまで出したことはなかったんだ。あれも、エスコフィエが残したものだからな。あのインチキやろう。ロッシーニ風トゥルヌ・ドーってのはごまかし料理だ。エスコフィエは、いい肉があまり手に入らんのであれを思いついた。肉の上にフォワ・グラや黒トリュフの味をすりつけて、舌が騙されるように仕組んだんだ。いまはみんなそうなんだ。政治も何もかも。ロッシーニ風トゥルヌ・ドーと同じだ。口先でだまされる。質が悪いからって嘘や美文で包み込む。雄弁で自己主張が強いやつほど、中身は確実にでたらめだ。おれはどうしてもエスコフィエだけは許せない。あいつがカエルの腿肉をなんと呼んだか知ってるか？『朝焼けのニンフの翼』だとよ」

――太平洋を航行中のアメリカ軍空母二隻。ドイツ空軍はこの二晩でイギリス軍爆撃機二百機を撃墜。

ドゥプラの目はややもするとガラス玉を思わせる。

「こんなことじゃいけない。なにもかもまやかしだ。見せかけで勝負するのは、もうやめようじゃないか。出された皿のなかにこそ未来はある。それなのに、どいつもこいつも、おれの言うことをわかってくれない。あのポワンでさえ、見た目にこだわるのは不自然なことだと認めようとしない。盛りつけに手間暇かけているあいだに、かならずといっていいほど、料理の勢いや真実や旨みが失われていくんだ。火からはずしたら、そのまま皿に直行させなきゃ。ヴィニエのやつ、恥ずかしげもなく言ってたぞ。『コンロから皿に料理が直行するなんて安食堂ぐらいのもんだ』ってさ。おい、じゃあ味はどうなるんだ。大切なのは、最高の瞬間の味を出すことだ。料理そのものと香りが一緒になってかもしだす最高の瞬間をとらえるんだ。それを逃しちゃいけないんだよ」

――対ソ戦線にて数十万人規模の捕虜を収容。反逆者、現場放棄の者は治安部隊が厳重に処罰。イギリスの十二市町村が一晩で壊滅。

ぼくは、はっとした。ドゥプラはくじけまいとして喋っているのだ。あれは彼なりの方法で失望や絶望と戦っているのだ。

「やあ、マルスラン」。伯父が声をかけた。

ドゥプラは立ち上がり、ラジオを消した。

「こんな時間にどうした？」

「うちのやつが、おまえに話があるんだ。内密にな」

ぼくらは外に出た。ドゥプラは黙って聞いていた。

「そいつは無理だ。レジスタンス運動には心から賛同している。しんどい状況のなかでも姿勢を正すことで、その気持ちはじゅうぶん示してきたつもりだ。だがな、ドイツ人客の目と鼻の先、やつらのまん前で連合軍の飛行士を受け入れるわけにはいかない。店がやっていけなくなるからな」

伯父は皿に声を低めた。

「マルスラン、そこらの飛行士じゃないんだ。ド・ゴール将軍の部隊を助けることになるんだ」

ドゥプラは、緊張に身を強ばらせた。もし嵐のなか、《クロ・ジョリ》の舵をしっかりと握っていたドゥプラの銅像を作ることになったら、まさにこのときの表情、厳しい眼差しと歯を食いしばったこの表情を銅像にして、クレリの広場に建立することだろう。彼はきっとフランス・レジスタンスの祖である ド・ゴールに対して、ある種のライバル意識を抱いていたに違いない。

ドゥプラは考え込んでいた。そそられるものがあるが、迷っているようにも見えた。伯父はドゥプラのようすをうかがっていた。いたずらっぽい目だ。

「そりゃいい話だ。でも、ド・ゴールはロンドンにいて、おれはここにいる。日々のごたごたに対処しなきゃならんのはおれであって、ド・ゴールじゃない」

ドゥプラはまだ渋っていた。たしかに虚栄心をくすぐられる。だが、ひとたび行動に移せば、虚栄心の問題だけではすまない、大きな危険が待っている。

「その男を受け入れるために、これまで守ってきたすべてを投げ出すわけにはいかない。危険すぎる。目立とうとしたばかりに店を閉めることになるようじゃかなわん。できるだけのことはしよう。《クロ・ジョリ》のメニューをやるから、その飛行機乗りからド・ゴールに渡すよう言ってくれ」

ぼくは呆気にとられていた。暗闇のなか、背が高く、白いコック服をきたドゥプラの姿は、復讐に現れた幽霊のようだった。伯父はしばらく言葉を失っていたが、ドゥプラが厨房に戻ったところで、つぶやいた。

「苦しんでいるのはみな同じだが、あいつは本気で憤慨している」

しばらく前から、高射砲の音に、イギリス軍爆撃機の轟音が混ざるようになっていた。爆撃機は、毎晩、ノルマンディーの田園風景にその怒声を響かせている。投光機のビームがぼくらの頭上で交錯していた。やがて、オレンジ色の閃光で空に穴があく。攻撃された飛行機が爆弾とともにふっとんだのだ。

ドゥプラが戻ってきた。手に《クロ・ジョリ》のメニューをもっている。ビュルジエールのあたりに爆弾がいくつか落ちたようだ。

「さあ、いいか。これはドゥプラからド・ゴールへの個人的なメッセージだ」

彼は、ドイツ軍の高射砲の音に負けぬよう大声をはりあげた。

「川ザリガニのクリーム・スープ、グラヴ・ワイン風味トリュフのガレット包み、スズキのトマトのコンポート添え……」

彼はその日のメニューをすべて声に出して読み上げた。胡椒風味のフォワグラのジュレ、白いワイン風味のポテト・サラダから、ポメロール風味の白桃シャーベットまで、すべて。ぼくらの頭上では爆撃機の轟音が響き続けていた。マルスランの声は少し震えていた。ときおり彼は言葉をつまらせ、息をついた。きっと彼も少しは怖かったのだと思う。

エトリリーの鉄道の方で爆弾の落ちる音がして地面が揺れた。

ドゥプラは口を閉じ、額をぬぐった。そして、ぼくにメニューを差し出す。

「さあ、こいつをその飛行機野郎に渡してくれ。ド・ゴールがフランスを思い出すように。自分がなんのために戦っているのかを知ってもらうためにな」

投光機は相変わらず空で剣を振り回しており、ドゥプラのコック帽は後光を背負っているかのようだった。

「おれはドイツ人どもを殺したりしない。ぶっつぶしてやるんだ」

伯父はなだめるように言った。

「マルスラン、おまえはまわりのことなどどうでもいいんだろ」

「ふん、そう思うかい。いまに見てろよ。最後に勝つのはド・ゴールか、おれか、いまにわかるさ」

伯父は続けた。

「フランス料理がいつか勝利するだろう、っていうことに異存はないよ。でも、フランス料理だけが残るというわけにゃいくまい。新聞にこんな記事があった。新聞社がユダヤ人をどうするか名案を募ったんだ。で、一等賞を獲得したのは若い女性の回答で『丸焼きにする』。きっと料理好きの女性で、食糧難のこのご時世、うまいローストが食べたいと思ったんだろうよ。いずれにしても、ユダヤ人に対する態度だけで国全体を判断しちゃいけない。いつだって人びとは、自分たちがユダヤ人をどう扱ってきたかを基準に、ユダヤ人を裁いてきたんだから」

「ちくしょう」。ドゥプラがとつぜん言った。「そいつをうちの店に連れて来い。その飛行機野郎をだ。おい、おれが将来を見越して言ってるなんて思うなよ。そっちのことはなんの心配もしていない。《クロ・ジョリ》にやってくるドイツ人だって、まったくの馬鹿じゃない。フランス料理の偉大さ、歴史のなかで絶対無敗の威力をわかっている。このあいだグルーバー本人がここに来た。食べ終わってなんと言ったと思う？『ヘル・ドゥプラ、おまえは銃殺刑だな』」

ぼくらは無言のままドゥプラと別れた。野原を横切りながら伯父が言った。

「戦争に負け、国じゅうが沈み込んでいるとき、私はドゥプラが正気を失うんじゃないかと思った。リュシアンの話だと、パリが陥落したとき、リュシアンが厨房に行くと、ドゥプラが首に縄をかけて卓の上に立っていたんだそうだ。その後数日、やつはおかしくなったままだった。ノルマンディー風ハーブ風味の鴨肉ややつの得意なジブレのクリーム仕立ての話をしたかと思うと、ホッシュやヴェルダン、ギヌメールだのわけのわからない言葉をつぶやいていた。それから、夜逃げをしようと言い出した。さらには、これまで何世代にもわたって《クロ・ジョリ》の栄光をつくってきた三百枚のメニューを抱えて部屋に閉じこもった。それ以来、やつは本当の意味で立ち直っていないんだ。そして、いまこそ、やつはドイツ人に、そしてフランスに、堂々としたフランス人シェフの見本を示そうと決めたんだ。私もおまえもあいつの『常軌を逸した』部分を責めるわけにはいくまいよ」

32

《クロ・ジョリ》でのリュセッシの昼食会は忘れられないものとなった。ぼくらは彼のために新品のスーツとけちのつけようのない身分証明書を用意した。といっても、占領生活が始まって以来、ドゥプラの店で身分証明書のチェックが行なわれたことはない。中尉はロトンドの最高のテーブルに通された。まわりはドイツ軍のお偉方ばかり。そこにはフォン・ティエルその人もいた。食事が終わるとドゥプラは、自ら中尉を扉まで見送り、中尉の手を握って言った。

「ぜひ、またおいでください」

「残念ですが、どこに落ちるかは自分で選べないんですよ」

　この日以来、ドゥプラはぼくらを全面的に受け入れるようになった。それは、ぼくらが彼を手なずけたわけではないし、彼が時流の変化を感じて、レジスタンスに恩を売っておこうと考えたからでもない。ただ、彼にとって「神聖なる団結」という言葉〔第一次大戦開戦時にポワンカレが呼びかけた言葉〕が重要である以上、《クロ・ジョリ》は、その中心にあるべきなのだ。冷やかしというより、親愛の情をこめて伯父が言うところによると、「マルスランはド・ゴールよりも年上だが、それでも彼がド・ゴールの後継者になる可能性は充分ある」

　こうして、ドゥプラは「魅惑的な接待係」（うちの店に商売女は雇わない、というのがドゥプラの出した唯一の条件だった）として、セネシャルの婚約者であり、レジスタンス仲間でもあるシュザンヌ・ドゥラックを受け入れてくれた。黒髪のシュザンヌは陽気な瞳の持ち主で、ドイツ語も完璧だった。ロンドン本部も、きっと彼女がテーブルで聞き取ってくる情報に興味をもつことだろう。実際、彼らは、ノルマンディーの状況を逐一知りたがっているようだった。ぼくらは何一つ取りこぼすまいと努めた。だが、やがて、ぼくらは自分たちのレジスタンス組織そのものががらりと変わってしまうほど、重要な情報源を得ることになる。ぼく自身、ショックのあまり数日間は立ち直れなかったほどだ。驚きのせいもあったが、それ以上に、戦い、生き抜こうという確固たる意志をもったとき、人間とは、とくにこの場合、女性とはこんなことまで成し遂げられるのか、と生まれて初めて思い知らされたからだ。

《クロ・ジョリ》の請求書や帳簿の中にもっとも頻繁に登場するお得意さまは、エステラジ伯爵夫人だった。ドイツ語でいうところのグレーフィン〔伯爵夫人〕だ。ドゥプラは彼女に深い敬意を示していた。いわく、彼女はもてなしの心を知っている。彼女が開く宴のビュッフェは、すべて《クロ・ジョリ》から提供されており、その金額はかなりのものだった。数字を眺めつつドゥプラが言った。

「高貴なご婦人だよ。良家の出のパリジェンヌで、ホルティ提督の甥ごさんと結婚したらしい。ほら、あのハンガリー独裁政権のホルティさ。ホルティはポルトガルに広大な領地を残したんだな。一度、邸宅に行ったことがあるんだが、ピアノの上に写真があってな。しかも直筆サイン入りだ。ホルティ、サラザール、ペタン元帥、信じられないかもしれんが、ヒトラーのまであったぞ。『親愛なるエステラジ伯爵夫人へ、アドルフ・ヒトラー』ってな。本当にこの目で見たんだ。ドイツ軍人が彼女のご機嫌を損ねないように気を配ってるのも当然だ。ドイツが勝って、まあ、要するにフランスが負けてってことだが、夫人がこっちに帰ってきたときなんて、まず、オテル・デ・セールに逗留したんだとさ。で、そこがドイツ軍司令部に接収されると、代わりに、庭園のなかの別宅を提供されたそうだ。とにかく、あのひとのお屋敷ときたら、うちとおなじくらい、立派なもんだ」

《クロ・ジョリ》はペットお断りだ。ドゥプラはこの決まりを厳格に守っていた。グルーバーがいつも連れ歩いているドイツ・ポメラニアンでさえ、庭で待つことになっていた。とはいえドゥプラは、ちゃんと犬用食事を庭までもっていかせていた。しかも厚切りのパテをたっぷり。そんなある日、ぼくが事務室にいると、ジャン氏がペキニーズを抱いてやってきた。

「エステラジ夫人の犬だよ。おまえに預けるとおっしゃってた。食事が終わったら引き取りにくるそうだ」

ペキニーズに目をやったとたん、額に冷や汗が滴った。チョンだ。ジュリー・エスピノザの飼っていたペキニーズだ。ぼくは自分を必死に抑えた。単に似ているだけだと自分に言い聞かせた。でも、ぼくの記憶に間違いはない。黒い鼻先、茶と白が混ざったあの毛色、赤毛の小さな耳。犬はぼくに駆け寄り、ぼくの膝に前足をかけ、震えるように尻尾をふりはじめた。

「チョン！」

犬はぼくの膝に飛び乗り、ぼくの手や顔を舐めた。ぼくは動けないまま、犬を撫で、考えをまとめようとした。他には考えられない。きっとジュリー・エスピノザは収容所送りになり、なんらかの災難の末、この犬をエステラジ伯爵夫人が引き取ったのだ。ドイツ人が動物を大事にすることは知っていた。『ガゼット』紙にも「生きた鶏の足を束ねて、自転車のハンドルから逆さまに吊るして運ぶのは、動物虐待と見做し、今後厳禁とする」という通告が載っていたのを覚えている。

そんなわけで、チョンはきっと新しい飼い主を見つけたのだ。だが、エスピノザとの思い出がどっと押し寄せてきて、ぼくははたと思い当たった。エスピノザはフランスの敗北を見越し、将来にそなえて入念な準備をしていた。「あらゆる疑惑を撥ね退ける」身分証明書、何百万フランもの偽札、ぼくを戸惑わせたホルティ、サラザール、ヒトラーの肖像まであり、「まだサインが入ってない」と言っていたっけ。動揺のあまり汗がとまらぬままでいると、ジャン氏が扉を開け、ジュリー・エスピノザが事務室に入ってきた。正直なところ、チョンがいなければ彼女だと分からなかったと思う。ルピック通りの娼館を仕切っていた老女の面影はなく、ただ世界各地での長年にわたる辛苦が秘められたような深淵な瞳だけがそのままだった。白髪の下に見える顔は、わずかに高慢な感じのする冷たさを湛えていた。テンの毛皮のコートを無造作に肩にかけ、グレーのシルクのスカーフを首に巻いていた。豊かな胸、十キロ前後太ったのではないだろうか。少なくとも数歳は若返ったように見える。あとから本人に聞いたのだが、彼女は縁故を頼って、ベルクの重症火傷を専門とする陸軍病院で「皺取り」手術を受けたらしい。見覚えのある金色の小さなトカゲのブローチがスカーフについていた。彼女はジャン氏が恭しく扉を締めて出てゆくのを見届けてから、ハンドバッグのなかの煙草を手に取り、金色のライターで火をつけるとぼくを見つめながら、煙草をふかした。ぼくが椅子の上で身を固くし、驚きのあまり呆けた顔をしているのを見て、彼女の唇の端に軽く笑みが浮かんだ。エスピノザはチョンを脇に抱え、さらにぼくをしげしげと、まるで悪意があるかのような目で見つめた。ぼくを信用すべきだと思いつつも、疑っているかのようだった。やがて、彼女はぼくの方にかがみこんで囁いた。

「ドゥクロ、サラン、マジュリエは目をつけられている。グルーバーはすぐには動かない。まだ他にもいるはずだと探っているのさ。しばらく大人しくしているように彼らに言っておやり。それから、カフェ・ノルマンの奥で集まるのはおやめ。いずれにしても、同じ面子で集まっていたら危険だ。わかったね？」

ぼくは黙っていた。目の前がもやもやして、急に小便がしたくなった。

「名前は覚えたね？」

ぼくはこくりとうなずいた。

「私のことは話すんじゃないよ。ひと言もね。私のことは見なかった。いいね？」

「わかりました。マダム・ジュリ……」

「おだまり。馬鹿。マダム・エステラジだよ」

「はい、マダム・エステル……」

「エステルじゃなくて、エステラジだよ。エステルなんて、このご時世に使える名じゃないよ〔エステルなど、旧約聖書の名前はユダヤ人に多い〕。急ぎな。もし感づかれたら、グルーバーは集まりの前に彼らをとっ捕まえるからね。グルーバーの見張りをさせている男がいるんだが、そいつときたら、三日前から肺炎で寝込んでいて使いものにならないのさ」

彼女はテンの毛皮をかけ直し、スカーフの形を整えた。そしてしばらくぼくを見つめ、机の上の灰皿で煙草をもみ消すと、微笑んだ。

その日の午後はずっと、仲間に危険を知らせるために走り回った。スーパベールはなんとかぼくから情報源を聞き出そうとした。だが、ぼくは道で通りすがりの人が情報を書いた紙片を渡し、そのまま走り去ったとしか言わなかった。

ルピック通りの女主人が、権力の座にある人間として事務室に現れた。その大変貌はあまりにも衝撃的で、ぼくは、そのことをあまり考えないようにし、誰にも、伯父にさえも言わずにおいた。ぼくは、ついに「症状」が悪化し、幻覚を見るようになったのではないかと思い始めた。だが、月に二、三度、ジャン氏はぼくのところに伯爵夫人の犬を連れてくるようになり、夫人は犬を迎えにくるたびに、ぼくに情報をくれるようになった。そのなかには、とてもじゃないが、クレリの道端で見知らぬ人から手渡されたということでは通らないほど、重大な機密情報も含まれていた。

「あの、マダム、この情報はどこから入手したことにすればいいでしょう」

「私のことはしゃべるなと言っただろう。別に死ぬのは怖くないが、じき、ナチは戦争に負けるにちがいない。そのときを見届けたいのさ」

「でも、いったいどうやってこの情報を」

「うちの娘はオテル・デ・セールの司令部で秘書をしている」

　彼女は煙草に火をつけた。

「あの子はシュテッカー大佐の愛人なのさ」

　エスピノザは軽く笑い、チョンを撫でた。

「オテル・デ・セールね。鹿《セール》には、角がある。女は誰しも、夫を裏切ってる〔フランス語の「角がある」は妻に浮気されていても気づかない馬鹿な夫を表す〕。お仲間には、机の上に情報の入った封筒が置いてあったと言いな。どこから来た封筒かはわからないとね。もし、これからも情報が欲しいなら、いらんことは聞かぬが花だと言っておやり」

　そのとき初めて、ぼくの方をじっと見ていた彼女の顔に、不安の影がさすのを見た。

「あんたを信じているよ。リュド。いつもながら、馬鹿げたことだとはわかっている。でも、危険を承知で賭けてみたのさ。これまでずっと下卑た世界で生きてきた。だからこそ、一度くらい……」

　エスピノザは微笑んだ。

「このあいだ、あんたの伯父さんの凧を見てきたよ。とてもきれいな凧があってね、そいつが手を離れて、宙に舞い上がった。あんたの伯父さんが言ってたよ。もう二度とみつからないだろう。見つかっても、ぐちゃぐちゃになって壊れているだろうってね」

「紺碧の極みに消えたんだ」

「自分もいつかそうなるなんて、思ってもみなかった」。ぼくは、とつぜん、ジュリー・エスピノザの目に涙が浮かぶのを見た。彼女はさらに続けた。

「暗闇ばかり見てきたから、空の青さに目がくらんだんだろうねえ」

　ぼくはそっと告げた。

「マダム、ぼくを信じてください。ぼくは絶対に裏切ったりしません。銃殺される人間と同じ目をしているって、さんざんぼくに言っていたじゃないですか」

　ぼくが情報は封筒に入って置いてあったと話しても、スーバベールはまったく信じようとしなかった。ある日、ぼくは彼にノルマンディー駐留ドイツ軍の配備情報を渡した。各基地に配備された航空機の数、沿岸の砲台と高射砲の配置図、ソ連から撤退した部隊の数、東方へ進軍中の部隊の数まで入っていた。こうなると、彼がぼくを裁判にかけなかっただけでもありがたいといったところだろう。

「おい、この野郎、どこから手にいれたんだ」

「教えるわけにはいかない。約束したんだ」

　仲間たちもぼくを妙な目で見るようになっていた。ロンドンのレジスタンス本部も情報の出所を明かすよう厳命してきた。何日も何日もリラと会うことができなくなるほど、ぼくは思い悩んだ。なんとかして、状況を打開し、心のなかではつい『ラ・ジュイーヴ〔ユダヤ女〕』と呼んでしまっているあのひとから、レジスタンスのリーダーに事情を打ち明ける許しを得なくてはならない。結局、ぼくはあまり気が進まないものの、正攻法と思える説得を試みることにした。

　その日は日曜日だった。エステラジ夫人はミサのあと《クロ・ジョリ》に昼食をとりにきた。ペキニーズ犬は滞りなくジャン氏の手に渡された。三時ころ、伯爵夫人がぼくの働く部屋にやってきた。ハンドバックから紙片を出し、扉の方に注意深く視線を向けてから、それをぼくに見せた。

「これを覚えて、すぐに燃やしなさい」

　それは、ゲシュタポがこの辺りに配置した「極秘人物」。つまり情報提供者の名簿だった。

　ぼくは名簿に二度、目を通すと、その紙片に火をつけた。

「こんなもの、いったいどこから……」

　ジュリー・エスピノザは全身グレーの服に身を包み、チョンを撫でながらぼくの前に立っていた。

「詮索はおやめ」

「説明してくださいよ。しまいには、信じられなくなります。ゲシュタポから直接情報が来るなんて」

「じゃあ、話してあげよう。グルーバーの右腕のアーノルドはホモセクシャルなのさ。彼は私の友人のユダヤ人男性と同棲している」

　彼女はチョンの鼻先に頬ずりした。

「彼がユダヤ人だと知っているのは私だけ。アーリア人だというニセ証明書を、彼に作ってやったのは私だからね。三代続くアーリア人の家系ってことになっている。だから、彼はなんでも私の言うとおりにするのさ」

「でも、もうすでにニセの身分証を手に入れたんだったら、その男があなたを密告して、厄介払いする可能性だってあるじゃないですか」

「それはないわ、リュド。私は彼の『本当の』身分証明書をもっているからね」

彼女の黒い瞳には断固とした、不屈の思いが見て取れた。

「じゃあね」

「待ってください。もし、ぼくが捕まって銃殺されたら、あなたがどうなるかわかってますか」

「どうともならないでしょうよ。とてもつらいだろうけどね」

「そうじゃない。マダム、もし、ぼくに何かあって、あなたがいかにレジスタンスに貢献したかを証言することができなかったら、フランスが解放されたその日から、あなたの身は危険になる。そうなったら、もう誰もあなたを弁護してくれないんですよ。そうなったら、もう……」

ぼくはつばを呑みこみ、必死に勇気をかき集めた。

「そうなったら、もう娼館のジュリー・エスピノザしか、せいぜいドイツ人と同等の存在のあなたしか残らないんですよ。すぐに銃殺されてしまいます。いまよりもっと迅速にですよ。あなただってわかっているでしょう。あなたがどんなに尽くしてくれているか、知っているのはぼくだけです。そのぼくがいなくなったら……」

チョンの頭を撫でていた手が一瞬とまった。ぼくは自分の大胆さに驚いていた。だが、かつての女主人の顔に浮かんだのは微笑だけだった。

「おやおや、ずいぶん成長したのね、リュド。すっかり一人前の男だね。あんたの言うとおりだよ。パリには協力者がいるけれど、たぶん、パリに戻るだけの時間はないだろう。ああ、そうだね。そうしよう。あんたのお仲間に話していいよ。でも、話すなら一緒にこう伝えておくれ。私がすぐにでもレジスタンス協力者だという証明書を欲しがっているとね。その証明書はしかるべき場所に隠しておく。私ほどの年齢になると誰も手を突っ込もうとはしない場所にね。あんたとこのリーダーに言っておくれ。その……なんという名だっけ？」

「スーバベール」

「ちょっとでも秘密が漏れたら、私にはすぐわかる。逃げる時間もあるだろう。でも、あんたたちは逃げられない。誰もね。全員とっ捕まる。リュド、あんたもだよ。私はさんざん騙されてきたから、もう騙されない。そっちが口をつぐむか、私があんたらの口を封じるかだ」

ぼくはその晩、ゆうに一時間はかけてスーバに状況を説明した。話を聞き終わり、スーバはただひとことだけ言った。

「わかった。たいした女だな」

その後、ぼくはあんな方法で伯爵夫人を説得してしまったことに後ろめたい気持ちをもつようになった。ぼくは彼女の身を守ろうとする本能、つまり彼女のいちばんの弱点を利用したのだ。ドイツ軍が撤退したあと、自分の身がどうなるかという恐怖は、彼女にとってその後、脅迫観念そのものとなった。情報をよこすたびに、受領書を書かされてもおかしくないほどだ。スーバベールの実に謙虚なコード・ネーム、「ヘラクレス」の署名と日付が入った「レジスタンス功労者」の証明書に続いて、彼女は娘の分の証明書を求め、さらにもう一通、日付と署名が入ったタイプで打ちの証明書を「あて名抜きで」用意させた。

「誰かを助けたいと思ったときに使うのさ」と彼女は言っていた。

やがてジュリー・エスピノザはロンドンからギャランスという暗号名で呼ばれるようになった。彼女が匿名で活躍したその功績については、いまでは広く知れわたっている。戦後はレジスンスの勲章をもらったほどだ。だが、彼女はその後、非常に有名な人物になったので、ぼくはあえてここでは名前の一部や話の細部を変えている。彼女は米軍のノルマンディー上陸のその日までぼくらに情報を流し、まったく疑われることも怪しまれることもなかった。彼女のドイツ軍との交流は最後まで「恥さらし」と非難されつづけた。なにしろ、ノルマンディー上陸のほんの数日前まで、オテル・デ・セールのドイツ軍人たちをガーデン・パーティに招待していたくらいなのだ。彼女は大胆にも自分の屋敷の女中部屋に送受信機を設置させてくれた。女中を装って住み込んだのは、ロンドンで研修を受けたばかりのオデット・ロウニエだ。彼女は、こうしてドイツ軍司令部の目と鼻の先で誰にも邪魔されず通信活動に従事することができたのだ。

ぼくとエスピノザのあいだでは、ぼくの方から彼女に連絡をとることはしないと、最初から決まっていた。

「何かあるときは、ここに昼食をとりにきて、あんたにチョンを預ける。帰り際に犬を迎えにくるから、そのときに情報を渡す。あんたに家まで来て欲しいときは、犬を忘れて帰るから、私の屋敷までチョンを連れてきておくれ」

再会から数カ月後、チョンが事務室の椅子で昼寝していると、ジャン氏がやってきた。

「エステラジさまが犬を忘れて帰ったらしい。いま、電話があった。リュドに届けさせてくれとさ」

「ちぇっ」。体裁上、ぼくは舌打ちして見せた。

戦争前はパリ在住のユダヤ人一家が所有していたというヴィラは、オテル・デ・セールの庭園のなかにあった。チョンはぼくの腕に抱えられたまま自転車に乗せられたのが気に食わないらしく、道中ずっと暴れ続けた。仕方がないので、途中からは歩くことにした。呼び鈴を押すと、なかなか可愛いらしい女性使用人が出てきた。

「ああ、マダムが忘れたのね」

その女性は犬を抱きとろうとしたが、ぼくはしかめ面でつっぱねた。

「おい、一時間も自転車をこいで来たんだから。それに……」

「マダムに聞いてきます」

しばらくして彼女は戻ってきた。

「マダムがお会いしてお礼が言いたいとのことです」

エステラジ伯爵夫人の地味なグレーのドレスは、シニヨンに結い上げた真っ白な髪に良く似合っていた。彼女は若いドイツ人将校を伴って応接間の入口に現れた。男はちょうど帰ろうとしていたところだったらしい。見覚えのある男だった。シュテッカー大佐のお供で《クロ・ジョリ》に来る、司令部で通訳をしている男だ。

「では大尉、ごきげんよう。ホルティは不本意ながらハンガリーの摂政となりました。彼は一九一七年のオトラント の戦い以降、民衆より大きな支持を得ており、一九一九年にベラ・クンの革命軍を倒してからはさらにその支持が高まりました。かくして、彼は国民の意思に従わざるを得なかった……。」

その言葉は、一九四〇年、ドイツ軍の勝利に備えてジュリー・エスピノザが娼館で覚えようとしていた歴史教科書の一節そのままだった。

「あの方はハンガリー王朝の野望を背負わされてしまったのですな。確か、息子のイシュトヴァンを副摂政に任命したんでしたね」

チョンが飼い主のまわりを飛び回り始めた。

「あらあら、おかえり」

彼女はぼくに微笑みかけた。

「悪かったわね、チョンを忘れて帰るなんて。さあ、いらっしゃい」

将校は伯爵夫人の手にキスをして立ち去った。ぼくは彼女について応接間に足を踏み入れた。ピアノの上には連れ込み宿で見た覚えのある、ホルティとサラザールの「サイン入り」写真が飾られていた。ペタン元帥の肖像も当然、壁にかかっていた。ルピック通りで「準備中」の状態を見かけたヒトラーの写真だけが見当たらない。ぼくの視線に気づいたエスピノザが言った。

「ああ、あれね。あれを見ると気分が悪くなるんだよ」

彼女は入口の方をみやり、扉を閉めた。

「あの美男子の将校はうちの使用人といい仲なのさ。ちょうどいい。利用できる。でも、二、三カ月に一回は使用人を変えているんだ。その方が安全だろう。長くいると、余計なことまで知られちゃうからね」

彼女は乱暴に扉を開けると、もう一度部屋の外に目をやった。誰もいない。

「よし、だいじょうぶだね。こっちだよ」

ぼくは彼女のあとを追い、寝室に向かった。ほんの数分で彼女の姿は驚異的な変化を遂げた。《クロ・ジョリ》でも、ついさっきドイツ人将校と一緒にいたときも、彼女は背筋を伸ばし、杖をついて、頭を高くあげ、毅然としていた。それがいまや、のしかかる重荷を背負った人足のように一歩一歩苦しげに歩んでゆく。いっきに体重が二十キロ増え、二十年老けこんだかのように見えた。

彼女はタンスに近づき、引き出しをあけるとコティの香水瓶を取り出した。

「さあ、これをもっておいき」

「香水ですか、マダム・ジュリー」

「そんな名で呼ぶんじゃないよ、ばか。そんな習慣は早く忘れるんだ。さもないと、まずいときにぽろりと出ちまうよ。これは香水じゃない。これを呑むと死ぬ。ただし、呑んでから四十八時間後にね。いいかい、よくお聞き」

こうしてぼくは一九四二年六月、あらたにドイツ軍ノルマンディー支部長に任命されたフォン・ティエル将軍が、《クロ・ジョリ》で晩餐会を開くこと、そこには空軍のトップ、ゲーリング元帥その人と、イギリス空軍の宿敵ガーランドを始めとする名追撃手たち、さらには軍の幹部連中が招かれているということを知った。

ゲーリングの晩餐会の日時がわかると、ぼくらは即、襲撃のチャンスだと思った。料理に毒を仕込めば簡単にことがすむ。だが、ことが重大だけに、ぼくらだけの判断で動くわけにはいかず、ロンドンに指示を仰ぐことになった。あらゆる可能性を検討しておかなければならない。ドゥプラをイギリスの潜水艦で逃がす手筈もつけておかなければならなかった。この「アキレス作戦」の詳細については、その後も語り継がれ、特にドナルド・シームスの回想録『焔の夜』が有名だ。[23]

　ドゥプラを説得するのはぼくの役目だった。ぼくは、恐るおそる話を切りだした。フォン・ティエル将軍の選んだメニューのなかには、トリュフとピスタチオを添えた海鮮ソーセージが含まれていた。ぼくは計画を説明した。正直なところ、たどたどしく話すのがやっとだった。

　ドゥプラはきっぱりと拒否した。

「セルヴラ・ソーセージに毒を入れる？　無理だ」

「どうして？」

　ぼくのよく知っているあの青い鋼の瞳が、射るような鋭さで向けられた。

「そんなことをしたらまずくなる」

　彼はくるりと背を向けた。ぼくはすっかり縮こまってしまった。それでもドゥプラの後を追って厨房に入ろうとすると、彼はぼくの肩を掴んで、無言のまま外に押し出した。

　幸いなことに、やがてロンドンから作戦中止のメッセージが届いた。もしかすると、《クロ・ジョリ》の評判を落としてはいけないと、ド・ゴールその人が作戦をやめさせたのかもしれないとぼくは思っている。

33

リラに話かけることもリラと会うことも少なくなっていた。その方が周囲の目からリラを隠しておける。何かを隠すためにはこれが鉄則だ。ときおりレジスタンスの仲間が逮捕された。それは彼らが向こう見ずにも大胆な行動に出て、自分の信念を隠しきれなかったからだ。ぼくは記憶のなかに、次々と変更される百カ所前後の連絡先、暗号、メッセージ、軍事情報を刻みつけていたので、リラのためのスペースが少なくなっていた。少々場所をつめてもらって、存在感が薄くなってもらわなくてはならない。ぼくが翌日の予定や待ち合わせの約束、逮捕される危険や、いつ起こるともしれぬ裏切りの危険についで考えるのをやめて、ほっとひと息つき、彼女の声に耳を傾けようとすると、彼女のぼくを責める声がようやく聞こえてくる。

「ずっと思い出してくれないままなら、もう終わりよ。リュド、もう別れるわ。あなたが私を忘れると、私はどんどんただの思い出になってゆくのよ」

「忘れてなんかいないよ。ただ、隠してるんだ。それだけ。君のこともタッドのこともブリュノのことも忘れてない。君だってわかっているはずだ。いま、ドイツ軍の前で本性を表すわけにはいかないんだよ。銃殺されちゃうんだから」

「ずいぶん自信ありげに落ち着いているじゃない。楽しそうに笑ったりして、私のことなんてちっとも心配してないみたいね」

「ぼくが自信をもって落ち着いていさえすれば、君は安全なのさ」

「わかったようなこと言わないで。私、死んでるかもしれないのよ」

不吉な囁きに、思わず心臓が止まりそうになった。いや、これはリラの声じゃない。疲労と疑惑の声だ。ぼくは、理性を忘れようといままでになく必死で努力していた。

ぼくはあれこれと手を尽くし、心を尽くした。夜、起き上がると、湯を沸かし、浴槽を満たす。熱い風呂。雪の森にいるリラたちは、どんなに熱い風呂に入りたがっていることだろう。ポーランドの森といったら、毎朝、木の根元に凍ったカラスの死体が落ちているほど寒いのだから。

「あら、気が利くわね。リュド!」

ぼくのまぶたの裏には、熱い湯に顎までつかったリラの姿が見える。

「つらいわ。食糧はないし、雪は降るし。私、寒いのって大きらい! あとどのくらいもつかしら。ソ連軍はとうぶんやって来られそうにないわ。誰も助けに来てくれない。私たちだけなの」

「タッドはどうしている?」

「このあたりのパルチザンを全部仕切っているわ。すっかり有名人よ」

「ブリュノは?」

リラは微笑んだ。

「ブリュノったらね、ブリュノが銃をもった姿を見せてあげたかったわ。数カ月しかもたなかったけど」

「君のそばにいたかったんだよ」

「いまは、ワルシャワにいる。音楽の先生のところにお世話になっている。あそこなら、ピアノもあるはずよ」

誰かの手がぼくの肩を揺すっている。雨降りの朝のどんよりした空気のなかに伯父がいた。

「リュド、起きろ。ゴワーニュの沼の近くでイギリス機がみつかった。操縦席は空っぽだった。乗ってたやつはいまごろ、隠れ場所を探して歩き回っているはずだ。早く見つけて匿ってやらなくては」

またひと月が過ぎ、さらにひと月が過ぎる。ぼくらを取り囲む状況は次第に悪化し、覆しがたいものになってきた。新聞『クラルテ』の発行に関わっていた者は全員逮捕され、そのまま誰ひとりとして帰ってこなかった。何週間もリラに会っていない。何か心臓に問題があるのではないかと思って、ガルドゥー医師の診察を受けたほどだ。だが、そっちの方はなんの問題もなかった。

絶望があまりにも深く、力が出ないとき、想像力という武器が力を失うときには、クレリに住む、国語担当だった恩師を訪ねる。先生の家には小さな庭があり、その両端には二本の樹があった。先生の奥さんが紅茶を入れて、書斎までもってきてくれる。先生はぼくに椅子を勧め、鼻眼鏡ごしにぼくをしばらく見つめる。リュストリン地の服を着ているなんて、いまどき彼ぐらいのものだろう。先生はものを書くときも、ぼくが子供のころに使っていたような、古ぼけたセルジャン社の羽根ペンを使っている。先生は若いころ小説家になりたかったが、うまくいかず、想像力でつくりあげた唯一の傑作は彼の妻だと言う。先生の奥さんは笑ったまま、宙に目をやり、紅茶を注ぐ。年をとっても、ちょっとしたしぐさや笑みが少女を思わせる女性がいるものだ。ぼくは黙っている。別に話をしにきたわけじゃない。ただ、不安を消したくてきたのだ。ずっと離れずに生きてきたこの夫婦を見ると、ぼくは彼らがいつも変わらないでいることに安堵するのだ。この共に生きてきた長い時間、共に迎える老い、そして、約束がいまも守られていること。ぼくにはそんな彼らの姿が必要だった。家には暖房が入ってなかった。先生は、パルトー〔短コート〕を羽織り、首にフランネルのスカーフを巻き、つばの広い帽子を被って机に向かっている。奥さんは、くるぶしまである古めかしいワンピースを着て、真っ白な髪を後ろで束ねている。ぼくは、まるでこの二人がぼくらの未来の姿であるかのように、飽きることなく先生と奥さんの姿を眺めていた。年をとってどんな感じだろう。リラはどんなおばあさんになるんだろうか。先生たちを見ていると、ぼくのなかの疑いも不安も絶望も鎮まっていった。港が見えてきたような思いだ。

　先生が言う。

「みんなは相変わらず、アンブロワーズ・フルリと彼の凧を笑っている。いいことじゃないか。人を笑わせるっていうのは、大いなる美徳だ。真剣な人間こそが、笑いという安全な場所に身を潜めて、生き延びるのさ。ゲシュタポが君たちに目をつけないことの方が不思議だよ」

「いや、もうすでに調べに来ましたよ。でも、何も見つけられなかった」

　先生は微笑んだ。

「ナチには絶対に解けない謎だね。そんな家宅捜索がうまくいくはずがない。そういえば、どうしてる？　ほら、君の彼女……」

「パラシュートで投下された物資をいくつか受け取りました。新型の送受信機もあるし、使い方を教える人間もいます。武器もあります。ガンビエの農場に隠してあるだけでも、ピストル百丁、手榴弾、プラスチック爆弾もあるし……。できることはすべてやっています」

先生は、分かったというようにうなずいた。

「リュド、君のことで、ひとつだけ心配していることがある。それは再会したときのことだ。たぶん、私はもうこの世にいないだろうから、君たちの再会を見て失望せずにすむことだろう。フランスは占領軍から解放されたあと、本気で想像するばかりでなく、たくさんの想像の産物を必要とする国になることだろう。君がこの三年間、必死に思いをつないできたお嬢さんだって、いざ再会のときを迎えるときと……。君はそれから先も全力で彼女を作り上げていかなくてはならないだろう。きっと彼女は君が知っていた彼女とはかけ離れたものになっているだろうからね。私たちレジスタンスの人間は、いつか、フランスがなんだか知らないが素晴らしい見返りを与えてくれるんじゃないかと期待しているが、たいていは、冷笑のなかに失望のほどを思い知らされることになるだろうよ。まさに自分たちの力のほどを悟るのさ。自分たちがいかに」

「愛情が足りないのかを思い知る」

先生は空っぽの煙草ホルダーをくわえた。

「想像の産物がなかったら、生きる価値はない。さもなきゃ、海もただの塩水だ。いいかい、たとえば私はもう五十年、妻を作り上げてきた。妻が老け込むことさえ許さない。きっと彼女は欠点だらけなんだろうが、私はそれを素晴らしいものに変えてしまう。私にしても、妻の目には素晴らしい男に見えている。妻も、私を作り上げ続けているからだ。五十年も一緒にいると、もはや互いに向き合おうとはせず、互いの姿を創りあげ、日々、さらに作り上げ続けてゆくようになる。もちろん、いつだってあるがままの姿を受け入れなければならない。だが、あるがままの姿を受けいれたら、それで終わりさ。そもそも文明というのは、あるがままの自然な存在を次々と殺していく手段でしかないのさ」

パンデール先生はその一年後に逮捕され、収容所から戻らなかった。先生の奥さんは収容所送りになったわけではないが、やはり帰らぬ人となった。ぼくは二人が住んでいた小さな家に会いに行く。先生と奥さんはやさしくぼくを迎え入れてくれる。もう、ずいぶん前から、先生も奥さんもこの家にいないというのに。

34

リラが少しでも早くフランスに戻れるように、ぼくは地下活動に勤しみ、主に、活動家のあいだの連絡係を担当していた。アンドレ・カイヨーやラリニエールとともに、ノルマンディー地方の逃走ルートを確保するのもぼくの任務だった。できる限りドイツ軍よりも先に撃墜現場にたどり着き、空軍兵を匿い、スペインに逃がすのだ。一九四二年の二月、三月だけで、飛行機の不時着に成功したパイロットや、パラシュートでうまく脱出したパイロットたちを、七人中五人まで保護した。三月の終わり、カイヨーが、リウ家の農場の近くに撃墜されたパイロットが隠れていると知らせに来た。うまく隠れてはいるが、リウ家の人たちがそわそわし始めている。なかでも、八十歳になる老婆が自分たちが巻きこまれるのではないかと怯えているというのだ。夜明けを待って出発した。夜は霧がひどかったからだ。濡れた土が靴底に貼りついてくる。まっすぐ行っても二十キロ、ドイツ軍のいる道や駐屯所を避けて迂回するからさらに時間がかかる。ぼくらは黙って歩き続けた。農場の近くまできてから、カイヨーが言った。

「そういや、言い忘れてた」やつは斜めにぼくの方をちらりと見た。何かありそうな目つきだ。

「おまえの知り合いかもな。その飛行士、ポーランド人らしい」

イギリス空軍にはたくさんのポーランド人飛行士がいることぐらい知っていた。でも、レジスタンスがポーランド人飛行士を保護するのは初めてだ。タッドだ。ぼくは思った。いや、そんなのありえない。しばしば悲哀を感じさせる「確率計算」に従って考えれば、それがタッドである可能性はない。希望を抱くと酷い目にあう。だが、結局のところ、それが現実だ。心臓が高鳴る。ぼくは立ち止まり、まるでアンドレのひと言ですべてが決まるかのように、すがるような目で彼を見た。

「おい、どうした」

「きっと、タッドだ」

「誰のことだ」

ぼくは答えなかった。農場の裏手一キロほど、森のなかにリウ家が薪置き場に使っている小屋がある。そこから武器の隠し場所まで、百メートルほどぼくらの掘った地下道が続いている。そこは、敵に目をつけられた活動員や保護した飛行士の隠れ場所にもなっていた。入口の外側は枯れ木でカモフラージュしてある。丸太や枝をどかし、扉を引っ張り上げ、隠れ家に続く二十メートルほどの坑道を降りる。中は真っ暗だ。懐中電灯を点ける。飛行士はマットレスを敷き、毛布をかぶって眠っていた。見えたのは、灰色の戦闘服の袖につけられたポーランドの紋章と髪の毛だけだった。それで充分だった。それでも、そんなのありえないと思った。どうしても信じられず、ぼくは眠っている飛行士に飛びつくと、毛布をひきはがし、灯りを顔に近づけた。

ぼくは屈みこみ、毛布の端をつかんだまま、ぼくの度を越した記憶力がまたしても過去の幻を見せているのかと思った。

だが、幻ではなかった。

ブリュノ。あの優しいブリュノ。不器用で、いつも音楽の夢を見ていたあのブリュノが、イギリス軍の制服を着て、そこに、ぼくの目の前にいるのだ。

ぼくは動くことさえできなかった。カイヨーが、ブリュノを揺り起こした。

ブリュノはゆっくりと立ち上がった。暗闇のなか、ブリュノはぼくだと気づかなかった。ぼくが自分の顔に懐中電灯を近づけると、ようやく彼の囁くような声が聞こえた。

「リュド!」

ブリュノはぼくを抱きしめた。ぼくは彼の抱擁に応えることすらできなかった。希望があふれて言葉が出てこなかった。ブリュノがイギリスに逃れたということは、きっとリラもイギリスにいるんだ。ぼくはついに恐るおそる問いを口にした。答を知るのが怖かった。

「リラはどこに?」

ブリュノは首をふった。

「わからない。リュド、ぼくも知らないんだ」

ブリュノの哀れむような優しいまなざしが気にな

り、ぼくは彼の肩をつかんでゆすぶった。

「本当のことを言ってくれ。リラはどうなった？ ぼくを悲しませるまいと何か隠してるんだな」

「落ち着けよ。わからない。本当に何もわからないんだ。君がフランスに帰ってから数日して、ぼくはピアノのコンクールのためにイギリスに向かった。エジンバラに行ったんだ。覚えているかな」

「忘れるもんか、何もかも」

「イギリスに着いて二週間後、戦争が始まった。それ以来、なんとかして消息を得ようと手を尽くしたんだが……。君もそうだろ。結局何もわからない」

彼は苦しげにしゃべり、うつむいた。

「でも、リラはきっと生きている。きっとまた会える。ぼくにはわかるんだ。君もそうだろ」

「ああ、また会える」

ブリュノは初めて笑みを浮かべた。

「いつだって一緒にいる」

「ああ、いつも」

ブリュノはぼくの肩に右手を置いていた。彼の手の温かみを感じ、ぼくの心も徐々に落ち着きを取り戻した。ぼくは、ブリュノの胸に勲章のリボンがいくつもついてることに気づいた。

「へえ、君がねえ」

「おいおい、不幸に襲われると人間は変わるもんさ。夢見がちな大人しい人間でも行動のひとになる。開戦直後にイギリス軍に志願したんだ。追撃機の飛行士になった」

ブリュノは言いよどんだ。やがて、自慢に聞こえたらどうしよう、とでもいうように、少々戸惑った口調で語り始めた。

「空中戦で七回勝利した。ねえ、リュド、音楽の時代はもう終わりさ」

「いつかは、また音楽に戻るんだろ」

「いや、ぼくはもう戻らない」

ブリュノはぼくの肩から手を放し、ぼくに手を見せた。手には装具がついており、指が二本失われていた。彼は装具のついた手を見つめて、微笑んだ。

「リラの夢がまたひとつ、かなわなくなっちゃったな。覚えているかい。第二のホロヴィッツだとか、ルービンシュタインの再来だとか」

「その指で飛行機に？」

「ああ、大丈夫だ。こうなってからも四回勝利している。戦争が終わったあと何をするかは、また別の話だけどね。でも、戦争はまだ続きそうだし、戦争が終わったあとのことなんて、考える必要などないのかもしれない」

　ぼくらはその後二日間一緒に過ごした。エステラジ夫人の娘が用意してくれたドイツ軍の許可証を使って、ぼくらはちょっとした危険な行動を楽しんだ。そのひとつは、《クロ・ジョリ》で昼食をとったことだ。かつてブリュノと呼んでいた〈神童〉が、目の前に現われたときのマルスラン・ドゥプラの顔といったら、ぼくにとっては、レストランのメニューに載っていない、産地直送の一品と同じくらいの味わいだった。ドゥプラの顔には驚嘆と喜びとわずかな不安があった。というのも、彼は、レストランの貴賓室「ロトンド」に陣取るドイツ軍将校とエブルーの親独義勇隊の方をちらちらと見やっていた。

「おや、あなたは！」。ドゥプラはそう言うのがやっとだった。

「ブロニキ航空少佐は七機も追撃したんだそうだ」ぼくはたいして声を低めもせずに言った。「おい、黙れ、馬鹿野郎」。ドゥプラは笑顔をつくりながら、囁いた。

「イギリスにお戻りになって、戦闘を続けるんだ」ぼくは声高らかに続ける。

　豪胆なマルスランがこのとき、笑っていたか、怒っていたのかは、もはやわからない。「ほら、こんなとこに突っ立ってないで。おい、こっちだ」

　ドゥプラはぼくらを、「左舷」と呼んでいた一角に案内し、大広間からいちばん見えにくい場所に座らせた。

「フルリ家ときたら、どいつもこいつも、いかれてやがる」

「いかれたところがなかったら、フランスだって、とっくに夜逃げしてるよ。あなただって真っ先に逃げたはずだ」

　ぼくらはもうリラのことは口にしなかった。リラはそこにいた。ぼくらと一緒に。しっかりとそこにいるのに、口に出して彼女のことを話したりしたら、かえって遠い存在になってしまう。ブリュノはイギリス人に対する敬愛の念を語った。イギリスは勝利するだろう。だって、一九四〇年の時点で彼らは自分たちが負けたことを理解しようとしていないのだから、とブリュノは話してくれた。

「イギリス人は何も変わらず、親切でユーモアを失っていない。ぼくたちのような外国人、それも海の上で闘っているイギリス人兵士の妹や妻たちを寝取ろうとする外国人にも、なんら敵意をもってないんだ。で、フランスはどうだい」

「持ち直しつつあるところだよ。ショックが大きかったから、立ち直るには時間がかかる」

マルスラン・ドゥプラは、二度にわたってぼくらの方にやってくると、心配そうにどこか後ろめたそうなようすでテーブルのまわりを歩き回った。

ぼくらはまるまると太った若鶏のフルレット・ソースがけを食べていた。ドゥプラはブリュノに言った。

「なあ、うちはがんばっているだろ」

「ええ、美味しいです。前より美味しくなったじゃないですか。すごいですね」

「海の向こうのみなさんに伝えてくれ。どうぞ、おいで下さい。歓迎しますってな」

「ええ、伝えます」

「でも、あまりゆっくりしてるなよ」

もしかすると、「ゆっくりしてないで早く上陸してこい」と言いたかったのかもしれない。彼のためを思って疑問の余地を残しておこう。

貴賓室の方に注意深い視線を向けた後、こちらに戻ってきたドゥプラはブリュノにたずねた。

「ご家族は？　何かわかったかい？」

「いや」

ドゥプラはため息をつき、立ち去った。

昼食の後、ぼくらは何事もなくラ・モットに向かった。伯父は敷地の前に立ち、パイプをふかしていた。ブリュノの姿を見ても驚いたようすはなかった。

「とんでもないことが起こるもんだ。夢見がちな人間が正しいこともあるし、すべての夢が消えちまうわけじゃないってことだ」

ぼくは伯父にブリュノがイギリス軍のパイロットになったこと、七機を撃墜し、十日ほどで戦闘に復帰することを告げた。伯父は握手を交わした際に、金属製の二本の指に気づいたにちがいない。一瞬、ブリュノに痛ましげな目を向けた。直後に軽く咳き込んだ伯父の目には涙が浮かんでいた。

「パイプの吸いすぎかな」

ブリュノがアトリエに案内した。

彼をアトリエを見たいと言うので、伯父は紙とのりを手に大騒ぎしていた。伯父が言う。

「どれも、前に見たことがあるだろう。最近、新しい凧は作ってないんだ。古いやつにこだわっている。時間がたつのは早いから、新しいものを追い求めるよりも、記憶をよみがえらせることのほうが必要とされているのさ。凧揚げもできないし。ドイツ軍に高さを制限されている。最初は三十メートルまでと言われてたのが、十五メートルになって、いまでは凧揚げそのものが禁止されないだけまし、ってところだな。凧が連合軍の飛行機の目印になるのを心配しているんだろう。もしかすると、レジスタンスの暗号に使われるのを恐れているのかもしれん。まあ、やつらの考えにも一理あるがね」

　伯父は当惑した表情でしばらく咳き込んだ。ブリュノは伯父が言葉にできないでいる質問にさっさと答えた。

「残念ながら、うちの家族については何も消息がないんです。でも、リラのことは心配していません。彼女はきっと大丈夫です」

「ああ、私たちも、そう確信しているよ」伯父はぼくの方に目をやりながらそう言った。ぼくらはその後一時間ほどラ・モットで過ごした。伯父はブリュノに、友人のハウ卿に連絡をとって、アンブロワーズ・フルリからイギリスの凧協会会員のみなさんへの友情と感謝を伝えて欲しい、と告げた。クレリ「地方支部」よりイギリス凧協会への友情をこめて。

「一九四〇年現在、持ちこたえているのはイギリスだけだ。これはすごいことだ」

　さらに伯父は少々おかしな言葉をつけ加えた。謙遜家の伯父の口からこんな言葉が出るとは驚きだった。伯父はこう言ったのだ。

「何かの役に立てて嬉しいよ」

　ブリュノはその日のうちにスペインへの逃走ルートを取り、二週間後にBBC放送から彼のイギリス到着を告げる個人的なメッセージが流れた。「名手ハ、ピアノノマエニ、戻レリ」

　ブリュノとの再会はぼくを大きく揺り動かした。無理だと思い知らされるばかりの日々がもうすぐ終わるという最初の予兆のようだった。絶望的な確率から希望を得たことで、神さまがぼくに目をかけてくれている気がしてきたのだ。ぼくは信仰のある人間ではなかったけれど、神を思うことがたびたびあった。というのも、この時代、人間はいままでになく神のひきおこすあらゆる奇蹟を必要としていた。言いわけになるが、リラが少しでも早くフランスに戻れるよう行動を起こしているうちに、リラの身体が自分のすぐそばにあるという感覚が薄れてきた。でも、それも良い兆候だとぼくは思った。再会が近づき、グロテクからのリラの手紙が途絶えたあのときと同じことだ。もうすぐ、もうすぐだと思いながら生きていた。いまにも目の前で扉が開くような気がしていた。すべては、ぼくの単なる思い込み、呪文のようなものに過ぎず、呪文を唱えたところで、扉と自分の関係しか変えることができない。リラは生きていると確信している以上、頭のなかで彼女の存在をつくりあげる必要などないのだ。ただ、思い出すだけでいい。ぼくは、リラが欲求不満と情熱にあふれ、自分を夢見ていたあのころ、バルト海の浜を散歩したときのことを思い出す。

「こうなったら傑作を書くしかないわ。これまで『戦争と平和』のような作品を書いた女性はいないもの。私なら書けるかもしれない」

「トルストイがすでに書いてるさ」

「いいかげんにしてよ。私が何か大きなことをやろうとすると、すぐに水をさすんだから。もう飽きあきしたわ」

「リラ、ぼくは女性版トルストイ第一号になるつもりなんかないけどさ……」

「今度は皮肉！　もうたくさんよ！」

ぼくは笑っていた。幸せといっていいほどだった。ぼくは思い出のなかから活力を得ていた。伯父に言わせると、この活力こそ、「毎朝、地平線に太陽を昇らせるためにフランス人が必要としている力」なのだ。

35

サボタージュが増えるにつれ、ドイツ軍もあちこちに潜む「危険分子」の存在に気づき、誰もが敵のスパイに見えてしまう強迫観念に取りつかれ始めた。一九三九－四〇年ころのフランス人とまったく同じような心理に陥ったのだ。占領軍は締めつけを強化し、ドゥプラにも影響が及んだ。だが、ゲシュタポのノルマンディー支部長官グルーバーは、《クロ・ジョリ》の常連客だった。彼は、とくにヴェーアマハト〔ドイツ軍〕の上級将校とフランス人有力者との関係に注目しているようだった。

グルーバーは恰幅がよく、薄い色の金髪を耳のすぐ上で短く刈り込んでおり、くすんだ顔色の男だった。彼がノルマンディー名物の料理を食べているのを見たことがあるが、彼が妙に真剣な顔で、軽蔑的とも言える表情を浮かべていることに驚かされた。フォン・ティエル将軍やオットー・アベッツのように教養あるドイツ人たちのなかには、そのまなざしや表情に深い満足感と感動をあらわにする者もいた。まるでフランスを征服し、かけがえのない一体感のなかでその感動を心ゆくまで味わいたくてここに来ている、といった風情だ。思うに、多くのドイツ人にとってフランスとは昔もいまも悦楽の地であり、そのためだけにある場所なのだろう。そんなわけで、たとえちょっとした鶏のワイン煮や公爵夫人風カスレットでも、ドイツ人たちがそれを味わいながら、あらゆる賛辞をならべたてるのは珍しいことではなかった。実際のところ、彼らが胸中で何を思っていたのかはわからない。インカやアステカでは、勝者が敗者の心臓を暴き、それを食べることで、敗者の魂や精神を自分のものにするという。結局のところ、こうした古代文明の時代と大差のない、支配のための象徴的な儀式が必要だったのかもしれない。だが、食事中のグルーバーの表情は、これまでぼくが見慣れていたものとはずいぶん違っていた。さっきも言ったように、何かを疑うような慎重さ、もしくは軽蔑的なもの、とにかく、ちょっとやそっとのことで驚いてたまるかという意地の悪い表情だったのだ。リュシアン・ドゥプラの言葉は実に的を射ていた。

「おい、見ろよ。取調べ中って顔だ。どういう仕組か、探ろうとしてるんだな」

その通りだった。占領期にフランスに滞在したドイツ人の多くはそう思っていたに違いない。「いったい、どういう仕組みになっているんだろう」

だが、グルーバーのような教養のない人間がどうしてあんなに《クロ・ジョリ》に魅せられたのかは理解しがたいものがある。ドゥプラの「やつは敵陣視察に来ているのさ」という言葉は、グルーバーの単純な性格が分かっていないように思えた。グルーバーは、このレストランを「堕落の場所」だと公言し続けているだけになおさらだ。

あらゆる規制を無視してレストランの食材調達をしているというのに、ドゥプラがグルーバーに対しておもねることはなかった。ドゥプラは自分が大事にされているのがわかっており、占領開始直後から、ドイツ軍が一流のフランス人に対して敬意を払い、協力を惜しまぬことを確信していた。ドゥプラはドイツ軍のこうした方針を単純に「ドイツ政府は〈欧州征服〉を狙っており、そのヨーロッパの中心であるフランスは、彼らにとって重要な場所だから」だと考えていた。だが、グルーバーが《クロ・ジョリ》に対して何か厳しい指令を命じられており、彼が嫌々ながらその指令に従っているとすれば、牡蠣風味のブーダンを味わうときに彼が浮かべる、まるでその奥底にナチズムの信条に刃向かうものが潜んでいるかのような、恨み、いや憎しみといってもいいほどの表情をどう説明したらよいのだろう。ドゥプラはときおり、そんなグルーバーのようすを冷やかすような顔で見つめてたが、そのドゥプラの言葉を借りれば、グルーバーはまるで、西部戦線と対ソ戦線の敗北の責任を一度に押しつけられたかのような形相だったという。

とにかく、そのグルーバーは〈協力体制〉を命じるすべての指令を踏みにじり、予想外の行動に出た。一九四二年三月二日、彼はマルスラン・ドゥプラを逮捕したのだ。

レストランは一週間、閉鎖された。その反響は大きく、アベツは、ベルリン宛てに何度も抗議文を打電していたことが戦後になってわかった。ステルナーがそのうちのひとつを引用している。「総統から直々に、フランスの歴史的に重要な拠点は尊重するよう指令が出ているはずだ」

一週間の監獄生活から戻ってきたドゥプラは、怒りながらも、どこか得意げだった。「おれはやつらに立ち向かったぞ」と言わんばかりだ。だが、どうしてグルーバーから尋問され、拘留されるようなことになったのか、ドゥプラは何も言わなかった。クレリでは、きっと食材の闇取引の件で、ドイツ軍が賄賂を吊り上げようとし、ドゥプラがそれを拒否したせいじゃないかと噂されていた。それにドゥプラはフォン・テイエルの庇護下にいた。ナチとドイツ国防軍の「特殊階級」の関係は、このころより急激に悪化していった。グルーバーは、《クロ・ジョリ》が自分の支配下にあることを誰彼なく見せつけてやろうとしたのではないかと、ぼくは思っている。

伯父は何か別に思うことがあるようだった。伯父が親友マルスランにいっぱい食わせるようなことをしたのは、考えた末のことなのか、ぼくにはわからない。だが、伯父は笑うことが好きだった。伯父が《プチ・グリ》のカウンターでしゃべり始めたのは、単に友人たちとちょっとばかり呑みすぎてしまったからなのかもしれない。

「あいつらは昼も夜も尋問し続けた。でも、マルスランは耐え抜いたんだ」

店主のムニエが伯父に尋ねる。

「でも、あいつらいったい何を聞き出そうとしたんだ?」

「レシピだよ」

一同、沈黙した。そこに居合わせたのは、店主のほかに、近所に住むガストン・カイヨー、そして、アントワーヌ・ヴァーユだった。ヴァーユの息子の名は、いまも戦没者追悼モニュメントに刻まれている。ようやく口を開いたのはムニエだった。

「レシピって、なんの?」

「レシピさ。ドイツ軍はどうやって作るのか知りたがったのさ。田舎風仔ウサギのフランボワーズ・ビネガーがけ、シャルトル風鶏ささみのカテドラル、メニューに載ってる料理をすべて! もちろんマルスランは口を割らない。ドイツ野郎はやつをあの手この手で拷問にかける。水のなかに沈めたりさ。それでもやつは耐えた。三つのソースのパンがゆのレシピすら教えてやらなかったんだ。ちょっとこづかれただけで、なんでもしゃべっちまうやつもいる。

だがマルスランは違う。半殺しになっても沈黙を通したんだ」

三人の老いた男どもは大うけしていた。だが、伯父はウィンクもせず大真面目だ。カイヨーの親父が言う。

「ああ、そうだ。あいつは絶対しゃべらないね。《クロ・ジョリ》のレシピは秘伝だからな。やあ、よくできた話だ」

ヴァーユも言う。

「みんな、感激しちまったぜ」

ムニエが一同のグラスに酒をそそぐ。伯父が囁く。

「みんなに言いふらしておかなくちゃな」

ヴァーユも大声になる。

「そりゃそうだよ。孫、ひ孫の代まで語りついでやらなきゃ」

カイヨーもうなずく。

「ああ、ひ孫のその孫までな！　マルスランのためならそのぐらいやってもいいだろう」「そうこなくっちゃな」

拷問にあってもドイツ軍にレシピを明かさなかった偉大なるフランス人シェフの物語は、一九四五年九月にアメリカ軍の新聞『スターズ＆ストライプス』に掲載された。覚えている人もいるだろう。この記事はアメリカ本国でも反響を呼んだ。マルスラン本人はインタビューを受け、肩をすくめてみせた。

「いいかげんなこと言うもんだ。本当のところ、ナチにとってはおれの存在が目障りだったんだろう。不屈のフランスがいまいちど立ち直ろうとしている姿に見えてさ。まあ、それだけのことだ。で、あいつらはおれをこらしめようとした。それ以外の部分については、勝手な作り話さ」

伯父は言った。

「おいおい、マルスラン、謙遜するなよ」

いまでもよく覚えている。「伝説」誕生当時、ドゥプラが怒って「くだらぬ作り話」だと否定すると、伯父はマルスランの肩を抱き、真面目な声でこう告げた。

「なあ、マルスラン。おれたちの力じゃどうにもならんこともある。ちょっとは気をきかせろ。《クロ・ジョリ》はつらい時代を生きてきた。再び脚光を浴びることも必要だろうよ」

ドゥプラはしばらくぶつぶつ言っていたが、やがて、言わせておくようになった。

36

一九四二年三月二十七日、寒く、雲のたちこめた日だった。ぼくはクレリから十キロほど離れたヴェリエールへ物資を運ぶ任務に就いていた。荷物はAMKⅡタイプの新しい受信機二台と、ヤギのチーズの形をした時限爆弾やら、発火式煙草といった「おもちゃ兵器」がいくつか。これらを板切れや藁の下に隠して運ぶ。物資はビュイのところで積み込み、医者のガルドュー先生が貸してくれた荷車を馬のクレマンタンが引いてくれる。敵の目をあざむくために藁の上に凧をいくつか載せておいた。クレリ町長がじきじきに教えてくれたところによると、アンブロワーズ・フルリの凧はまだ評判もよく、警察が青少年に「推奨する活動」のリストに入っているそうだ。

ぼくは、ジャールの屋敷に沿って進んでいた。入口のところまで来ると、鉄柵の門が大きく開け放たれていた。ぼくはこの屋敷に対して、まるで自分の所有物のような不思議な感情をもっていた。いや、より正確にいうなら、ぼくはこの屋敷の管理人、「記憶の番人」なのだ。自分にそんな権利はないと知りつつも、他人の侵入は許せなかった。

ぼくはクレマンタンを停めると、荷車を降り、正面通路の方に向かった。玄関までは百メートルほどある。池から二十歩ほどのところまでくると、葉を落としたマロニエの下、右側の石造りのベンチに男が座っているのが見えた。男は頭を垂れ、コートの毛皮の襟に顔を埋めている。手にもった杖で地面に何かを書いている。スタス・ブロニキだった。なんの感情もわいてこなかった。心臓が高鳴ることもなかった。ぼくには前からわかっていた。人生は意味のないものではない。たとえ失敗することがあっても、人生はいつも最善を尽くしているのだ。「彼ら」は戻ってきたのだ。ぼくは近づいていった。ブロニキ氏はぼくの方を見ていなかった。彼の目線は足元に落ちていた。彼は杖の先でいくつかの数字を書き、そのうちのひとつにマロニエの枯葉を押しつけていた。

フォン・ティエルのベンツの向こうには、荒廃した屋敷があった。ベランダから茂みが伸び、階段は半壊していた。屋根は屋根裏部屋ごとなくなっていた。上の階は焼け落ち、正面の壁の下の部分も焼かれて黒くなり、窓の部分がばっくりと開いたまま、玄関のまわりだけがそのまま残っている。唯一炎から逃れた部屋は一階部分だけだった。扉は、冬のあいだに燃料を求めてやってきた連中によって、蝶番から剥がし取られていた。

建物の奥からリラの笑い声が聞こえてきた。

ぼくはそちらを見上げたまま、動かなかった。まず、フォン・ティエルとハンスが出てくるのが見えた。一瞬遅れて、リラが現われた。ぼくは、一、二歩、進み出た。リラがぼくに気づいた。驚いたようすはなかった。ぼくは動かなかった。彼女の登場があまりにも素っ気なく、あまりにも自然だったので、ぼくはきっと衝撃を感じない自分に衝撃を受け、すべての感覚を失ってしまったのだ。いまもそうだと思っている。ぼくはまるで使用人のように帽子を脱いだ。

リラは白い毛皮のついた上着を着て、ベレー帽をかぶっていた。腕には何冊かの本を抱えている。彼女は階段を降り、ぼくに歩み寄ると手袋をはめた手を差し出し、微笑んだ。

「あら、お久しぶり。また会えて嬉しいわ。ちょうどあなたに会いに行こうかと思っていたところなの。お元気？」

ぼくは黙っていた。さきほどまでとは違って、不安とパニックで途方にくれるような思いがわきあがってくる。

「うん、元気だよ。君は？」

「ええ、あれだけ怖い目にあって、いろんなことがあったんですもの、私たち運が良かったのね。でも、父が……。まあ、それも医者のいうことだし、そのうち良くなるでしょう。なかなかラ・モットに行けなくてごめんなさい。でも、本当に行くつもりだったのよ」

「ふうん、そうなんだ」

礼儀正しく、社交辞令的な話し方に、ぼくは悪夢を見ているかのようだった。

「どういう状態になっているか見に来たのよ」

ああ、屋敷のことを言ってるのか。

「ほとんどが燃えちゃったのね。でも、本を何冊かみつけたの。ほら、プルーストでしょ、マラルメでしょ、ヴァレリーでしょ。本当にもうたいしたものは残ってないわね」

「ああ、ないね」

ぼくは言葉を続けた。

「でも、そのうち戻るさ」

「なんですって？　どういう意味？」

「戻ってくる」

リラは笑った。

「相変わらずね、リュド。あなたって不思議」

「ぼくは過剰な記憶に苦しんでるからね」

リラは当惑したようだった。少し動揺しているようにも見えた。だが、すぐに気を取り直し、いたわるようにぼくを見た。

「そうだったわね。でも、そんなのよくないわ。だって、こんなにも……不幸が続くと、過去は遠ざかるほど美しく見えるわ」

「ああ、そうだね。タッドはどうしてる？」

「ポーランドに残っているわ。タッドはポーランドを出ようとしなかった。レジスタンスに入っているの」

すぐそばでフォン・ティエルとハンスがぼくらの会話を聞いていた。

「タッドならいつか大きなことをやりとげるって思ってたわ。誰もがそう思っていたし。タッドなら、いつかポーランドのトップに立つ。たとえポーランドの一部しか残っていなくてもね」

フォン・ティエルがそっと目をそらす。

「ああ」

「ねえ、リュド、少しは私のことを思ってくれた？」

リラの目線は、木立の方をあてもなく見上げていた。

「ここは別世界ね。まるで何世紀も前のことみたい。さて、これ以上みなさんをお待たせするわけにはいかないわ。そうそう、伯父さまはどうしているの？」

「相変わらずだ」

「いまも凧を？」

「ああ、ずっと。でも、いまは凧を高く揚げることもできないんだ」

「伯父さまによろしくね。じゃあ、また。近いうちにきっと会いに行くわ。いろいろ話もあるし。リュドは召集されなかったの？」

「いや。免除された。ぼくは頭がおかしいからだってさ。家系だね」

リラは指先でぼくの腕に触れ、父親が車に乗るのを手助けしに行った。父とフォン・ティエルに挟まれて後部座席に座る。ハンスがハンドルを握る。

カラスの声があざ笑うように響いていた。

リラが手を振ったので、ぼくも応えた。ベンツは門に向かって見えなくなった。

ぼくは、なんとか気持ちを落ち着かせようと、しばらくそこに残った。自分がもはやそこに存在しないような気分。かといって、どこかに逃避しているわけでもなく、自分がどこにもいないような感覚。そしてゆっくりと絶望が湧き上がってきた。ぼくは闘っていた。信じていたいから。絶望はいつだって服従を意味していたから。

疲れ果て、動けないまま、ぼくは帽子を手に砂利の上に立っていた。時間がたつにつれて、ますます非現実的な印象が濃くなった。しかも、目の前にあるのは廃墟、霜に白く染まった木立が並ぶ亡霊のような庭園であり、何もかもがまったく動かず、生命を感じさせるものもないところに浸りこんでいるのだから。

そんなの嘘だ。そんなのありえない。想像力にいっぱい食わされたんだ。ここ数年間、ぼくが想像力に求めてきたすべてに仕返しするかのように、想像力がぼくをいたぶり、苦しめた。これまでなんの不安もなく身をゆだねていた未来像が、白昼夢が、ぼくをあざ笑う。あんなのリラじゃない。気取っていて、冷ややかで、四年近くぼくの心のなかにくっきり存在していたリラとはかけ離れていた。ぬくもりのない声。ぼくに話しかけたときのあの慇懃な態度。青く冷ややかな眼差しからは、これまで一緒に過ごした時間のことなど消え去っていた。いや、あれは現実ではなかったんだ。孤独のあまり、苦しさが増す。「狂気」にすがりついてきた報いだ。疲れた神経と一時的な失望のせいで、怖い夢を見たんだ。

呆然として動けない状態からようやく脱すると、ぼくは門に向かって歩き始めた。

数歩進んだところで、ベンチが目に入った。ついさっきリラの父親がここに座り、杖の先で地面に想像上のルーレットの数字を書いているのを見たような気がする。

ぼくは恐るおそる目線を落とし、じっくりと見て、やはり現実だったと確認した。

数字はそこにあった。数字の七の上に枯葉が置かれている。

自分が何をやっているのかわからないまま、やっとの思いで物資をヴェリエールに届け、家に帰ることができた。伯父は台所にいた。少し酒が入っていた。伯父は火のそばに座り、膝の上の猫、グリモーを撫でていた。ぼくはしゃべるのがつらかった。

「……離れてから片時も忘れずにいたのに。戻ってきたら、別人になっちゃってるなんて……」

「そういうもんさ。おまえは自分でイメージをつくりあげすぎたんだ。四年も離れていれば、妄想ばかりが広がるもんだ。夢が地面に落っこちたら、無傷ではいられない。考えていたことが現実になると、もうそれは別物になる。フランスが勝利したら、みんなどんな顔することか。きっと、こう言うだろうな。こんなはずじゃなかった。フランスはこんなもんじゃないって。ドイツ軍のせいで、幻想だけがふくらんでいる。ドイツ軍がいなくなったら、フランスの現実が見えてきてがっかりするぞ。でも、なんだかおまえは取り戻せるような気がするな。あのお嬢さんをさ。愛する心には力がある。すべてを受け止めることができる。おまえは記憶を頼りに生きてきたつもりだろうが、じつは想像力に助けられていたのさ」

伯父は笑っていた。

「リュド、女の子とつきあうのに、想像力をつかってはだめだな」

午前一時、ぼくは闇のなかに何か母のように慰めてくれるものを求め、頬を熱くたぎらせながら窓辺に立っていた。車の音が聞こえ、静寂が戻ったのも束の間、階段をきしませる足音が響いた。背後で扉が開く音がした。振り向く。一瞬、ランプをもった伯父の姿が見えたかと思うと、引っ込み、リラが現われた。リラはしゃくりあげていた。暗い森のなかから湧き上がるような嗚咽だった。これほどの苦痛と不幸を受けるに値するものなど存在しないのだから、許して欲しいと言わんばかりの悲嘆の声だ。ぼくは彼女を抱きしめようとした。だが、彼女は身を退ける。

「だめよ。リュド、さわらないで。いまはだめ。あとでね。まず、あなたに話さなきゃならないこと、わかってほしいことがあるの」

ぼくはリラの手をとった。リラは、毛皮つきコートのなかで身を丸めるようにして、ベッドの端に腰を降ろす。生真面目な子供のように膝の上で両手を重ねている。二人とも黙っていた。外では冬の木立がぴしぴしと鳴っていた。彼女の目には、問い詰めるような、いや、すがるような思いがあった。ぼくを信用していいのかどうか迷っているかのような、躊躇する気持ちも見て取れた。ぼくは待っていた。なぜ、言いよどんでいるのかもわかっていた。彼女にとって、ぼくはいつまでたってもあのころのリュド、戦争が始まってからの三年間を伯父のもとで、凧とともに過ごしてきたノルマンディーの田舎の少年なのだ。そんなひとに自分の苦労がわかるはずがない、とリラは思っている。ぼくと話しているあいだ、リラは不安そうに、ほとんど絶望といってもいい思いをこめて、何度も何度も「わかる？ リュド、あなたにわかる？」と繰り返した。まるで彼女の告白も述懐も、ぼくの力では理解しがたいもの、受け入れがたいもの、まして許すことなどできないものだろうといわんばかりだ。リラはもう一度、ぼくに哀願するような目を向け、話しはじめた。ぼくに知ってもらいたいというより、自分が過去を忘れたいがために話しているような気がした。

ぼくはじっと聞いていた。ベッドの反対側の端に座り、じっと聞いていた。少し震えてはいたが、事実を知っておかなくてはならない。リラは次々と煙草を吸い、ぼくはそのたびに火をつけてやった。石油ランプの灯りが壁にふたつの影をつくっていた。

一九三九年九月一日四時四十五分、ドイツの装甲艦シュレースヴィヒ＝ホルシュタイン号は、宣戦布告もないまま、グロテク半島のポーランド軍駐屯地を攻撃した。その後、空軍がやってきて残りを片づけていった。

「爆撃ですべてを失ったの。タッドは戦闘隊の仲間に合流することができた。覚えている？ あなたが来てたときに政治集会をしていたグループがあったでしょ」

「ああ、覚えている」

「ブリュノは二週間前にイギリスに出発した後だった。私たちは農場に避難させてもらったの。父はショックをうけてたし、母はすっかり神経がまいってた。私は運のいいことに、ドイツ人将校と出会ったの。親切な方でね」

「なるほどね」

リラは苦しそうな目でぼくを見た。

「生きるためには仕方がなかったの。家族を救わなければならなかったのよ。わかる？ リュド、あなたにわかる？」

ぼくにはわかっていた。

「そのまま三カ月、一緒にいたわ。その後、彼は別のところに異動して……」

リラは黙り込んだ。ぼくは何も尋ねなかった。で、そいつの次は誰なんだい。いったい、そうやって何人の男と？　この並外れた記憶力を使って、そんなのを数えるなんてどうしても嫌だった。とにかく生き延びなければならなかった。家族を救わなければならなかった……。

「もし、ハンスが見つけてくれなかったら、私たちいったいどうなっていたことやら。彼のおかげでワルシャワに避難することができたの。ハンスはフランスで闘ったあと、私たちを助けるためだけに、ポーランドへ配置転換されてきたの」

「君のためにね」

「ハンスは私と結婚したがったんだけど、ナチがポーランド人との結婚を許さなかったの」

「ハンスのやつ、あのとき殺しておけばよかった。そもそもガキのころ、ヴィエイユ・ソースであいつが襲いかかってきたときに、絞め殺すことだってできたんだ。グロテクの決闘のときだって！　こんちくしょう」

　こんな嫌味たっぷりの声で話すべきではなかった。だが、自分を抑えられなかった。

　リラは、はっとしてぼくを見た。

「変わったわね。リュド」

「ごめん」

「ヒトラーがソ連を攻撃すると、ハンスはフォン・ティエル将軍についてスモレンスク戦線〔対ソ戦線〕に行った。私たちはルーマニアに逃げることができた。最初は、宝石が手元に残っていたんだけど、それもついに……」

　リラはルーマニア人外交官の愛人になり、次に医者の愛人になった。その医者は中絶で命をおとしかけた彼女を救ってくれたんだそうだ。

「わかる？　リュド、あなたにわかる？」

　わかっていた。それも生き延びるため、家族を救うためなのだ。彼女は外交官たちと「お友だち」になった。父も母も何不自由ない生活をしてきた。つまるところ、彼女は歴史のなかでうまく立ちまわり、生き延びることに成功した。

「一九四一年にようやくフランス行きのビザが手に入ったの。大使館に勤めている、私の……知り合いのおかげで。でも、お金がなくて」

　リラは黙り込んだ。

　微笑ましい、穏やかな気持ちがわきあがってきた。まるで、本質的な部分では、何ごともなかったことがすでにわかっているとでもいうように。「本質的な部分」が何をさすのかはうまく説明できないし、愛し方はひとによってそれぞれだろうから、自慢話をするつもりはない。青い空で美しく輝いていた凧「四つの海」が姿を消し、拾い上げてみるとそこらじゅう傷やでこぼこができ、破れ、壊れている光景が目に浮かんだものの、それもほんの一瞬にすぎなかった。苦しみのなかで昔の信仰めいた思いが目覚めたのかもしれない。でも、前にも言ったように、ぼくにはそんなことどうでもいい、という強い思いがあった。学生時代、パンデール先生がぼくらに論じさせた「すべてを理解することは、すべてを許すこと」というおなじみの文句とは違う感情だ。そんな文句は、諦めと受容の言いわけにしかならない。ぼくはリラに対して自分の「我慢強さ」を示そうというつもりはなかった。我慢してみたところで、ちょっとしたことで耐え切れなくなるのは目に見えていたし、目先の判断で振り回されることも少なくない。ぼくはひとりの女性をまるごと、彼女が背負った不幸も含めてまるごと愛していた。それだけのことだ。

リラはぼくを見据えた。

「何度もあなたに連絡を取ろうと思った。ここに来ようと思った。でも……」

「後ろめたかった？」

リラは何も言わなかった。

「ねえ、リラ。貞節なんてどうでもいいことだよ。こんな時世だし。いや、こんな時世でなくても、いつだってそうさ。そんなの他のことに比べれば、罪ならない。ふつうのことだよ」

「リュド、あなた変わったわね」

「そうかもしれない。ドイツ軍のおかげかな。ナチズムがおぞましいのは、人間味がないからだ。そうだろ。でも、真実に目をむけなくちゃ。この非人間的な感情も、人間の本質の一部なんだ。人間味のない非情さこそ人間の本質の一部だと認めない限り、陰惨な嘘のなかで生きることになる」

猫のグリモーが入ってきた。尾をぴんとたててぼくらの足に身をすりよせ、撫でてくれとせがむ。

「パリで過ごした最初の六カ月がどんなだったか、あなたは想像できないでしょうね。もう知っている人は誰もいなくて、私はブラッスリーでウエイトレスをしたり、プリュズニックで売り子をしたり、ママはひどい偏頭痛に苦しんでいたし……」

「偏頭痛ねえ。そりゃたいへんだったろう」

父親はといえば、いわば盲目状態だった。精神的失明とでもいおうか。世間に対して目を閉じてしまったのだ。

「私と母は父を子供のように面倒見なければならない

かったの。トーマス・マンとも、シュテファン・ツヴァイクとも交流があって、父にとっては、ヨーロッパこそかけがえのない光だったの。その光が消え、自分が信じていたものが崩壊してしまったので、父は現実から身を引いてしまった。感覚を完全に麻痺させてしまった」

ちぇっ。つくづく安っぽい話だ。

「医者も手を尽くしたのよ」

ぼくはもう少しで「ケツを蹴飛ばしてやればよかったのに」と口にするところだった。だが、貴族趣味の骨董品、陶製の壷も大事にしておかなくては。ブロニキ氏は、妻や娘に対する責任から逃げたくてそうしたのだとぼくは確信していた。彼はそれでも、自分の娘が「生き延びるため、家族を救うため」に何をしているのか、知ろうとしなかっただろう。それも名誉を守るためだ。

「それから私はココ・シャネルのところで、マヌカンの仕事についたの」

「ココ、なんだって?」

「シャネル。知ってる? 有名なデザイナーで」

「ああ、うんうん。《クロ・ジョリ》みたいなね」

「なんですって?」

「いや、何も」

「でも、それでも、親二人の面倒を見るには充分なお金にならなくて、それで……」

死んだように時間が止まる。ぼくらがかまってくれないことに驚き、猫のグリモーはぼくらのあいだを行ったり来たりしている。死んだように止まった時間がぼくのなかに流れ込み、ぼくをすっぽり呑み込んでしまう。ぼくはリラが「わかる? リュド、あなたにわかる?」と言うのを待っていた。だが、彼女の眼差しには沈黙した苦しみがあるばかり。ぼくは目を伏せた。

「ゲオルクが助けてくれたの」

「ゲオルク?」

「ゲオルク・フォン・ティエル。ハンスの伯父さんよ。バルト海沿いにある、うちの領地の隣が彼の領地だったでしょ」

「ああ、君の家のあの領地ね」

「彼はフランスに赴任していたの。で、私たちがパリにいると知ると、すぐに手を尽くしてくれた。うちの両親のためにモンソー公園近くのアパルトマンを手配してくれてたし。そして、ハンスも東方戦線から戻ってきて……」

彼女の声ははしゃいでいた。

「ね、それでね、私は勉強を再開することができたの。ワルシャワのフランス人学校でバカロレアを取ったから、ソルボンヌに入学できるはず。エコール・ド・ルーブルだって入れるかも。私、美術史にすごく興味があるの」

「美術史？」

ぼくはわけがわからなかった。

「ええ、ようやく天職をみつけたわ。ねえ、私がずっと迷ってたの知ってるでしょ。ようやく自分がわかったような気がするの」

「ようやくね」

「ええ、そうよ。根気良くがんばらなくてはならないことはわかってる。でも、やりとげてみせるわ。本当はイタリアに行きたかったの。とくにフィレンチェで美術館めぐりをしたかった。ルネッサンス文化。でも、当分無理そうね」

「ルネッサンスは逃げないさ」

リラは立ち上がった。

「送っていこうか？」

「大丈夫。ハンスが下で待っているから。車で来ているの」

リラは扉のところで立ち止まった。

「リュド、私のことを忘れないでね」

「ぼくには忘れる能力がないんだ」

ぼくはリラとともに階段を降りた。

「ブリュノはイギリスにいる。むこうで追撃機のパイロットになったんだ」

リラの顔が輝いた。

「ブリュノが？　あの不器用なブリュノが？」

「空では不器用じゃないみたいだよ。どうみてもね」

彼の指のことは話さないでおいた。

「何もかもあなたのおかげね」

「なぜそんなこと言うんだい？」

「あなたは私をあのころのまま守り続けてくれたから。私、昔の自分をすっかりなくしたと思ってた。でも、いまはそうじゃないって思える。私はずっと、そう、三年半のあいだ、ここで、あなたの家で何ごともなく過ごしてきたような気がするわ。あのころのままで。リュド、このまま私を守ってね。私にはそれが必要なの。少しだけ時間をちょうだい。立ち直るまで時間がかかるの」

「美術史があれは立ち直りも早いよ。ルネッサンスは再生だしね」

「からかわないでちょうだい」

リラはもうしばらくそこにいた。やがて、出て行く。壁に残った影はひとつだけ。

ぼくの気持ちは穏やかだった。ぼくは、ほかの多くの人びとと同じように、雌伏の時期を過ごしていた。誰もがこうしてじっと待ちながら不幸を溜め込んでゆくのだ。

ぼくは台所にいる伯父のところに行った。伯父はぼくに酒を注ぎ、ぼくの顔にちらりと目をやった。

「なあ、おかしなことになりそうだな」

「なにが?」

「フランスが復活したらの話さ。みんなようやくフランスの本当の姿に気がつくだろうよ」

ぼくは拳を握り締めた。

「ああ。でも、ぼくには関係ないね。それがどんな姿だろうと、そのあいだ何をしていたとしても、関係ない。戻ってくれば、それでいい」

伯父はためいきをついた。

「こいつとは話にならんな」

リラがフォン・ティエルの愛人だという噂はぼくの耳にも容赦なく入ってきた。ぼくはそんな話は気にも止めなかった。「フランスはもうだめだ」「もう立ち直れない」「フランスは魂を失った」、さらにはレジスタンスの連中を「無駄死にだ」と愚痴る声を聞いても無視するのと同じことだ。ここの人たちは誰彼なく吹聴してまわることを「外《そと》歩きさせる」というが、ぼくの信念は確固たるものだったので、「外歩きさせる」必要なんてなかったのだ。

37

ぼくはもはやドイツ人を憎んでいなかった。敗戦から四年が経ち、自分のまわりで起こったことを見ているうちに、ドイツ人は悪、フランス人は英雄と決めつけることができなくなっていた。ぼくはそういう単純明快なもの言いとはほど遠い連帯感を体得しつつあった。ぼくたちを強く結びつけているのは、互いに異なる点があるからこそなのだが、その相違点はいつなんどきひっくり返って、ぼくたちを残酷なまでに似た者同士にしてしまうのかもしれない。いま、こうして闘うことで、ぼくたちは敵を、敵のことも助けているのではないかと思ったりもする。強い信念をもって生きている人間だけが社会を支えているわけではない。

初めてドイツ人が殺されるところを見たのは、グラーニュの向こうの原っぱだった。ぼくらはそこに着陸拠点をつくっていた。その晩、ぼくらは三人で、政治的な有力者（といってもぼくらは彼の名前を知らない）をイギリスに送り届けるため、ライサンダー号の到着を待っていた。その場所は、日没後の時間帯を選んで何度も偵察してあった。あらゆるものに注意を払えと言われていた。二週間前には、オート・セーヌでパラシュート降下兵を回収中に現場を押さえられた部隊があり、銃殺による死亡者リストにまた五つの名前が加わっていた。

午前一時、航路標識が灯され、ちょうど二十分後にライサンダーが近づいてきた。ぼくらは、搭乗と離陸を手伝う。ライサンダー号は飛び立ち、ぼくらは灯りを回収した。その帰り道、三百メートルほど歩いたところだった。ジャナンがぼくの腕を掴んだ。ぼくらの右側の草むらのなかで金属片が光り、小さな音が聞こえた。金属片に反射する光が動いたかと思うと見えなくなった。

そこには、自転車が一台、そして若い女とドイツ兵がいた。若い女には見覚えがあった。クレリのボワイエ氏のパン屋で働いている娘だ。兵士は彼女に寄り添うように、寝転がっていた。ぼくらを見つめる目には表情がない。

撃ったのがジャナンだったか、ロランだったのかは、わからない。兵士は頭を垂れただけで、そのまま地面につっぷして動かなくなった。

少女は傍らの兵士が急におぞましいものに変わったかのように身を離した。

「立て！」

少女はスカートを直しながらすばやく立ち上がった。

「お願い。内緒にして」。小声で言った。

ジャナンは驚いていた。彼はパリから来ていたので、ここらの村の生活がわかってないのだ。一拍おいて状況を理解したらしく、笑みを浮かべて銃を下ろした。

「名前は？」

「マリエット」

「フルネームは？」

「マリエット・フォンテ。リュドヴィックさんの知り合いです。お願い、親には言わないで」

「わかった。誰にも言わない。心配ないよ。家に帰りなさい」

ジャナンは彼女の身体に目をやって、言った。

「まだ何もしてなかったんだろうな」

マリエットが泣き出した。

ぼくはいやな気分で一夜を過ごした。まるで自分が裏切り者になったみたいな気分だ。ぼくは殺されていった仲間のことを考えようとした。だが、それでも嫌な気分は強まるばかりだった。

数日後、ぼくはパン屋に行き、しばらく居座った。まるで許しを乞いに来たみたいだった。マリエットは顔を赤らめ、もじもじしていたが、やがてぼくに歩み寄ると囁いた。

「あの人たち、うちの親に言いつけたりしないわよね」

男と草むらに行くなんて許されることではない。彼女が心配しているのは、それだけだった。その点については なんの心配もない。

リラがフォン・ティエルのベンツに乗ってクレリの町を通り過ぎるのを何度か見かけた。一度はティエル将軍自身が一緒だった。ある朝、ぼくは、グロレの農場で訓練を受け、自転車で帰る途中だった。ぼくらイギリスで講習を受けた仲間が帰ってきて、ぼくらに新しい爆弾の使い方を教えるというので、集まっていたのだ。ぼくの自転車をベンツが追い越し、停車した。ぼくも自転車を停めた。車内にはリラと運転手しかいなかった。リラは目の下にくまをつくり、まぶたが腫れていた。朝の七時。夕べはエステラジ夫人の屋敷でパーティーがあったのだ。注文を受け、シャンパンからノルウェー・サーモンまで、すべて《クロ・ジョリ》が用意した。ドゥプラは自ら屋敷まで出張して、仔羊の焼き加減や、コック・オウ・ヴァンに不備がないか見張っていた。いわく「ニンニクひとかけが多すぎても足りなくても料理が死んでしまう」からだ。細心の注意が必要だった。ドイツのお偉方が全員集合するのだから。ドゥプラは言っていた。「この仕事の難しさは、毎回毎回、店の評判がかかっている勝負だってことさ」

リラが車から降りてきた。ぼくの助けが必要だった。呑みすぎたようだ。リラはシックなデザインの白い縞の入った赤いドレスを着ていた。赤いハイヒールを履き、首から肩にかかけて赤と白の厚いウールのショールをかけている。ポーランドの色だ。まるで、顔を隠そうとしているかのように厚化粧をしていた。髪の上に載っているベレー帽は、別の人生の忘れ物のようだった。悲しみに満ちた青い瞳だけが見覚えのあるものだった。彼女は手に本をもっていた。アポリネールだ。うちにはユゴーが全作品揃っているが、アポリネールはない。アポリネールの良さは忘れられがちだ。

「ボンジュール、リュド」

ぼくはリラにキスをした。軍服姿の運転手はぼくらに背を向けた。

「近所の人たちが私のこと、いろいろ言っているでしょ」

「ぼくは耳が遠いんだ」

「私がフォン・ティエルの愛人だって言ってるでしょ」

「言ってるね」

「そんなの嘘よ。ゲオルクは父の友人なの。昔からの親戚づきあいなのよ。ねえ、信じてね、リュド」

「信じてるよ。でも、そんなのどうでもいいことだ」

リラは熱をこめて両親についてしゃべりだした。二人とも、ゲオルクのおかげで何不自由なく暮らしていると。

「ティエルは立派な方よ。実を言うと彼は反ナチなの。ユダヤ人を救うことまでしているのよ」

「たしかに、両腕があるものな」

「どういう意味？　何が言いたいの？」

「ぼくの言葉じゃないさ。ウィリアム・ブレイクの言葉。ブレイクの詩にそういうのがあるんだ、『片手は血みどろ、もう片方の手には燭台』ってね。どうしてぼくに会いにこなかったんだい」

「行くつもりよ。ただ、自分を取り戻すことが必要なの。リュド、私のことも少しは心にとめておいてくれる？」

「たまに君のことを考えてないときがある。空白の時間がある。誰だってそうだろう」

「ちょっとばかり頭がくらくらするの。自分がどこにいるのかわからない。飲みすぎだわ。自分を忘れようとしてる」

ぼくはリラの手から本を取り、ぱらぱらとめくってみた。

「いままでになくフランス人は熱心な読書家になっているらしいね。ジョリオが……、知ってる？　あの本屋の」

リラの反応には意外なほど熱がこもっていた。

「ええ、よく知ってるわ。お友だちなの。私、ほとんど毎日のように、あそこの本屋に行くのよ」

「へえ。ジョリオによると、フランス人は絶望のなかで勇気を出そうと、熱心に詩を読んでるんだってさ。お父さんはどうしてる？」

「現実を避けて完全に引き篭もってるわ。感覚がすべて麻痺してしまったみたい。でも、望みがないわけじゃないのよ。ときおり、正気を取り戻すし。治るかもしれないわ」

ぼくはスタス・ブロニキに対してある種感嘆の念を抱かずにいられなかった。貴族であり、山師である彼は、驚嘆に値する方法で、下々のごたごたから身を護っているのだ。妻と娘の協力で、歴史をゆがす、おぞましいことばかりが続くこの時代となんの関わりももたずに過ごしている。いかにもエリートらしい方法ではないか。

「最高に狡猾なやりかただね」

「リュド、そんなこと言うなんて許さない」

「ごめん。ぼくは君たちほど生まれが良くないんでね。代々、貴族階級には恨みがあるんだ」

ぼくらは運転手に話を聞かれぬよう、少し歩くことにした。

「ねえ、もうすぐ状況が変わるわ。ドイツ軍の将軍たちは二つの戦線で同時に戦うことに反対なの。ヒトラーを憎んでるし」

「ああ、その話なら聞いている。ポーランド進攻の前日に、ハンスも同じことを言ってたっけ」

「まだ時間がかかるのよ。ドイツ軍にはまだ余裕があるみたい」

「ああ、そうだね」

「でも、私、なんとかするわ」

「君が？　何を？」

リラはまっすぐ前を見たまま黙り込んだ。

「まだ時間がかかる。そう簡単にはいかない。疑いが芽生えたり、自信をなくしそうなったりもする。そんなときは、ついお酒に逃げちゃう。そんなことじゃだめだとわかってる。でもね、ちょっとしたきっかけさえあれば……」

「なんだい？　きっかけがあれば、どうなるんだ？」

彼女は、寒そうなようすで、ポーランドを思わせる色合いのショールにくるまった。

「一生のうちに何かをなしとげたいってずっと思ってた。何か大きなこと、ものすごく重要なこと」

夢はまだ匍匐前進を続けていた。

「ああ、君は以前から世界を救いたがっていた」

リラは微笑んだ。

「ううん、それはタッドの方よ。でも、もしかすると……」

ぼくが良く知っている、あのミステリアスで何を内に秘めているのか見抜けないあの雰囲気をリラはまとっていた。かつてタッドが「ガルボ気取り」と評したあの感じだ。

「そう、私が世界を救うかもね」。リラは平然と言った。

あわれだった。リラはかろうじて立っているような状態で、ぼくが手助けしないと車に乗れないようなありさまだ。座席に座らせ、膝の上に毛布をかけてやる。リラは小さなアポリネールの詩集を抱え、唇に笑みを浮かべ、どこか遠くを見るような目のまま、しばらく何も言わずに座っていた。そして、とつぜん、力強くぼくの方を振り返った。ぼくはリラの声が荘厳といってもいいほど真剣だったので驚いてしまった。

「リュド、私を信じていいわよ。もう少しのあいだ、本気で信じてちょうだい。私、きっと、やり遂げてみせるから。私の名前はきっと歴史に残るわ。私のことを誇りに思ってね」

ぼくはリラの額にキスした。

「うんうん、わかった。心配ないよ。めでたしめでたし、二人は結婚して子宝にも恵まれましたとさ」

なんの弁解もできない。《クロ・ジョリ》では、みながリラのことを「ドイツ人と一緒にいる哀れなポーランドのお嬢さん」と呼んでいた。そんなリラの言葉を、ぼくは本気にしなかった。いつもながら夢想家でとらえどころがないと思っただけだった。ぼくは自転車とともに道端で立ち尽くし、遠ざかってゆくベンツを見送っていた。「私の名前はきっと歴史に残るわ。私のことを誇りに思ってね」。あまりにも馬鹿げている。没落した生活のなか、リラは昔、ジャールの屋敷にいたころや、バルト海の辺にいたときよりも、さらに夢に酔わずにはいられなくなっているのだとぼくは思った。地面に落ちてもなお、壊れた夢は弱々しく翼をはためかせ続けていた。ぼくの心にはなんの疑いも、なんの予感も横切らなかった。「理性的」であらねばならないレジスタンス活動の日々がぼくを必然的にそうさせたのかもしれない。ぼくは狂気をなくしかけていた。姿を消した幾多の凧のなかで、ポーランドから来た凧が、「紺碧の極み」を目指して消えていったほかの凧よりも、もっと高く遠くへ昇り、いましも戦争の流れを変えようとしていたなんて思いもしなかったのだ。

38

その後、数カ月のあいだ、リラの姿を見ることはなかった。

一九四二年夏、地下活動は転換期を迎えていた。たった一晩のあいだに、フジュロール・ドゥ・プレシス地方では「悪魔が六回通った」。これは暗号文で、パラシュート降下が六回、とくにプラスター爆弾、バズーカ砲、迫撃砲のことを指す。数時間以内に物資を隠れ家に運ばなければならない。ソヴァーニュでは、ぼくの同級生だったアンドレ・フェルナンが、プラスチック爆弾を六十個身につけたまま捕まった。彼は、銃殺寸前に青酸カリを飲むだけの時間があった。こうした話はあまりにも有名で、有名になりすぎた挙句、いまではすっかり忘れられてしまっている。この辺りでも家宅捜索が続き、ラ・モットにもゲシュタポが来た。誰かが密告したか、ゲシュタポが伯父の性格に敵意を嗅ぎ取ったのだろう。だが、どんなに捜索しても何も出なかった。例えば、ブリュノが匿われていたビュイの隠れ家は、終戦まで見つからずに使われていた。アトリエにやってきたグルーバーは隅に置き放しになっていた古い凧に手をやった。後光を背負い、「私は糾弾する」と書かれたゾラの凧だ〔作家ゾラは、ユダヤ人ドレフュス大尉を有罪とする不当裁判を糾弾したことで知られる〕。だが、グルーバーはこの作家を知らないらしく、「何を糾弾しているのか」と尋ねただけだった。

伯父は答えた。

「ああ、これは、今世紀初めに流行った有名なシャンソンなんですよ。妻が愛人と駆け落ちして、夫が妻の不貞を告発する歌なんです」

「歌手らしく見えないがね」

「でも、いい声で歌ってたんですよ」

クレリの警察署長も直々に、伯父への友情からぼくらを守ってくれた。その顔には笑みが浮かんでいた。というのも、大人しい平和主義者の伯父が反体制運動に加わっているなんて、おかしくてしようがないのだ。

「おい、アンブロワーズ、あいつら、そのうち、おまえさんがロレーヌ勲章の凧でも揚げるんじゃないかと思ってるぞ」

「いや、私はそんな」

「いや、わかってる。わかってるって」

だが、夢想家の評判はあまりよろしくない。夢見ることと反抗精神はどこかで繋がっているのだ。ぼくらはずっと監視されており、当分のあいだ、武器の隠し場所は使えなくなった。その場所は、水肥だめの下、トイレの下の部分にあったのだが、ここ数カ月は水肥だめを空にしないよう気をつけていた。

それなのに、ぼくらにとっていちばん危険だったこの時期に、伯父は考えられないことをしでかした。一九四二年七月末、クレリにも冬季自転車競技場の一斉検挙の話が届いたときのことだ。その晩、ぼくらは《クロ・ジョリ》にいた。古いワインを囲んで、いつものように集まっていたのだ。ドゥプラはしばしばその席に伯父を呼んでいた。書き物が趣味のドゥプラが自作の十二韻律詩を朗読して聞かせることもあった。だが、その晩、ドゥプラはひどく陰鬱な顔をしていた。

「アンブロワーズ、あの話、聞いたか？　冬季自転車競技場の一斉検挙の話だよ」

「一斉検挙？」

「そこにユダヤ人をみんな集めて、ドイツに送ったんだとさ」

伯父は黙っていた。これまでなら凧づくりに没頭することで苦悩をいやしてきた伯父だが、その凧ももはやない。ドゥプラは拳でテーブルを叩いた。

「子供たちまでだぞ。子供たちまでドイツ送りだ。生きて戻ってこれないだろう」

伯父は手にワイングラスをもっていた。伯父の手が震えるのを見たのは後にも先にもこのときだけだ。

「なあ、聞いてくれ、アンブロワーズ。こいつは《クロ・ジョリ》にとっても被害甚大だ。いったいなんの関係があると言うだろうが、すべてはつながってるんだよ。おれのように、フランスの体面を守るために必死になっている人間にとって、こんなことは許せないんだ。わかるか？　子供たちを死に追いやったんだぞ。おい、おれが何を考えているかわかるか。一週間、店を閉める。抗議のためだ。もちろんすぐにまた再開する。そのままずっと閉店したらナチの思うつぼだからな。やつらなんとかしてこの店をつぶそうとしてるんだから。やつらはとにかくフランスが本来の姿を失うところを見たいだけなんだ。でも、店を一週間だけ閉める。決めた。《クロ・ジョリ》の店と、子供をクソドイツ野郎《ボッシュ》に引き渡すことは絶対に相容れないことなんだ」

　ドゥプラの口から「クソドイツ野郎《ボッシュ》」という言葉を聞いたのは。そのときが初めてだった。

　伯父はグラスをテーブルに置き、立ち上がった。顔は色を失い、しわが二倍に増えたかのようだった。ぼくらはきいきい音をたてる自転車をこいで、夜道を帰った。きれいな月が出ていた。家に着くと、ぼくを残し、伯父は無言のままアトリエに入っていった。ぼくは眠れなかった。人びとは自らの保身のためにドイツを、いや、ナチさえも利用しているのだということが、ついにはっきりしたからだ。ずいぶん前からある考えがぼくにつきまとっていた。その後、何度否定しようとしてもできず、そのまま一生、頭のなかから完全に追い払うことができなかったこと。それは、ナチは人間だという考えだ。ナチズムのなかにも人間的な部分がある。それは、まさに彼らの非人間的な部分なのだ。

　ぼくは朝四時にラ・モットを出発した。ロンスに行ってスーパーベールに会い、新しい着陸地を地図で確認しなくてはならない。それに仲間たちに、しばらくはラ・モットに来ないように言っておく必要があった。家を出たとき、アトリエにはまだ灯りがついていた。あれほど下劣な行為が行なわれているときに凧作りに熱中できるなんて、よほどの頑固者だな、とぼくは苦々しく思った。伯父は子供が大好きだった。こんなときにモンテーニュやパスカルの凧を揚げたりしたら、空は怒って凧を突っ返してくるような気がした。

　ぼくが帰宅したのは翌々日の午前十一時ころだった。家まであと数キロのところからは、自転車を引きながら歩いた。両輪とも十回近く応急処置をしてきたのだが、残りの部品も整備が必要だった。ぼくは、通称プチ・パサージュまできていた。いまは、そこにジャン・ヴィゴの追悼碑が建っている。ジャン・ヴィゴは、アメリカのノルマンディー上陸後、武器を持っているところを親独義勇隊に捕まり、その場で銃殺された十六歳の少年だ。ぼくは立ち止まり、煙草に火をつけたが、くわえていた煙草をぽろりと落としてしまった。

ラ・モットの上空に七つの凧が揚がっていたのだ。黄色い七つの凧。ダビデの星の形をした七つの凧。

ぼくは自転車を放り出して走り出した。家の前の草むらには、近所の子供たちに囲まれ、伯父が立っていた。屈辱の七つの星が空に漂うのを見上げている。歯を食いしばり、眉を寄せ、短く切りそろえた銀髪と口ひげのあいだには厳しい表情があった。船体から切り離された船首像のように、老いを感じさせる姿だった。子供たち、男の子が五人、女の子が一人、六人とも顔見知りだ。フォルニエ、ブラン、ボッシ、みんな、真剣な顔をしていた。

ぼくは伯父に囁いた。

「やつらが来るよ」

だが、最初にやってきたのはゲシュタポではなかった。ほんの数人の村人たち。カイヨー、モニエもやってきて、シモン神父が帽子を脱ぐと、他の者も従った。

その日の夕方に伯父は捕らえられ、二週間後に釈放された。助け出してくれたのはマルスラン・ドゥプラだった。こいつら、おかしいんですよ。フルリ家は代々、ちょっとはずれているんです。ここらでは有名なんですよ、とドゥプラはゲシュタポに説明した。遺伝性の異常なんです。昔は「フランス病」って言ってたんですがね。昔からあるもんなんです。こいつらの言動を本気にしちゃいけません。さもないと、それを間に受けることになりますから ね。ドゥプラはあらゆるコネを使った。彼は、オットー・アベッツもフェルナン・ド・ブリノンも知り合いだった。逮捕の翌日、グルーバーのシトロエン車が、兵士の乗ったトラックを従えて家の前で停まった。やつらはすべての凧を手当たり次第、野原に持ち出して火をつけた。グルーバーは背中で手を組み、老いたフランス人の手が愛情をこめて創りあげた作品が燃え上がるのを見つめていた。

ラ・モットの捜索は、いままでになく厳しかった。グルーバーは、ぼくらを敵と認めたのだ。自ら現場に乗り込み、まるで、手に取れるもの、形あるものならば手当たりしだいに壊してやる、といわんばかりの勢いで、あちこちを嗅ぎまわった。

伯父は日曜日に釈放され、ドゥプラに連れられてラ・モットに帰ってきた。すべての凧が煙と消え、空っぽのアトリエを見て、伯父がまず口にしたのは、「また作り始めなくちゃ」だった。

伯父が最初に作ったのは、山を背にした村の風景を描いた凧だった。まわりにフランスの地図が描いてあり、その村の場所がわかるようになっている。

セヴェンヌ山脈〔フランス、中央高地を形成する山脈〕のシャンボン・スゥール・リニョン。伯父はなぜ、この村なのか説明してくれなかった。ただひと言、「シャンボンだ。覚えておけ」と言っただけだった。

ぼくにはわからなかった。なぜ、伯父は一度も行ったことがなさそうなこの村に関心があるのだろう。なぜ、この村を凧にして空に揚げ、得意げな顔で見上げているのだろう。ぼくは何度も聞き出そうとした。だが、伯父からの唯一の返答は「留置所で聞いたんだ」。

驚きはそれだけに留まらなかった。数週間後、歴史シリーズの凧をいくつか作り直すと、伯父はぼくにこの村を離れると宣言した。

「どこに行くの？」

「シャンボンさ。前に言っただろう。セヴェンヌ山脈にあるんだ」

「何を言ってるんだい。どういうこと？　どうしてシャンボンに？　どうしてセヴェンヌ山脈なの？」

伯父は微笑んだ。伯父の顔には、口ひげの本数と同じぐらい皺が増えていた。

「そこには私を必要としている人たちがいる」

夜食をとった後、伯父はぼくを抱きしめた。

「明日の朝、早くに発つ。リュド、あきらめるなよ」

「落ち着きなよ」

「もうすぐ取り戻せるから。あれもこれも許してやらなくちゃな」

伯父はリラのことを言っていたのか、フランスのことを言っていたのだろうか。

翌朝、ぼくが目覚めると伯父はもう出発していた。アトリエのテーブルに置き書きがあった。「リュド、あきらめるなよ」

伯父は自分の道具箱を持って出発していた。

なぜ、シャンボン？　なぜ、アンブロワーズ・フルリはぼくらを残し、道具箱をもって、セヴェンヌのその村に向かったのか。連合軍上陸のほんの数カ月前になってやっと、ぼくはその答えを知った。

シャンボン・スゥール・リニョン村では、アンドレ・トロクメ牧師とその妻マグダのもと、村全体が協力して何百人ものユダヤ人の子供を収容所送りから救ったのだ。四年間、村の全員がそのために結束した。心からの誠実さをこめて、ここに重ねて記す。シャンボン・スゥール・リニョン村とその村民たちだ。今日、こうしたことは忘れられているが、ぼくらフルリ家の人間は記憶力に長けている。だから、ぼくは、ときおり村人たちの名を暗誦してみる。一人残らずだ。心も脳もトレーニングが必要なのだ。

　だが、伯父がシャンボンから写真を送ってきたころ、ぼくはそんなこと何も知らなかった。写真には凧を手に持ち、子供たちに囲まれた伯父の姿が写っており、「ここは大丈夫」と書き添えられていた。しかも、「ここ」には下線が引かれていたっけ。

39

リラの消息は途絶えていたが、ドイツは対ソ戦線から後退していた。ドイツはアフリカでの闘いにも敗れ、レジスタンス運動は「狂気の沙汰」ではなくなった。ようやく理性が感情に重なるようになったのだ。いまでは、ドゥプラもぼくらの秘密集会に参加するようになっていた。それでも政府筋における彼の評価はこれまでになく高く、一九四三年にはクレリ町長就任の話もあったぐらいだ。ドゥプラはそれを断った。

「歴史や永遠に根ざしたものと、政治のように移り変わる不確かなものをごっちゃにするわけにはいかん」

ドゥプラの人柄は、彼の作る料理の素晴らしさだけではなく、彼自身が占領国の人間をも魅了してしまったことにも表れている。彼の学識、雄弁さ、そして人間としての威厳。それも肉体的な存在感だけではなく、最悪に等しい困難な状況のなかでも忠実に自分の仕事をなす、その堂々とした安心感に支えられた威厳。最初のうち彼を「親独者《コラボ》」よばわりした者たちでさえも彼のこうした資質に感嘆していた。とくにドゥプラを敬愛して止まなかったのが、フォン・ティエル将軍だった。ドゥプラとフォン・ティエルのあいだには奇妙な親密さがあった。友情といってもいいほどのものだ。フォン・ティエルがヒトラーを軽蔑していることは有名だった。ある日、彼はシュザンヌに言った。

「マドモワゼル、ヒトラーは自分の成し遂げた作品は千年続くと言ってる。でも、私としては、ドゥプラの方が上だと思うね。ヒトラーの作品は、これほど美味くないからね」

フォン・ティエルの部下の中尉が空軍隊長の到着に際し、こんな言葉を使ったことがある。

「ヘル・ドゥプラ、あなたの料理を知り尽くした人が、フランスはその特性をなすものを何も失っていないかどうか、直々に確かめに参りますよ」

　居合わせたフォン・ティエルは将校を脇に呼び、何ごとかを囁いた。その将校は真っ青になり、直立不動の姿勢でティエルの話を聞いていた。その後、将軍はわざわざドゥプラに詫びを入れたのだった。将軍がドゥプラの肩を抱くようにして、何か話し合いながら《クロ・ジョリ》の小さな庭を散歩しているのを見てぼくは思った。きっとこの二人は、ドゥプラがげんなりした調子でいう事情やら突発事項やらを乗り越える術を知っており、プロシア貴族とフランス料理の天才シェフが対等に向き合える場をみつけたのだ。だが、本当のところ、この二人の傑出した人物が単に互いに尊敬しあっているだけではなく、雑多なものすべてを超え、真に共鳴しあっている、その絆の深さをぼくは理解していなかった。息子のリュシアンから、マルスラン・ドゥプラはみなに内緒でフォン・ティエルにフランス料理を教えている、と聞いたときもそうだ。最初は信じられなかった。

「おい、冗談だろ。フォン・ティエルはいまそれどころじゃないはずだ」

「いや、だからこそじゃないか。見に来いよ」

　ぼくは肩をすくめた。将軍が気晴らしにバイオリンを弾くというのなら、別に驚かない。ドイツ人が音楽の才に長けているというのは実に有名な話だ。占領期のあいだ、そして占領以降は、ドイツは悪、フランスは英雄という単純化した考えが幅をきかせていた。だが、ドイツ軍のもっとも高い階級にある人物が、心の底で敗北の日が近いことを確信したからといって、それを忘れるためにフランス人シェフに高級料理を習うというのは、いわゆるドイツ人の想定範囲を超えるものであった。憎しみは単純化によって強まる。自分たちの知らない世界に対する恐怖を克服しようと、いかにもプロシア臭い顔だの典型的な貴族階級出身者だのと言いたがるのが常だ。

　ぼくはむきになってリュシアン・ドゥプラを問い詰めた。

「本当におまえの親父がそう言ったのか。あの人のことだから、自慢したくてつくり話をしたのかもしれないぞ。あの人らしいじゃないか。『セダン〔仏独国境の激戦地〕やスモレンスクで勝利したあのフォン・ティエル将軍に一から教えてやったのはおれなんだぞ』ってさ」

「本当だって。週に二、三回将軍がうちに来て親父から料理を習ってるんだ。当然、将軍はそれを、負けがこんできたから絶望した、とか敗北主義に陥っている、とか思われたくないようだけど。目玉焼きとオムレツから始めたんだ。なんでそんなに驚くんだよ」

「驚いてなんかいないよ。ぼくらが全員、血を流し、悲惨な状態で苦しんでいるのに、エリートのお二人は、こっちの戦闘をよそに仲良くしてるとはね。力あるドイツには、フランス風の繊細さと優しさが必要なんだ。二人ともすでに将来に備えているんだな。ちくしょう。見てみたいな」

「じゃあ、次には知らせるよ」

その日のうちに、事務室から出たぼくを捕まえ、リュシアンが囁いた。

「今夜、十一時。廊下の扉を半開きにしておく。でも、気をつけてくれよ。二人は本当に仲が良くて、こんなことがばれたら親父はおれをただじゃおかないからな」

ぼくは歩いてやってきた。パラシュート降下の目印になる灯りを探すため、毎晩のように野や森でもドイツ軍のパトロールが行なわれるようになっていたから、用心したのだ。

厨房側の廊下に忍び込んだ。扉は半開きになっていた。靴を脱いで手に持ち、そっと近づくと、中をのぞきこんだ。

フォン・ティエルは上着を脱ぎ、腰にエプロンを巻いていた。フォン・ティエルは相当酔っているようだった。隣にいるマルスラン・ドゥプラは、コック帽をかぶって背筋を伸ばし、堂々としていたが、彼もかなりできあがっている。それもそのはず、テーブルの上には、ポムロール〔ボルドーワインの銘柄〕の空瓶が二本と、かなり量の減ったコニャックの瓶があった。

「おい、ゲオルク、おれの言うことが聞けないなら来なくていいぞ。あんたは天才じゃないんだ。何もかもおれの言う通りにやんなくちゃ、何にもできないんだ」

「でも、ちゃんと暗記したはずなんだよ。カップ一杯半の白ワインに……」

「白ワインはどんなやつだ」

将軍は少々呆気に取られた目をして、黙り込んだ。

「辛口のやつだよ。辛口の白ワイン一杯半！　おいおい、そんなに難しいはずないんだけどな」

「マルスラン、別に辛口じゃなくてもいいだろう」

「本当に美味いノルマンディー風ウサギのファルシを作りたければ、白ワインは辛口のやつじゃないとだめなんだ。他のものを使ったらでたらめなものになる。おい、いま、詰め物のなかに何を入れた？　おい、やめてくれよ。どうしてなんだ。ゲオルク、あんたほどの文化人がどうして……」

「文化が違うんだよ、マルスラン。だからこそお互いが必要なんじゃないか。ウサギのレバーが三つ、焼いたハムが二百グラム、パンの耳が五十グラム、シブレットがカップ一杯」

　海岸を通り過ぎてゆく連合軍の爆撃機の轟音が聞こえていた。

「それだけ？　将軍、気持ちがどこかへ行ってるだろ。スターリングラードあたりにな。四つのスパイスを小さじ一杯入れるって教えたじゃないか。よし、明日やり直しだ」

「失敗するのはこれで三回めだな」

「二兎追う者はなんとやらってやつさ」

　二人とも見事な酔っ払いだった。ぼくは、このとき初めて二人がとてもよく似ていることに気づいた。フォン・ティエルの方が背が低いが、顔が似ている。繊細な顔立ちも、白髪まじりの小さく刈った口ひげもそっくりだ。ドゥプラがうんざりした顔で、まるで凶悪犯を前にしかたのように、ウサギ料理を押し戻した。

「こんなの食えるか」

「ああ、マルスラン、君が装甲車師団の指揮をとっているところを見てみたいもんだね」

　二人はどちらも暗い顔で黙り込んだ。そしてコニャックの瓶に手が伸びる。

「ゲオルク、あとどのくらい続くんだろう」

「さあな。誰かが勝利をおさめる。それだけは確かだ。君のノルマンディー風子ウサギが勝利するよ」

　ぼくは音を立てぬよう気をつけてその場を離れた。

翌日、ノンルマンディー駐在のドイツ軍装甲車師団司令官に、闘志の衰えを示す兆候が見うけられるようになったというメッセージが、ロンドンに向けて発信された。

　犬のチョンはレジスタンスの連絡係といってもいい存在になっていた。飼い主のエステラジ夫人はぼくのいる事務室にチョンを迎えに来るたびに――といっても、ジャン氏やドゥプラ本人が恭しく彼女をエスコートしてきたときは別だが――ゲシュタポの計画を明かしてくれたり、ドイツ軍が大西洋岸で「迎え撃つ」ために進めている準備について教えてくれたりした。何人ものレジスタンス仲間が、彼女の警告によって救われた。リラは両親と一緒にパリに住んでいるが、ユエの近くの別荘をたびたび訪れている、とぼくに教えてくれたのもエステラジ夫人だ。

　間もなく、リラが《クロ・ジョリ》に現れた。いつものようにフォン・ティエルとハンスが一緒だ。彼らは「三人組《トリオ》」と呼ばれていた。「一時に三人組の予約が入ったぞ」とリュシアン・ドゥプラが告げるのだ。ぼくはジャン氏の態度を見て、彼女の来店を知る。ぼくにそのことを告げるとき、ジャン氏は実にすまなそうな顔をするのだ。ああ、あの「お嬢ちゃん」が仲のいいドイツ人と一緒に来ている。かわいそうなリュドはどんなにつらい思いでいるんだろう、という顔だ。だが、実際はそんなことなかった。恋は盲目だと人は言う。だが、ぼくは違った。むしろその逆だ。「三人組」の関係にはよくわからない部分があった。リラがフォン・ティエルの愛人でないことははっきりしていた。ハンスの恋人でもなさそうだ。リラは妙なことを言っていた。「バルト海沿いにある、うちの領地の隣が彼の領地だったでしょ」。ドイツ側の「親戚」について彼女はぼくにそう説明した。ぼくにはこれがロンドンからの極秘メッセージと同じようなものに思えてきたのだ。そう、「鳥たちは今夜再び歌い始める」とか「海に沈んだ聖堂は深夜に鐘を鳴らす」といった類の暗号文だ。プロシア田舎貴族の二人と、いかにも貴族的なポーランド娘のあいだにある種の暗黙の了解が存在することまでは推測できた。だが、それが実際にどんなものなのか、ぼくにはわからなかった。リラが二人のユンカー〔プロシア貴族〕を引き連れて店を出るときに、ちょうどすれ違うこともあった。数カ月ぶりにリラの姿を見て、ぼくは彼女の変貌に驚いた。ぼくに気づいたとき、リラの表情は、勝ち誇ったようなと言ってもいいほど誇らしげで、まるで「リュド、リュド、いまに見てなさい。あなたの思い通りにはならないわよ」とでも言いたげだった。

　翌週、ぼくをすっかり面食らわせ、さらにその印象を強めるようなことがあった。リラが疾風のように事務室に駆け込んできた。辛うじて立ち上がったぼくにリラは抱きついてきた。

「ねえねえ、リュド、どう変わりない？」

　こんなに明るく幸せそうなリラを見るのは数年ぶりだった。

「自分がどう変わったか正確にはわからないけど、まあ、相変わらずだよ。《クロ・ジョリ》の経理を担当して、時間があるときは爪の手入れをする。伯父がいなくなったので、できる限りのことはしてるんだ」

「伯父さま、どこに行ったの？」

「シャンボン・スゥール・リニョン。セヴェンヌ山脈の辺りらしい。そんな地の果てに何しに行ったのかなんて聞かないでくれよ。ぼくにもわからないんだから。そこでは自分を必要としている人がいる。それだけ言って伯父は道具箱をもって出発した」

リラが何かぼくに話したがっていること、でもそれを我慢していることは見てわかった。まるで、自分がこんなに嬉しい理由をぼくが知らないことを哀れんでいるような、彼女の目に宿る皮肉めいた感情にも気づいていた。

「ハンスが東プロシアの参謀本部に赴任することになったの！」

「へえ」

リラは笑った。

「自分には関係ないと思ってるんでしょ」

「それだけは確かだね」

「あら、それは間違いよ、リュド。これはとても重要なことなの。ハンスはなんでも私の言う通りにやってくれるわ」

「そりゃ、そうだろうね」

「大きな作戦を準備してるの。もうすぐわかるわ」

リラはまだ何か言いたそうだった。ぼくはそれ以上聞かない方がいいような気がした。「初めて会ったときから私のことお馬鹿さんだと思ってるでしょう。村の人たちが私のことをなんと言っているか知ってるわ。でも、本気にしないでね」

「本気にしてないよ」

「あなた、私を見くびっているわね」

「いや、でも」

「そのうち、私に頭を下げることになるわよ。ついに、生涯一度のすごいことをやり遂げられそうなの。ねえ、だって、昔から言ってたでしょう」

リラはぼくに大急ぎでキスをして去っていったが、扉のところで振り返り、もう一度勝ち誇ったような眼差しでぼくを見た。

数日後、クレリの駅でリラを見かけた。フォン・ティエルを伴い、車から降りて来たところだった。リラはぼくに手を振ってくれた。ぼくも振りかえした。

40

一九四三年五月八日、夜十時ころ、本を読んでいると外で車の音がした。窓に身を寄せると、青いヘッドライトが見える。エンジン音が止まり、扉を叩く音がした。ぼくはロウソクに火をつけ、扉を開けた。扉の前にはフォン・ティエル将軍がいた。彫りの深い、端正な顔立ちのなかで、鋼灰色と呼ぶにふさわしいグレーの瞳が青ざめ、強張っていた。その首にはダイヤモンドのついた鉄十字勲章がかかっていた。

「ボンソワール、ムッシュー・フルリ。とつぜん、申しわけありません。お話があります」

「どうぞ、お入りください」

フォン・ティエルはぼくの脇を通って部屋に入り、立ち止まると、梁からぶら下がった凧をちらりと見た。

「車のなかにあなたもご存知の人物がいます」

彼は黙り込み、ベンチに腰を下ろすと手を組んだ。

ぼくはじっと待った。ちょうど連合軍の爆撃機が海岸を抜け、ドイツの町へ空爆に向かう時刻だった。

フォン・ティエルはわずかに顔をあげ、海岸線の砲台から響いてくる轟音に耳を傾けた。

「ハンブルクに千二百機の爆撃機が来襲か。あなた方はご満悦でしょうな」

ぼくは軍の高官がいったいなんのために来たのか見当もつかなかった。

「私が連れてきた人物をあなたはご存知のはずです。でも、あなたは彼を友人と思ってるやら、敵と思っているやら。それでも、私はあなたに彼を助けてもらいたいのです」

フォン・ティエルは立ち上がった。足元を見る。

「彼がスペインに脱出するのを手伝ってやってください」

彼の顔にはわずかな笑みがあった。

「あなたが連合軍の飛行士たちを逃がしているようにね」

ぼくは混乱のあまり、否定することすらできなかった。

「あなたにしてみれば、ドイツ人将校の命を救ってやる義理はないでしょう。重々承知しています。リラに言われてあなたに会いに来ました。奇妙に思われるかもしれませんね。でも、ハンスは、そう、彼はあなたと同じようにリラを心から愛しているのです。あなたのライバルということになりますね。ライバルがいなくなれば、あなたにはむしろ好都合かもしれない。ゲシュタポのグルーバーに通報すればすむことです」

フォン・ティエルは軍の階級をつけずにグルーバーの名を呼び捨てにした。

「しかし、同じ女性を愛する者のあいだには……どう言ったらいいのかな、そう、同志といった心意気が存在しないものでしょうか」

フォン・ティエルはそういってぼくをじっと見た。蒼白に近い顔を緩めると、そこには思いがけず人間臭い表情が浮かんでいた。

ぼくは無言だった。

フォン・ティエルは手を挙げた。

「空を行く音が聞こえるでしょう。今夜、いったい何人の子供が命を失うでしょう。いや、それはともかく私が言いたいのは、ただ、まだ若いうちの甥を、息子のように可愛がっている甥を救って欲しい、それだけです。さて、私はもう行かなくてはなりません。私に残されたのは、二十四時間ほどですから。やることがいろいろありましてね。まだお答えを聞いていませんでしたな。ムッシュー・フルリ」

「はい」

「リラは知ってるんですね」

ハンスは軍服姿だった。あたりまえだが、幼年時代、少年時代の出来事は、いまでもしこりを残していた。だから握手はしない。それでも、ぼくは彼を抱きかかえ支えてやらねばならなかった。彼は数歩進んで倒れこんだ。フォン・ティエルの手を借りてハンスをぼくの部屋に運ぶ。

「彼をここにおいておくのは危険だ。あなたの命が危険になる。今夜じゅうにどこか別のところへ連れて行って、隠してください。先ほど申し上げたとおり、時間が……二十四時間ほどしかありません」

フォン・ティエルはぼくに微笑みかけた。

「ドイツ人将校を匿うことで、やましい気もちになるのではないかと案じています」

「それよりも、状況を説明して欲しい」

「もうすぐわかるでしょう。ハンスが説明するでしょうし、どっちみち、明日には私自身がご説明することになると思います。いつもの金曜日と同じようにね」

ぼくがフォン・ティエルを見送って部屋に戻ると、ハンスは眠っていた。眠ってはいても、表情は苦しげなままだった。ときおり顎や唇がひきつるように震える。ぼくは、かつて、その美しさが憎悪をかりたてた彼の顔にしばらく見入っていた。ハンスはロケットを身に着けていた。開けてみると、写真が入っている。リラの写真だ。

午前一時だった。朝五時には日が昇る。柱時計のチクタクいう音を聞いていると、鳥肌がたってきた。ぼくはコーヒーを準備し、ハンスを起こした。ハンスはしばらく呆然としていたが、次の瞬間、飛び起きた。

「ぼくがここにいてはいけない。君が銃殺されてしまう」

「ハンス、何をやったんだ？」

「あとで話す」

コーヒーが入った。ぼくは彼に言った。

「あまり時間がない。三時間ほど歩かなくてはならないんだ」

「どこへ？」

「ヴィエイユ・ソース。覚えているか？」

「もちろん！　あそこで君に殺されかけたよ。あれは、十二か、十三のころだっけ？」

「そんなもんだろ。ハンス、何をやったんだ？」

「ヒトラーを殺そうとした」

やっとのことでぼくの口から出たのは「嘘だろう！」のひと言だけだった。

「ぼくたちはヒトラーの飛行機に爆弾を仕掛けた」

「『ぼくたち』って？」

「爆弾は不良品だった。爆発しなかった。不発弾が見つかってしまった。仲間のうち二人は捕まる寸前に自殺した。残りの連中は自白するだろう。ぼくは自分の飛行機で逃げ、知らせに行こうと……」

ハンスは黙った。

「わかった」

「ああ。なんとかウッシーに着陸することができた。伯父を連れてイギリスに逃げるつもりだった」

体が小刻みに震えたあと、大きく身震いをし、深く息を吸い込んだ。やがて、大笑いがこみあげてきた。ハンスのやつ、将軍をイギリスに連れていって、〈自由フランス〉、いや、〈自由ドイツ〉をつくろうとしたんだ。ロレーヌ勲章をシンボルに使う気だったのかもしれない。

「おいおい、いまは五月だ。六月十八日〔ド・ゴールが一九四〇年六月十八日にドイツへの徹底抗戦を呼びかけたことを指す〕にはまだ一カ月早いよ。君たちドイツ人の夢想ときたら！　夢想のあまり、ゲーテやヘルダーリンのようになるか、何百万の死者を出すか。それも夢の表裏ってわけか。君たちエリート将校は、紳士的にことが片づくとでも思っていたのかい？　紳士協定か？　一九四〇年六月十八日と同じことを四三年にロンドンでやろうっていうのか？　ソ連にびくびくしながら？」

ハンスはうつむいた。

「ぼくたち昔気質の軍人は一九三六年からずっと戦争に反対だったし、ヒトラーにも反対だった」

「で、その後はどうなった。やつを止めるには、すでに遅すぎたというわけか。もうパリに侵攻したし、モスクワにも迫っていたし。まあ、いい。行こう。ヴィエイユ・ソースなら数日間は安全だ。先のことはそれから考えよう。大丈夫か。七キロほど歩くんだが」

「ああ、大丈夫だ」

ぼくは、替えの電池がひとつしか残っていない、貴重な懐中電灯を手にした。ぼくらは外に出た。皮肉なほど星たちが輝き、美しい夜空がひろがっていた。フランス・レジスタンスの活動家が、ド・ゴール派のドイツ人将校のために危険を冒しているなんて。月がまだ明るかったので、懐中電灯は谷の奥を歩くときに使うだけですんだ。子供のころに歩いた道は藪や茨で覆われ、その先にあった泉も年を重ね、もはや窪みから噴き上がるだけの力もなくなっていた。

ぼくらは一人ずつ、苔むした岩壁のあいだに身をすべらせ、行き止まりになっている奥まで進んだ。ヴィグワムはそこにあった。十一年前、伯父に手伝ってもらって創りあげたときのままだ。少し傾いてはいたが、ちゃんと建っている。そこにたどり着き、子供のころに遊んだ小屋の前に立ったとき、そのときようやく、ぼくはリラが事務室でいかにも嬉しそうに、確信をもって囁いたあの言葉を思い出した。「ついに、一生に一度のすごいことをやり遂げられそうなの。ハンスはなんでも私の言う通りにやってくれるわ」。ぼくはハンスを見つめた。リラだ。リラのためにやったんだ。ぼくは屈みこみ、泉の底に残った水を探した。喉が渇いて、しゃべるのがつらかった。

「週に二、三回、食べ物をもってくる。それから、ピレネー越えができるようなんとかする。仲間の了解を得なくてはならないんだ」

土の匂いと湿り気が漂っていた。フクロウがぼくらの頭上で夢を見ている。空が明るくなってきた。

ハンスは上着を脱いで、地面に投げ捨てた。白いワイシャツ姿になると、グロテクの武器室で決闘したとき、ぼくの前に立っていた姿とあまり変わっていないように見えた。

「命を助けてもらった。この恩はいつか返すよ」

「それは彼女が決めることだ」

ぼくらがリラの話をしたのはこのときだけだった。

翌朝十一時、ぼくは経理の仕事についたが、昨夜のことが頭を離れなかった。リラの言葉が一語一句、抑揚まで正確に何度も何度も頭のなかで繰り返し聞こえていた。「私、なんとかするわ……ちょっとしたきっかけさえあれば……ハンスはなんでも私の言う通りにやってくれるわ……一生のうちに何かをなしとげたいってずっと思ってた。何か大きなこと、ものすごく重要なこと……」

ジャン氏が扉を薄く開いた。

「フォン・ティエル将軍から電話があって、今月分の請求書をまとめておいてくれとのことです」

「あ、はい」

——「信じてちょうだい……私の名前はきっと歴史に残るわ」

リラが時間をかけてハンスを説得したのだ。ハンス自身、開戦前から、常に「ドイツ軍の汚名返上」を語っていただけにそう難しくはなかっただろう。フォン・ティエル自身も、ドイツ軍が対ソビエト戦と対イギリス戦を同時に戦い続けるのは不可能であり、このままでは負けると知っていた。だから、ヒトラーさえいなくなれば、まず、アメリカと単独で和平を結び、それからイギリス、そして……。

「五番テーブルのお勘定！」。ジャン氏の声がした。

「あ、はい、すぐに」

「リュド、どうした？　気分でも悪いのかい？」

「いいえ、大丈夫です。なんでもありません」

——「私のことを誇りに思ってね……私の名前はきっと歴史に残るわ」——謀略が失敗に終わった以上、リラの命も危ない。——ハンスはなんでも私の言う通りにやってくれる——二人をスペインに逃がさなくては。そう、二人とも。どうしたらいいだろう。ビュイのところに匿まわれている飛行士二名が数日のうちにバニェールに移動することになっていた。だが、ぼくにはリラがどこにいるのかすらわからないのだ。それに、ハンスを一緒に連れてゆくには、スーバベールの同意が必要だ。スーバにとっては「善い」ドイツ人など存在しない。ドイツ軍の内部で初めて起こった反ヒトラーの密謀について、ロンドンにも急いで知らせておかなくちゃ。

　必死になって知恵を絞っていると、くんくんと鼻を鳴らす音が聞こえた。チョンが足元に座り、尾を振りながら、責めるような目でぼくを見ている。すっかり忘れていた。エステラジ夫人が《クロ・ジョリ》に来たときに、チョンに犬用パテをやるのはぼくの役目なのだ。ぼくは事務室を出て、リュシアン・ドゥプラに声をかけた。

「エステラジ夫人はまだいる？」

「どうした？」

「犬を忘れて帰ったかと思って」

「見てこよう」

　リュシアンが戻ってきて、マダムはまだコーヒーを飲んでいると告げた。ぼくは厨房に寄り、肉の載った皿をとってきて犬にやった。入口の廊下を横切ったときに、フォン・ティエルの車が入口に停まるのが見えた。運転手がドアを開け、将軍が降りて来た。フォン・ティエルの顔は緊張していたが、上機嫌そうであり、誰かの挨拶に応えながら足早に階段を昇って来た。ドゥプラはその日の朝、将軍自筆のメッセージを受け取っていた。彼はフランス解放後、このメッセージ・カードを大切なゲスト・ブックに貼りつけた。「親愛なるマルスランへ。別天地へ赴くことになりましたので、本日金曜日午後二時に《クロ・ジョリ》でお別れの食事をしたいと思います」

　ぼくは、ただ、フォン・ティエルが店に来る以上、ゲシュタポはまだヒトラー暗殺未遂の件を知らないのだなと思った。せいぜい二十四時間だと彼は言っていた。あと数時間のうちにリラを探し出さなくてはならない。だが、きっとハンスかフォン・ティエルが、すでに彼女のために手を打っているはずだ。

　しばらくして、エステラジ夫人が事務室にやってきた。彼女は犬を抱きあげた。

「ごめんねえ。もう少しでおまえを忘れて帰るところだったわ」

　エステラジ夫人はぼくの前に丸めた紙を置いた。広げてみると、リラの筆跡だった。「もうちょっとでうまくいったのに。愛している。さようなら」

　エステラジ夫人はライターを出し、その紙に火をつけた。残ったのはわずかな灰だけだ。

「リラはどこに?」

「知らない。フォン・ティエルが昨日の夜、パリに出発させている。自分の車で駅まで送って深夜の列車に乗せていたよ。馬鹿だね」

「でも、この手紙は」

彼女はいらいらしたようすで手袋を引っぱった。

「手紙がどうしたって?」

「どうやって、あなたの手に?」

「ああ、昨晩、オテル・デ・セールでちょっとしたパーティーがあったんだよ。下級将校が民間人や秘書たちを招いてご馳走したのさ。司令官たちも勢揃いしていた。フォン・ティエル将軍も少しだけ顔を出していたね。あの娘はたくさん飲んで、たくさん踊ってたわ。それから、うちの娘にあんた宛ての手紙を預けた。笑いながら渡したって。恋文みたいね。恋文だろうとなんだろうと開封させてもらったよ。こういうご時世だからね。あんたはついてる。もし、あの娘が別の人間にこの手紙を預けていたらどうなったやら」

「じゃあ、もう知ってるってこと?」

「ゲシュタポは今朝九時からもう知ってるよ。百パーセント、アーリア人の私のいいひと、本名はイジドール・レフコヴィッツっていうんだけどね、彼が私に知らせてきたのがお昼の十二時。やつらがまだフォン・ティエルに手を出さないのは、事件を表沙汰にしたくないからだ。なにしろ、スモレンスクで勝利をおさめた英雄だからね。話が大きくなっちまう。面子を守りながら、ベルリンに向かわせるよう命令が出てるのさ」

「でも、将軍はまだここに」

「長くはいられまいよ」

彼女はチョンの鼻先に頬を摺り寄せた。

「おいで、チョンや。おまえのママはまた正気を失っているね。何か馬鹿なことを始めちゃったみたいだね」

彼女はぼくにきびしい目を向けた。

「あの娘のことはどうしようもないよ。落ち着きなさい。他の連中にも同じように言っておきなさい。厄介なことになるよ」

エステラジ侯爵夫人はぼくに背を向け、微笑んだ。

スーパベールに会おうと事務室を飛び出しかけたところへ、ジャン氏がやってきてフォン・ティエル将軍がぼくと話したがっていると告げた。

「サロン・エド……」

ジャン氏は言いかけて思い出したようだ。かつて急進的社会主義者のトップの指定席だった「サロン・エドゥアール・エリオ」は、その名を失っていた。だが、ドゥプラは、頑として他の名で呼ぶことを拒否してきた。ただエリオの名を記したプレートをはずし、引き出しの横に置いただけだった。ドゥプラは言っていた。

「先のことはわからん。また使うかもしれん」

　レストランはパリや地元の有力者であふれていた。ロトンドもギャラリーも満席だ。不幸な時代が続くなか、人びとは慈悲や宗教に回帰し、金曜日の小斎〔金曜日は肉を避け、質素な食事をとるカトリックの習慣〕を行なうのが流行っていた。マルスラン・ドゥプラは、多くの人が肉を避ける金曜日に客が減らないように、極限まで細やかな気遣いを見せ、腕をふるって魚料理のスペシャル・メニューを創りあげた。名を失ったサロンは二階にあり、そこに行くには、気取った客であふれかえっているサロン・ロトンドを横切らなくてはならなかった。そんなことをするのは初めてだった。裏方のぼくが客の前に出れば、かならずドゥプラからみっともない格好でうろちょろするなと叱られるのがおちだからだ。

　ぼくが行くと、フォン・ティエルはテーブルについていた。真っ青な顔のドゥプラがナプキンを腕にかけ、自分が最高と思うワイン、一九二三年のシャトー・ラヴィルの栓を抜いているところだった。こんなに動揺しているドゥプラを見るのは初めてだった。彼がこれほどもてなしに心を尽くすのは、何か心の奥底で揺り動かされるものがあったからに違いない。きっと、フォン・ティエルはドゥプラに彼の「異動」が本当は何を意味しているのか明かしていたのだろう。ドゥプラはときおり、窓の外に目をやっていた。通路にはゲシュタポの車が二台停まっており、そのうち一台はグルーバー専用の黒のシトロエンだった。フォン・ティエルは言った。

「マルスラン、心配ないよ。あれは今朝九時半からずっと私についてまわっているんだ。ベルリンに異動命令が出た。飛行機が待っているからそれに乗らなくては。総統は腹立たしい話が広まるのはなんであれ避けたいのさ。なにしろ、フォン・ケイテル将軍が私を指令本部に任命したのだって、昇級だからね。でも、たぶん、テンペルホーフ空港〔ベルリンにあった国際空港〕に到着する前に飛行機事故にあうだろう。乗務員の命なんて考えない人たちだからね。私に直接協力した三人も同じ飛行機に乗ることになっている。ただし、ナチの優等生シュテッカーは同乗しないから、彼はこれからもこの店のいいお客になるといいな。でも、彼らの思うままにはなるまい。空軍ではすでにパイロットが足りなくなっているのに、まったく罪のない乗務員を巻き込むのはいやなんだ。それに、ゲームに乗るつもりはない。協力したくないといってもいい。うやむやにされたくない。ヒトラー伍長は自分が戦略の天才だと思いこみ、ドイツ軍を敗北に導いた。だからこそ、私は自分の『謀反』を仲間たちに知ってほしい。自慢に聞こえるかもしれないが、私が軍において高い評判を得た人間だからこそ、責任ある立場にいる同僚たちは私の考えを理解し、多くが私の遺志をついでくれるだろう。これは、彼らへの警告なのだ。だからこそ、隠蔽されては意味がない。でも、もっと明るい話をしようか」

　彼はシャトー・ラヴィルの一九二三年を味わった。

「素晴らしい！　フランスの精髄だな」

「ほたて貝の煮込み、イシビラメのマスタード焼きをご用意しました。ご存知のように、いつものメニューです。そうと知っていたら……」

　マルスラン・ドゥプラの声は震えていた。

「ああ、もちろん、知らなくて当然だよ。自分だって、まさかこうなるとは。ねえ、われわれの失敗は、なんて言うんでしたっけ。そう、下々の者を信用しなかったことにあるんです。私たちは上官だけでことを進め、エリート将校のあいだにとどまりつづけた。そこらの下士官や弾薬を管理する伍長には自分たちの考えを打ち明けなかった。それが間違いだった。もっと……下っぱのという言い方は失礼ですな副次的な仕事を担う階級の方々に協力を仰いでいれば、爆弾の調整もきちんと行なわれ、その効力を正しく発揮することができたでしょう。それなのに、私たちは自分たちだけでやろうとした。古い階級社会の名残りですよ。私たちの仕掛けた爆弾は……民主性を欠いていた。兵卒が足りなかったってことです」

　数カ月後、ぼくはフォン・ティエルのこの言葉を思い出すことになる。一九四四年七月二十日、別のエリート将校シュタウフェンベルク大佐がアタッシュケースに爆弾を入れてラステンブルクのヒトラーの指令本部に持ち込み、その爆発で総統がかなりのショックを受けたと聞いたとき、ああ、またか、またもや貴族軍人に足らなかったのは、どこにでもいそうな弾薬担当伍長の存在だったのかと思った。弾薬担当の伍長なら、もっと威力の強い爆弾を用意できただろうに。その爆弾には民衆の心が足りなかったのだ。

フォン・ティエルはイシビラメのマスタード焼きを食べ終えた。ぼくの方を向いて、話し始める。

「で、フルリ君、どうなってる?」

「うまくいってます。いまのところ。ちゃんと隠してあります……」

ぼくは一瞬躊躇したあと、生まれて初めてドイツ人に対して「将軍殿《モン・ジェネラル》」とつけ加えた。フォン・ティエルは親しみのこもった目でぼくを見た。通じたのだ。「マドモワゼル・ブロニカはパリにいる。安全な場所にいる。もっとも、彼女がご両親に会いにいくといった危険をしでかさなければ、の話だが。彼女はああいう性格ですから、ね」

「将軍、お願いです……」

フォン・ティエルは頷き、ポケットから手帖を出すと住所と電話番号を書きつけた。そのままページを破り、ぼくに差し出した。

「彼らをスペインに行かせてやってください。二人ともですよ」

「わかりました。将軍殿」

ぼくはその紙片をポケットに入れた。

ゲオルク・フォン・ティエルはさらに帆立貝の煮込みを味わい、最後に店の名物である酸っぱいリンゴのスフレとコーヒー、ブランデーで締めくくった。


「ああ、フランスだな!」

そのつぶやきには皮肉が感じられた。

ドゥプラは泣いていた。ドゥプラは震える手で本物のハバナ産葉巻の箱を差し出したが、フォン・ティエルはそれを手で制して断った。やがて将軍は時計を見て、立ち上がった。将軍は断固とした声で告げた。

「さて、お二人とも、私を一人にしていただきたい」

まず、ドゥプラが先にサロンを出て、そのままトイレに駆け込んだ。顔を洗うためだ。フォン・ティエルが最後を遂げる前に涙顔をゲシュタポに見られでもしたら、言いわけの余地もない。

ぼくが腕にチョンを抱え、自転車に跨ろうとしたそのとき、銃声が響いた。ほんの一瞬だが、グルーバーの部下たちが車から飛び出し、レストランに飛び込んで行くのが見えた。

マルスラン・ドゥプラは、壁に顔を向けて寝転んだまま一日じゅう起きてこなかった。夕方、ディナーの営業を始める前に彼はとんでもない言葉を口にした。ぼくには、それが単なる言い間違いか、最大の賛辞なのかわからなかった。彼はこう言ったのだ。

「立派なフランス人を亡くしたものだ」

41

ぼくは片腕にペキニーズ犬を抱え、もう片方でハンドルを握り、必死になって自転車を走らせた。ようやく屋敷の入口につき、自転車から降りたとたん、膝から力が抜け、目がくらみ、へたりこんでしまったほどだ。もちろん、興奮と不安のせいもあったと思う。なにしろ、フォン・ティエルが「安全な場所」だと言っており、そこの住所がいま、ぼくのポケットに入っているとはいえ、ぼくにはどうすればリラがゲシュタポから、そして占領国の言いなりになっているフランス警察から逃れられるか、思いつかなかったのだ。ぼくは、しばらくその場で泣き崩れてしまった。チョンがぼくの顔や手を舐めてくれる。ようやく気を取り直すと、チョンを抱き上げ、玄関ポーチの三段の階段を昇った。呼び鈴を鳴らすと、九カ月前にロンドンから新しい送受信装置とともに赴任した「お手伝いさん」のオデット・ラニエが出てくるはずだった。だが、その日、扉を開けたのは料理人の女性だった。

「あら、チョン。おかえり。さあ、おいで」

女は手を伸ばしてチョンを抱き取ろうとする。ぼくは呼吸を整えながら言った。

「エステラジ夫人にお話ししたいのですが。この犬、病気なんです。吐いてばっかりいるので、獣医に連れていったのですが……」

「あら、どうぞ」

マダム・ジュリーは娘と一緒にサロンにいた。娘の方にはクレリで二、三回会ったことがあった。彼女は「秘書」業の傍ら、フォン・ティエルの部下であるシュテッカー大佐の愛人として巷では有名だった。黒髪の美人で、その目は母親の目のもつ計り知れない深さを受け継いでいるようだ。娘の声が聞こえてきた。

「ヘルマンは前からフォン・ティエルを疑っていたのよ。ヘルマンに言わせると、フォン・ティエルは退廃的《デカタン》で、耐えがたいほどのフランスびいきに加えて、ヒトラーに対して不謹慎な発言もあるってことらしいわ。ヘルマンはフォン・ティエルについて逐一ベルリンに報告していた。噂が本当なら、彼は昇級するはずよ」

「祖国を裏切るなんてとんでもないわね」

サロンには彼女たちしかいなかった。会話はぼくに聞かせるためのものであることは明らかだった。つまり、とにかく疑うことこそ生き延びるための要と信じるマダム・ジュリーは、ぼくに不用意なことを口走るなと警告しているのだ。誰かがすぐ隣の部屋でドアに耳を寄せているかもしれない。そうでなくても、母娘は落ち着かないようすだった。マダム・ジュリーの手は心なしか震えているように見えた。

「あらあら、また、《クロ・ジョリ》に置き去りにしちゃったのね。さあ、これを」

彼女はピアノの上のハンドバッグを取った。ピアノの上には見覚えのあるサイン入り写真がずらりと並んでいる。隅にあるホルティ提督の写真には喪章がついている。一九四二年にソ連戦線で息子のイシュトヴァン・ホルティが亡くなって以来、その死を悼んでいるのだ。

彼女はぼくに十フラン札を差し出した。

「さあ。どうもご苦労さま」

「マダム、この犬は、だいぶ具合が悪そうです。獣医に連れていきました。治療について聞いてきたので、お話ししておきたいのです。急を要するようで……」

「じゃあ、私はオフィスに戻るわ」

娘の方があわてて言った。

マダム・ジュリーは娘を玄関まで見送った。外を一瞥し、ぼくを「尾行」してきたものがいないか確認したにちがいない。扉を閉め、鍵をかけてから戻ってきた。

ぼくについて来いと合図する。

ぼくらは寝室に移った。小さな物音でも聞こえるように、ドアは大きく開けておく。戦争の始まる前、フランスに、この老女のような生き延びるための強い意志があったら、いまのようにはならなかったはずなのに。

「さあ、早く。どうしたっていうの?」

「フォン・ティエルが自殺した」

「それだけ？　自殺も当然のことでしょう。あれだけの無能ぶりをさらせばね」

「フォン・ティエルがぼくにリラの住所と電話番号をくれた。彼は安全な場所だって言ってたけど……」

「見せて」

彼女はぼくの手から紙片を奪うと、住所に目を通した。

「これが安全な場所だって？　愛人の家じゃないか」

ぼくの顔色が変わったのだろう。マダム・ジュリーは言葉を和らげた。

「リラのことじゃないよ。フォン・ティエルは女好きだからね。パリではけっこう遊んでいた。最後はミロメニル通りの売春宿、ファビエンヌのところにいた娼婦だったね。彼女はオワゾーの修道院育ちだったからマナーを心得ている。やつは娼婦だと気づいていなかったんだ。ゲシュタポはきっとその場所を知ってるよ。上官たちの私生活はすべてお見通しだし、フォン・ティエルは前からずっと見張られていたんだ。疑う余地はないよ。もしあの娘が本当にそこにいるなら」

「もうだめだってこと？」

マダム・ジュリーは何も言わなかった。

「なんとか知らせられないかな。電話番号はわかっているんだし」

「冗談じゃないよ。まさか、ここから電話させてくれなんて言うんじゃないだろうね。やつらは電話局に手をまわして、誰がいつどこへ電話をしたか全部調べられているんだよ」

「マダム・ジュリー、助けてください！」

彼女はしゃがみこむとチョンを抱き上げ、ぼくのほうを憎々しげに見つめながら、犬を抱きしめた。

「まさか、あたしがあんたにほろりときちゃうとわねえ。ああ、年のせいだわ」

ジュリーは考え込んだ。

「安全に電話できるところがひとつだけあるわ。ゲシュタポからかけるのよ。お待ち。あ、もうひとつある。グルーバーの副官、アーノルドの家なら大丈夫」

「でも……」

「やつはそこに同性の恋人と住んでる。前にも話したわね。クレリのシャン通り十四番地、三階の右側。やつらは専用回線をもっているから、通信記録が残らない。行きなさい。ちょうどいいわ。彼に薬を届けるのを忘れていた。まあ、忘れたというのは言葉の綾で、このところ、彼がちょっとつれなかったものだからね、フランシスのやつ」

「フランシス？」

「フランシス・ドゥプレ。イシドール・レフコヴィッツとは似ても似つかない名前だろう？　ちょっとお待ち」

彼女は棚の引き出しを探り、注射器を二本もってきた。

「もう一週間になるから、のたうちまわっているわね。かわいそうに。でも、いい教訓になったでしょ」

ぼくは注射器を手に取った。

「彼は糖尿病なの。これはインシュリン注射よ」

「モルヒネでしょう」

「何言ってるんだい。彼はもう四年も恐怖のなかで生きてきたんだ。そもそも、ずっと前から居場所がなくてね。彼に言ってちょうだい。もう忘れたりしないって。あんたの方が私を忘れない限りね。で、電話を使わせてもらいな」

マダム・ジュリーは足を広げてソファに腰を下ろした。チョンを膝に乗せる。

「リュド、ポケットのなかのものをよこしなさい」

「なんのこと？」

「青酸カリのカプセル。もし身をまさぐられてそんなものが出てきたら、自白したも同然じゃないか。身体検査されただけで青酸カリを呑むわけにゃいかないだろう。いつだって、切り抜けるチャンスはあるもんだよ」

ぼくはベッドサイドのテーブルにカプセルを置いた。

マダム・ジュリーは急に夢見るような目つきになった。

「ここまできたら、もうすぐだよ。待ち遠しくて夜も眠れないほどさ。最後の最後になって捕まるなんて馬鹿の極みだからね」

マダム・ジュリーはそっと金色のトカゲのブローチを撫でた。

「もうだめだという状況になったら、ここを離れて、ニースかカンヌあたりで胸に黄色い星をつけてドイツ軍に出頭するさ。当然、問答無用で収容所送りになるが、数カ月は持ちこたえられるだろう。そうすれば、アメリカ軍がやってくる。西部劇でもそうだろう、いつだって最後に騎兵隊がやってくるんだ」

彼女は笑い、歌って見せた。

「ヤンキー・ドゥードゥル・ドゥードゥル・ダンディだっけ。まあ、そんなもんさ。ドイツ人だってもうわかっている。どうやら、パ・ド・カレの辺りらしい。そこにいて見届けたいもんだね。だから、あんたも、たとえ捕まったとしても……」

「安心してください。自殺するぐらいなら、拷問されて死にますよ」

「誰でも口ではそう言うけどどね。どうなることやら。さあ、行きな」

その四十五分後、ぼくはシャン通り十四番地についた。自転車は百メートルほど手前に乗り捨てて三階まで駆け上がった。あわてふためくあまり、ぼくは初めて記憶がおぼつかなくなった。さて、右のドアだっけ、左だったっけ？　マダム・ジュリーとの会話を一語一語辿りなおして、ようやく「二階の右側」だと思い出した。呼び鈴を鳴らす。

扉を開けたのは、タンゴの踊り手を思わせる、なかなかの美男でひ弱そうな若者だった。だが、その顔色はくすみ、大きく不安げな目の下には隈ができている。男はパジャマ姿で胸元には小さな十字架のついたチェーンが見えた。

「フランシス・ドゥプレさん？」

「ああ、そうだ。なんの用だ？」

「エステラジ伯爵夫人の紹介で来ました。薬を届けに来たんですけど」

彼の顔が輝いた。

「助かった……一週間ぶり、いやもっとかな。あの女、おれのことを忘れてたんだな。さあ、出してくれ」

「マダム、いえ、あのエステラジ伯爵夫人から言われて、ここから電話をかけさせて欲しいんです」

「どうぞどうぞ、電話はあそこ、寝室にある。さあ、早く薬を」

「ぼくはドイツ語ができないんです。あなたが交換手に話してくれないと困ります」

男は電話にとびつき、番号を告げるとぼくに受話器を渡した。ぼくがモルヒネのアンプルを二本渡すと、男は浴室に駆け込んで閉じこもった。

一分後、受話器の向こうからリラの声が聞こえた。

「もしもし……」

「ぼくだ」

「リュド！　でも、どうして？」

「そこにいちゃいけない。すぐにそこを離れるんだ」

「どうして？　何があったの？　ゲオルクに言われて……」

ぼくはやっとのことでしゃべっていた。

「すぐにそこを離れて。そこはもう目をつけられている。いつやつらが来てもおかしくない」

「でも、どこへ行ったらいいの？　パパたちのところ？」

「だめだめ、それはもっと危ない。待って」

十人ほどの仲間の名前や住所が頭をめぐっていた。だが、誰をとっても、符丁の打ち合わせもなしに見知らぬ女性を匿ってくれそうな者はいない。リラはすでに監視されているかもしれない。ぼくは、少しでも危険が少ない方法を選んだ。

「お金はある？」

「ええ。ゲオルクがくれたわ」

「すぐにそこを出て。荷物はみんな置いて行くんだ。一秒も無駄にしないで。ロラン通り十四番地のヨーロッパ・ホテルに部屋をとるんだ。コントルスカルプ広場の近くだよ。今夜じゅうに誰かを迎えに行かせる。アルベルティーヌさんですか、って言われたら、ロドリーグさんですね、って答えるんだ。(24)言ってみて」

「アルベルティーヌ、ロドリーグ。でも、そんなふうにここを出るなんて無理よ。画集がたくさんあるの」

ぼくは声をはりあげた。

「ぜんぶ置いてくんだ。逃げろ。もう一度言ってみて」

「アルベルティーヌ、ロドリーグ。リュド……」

「逃げろ！」

「あとちょっとだったのに」

「逃げろってば！」

「愛してるわ」

ぼくは受話器を置いた。

ぼくはもう肉体的にも精神的にも限界だった。乱れたベッドにそのまま崩れ落ちる。ぼくが身を横たえたとたん、浴室からフランシス・ドゥプレが出てきた。ほんの数分で同じ人間がこうまで変わるものかとぼくは目を疑った。男は幸福感と落ち着きを湛えていた。物憂げなまつげに囲まれた目からは恐怖がすっかり消え去っていた。ぼくの足のすぐ横で、ベッドに腰を下ろし、親しげに微笑む。

「どうだい。うまくいったかい」

「うん」

「エステラジってのはすげえ女だな」

「ああ、すごい人だ」

「彼女は昔から母親みたいな人なんだ。聞いただろ、ぼくは糖尿でインシュリンがないと……」

「うん、わかるよ」

「それに、インシュリンにもいろいろあってさ、あの人が手に入れてくれるやつが最高なんだ。シャンパンでもいっぱいどうだい？」

　ぼくは立ち上がった。

「すみません、急いでいるので」

「残念だな。せっかくいい感じなのに。また会えるといいな。じゃあ、また」

「じゃあ、また」

「あの人におれのことを忘れないでくれって言っておいてよ。三日ごとにかならず必要なんだ」

「伝えておきます。でも、あなた自身、あのひとのことをちょっとばかり忘れていたんじゃないですか」

　彼は軽く笑った。


「たしかにそうだ。もうしないよ。もっと密に連絡するように心がける」

　ぼくは階段でわれに返った。

　その後何時間もかかって、ようやくパリにいる〈ロドリーグ〉に連絡を取り、ロラン通り十四番地のヨーロッパ・ホテルに行き、アルベルティーヌを訪ねて欲しいと頼んだ。

　翌日の夕方になって返答があった。ヨーロッパ・ホテルにアルベルティーヌはいなかった。土曜日から日曜にかけてまる一日、仲間のラランドがフォン・ティエルのくれた電話番号にかけ続けてくれた。だが、電話には誰も出ない。

　リラは姿を消した。

42

数日間、ヴィエイユ・ソースには行けなかった。そこらじゅうが上を下にの大騒ぎだった。謀反を起こした将校を探して数千人もの兵士が野を駆けずり回っていた。ぼくはぼくでリラの痕跡を求め、熱心に動き回ったが、結果は空しいものだった。危険を承知で仲間がシャゼル通りを訪れ、近隣の人に消息を聞いてまわってくれたが、誰からも相手にされずに終わった。唯一、角のビストロ店主の記憶によると、警察の車が向かいの六十七番地にやってきたのを見たが、何も見つからずにそのまま帰っていたとのことだった。ドゥプラのもっていた書類のなかからパリのブロニキ一家の住所もみつけた。リラがドゥプラに渡したものに違いない。だが、リラの両親ももうその住所にはいなかった。

ぼくはきっと一家揃ってどこか田舎の方、確かな友人宅にでも避難することができたのだと思うことにした。もともとブロニキ家は、フランスの上流階級に知り合いも少なくない。「たとえ上陸してきても、英米軍は即座に海にかなぐり捨てられるであろう」とヴィシーのラジオ放送は繰り返していたけれど、最近はこれまで慎重に距離を置いていた人たちのなかからも、最後の最後にレジスタンスに身を投じる者が現われはじめていた。だから、大丈夫だ。

そう思うことにして、ぼくはひと息ついた。リラの身に何かあれば、クレリのゲシュタポにもすぐに連絡が入るだろうし、そうなれば〈フランシス・ドゥプレ〉が、彼にとって「昔から母親がわり」である人物、マダム・ジュリーに知らせるはずだ。そのマダム・ジュリー、すなわちエステラジ夫人はグレーのドレスに身を包み、先程、堂々とした姿で

《クロ・ジョリ》に入ってくるのを見かけたが、ぼくの横をちらりとも見ずに素通りし、犬も連れてきていなかった。つまり、ぼくに伝えることはなにもないということ。新しい情報はないということだ。

一日過ぎるごとにぼくはリラが安全な場所にいるという確信を強めた。ぼくのこうした思い込みが本当かどうかは、わからない。大事なのは、そう考えれば絶望しなくてすむということだ。今度はハンスをなんとかしなくてはならない。まずはもっと安全な隠れ家を探し、次にほかの兵士を逃がす機会を待って、それに同行させ、スペインに送り出してやらねばならない。ぼくはスーバベールの家を訪ねた。コードネーム〈ヘラクレス〉ことスーバベールは非常に不機嫌だった。

「ドイツ野郎がこれほどしつこくあちこち嗅ぎまわるなんていままでなかったぜ。その造反将校とやらが見つかるまでこっちも動けない。このままじゃ、とんでもないことになる。ヴァリエールにある武器の隠し場所が二箇所も発見されちまったし、ソリエ兄弟のうちの一人と妹も連れて行かれた。こうなったら、その造反将校を見つけ出して、やつらに突き出してやるしかないな」

ぼくは息が詰った。

「それはだめだ。スーバ」

「どうして？」

「その将校だってレジスタンスの同志じゃないか。やつらはヒトラーを殺そうとしたんだ」

スーバベールは思い切り眉を吊り上げた。

「それはスターリングラードで負けてからだろ。再びヒトラー支持に転じないという保証はない。将軍どもはドイツが負けそうなのに気づいて、ヒトラーから離れて保身に走ったんだ。言っておくがな、フルリ。やつらがしくじって好都合だったんだ。もし、やつらがヒトラー暗殺に成功していたら、もしくは、やつらがこの先成功するとしたら、アメリカ軍はやつらと取引してドイツ軍の兵器を手に入れ、ソ連を出し抜こうとするだろう。本当だぜ」

「でも、さすがに君もゲシュタポに協力しようとは思わないだろう？」

「おい、おれは守るべき秘密の武器倉庫を四箇所抱えている。圧搾機もあるし、ラジオも五台ある。ドイツ野郎が昼夜を問わず捜索を続ける限り、パラシュート降下の物資も受け取れない。そいつのせいでおれたちがどれだけ迷惑してることか。そいつが生き延びるか、おれたちが生き延びるかって問題なのさ。指令を出した。そいつを見つけろとな。おまえも探せよ。ここらの地理はおまえがいちばん精通している」

　ぼくは何も答えず、立ち去った。少し作業をしようとして凧を組み立てかけたが、凧の形さえ思いつかない。ぼくは青い紙を手にしたまま呆然としていた。スーバの言う通りだった。ゲシュタポがハンスを捉えない限り、レジスタンスの活動はすべて停止したままだ。だが、それでもぼくが彼を裏切れないことも確かだった。午前十一時、扉をノックする音がして、スーバがマショウとロディエを連れてやってきた。

「そこらじゅう捜索してる。もう動けない。おい、おまえ、幼なじみをどこに隠したんだ？　そのハンス・フォン・シュウェッドは、毎年ヴァカンスにここに来てたんだろ？　おまえ、仲が良かったそうじゃないか。おい、白状しろよ」

「風呂のなかを探すなら、そこだよ、スーバ。拷問にかけられたら話すかな、どうかな。前からそんな状況になったらって想像してたんだ」

「おい、ドイツ人将校ひとりのためにすべてが水の泡になってもいいのかよ」

「そんなつもりはないよ。ぼくに十二時間くれ」

「十二時間だけだぞ」


　ぼくは夜まで待たずに出かけた。昼間のうちにヴィエイユ・ソースに行けば、誰かに尾行されてもすぐにわかる。ぼくはハンスのために民間人の服を用意していたが、それも要らなくなってしまった。ハンスは岩の上に座り、上着を脱いで本を読んでいた。いったいどこから本をもってきたのだろうと考え、彼がいつもポケットに同じ本を入れていたことを思い出した。ハイネの詩集だ。

　ぼくは隣に腰を下ろした。ぼくはきっとひどい顔をしていたのだろう。ハンスは微笑み、ページをめくって読みあげた。

　なじかは知らねど　心わびて
　昔の伝説は　そぞろ身にしむ[25]

　そして、彼は笑いながらつけ加えた。

「訳はどうでもいい。でも、ヴェルレーヌにも似たような詩があるんだよ」

　涙ぐむ　過ぎし日の　思い出や[26]

　ハンスは本を横に置いた。

「で、どうなった？」

彼は真剣な顔で、ときおり小さくうなずきながら、ぼくの話を聞いた。

「彼らの言うことは正しい。事情はよくわかったと伝えてくれ」

ハンスは立ち上がった。彼の姿を見るのはこれが最後だとぼくにはわかっていた。そして、ぼくが、〈恋敵〉の顔を縁取るこの初夏の光を一生忘れないだろうということも。忌々しい記憶だ。澄み切って、やさしげで、自然界がいつになく生命力にあふれて見えるような、春の名残りの実に美しい日だった。

「できたら暗くなる前にここへぼくを探しに来るように言っておいてくれないかな。心配なのは……衛生上のことでね。この辺りは野生動物が多いから」

彼は話すのをやめ、待っていた。ぼくは彼のまなざしに不安げな色が浮かぶのを初めて見た。彼はあえて何も聞こうとしなかった。

ぼくは彼に嘘をついたのか、自分に嘘をついたのかもわからぬまま口走っていた。

「この時間なら、リラはもうスペインにいるはずだ。安心してくれ」

ハンスの顔が輝いた。

「ふう。これで少しは安心できるな」

ぼくは彼を残して立ち去った。ぼくたちは最後まで子供時代にこだわり続けた。ぼくたちは最後まで握手しなかった。

翌日、スーパがぼくにハイネの詩集とリラの写真が入ったロケットを届けてくれた。残りは警察にもっていったという。マウーの息子がヴィエイユ・ソースと呼ばれる谷間を歩いていたら遺体にけつまずいた、と警察には説明したそうだ。マウーの息子はすずらんの花を摘みにいくところだった、と。

43

　しばらくして、伯父の消息を届けてくれたのもスーバだった。日曜日、スーバは誰かに見られたらまずいことを承知のうえで、制服姿で訪ねてきた。スーバ憧れのフランス軍の正式な制服、「正真正銘の」軍服だ。彼は予備役であり、ぼくらにもそれをさんざん吹聴していたが、自分の階級については触れなかった。きっと、心ひそかに将来の昇級を狙っていたのだろう。ベレー帽、軍靴、軍袴にカーキ色のジャンパー。でっぷりした体格に、いつもの仏頂面。占領されたときの怒りが顔に刻まれ、そのままずっとこの仏頂面なのだ。重たげに腰を下ろしたスーバは、荒っぽい声でなんの前置きもなく宣言した。

「ブッヒェンヴァルトにいるらしい」

　当時、ぼくは強制収容所についてほとんど何も知らなかった。「強制収容」という言葉がもつ本当の恐ろしさがわかっていなかったのだ。でも、ぼくは伯父がセヴェンヌでのんびり暮らしているとばかり思っていたので、そのショックは大きかった。スーバがぼくの方をちらりと見て立ち上がった。気がつくと、ぼくの前にはカルバドスの瓶があり、ぼくはグラスを握っていた。

「おい、しっかりしろ」

「でも、どうして、そんなとこに？」

　ぼくの問いかけにスーバは暗い声で答えた。

「ユダヤ人のためだ。ユダヤ人の子供のためらしい。セヴェンヌのある村では、村人全員が協力してユダヤ人の子を助けているらしいんだ。名前は忘れたが。ユグノーの村だ。ユダヤ人狩りはあちこちで行なわれている。だから、みんなその村にやってくる。いまもどんどん逃げてきているらしい。なあ、わかるだろ。子供たちがユダヤ人であろうとなかろうと、おまえの伯父さんは早速、子供たちのために身を捧げたんだ。凧をもって、すべてを投げ出してさ」

「すべてを投げ出して」

「ああ、すべてを」

スーバは自分の頭に手をやった。

「いまのご時世、誰だって正気じゃいられない。他人のために自分を犠牲にするなんざ、正気でできることじゃない。だって、フランスが解放されたところで、生きてそれを見られるかどうかすらわかんないんだぜ。でも、おれは違う。頭のなかの問題じゃないんだ」

スーバは腹に手をやった。

「臓物のなかからくるもんなのさ。だからどうしようもない。もし頭で考えてどうにかなることなら、おれだってドゥプラみたいに器用に振る舞うよ。で、伯父さんは収容所送りになった。リヨンからスイス国境に抜ける途中で捕まったんだ」

「子供たちと一緒に?」

「知らねえよ。詳しいことを聞きたきゃ、そっから来たやつに紹介する。さ、行こうぜ、案内するからさ」

ぼくは鼻で泣きながら、スーバの後ろを自転車でついていった。涙はどうやっても出てくる。我慢しようとしても無駄だ。

クロにあるカフェ・ノルマンで、スーバは待たせてあったテリエ氏をぼくに引き合わせた。テリエ氏は空襲に乗じて死んだドイツ兵の制服に身を包み、「ドイツ語をマスターしていたおかげで」逃げおおせたのだそうだ。「アンリ四世高校〔パリにある名門高校〕でゲーテの言葉を教えていたからね」と彼は言った。「収容所生活」という呼び方も妙だったが、そこでの生活について語った後、彼はどんなにつらいときでも伯父はけっして絶望に負けなかったと教えてくれた。

「たしかに、最初のうちは良かったんだよ」

「良かったって?」

テリエは伯父の「幸運」について説明してくれた。収容所の監視員のなかに、クレリのあたりで占領軍とともに一年過ごしたことがある者がおり、ドイツ人たちが伯父の凧を見学に行ったり、しばしば故郷への土産に凧を購入したりしていたのを覚えていた。収容所長はその技術を利用しようと思いつき、必要な材料と道具を与えた。そして、伯父に凧を作れと命じたのだ。最初のうちはSSが、その作品を持ちかえり、自分の子供や友人の子供にやっていた。やがて、彼らはこれで商売をしようと思い立つ。ついには、伯父のもとに何人もの作業助手がつくことになった。かくして、人びとは屈辱にまみれた収容所の空に明るい色の凧が舞い上がる姿を目にするようになった。その彩りは、アンブロワーズ・フルリの尽きざる希望と信頼を表しているかのようだった。テリエ氏によると、伯父は記憶を頼りに作業していたが、何度もつくったラブレーやモンテーニュの顔を再現することができたようだ。だが、いちばん人気があったのは、絵本の挿絵を模した単純な形のもので、ナチは創作の参考にと絵本や童話の全集まで伯父に与えたそうだ。

「私たちはアンブロワーズじいさんのことが大好きだった。たしかにちょっと変わっていたけど。まあ、変人とは言わないまでもね。だって、そうでもなければ、あの年齢で、あの誰もが栄養失調で腹を減らしているときに、あんなに明るく幸せそうな色や形や表情なんて作れないよ。絶望できない人だったね。死んで楽になりたいと思っていたやつらは、彼に魂の力を見せつけられて、侮辱されたように感じる者もいたし、疑念を抱く者さえいた。収容所の縞模様の制服を着て、形のないものにすがって生きている人間のくずに囲まれながらも、糸を操っている毅然とした姿が目に焼きついてる。一生忘れられないな。糸の先では、火葬場やおれたちを拷問するやつらを見下ろして、帆船の形をした凧が白い二十枚の帆をはためかしているんだ。ときおり糸が切れて凧が地平線の向こうに消えてゆくことがあって、私たちは希望をこめて見送ったもんだよ。数カ月のあいだに三百個ぐらいは作っていたと思う。さっきも言ったけれど、収容所長がもってきた童話を題材にしたやつをね。それがいちばん人気があったんだ。でも、そのあとがまずかった。人間の皮でランプ・シェードを作るって話はまだ聞いたことがないかい。そのうち、耳に入るだろう。イルゼ・コッホ[27]という化け物がいてね。女性収容所の看守なんだが、死んだユダヤ人の皮膚でランプ・シェードを作らせたんだ。おい、そんな顔するなよ。理解できる話じゃないんだ。この先、どれだけたくさんの証拠が見つかったって、きっと理解できない。ジャン・ムーランかエスティエンヌ・オルヴみたいな英雄[28]が言えば信じてもらえるのだろうけれど。で、とにかくイルゼ・コッホがそれを思いついた。彼女はアンブロワーズ・フルリに人間の皮膚で凧を作るよう依頼した。刺青の入ったきれいなやつがあったんだとさ。もちろん彼は断った。イルゼは彼をじっと見て、こう言った。『よく考えなさい』。彼女はいつも持ち歩いている鞭を片手に去っていった。君の伯父さんはその背を見送った。きっとあの女は凧が彼にとってどんなものだかわかっていたんだ。だからこそ、希望を捨てない男の精魂を打ちのめしてやろうと思い立ったんだと思う。一晩じゅうかかって私たちは君の伯父さんを説得しようとした。皮膚はもう人間に貼りついているわけじゃない。どっちみちそいつはもう死んじゃってるんだってね。でも、彼にはどうしようもなかった。『あいつらをそんな目に合わせるなんて私にはできない』って何度も言ってたよ。『あいつら』が誰を指すのか口に出さなくても、みんなわかっていた。彼にとって、凧とはなんだったのか、私にはわからない。でも、何かけっして失わない希望のようなものだったのかもしれない」

テリエ氏は当惑し、口をつぐんだ。スーパが急に立ち上がり、カウンター越しに店主としゃべりだした。ぼくにはわかった。

「伯父は殺されたんですね」

「いや、ちがう。それだけは確かだ」。テリエ氏はあわててぼくをとりなそうとした。「別の収容所に移送されただけなんだ」

「どこへ」

「ポーランドのオシフィエンチム」

当時、ぼくはオシフィエンチムが、ドイツ語読みの名で世界じゅうに知られる都市になるなんて思いもしなかった。オシフィエンチムのドイツ語名はアウシュビッツという。

44

ここ二カ月ほど、リラは再びぼくのレジスタンス活動についてまわるようになっていた。ぼくはあまり眠らなかった。わざとそうしていた。ひりひりと神経が昂ぶっているときのほうが、リラの幻影が現われやすいからだ。ほとんど毎晩のようにぼくは彼女を呼び出すことができた。

「リュド、いいタイミングで連絡をくれて助かったわ。幸い、ゲオルクが通行証を用意してくれてあったの。おかげで逃げることができた。私も両親も一緒に。まず、スペインに逃げて、それからポルトガルに入ったの」

ぼくは週に二、三回クレリの町立図書館に行って、少しでもリラを身近に感じようとした。地図帳の上にかがみこみ、リラに同行する気分で、行程を指でたどる。ポルトガルのエストリル、そしてコルク樫の森で有名なアルガロの片田舎。

「リュド、あなたも来なさいよ。ここはいいところよ」

「手紙くらい書いてくれよ。ぼくに話しかけたりなだめたりするくせに、ひとたび姿を消したら、なんの消息もないんだから。大丈夫かい？　馬鹿なことはやってないだろうね」

「馬鹿なこと？　もうさんざんやってるわ」

「『生きるためには仕方なかったの。家族を救うために』だろ？」

リラの声が険しくなる。

「あら、まだこだわっているのね。心の底では私を一生許せないでいるのね」

「そうじゃないよ。また同じようなことにならないといいなと思っている本当の理由はね……」

リラの声にからかいが混じる。

「私がそういう生活に慣れてしまうのが心配だからでしょう?」

「慣れることより、君が絶望してしまうことのほうが怖いんだ」

「私のことが恥ずかしくなるってことね」

「ちがうよ、ぼくは自分が人間であることを恥ずかし思うときがある。やつらと同じ手、同じ頭をもっていることがね」

「やつらって?　ドイツ人のこと?」

「やつらであり、ぼくらでもある。あるがままの姿の人間をじっと見据えて、『彼に罪はない』と思えるようになるには、伯父のアンブロワーズ・フルリの凧を心から信じるしかない。ジョンベを拷問で殺したのは、人間じゃない。先週、人質になっていた六人の共産党員が銃弾に倒れたとき、銃殺の命令を下したのは人間じゃない」

　リラの声が遠ざかる。

「何が言いたいの?　生きるためには仕方ないの。家族を救うためには。わかる?　リュド、あなたにわかる?」

　ぼくは起き上がって懐中電灯を手にすると、中庭を横切り、アトリエに向かった。彼らは全員そこにいた。いつも同じ顔ぶれだ。だが、いつも一からやり直さなくてはならなかった。ぼくは二十回ほど作り直さねばならなかった。ジャン＝ジャック・ルソー、モンテーニュ、さらにはドン・キホーテまで。知られていないが、ドン・キホーテこそ偉大なる現実主義者《リアリスト》だ。彼が表面上見慣れた平和な世界にありながら、自分のまわりに忌まわしいドラゴンや怪物の姿を見ていたのは、ありのままの世界を見ていただけのことなのだ。怪物たちは変わり身がうまく、虫も殺せぬ勇敢な人間に化けている。この通りのいい文句のために翅をもがれて犠牲になった虫たちの数は、人類の誕生以来、すでに何億という単位に達しているはずだ。

　随分前からドイツ人に対する憎しみは跡形もなく消え去っていた。もしナチズムが非人間的な怪物のなすものではないとしたら?　それがもし人間の本性だとしたら?　ぼくらの奥底にあり、隠し、押し殺し、ごまかし、否定し、潜めてもなお、最後には浮かび上がってきてしまう人間の本質が露呈したものだとしたら?　ドイツ人が悪い。たしかに、いまはドイツ人が悪い。でも、それは歴史のなかでの役回りというだけではないか。戦争が終わり、ひとたびドイツが負け、ナチたちが逃げ、もしくは闇に葬られたら、ヨーロッパで、アジアで、アフリカで、アメリカでまた別の者たちが同じことを繰り返すのではないか。ロンドンから戻った活動家仲間が、フランス人外交官ルイ・ロシェの詩を刻んだ表示板を持ち帰った[29]。戦後について語った詩句だ。この二行はぼくの記憶に焼きついて離れない。

　もうすぐたくさんの人が殺される。
　母さんが言うんだから間違いない。

懐中電灯をつける。凧はいつもどおりそこにあった。だが、凧を揚げることは相変わらず禁止されていた。人の頭の高さまで。それ以上はだめ、というのが規則だ。当局は空に凧が浮かぶことを恐れていた。レジスタンスの暗号や通信文、標識や合図に使われることを恐れていたのだ。子供たちの遊びでも、糸の先に凧をぶらさげ、引いて走るのがせいぜいだ。空を目指すことは禁じられている。ジャン＝ジャック・ルソーやモンテーニュが地表ぎりぎりを漂い、地面を這いずりまわる姿を見るのは辛かった。いつかこの凧たちが、再び自由に空高く舞い上がり、紺碧の極みを目指して去ってゆく日が来るだろう。そうなったら、凧たちは再びぼくらを勇気づけ、ぼくらの身代わりになって天に消えるのだ。凧には本来、ただ美しいという以外に存在理由などないのかもしれない。

ぼくはどんなときでも立ち直ってきた。単に保守的な本能のためかもしれない。フルリ家の狂気がそれだけのものなのか、それとも何か神聖な意味をもつのかなんて、どうでもいい。大事なのは、信じて行動することだ。他に生き延びる方法はない。「わかる？　リュド、あなたにわかる？」。ぼくは涙をぬぐい、作業を続けた。

子供たちが数人、いまでもアトリエを手伝いに来ていた。ラ・モットはクレリから五キロほど離れているので、親は知らずにいるらしい。でも、靴に気をつけないとばれてしまうのだ。ぼくらは凧を創りあげ、将来のためにとっておいた。

やがて、ある朝、ぼくはエステラジ夫人からメッセージを受け取った。彼女はとつぜんの死にうちのめされながらも、《クロ・ジョリ》に通い続けていた。チョンが死んだのだ。エステラジ夫人は、まだ目を赤くしたまま、そのことをぼくに直接告げに来た。ハンカチで鼻を噛みながら言う。

「ダックスフントを飼おうと思うの。このままじゃいられないよ」

一九四四年五月十二日だった。ランチ営業の最中に事務室の扉が開き、フランシス・ドゥプレが現われた。肉づきのよい肩といい、ポマードで固められた髪、不自然に長いまつげといい、乱痴気騒ぎの直後のようで、血液のなかには相当量の「薬」がまわっているらしく、実に元気そうだった。ここしばらくゲシュタポが明らかに神経を尖らせ、危険が増しているだけに、マダム・ジュリーは彼のことを「忘れない」ようにしているのだろう。彼女はいままでになく〈百パーセントアーリア人〉の彼を必要としていたし、彼の側でもマダム・ジュリーを邪険に扱うわけにはいかなくなっていた。これほどまでに絶対的かつ悲劇的な共依存なんて、他にはありえないだろう。

「やあ、元気かい」

フランシスはぼくの机に腰を下ろした。

「気をつけたほうがいいぜ。このあいだ名前がずらりと並んだリストを見かけたんだ。バツ印がついているやつもいたが、君の名前の横にはただ疑問符がついているだけだった。気をつけなよ」

ぼくは無言のままだった。彼は足をぶらぶらさせていた。

「ぼくだって、自分がどうなるか不安なんだよ。ぼくと同棲しているアーノルド司令官は、近いうちにドイツに異動になる。彼がいなくなったら、ぼくはどうなってしまうんだろう」

「じゃあ、ドイツについて行けば？」

「そんなことできるかな」

「司令官ならできるだろ」

そんな軽口を叩くべきではなかった。ふと見ると、イジドール・レフコヴィッツは蒼白になっていた。

「すみませんでした。ドゥプレさん」

「気にするなよ。ただ、あの人がもう君に知らせてあるのかなって思ってさ」

「いえ、聞いてませんでした。ぼくの名前の横に疑問符……覚えはないんだけど」

「すべては、ことを成す思考に対し、いかなる立場の視点を抱くかによって左右させられる」

ぼくは彼の言葉を継いだ。

「なぜなら、もっとも先見的で用心深い人間でさえも、ある一定の要求に従わざるを得ず、その要求が必要不可欠にならないためには、それが重要なものでなくてはならない」

ぼくらは笑い出した。高校生なら誰でも知っている他愛ないレトリックの遊びだ。

「ジャンソン゠ド゠セイ〔パリの名門高校〕で、一年生のときにやったなあ。ずいぶん、昔のことのように思えるよ」

彼は声をひそめた。

「あの人が会いたがっている。午後三時にジャールの屋敷の前だってさ」

「なんであそこなんだい？　家じゃなくて？」

「買い物に行くはずだから、その途中で会いたいんだろ。それに……」

彼はマニキュアを塗った爪を見つめた。

「いったいどうしちゃったのかはわからないけど、あのグルーバーのやつ、完全に箍《たが》がはずれちまったみたいだ。おととい、ついに伯爵夫人のヴィラを家宅捜索したんだぜ」

「ええっ」。ぼくは心臓が止まりそうになった。

メイドとして働くオデット・ラニエは、送受信機は大丈夫だったろうか。

「ひどいだろう。もちろん、形だけのことさ。ぼくが先に知らせておいたし。状況は悪化している。はっきりとね。もうすぐ連合軍が上陸するという噂さえある。ぼくのフランツ……、あ、アーノルド司令官のことだけど、彼はひどく心配している。英米軍が攻めてきたら、きっと海に投げ込まれるだろうね。まあ、希望は捨てないでおこう」

「ああ、希望がなくちゃね」

ぼくらはしばらく目を合わせたままだった。やがて彼は立ち去った。

午後一時半だった。ぼくはすぐに事務室を出て、約束の一時間前には屋敷跡についた。かつてノルマンディー風トルコ建築だったブロニキ家の跡は草がはびこり、まるで、何か芸術的な意趣をこらして、廃墟のなかに据え置かれているかのような、妙に出来すぎの感があった。

ガソリンがなくなって、一昔前に逆戻りしていることはわかっていたが、ジュリー・エスピノザが、フェートン〔無蓋の軽四輪馬車〕の後部座席に乗って現われたのには、さすがに驚いてしまった。御者は青い制服にオペラハットをかぶっている。彼女はロシア風の何段にもなった髷をつけ、堂々とした足取りで馬車から降りて来た。胸を船首のように突き出し、後ろは船尾のようになっている、ベルエポックの絵葉書でしか見たことがないようなゲピエールのドレスだ。意志的な顔立ちには、いつもよりさらに確固たるものが感じられ、手には青いゴロワーズの箱、口には煙草がくわえられている。まるでトゥルーズ・ロートレック描くラ・グリュと貴婦人と消防士をごちゃまぜにしたような姿だ。ぼくはただただ呆気にとられて見ているばかりだった。エステラジ夫人は、いらいらしたときの特徴である怒気を含んだ口調で説明した。

「一九〇〇年風のガーデン・パーティをやるんだよ。あのくそグルーバーのやつ、私を疑い始めたらしい。こうなったら先を見越しておかないと。何が起こっているのかはわからない。指令ではクリグスピール〔ドイツ語で〈戦闘〉〕という言葉だったらしいが、はるか遠くまでのすべてのドイツ軍幹部が、全員ここに集められている。昨日からオテル・デ・セールに集まっているんだよ。私ははったりかまして、全員をご招待したわけさ。フォン・クルーゲもいるし、ロンメルもいる。フォン・クルーゲは、若いころ、ブダペストの大使館つき武官だったんだ。夫のこともよく知っている」

「じゃあ……」

「じゃあ、なんだって言うんだよ。当時はまだ結婚してなかったとか、同じエステラジでも従兄弟のことだとか、まあ、話の流れ次第だね。そんなことあいつが調べさせると思うかい。彼は私に花を贈ってきたよ。二〇年代のブダペストか。古き良き時代だった。二九年にはブダペストで一、二を争う売春宿でやりて婆だったからね。必要な名前はみんな知ってるよ」

　エステラジ夫人はヒールで煙草をもみ消した。

「グルーバーの一件は危機一髪だった。でも、フランシスが知らせてくれた。オデットとあの送受信機が見つかっていたら……」

　彼女は手刀を首に当てて見せた。

「で、どこに隠したんです？」

「オデットはそのまま。私のメイドだからね。証明書の類は全部正式なやつが揃っている。でも、送受信機の方は……」

「まさか、そこらに放り出したんじゃないでしょうね」

「助役のラヴィーニュのところに預けたわ」

「ラヴィーニュ！　馬鹿じゃないですか。あいつは親独派《コラボ》で有名なんですよ」

「だからこそ、だよ。やつはいまになって、根っからのレジスタンスだって証明したがっているのさ」

　エステラジ夫人は哀れむような微笑を浮かべた。

「リュド、あんたはまだ世間がわかってないね。いや、そもそも一生わかんないだろう。それでいいのさ。そういうのも必要なのさ。凧名人の伯父さんのアンブロワーズや、あんたみたいな人間がいなかったら……」

「そういえば、あなたが何度も言ったじゃないですか。銃殺になる人間の眼差しをもっているって。いまは一九四四年、ぼくはけっこううまく切り抜けたつもりですよ」

ぼくの声はかすれていた。ぼくはけっして絶望しないひとりの人間のことを思っていた。

「ブッヒェンヴァルトにいるんだって。聞いたよ」

マダム・ジュリーの声は優しかった。

ぼくは黙っていた。

「心配ないよ、帰ってくるさ」

「あなたの友人のフォン・クルーゲが逃がしてくれるとでも？」

「きっと帰ってくる。そんな気がするんだ。帰ってきてもらわなきゃ」

「あなたはたしかにちょっと魔女めいたところがあるけど、優しい妖精でも存在しない限り……」

「きっと帰ってくる。感覚でわかるんだって。見ててごらん」

「あなたにしてもぼくにしても、結果が出るまで生き延びることができるかどうか」

「私もあんたも大丈夫さ。そうそう、グルーバーは何も見つけられなかったし、結局謝ってきたほどなんだよ。どうもオテル・デ・セールに集まっているお偉方のせいらしいね。念のため、いつもは調べないところまで、調べざるを得なかったみたいだ。まあ、実際そうだからね。いいものがいろいろ隠してある。わかるかい？」

「ええ。ロンドンに知らせます。でも、とりあえずぼくたちは動けません。オテル・デ・セールは警備が厳しすぎて無理です。そんなこと頼むためにぼくを呼んだんですか。だめです。装備が足りません」

「しばらくじっとしているのは正しいよ。私自身、引っ込むことも考えたんだ。ロワレで蟄居する手筈も整えた。でも、残ることにしたよ。なんとかもつだろう。いま唯一胸クソ悪い思いをしているのは……」

結局、彼女も不安なのだろう。その証拠に昔の言葉づかいに戻ってしまっていた。

「唯一胸クソ悪い思いをしているのは、あいつのことだよ」

マダム・ジュリーは首の動きで制服姿の御者を指した。手綱と鞭を手に座席に腰を下ろし、ぼうっとした顔でまばたきを繰り返している。

「あの馬鹿、フランス語がまったくできないんだよ」

「イギリス人？」

「イギリス人ならましだよ。カナダ人なんだ。あのクソ野郎はフランス嫌いでね」

「フランス語を話さないだけでしょう」

「あんたのお仲間が昨日の夜にドイツ軍の軍服を着せて私んとこに連れてきたんだよ。一晩だけだよ、それ以上は無理だと言ったんだがね。もう三週間もあちこち渡り歩いているんだと。この馬車と御者がガーデンパーティーのためだってことにして、やつを連れ出すことができたってわけさ。でも、どこに匿ってやろうかねえ」

彼女はカナダ人に向かって考え深げな目線を送った。

「ちょっとばかり早すぎたね。たぶん夏、いや九月くらいなら良かったんだけど。さもなくば、高く売り渡すしかないよ。もうすぐ金を出しても買いたがるやつが出るよ。そのうち隠れている連合軍の飛行士を高く買うやつらも現われる。あんたもわかっているだろう」

「その格好でぼくになんの用ですか」

「まあ、そんなに急ぎなさんな」

「いいですか、マダム・ジュリー」

「マダム・ジュリーはやめろってあれほど何度も言ったじゃないか。伯爵夫人だよ！」

兵隊のような荒っぽい声だった。

激しい怒りのあまり、薄いひげのような柔毛が震えている。ホルモンも逆流するんだな、どうしてそんなことが起こるんだろう、とぼくは場違いなことを思った。だが、その瞬間、確かな理由は何もないのだが、マダム・ジュリーが怒ったのは、困惑や不安の兆候であり、彼女がぼくを呼び出したのは別の理由、何かリラに関することがあってのことなのだと思い当たった。

「どうして、ぼくを呼び出したんですか、マダム・ジュリー。ぼくに言いたいことがあるんでしょう、なんですか」

彼女はぼくからわざと視線をそらしたまま、手のひらのなかで煙草に火をつけた。

「あんたにいい知らせがあるんだよ。あのポーランドのお嬢ちゃんは無事でいる」

ぼくは何か衝撃的なものが迫っているのを感じ、身を強張らせた。マダム・ジュリーの性格はよくわかっている。ぼくが傷つかないように気を使ってくれているんだ。

「フォン・ティエルの自殺のあと、一度は当局に捕まった。苦しんだろうよ。そのせいでちょっと体調を崩したかもしれない。やつらはあの娘が計画を知っていたのかどうか知りたがった。あの娘はフォン・ティエルの愛人だと思われていたからね。とんでもない話だよ」

「そのことなら気にしてません」

「で、結局、あの娘は釈放された」

「それから?」

「それから、どうなったかはよく知らない。まったくわからない。ただ、あの娘には母親と、あのくそ親父がいてさ、生活に困って……つまり……」

マダム・ジュリーはぼくと目をあわそうとせず、本当に言いづらそうだった。マダム・ジュリーはぼくのことを本気で心配してくれているのだ。

「で、あの娘、私の友だち、ファビエンヌのところにいるんだよ」

「ミロメニル通りの?」

「ええ、そう、ミロメニル通りだっけ? ファビエンヌはあの娘が街をさまよっているのをみつけてさ」

「客引き中にね」

〈わかる? リュド、あなたにわかる? 生き延びるためには仕方なかったの。家族を救うために〉

「そんなんじゃないよ。何考えてるんだろうね、まったく。単に、路頭をさまよっているところを見かねてファビエンヌが自分の家に連れて行ったってだけだよ」

「たしかに、高級売春宿のほうが路上生活よりましだろうね」

「リュド、よくお聞き。ナチどもはユダヤ人の死体から石鹸をつくろうとしている。そんなときに純潔なんか求めたって仕方ないだろ。ねえ、知ってるかい、シャンソニエのマルティニはね、劇場を埋めるドイツ人を前にして、舞台に出て行った。ナチの敬礼ふうに腕を高くあげてね。ドイツ人たちは大喝采だ。で、マルティニはさらに高く腕を挙げてこう言ったのさ。『ここまでどっぷりクソに浸かってます!』ってね。そういう時代に小さなことにこだわるんじゃないよ。それにファビエンヌが私に連絡してきたのは、あのお嬢ちゃんが娼館にはなじめないからなんだ。娼婦ってのはね、仕事なんだ。才能が必要なんだよ。最高の娼婦ってのは、誰でもなれるもんじゃないんだ。で、ファビエンヌは私にどうしたらいいか相談してきた。だからあんたが行って、家に連れて来ておやりよ。ほら、金はもってきた。迎えに行って、ここで一緒に暮らすんだ。やさしくしておやり。もうすんだことさ。白か黒かなんてどうでもいい。人間なんて誰だって、どっちつかずの灰色なのさ。さて、じゃあ、私はガーデン・パーティーに行こうかね。娼婦としてこれ以上ないものを全員呼び寄せたよ。なんとか生き残らないとね。ああ、こいつをどうにかしておくれよ。今度戦争があったら、それまでにカナダ人にもフランス語を覚えてもらいたいもんだね。さもなきゃ、私をあてにしないでほしいよ」

マダム・ジュリーは御者席の青年を降ろすと、スカートをたくしあげ、自分がその席に納まった。彼女が手綱と鞭を手にすると、馬車は早足で立ち去り、売春宿のやりて婆さんのジュリー・エスピノザを、エステラジ伯爵夫人のガーデン・パーティーへと運んでいった。ぼくはカナダ人兵士を屋敷跡の小サロンの残骸に隠すと、スーバベールに連絡を取り、カナダ人の世話を頼み、パリ行きに必要な書類を至急用意してもらうことにした。

45

ミロメニル通りにあるマダム・ファビエンヌの高級娼館ラ・フェリアには行かずにすんだ。ぼくはそれを少々残念に思っている。「貞節なんて気にしてない」ことを証明するいい機会だと自負していたからだ。五月十四日、ぼくは子供たちとアトリエにいた。子供たちは今もぼくを手伝いにやってきて、いつかナチが敗北し、再び大空に凧をあげられるようになる日に備えて凧を作っていた。そのとき、扉が開き、リラが現われた。ぼくは立ち上がり、両腕を広げて駆け寄った。

「ああ、びっくりさせてくれるなあ」

光を失い、精彩を失い、艶のない髪の上には、彼女が苦難のなかでも大事に守りぬいたベレー帽があり、そこだけは過去が微笑みかけているかのようだった。一点を見つめたまま大きく開かれた目、土気色のやせこけた顔に、頬骨だけがとがり、そのすべてが助けを求めていた。だが、ぼくを戸惑わせたのは、彼女のみじめな状態ではなく、彼女がぼくを見る目に浮かんだ心配そうに問い掛ける表情だった。リラは怖いのだ。ぼくが彼女を追い出すのではないかと恐れていたのだ。何か話そうとしているのだろう。唇が震える。それ以上、言葉が出ない。ぼくが胸のなかに抱きしめても、彼女はまるで信じられないとでもいうように、動こうともせず、身を強張らせたままだった。ぼくは子供たちを帰し、暖炉に火を入れた。リラは手を握り合わせたままベンチに座り、足元を見ていた。ぼくも話しかけようとはしない。熱が部屋を暖めるにまかせた。思いは自然と伝わる。沈黙が伝えてくれる。力の限り伝えてくれる。沈黙こそ真の友、忠実な友なのだ。そのとき扉が開き、ジャノ・カイヨーが入ってきた。何か緊急のメッセージか、実行すべき指令を携えて来たに違いない。だが、ジャノはぎょっとした顔をすると何も言わず、そのまま立ち去った。ようやくリラが口にした言葉は、「私の本、取りに行かなくちゃ」だった。

「なんの本？　どこにあるんだい」

「スーツケースのなか。重すぎて、駅に置いて来たの。手荷物預かり所もなかったし」

「明日、取りに行ってくるよ。心配いらない」

「リュド、お願い。いますぐ必要なの。私にとってはとても大切なものなの」

ぼくは外に飛び出し、ジャノに追いついた。

「彼女を頼む。どこにも行くな」

ぼくは自転車に跨った。一時間かかって駅につくと、隅に大きなスーツケースがあった。スーツケースを持ち上げたとたん、鍵が壊れて、ぼくはしばし呆然としてしまった。地面に広がったのは、ドイツ絵画の最盛期の作品、ミュンヘンのピナコテーク、印象派、ギリシャ遺跡、ルネッサンス、ヴェネチア派、印象派、ベラスケス、ゴヤ、ジオット、グレコの全作品集だった。ぼくはなんとかすべてを拾い集め、自転車の上に載せて、押しながら徒歩で帰るはめになった。

リラはぼくが家を出たときとまったく同じ格好、毛皮つきのコートにベレー帽をかぶったままでベンチに座っていた。ジャノが手を握っていた。ジャノは心のこもった握手をした後、去っていった。ぼくはベンチの前にスーツケースを置き、開けて見せた。

「ほら、見てごらん、欠けてないだろ。ぜんぶ揃っているよ。自分で確かめてもいいよ。一枚もなくなってないからね」

「試験のために必要なの。九月にソルボンヌに入るの。美術史を勉強してるって言ったでしょ」

「ああ、わかってる」

リラは屈みこみ、ベラスケスの作品を手にとった。

「簡単なことじゃないわ。でも、きっとなんとかする」

「もちろんだよ」

リラは、グレコの上にベラスケスを置き、嬉しそうに微笑んだ。

「ぜんぶ揃ってるわ。表現派以外はね。ナチに燃やされちゃったの」

「ああ、ひどいことをするやつらだ」

リラはしばらく沈黙した後、小さな小さな声で尋ねた。

「リュド、どうして、こんなことになったのかしら。私……」

「ああ、それは、まず、左わき腹を無防備にしないで、マジノ戦線を海まで延長すべきだったんだ。それから、ライン河周辺地域を占領された時点ですぐに行動を起こすべきだったのに、何もしなかった。それにくわえて、将軍たちは馬鹿揃いだったし、ド・ゴールに注目するのが遅すぎた。だから、こうなったのさ」

リラの唇に微笑みの影が浮かび、ぼくはフルリ家の面目を保った。

「そういうことじゃないの。どうして私はこうなってしまったのか……」

「そういうことだよ。爆発が起こると、いつだって破片が飛び散るもんさ。宇宙だってそうやってできたって言うじゃないか。爆発があって、破片が飛び散った。銀河系も、太陽系も、地球も、君やぼくも。さあ、鶏肉と野菜のポタージュができたはずだ。おいで。食べよう」

リラはテーブルについてもコートを脱がなかった。彼女には鎧が必要だったのだ。

「すごく美味しいルバーブのタルトがあるんだ。《クロ・ジョリ》からもらってきたばかりだよ」

リラの顔に少しだけ光がさした。

「《クロ・ジョリ》……マルスランは元気かしら」

「あの人はすごいよ。このあいだも、名言を吐いたんだ。パティシエのルジャンドルが愚痴っていてさ、もう何もかもなくなってしまった、アメリカ軍が勝利しても、もうフランスが本来の姿を取り戻すことはないだろうって言ったんだ。それを聞いてマルスランが怒った。『おれの厨房でフランスを見捨てるような発言は許せん』ってさ」

リラはまだ何か思いつめた目をしていた。膝の上で手を重ね、背筋を伸ばしたままだ。暖炉のなかでは火が長く伸びていた。

「猫が足りないだろ。グリモーが老衰で死んだんだ。また、猫を飼おうかと思ってる」

「私、ほんとにここにいていいの？」

「ここから離れたことなんてないくせに何言ってるんだ。君はずっと前からここにいたんだよ。いつだってぼくと一緒にいたんだもの」

「私を責めないでね。自分でも何をしていたのか思い出せないほどなの」

「その話はよそう。さっきのフランスの話と同じだ。戦争が終わったら、いろいろ言うやつらがいるだろう。あれは誰とつきあってた。別の連中ともつきあってた。あれをやった。いや、これをやった、とね。そんなの風が吹いたのと同じさ。リラ、君が一緒にいたのはそんな誰かじゃない。君はずっとぼくと一緒にいたんだ」

「あなたを信じられそうな気がしてきた」

「君の家族のことは聞いてなかったね」

「父は少し良くなってきてる」

「そう？　正気を取り戻されましたかな？」

「ゲオルクが死んで、お金がなくなったので、父は本屋さんで働き始めたの」

「ああ、彼は昔から本が好きだったからねえ」

「もちろん、それだけじゃ生活してゆけなくて」

リラはうつむいた。

「自分でもどうやってここまでたどり着いたのか……」

「さっきも説明したじゃないか。フォン・ルントシュテットと彼の率いる機甲部隊。ドイツ軍の電撃戦。そんなの君のせいじゃない。悪いのは君じゃなくて、ガムラン〔モーリス・ガムラン、一八七二－一九五八。フランス軍参謀総長〕と第三共和制だ。もし君が意見を求められたら、きっとラインラントの直後にヒトラーに対して宣戦布告してただろう？　アルベール・サローが国会で『ストラスブールの聖堂をドイツ軍の大砲の脅威にさらしておくわけにはいかない』って叫んでいたころにさ」

「リュドったら、相変わらず、何もかも冗談にしちゃうのね。でも、みんな、あなたと同じぐらい、冗談好きね」

「笑っているふりをしていれば、苦しみに耐えやすくなるからね」

リラはしばらく待って、囁くように尋ねた。

「ねえ……。ハンスは……？」

ぼくはシャツのボタンをはずした。リラはあのロケットを見てとった。

外からはいつもと変わらずのんきなに歌う鳥の声が聞こえていた。ときには皮肉も必要だ。

「さあ、本当に美味しいコーヒーをいれてあげるよ。リラ、人生は一度しかないようだからね」

リラは不眠に苦しんでいた。夜中でも部屋の片隅で美術書を広げ、真剣な顔でノートをとっていた。昼間は自分でも言っていたとおり「役に立とうと」努力しているようだった。家事を手伝い、子供たちの世話を焼いて過ごす。子供たちは毎週木曜日になるとやってくるだけではなく、平日の放課後にもよくアトリエに来ていた。部屋のあちこちに凧が積みあがり、再び空に舞い上がれる日を待ちわびていた。笑ってしまいそうだが、クレリの学校長は、こうした作業を「工作教室」と位置づけ、ちょっとした助成金までつけてくれた。これも将来に備えるためだ。巻では、八月か九月ころになるだろうと囁かれていた。

リラはぼくの腕のなかで眠った。でも、おずおずと手を差し出してみたものの、ぼくは無理に彼女に触れようとはしなかった。リラはぼくの愛撫を受け入れてはくれたが、自分から動こうとはしなかった。感覚を失ってしまったというより、もっと深い部分、感性そのものが失われてしまったかのようだった。あるとき、ぼくは彼女の手が火傷だらけなのに気づき、彼女がどれほど自責の念に苦しめられているのかを思い知らされた。

「いったいどうしたんだ」

「熱湯をこぼしたの」

納得がいかなかった。火傷跡は等間隔についていた。翌日の夜、ぼくは目を覚まし、リラがベッドにいないことに気づいた。部屋のなかにもいない。ぼくは廊下に出て、階段から下を覗き込んだ。

リラは右手にロウソクを持ち、その炎で一心に左手を焼いていた。

「やめろ!」

リラはロウソクを落とし、ぼくを見上げた。

「私、自分が許せない。許せないの!」

これほどの衝撃を感じたことはなかった。ぼくは何も考えられず、動けないまま階段に立ち尽くしていた。こんな幼稚で恐ろしい方法で、自分を罰し、報いを受けようとするなんて、あまりにも不当で、おぞましいことに思えた。しかも、ぼくの仲間たちが名誉のために闘い、死んでいってるというのに。そんな思いに足を掬われ、ぼくは気を失った。目を開けると、涙で顔をぬらしたリラがぼくの顔をのぞきこんでいた。

「ごめんなさい。もうしません……。自分を罰したかったの」

「どうして？　リラ。なんの？　なんの罰だ？　君は悪くない。君のせいじゃない。そんなの跡形もなく消えてなくなっちゃうよ。忘れる必要さえない。ときどき思い出せばいい。肩をすくめながらね。どうしてそんなに思いつめるんだ。どうして自分に対して人間らしくあろう、許してやろうと思えないんだ」

その晩、リラはぐっすり眠った。翌日、リラの顔には爽快さと明るさがあふれていた。だいぶ元気になったみたいだ。やがて、それを確信させる出来事があった。

毎朝、リラは自転車に乗ってクレリに買い物に行く。ぼくは、そのたびに玄関までつきそい、彼女を見送る。彼女のスカートや膝っこぞうや髪が揺れるさまを見ているときほど、自然に笑みがこぼれてくることはない。ある日、彼女は帰宅し、自転車を片づけていた。ぼくは家の前にいた。

「ねえ、聞いて」

「どうした?」

「総菜屋から買い物篭をもって出てきたら、私を待ち構えていたおばさんがいたの。私、ボンジュールって挨拶したのね。その人の名前は思い出せなかったけど、ここらには知り合いが多いから。で、自転車の荷台に籠を置いて、さあ行こうとしたときにその人が近づいてきてね、私を『ドイツ女』って罵ったのよ」

ぼくは彼女の顔をじっと見つめた。リラは本当に笑っていた。挑戦的な笑みや、涙をこらえるためのつくり笑いではない。リラは少しだけ顔をしかめ、髪に手をやって言った。

「ねえ、ドイツ女ですって。ね」

「みんな勝利が近いと感じている。だからそれぞれが、勝手に勝利に向けて準備してるのさ。気にすることないよ」

「あら、私が思ったのは正反対のことよ」

「じゃあ、どうして?」

「自分で自分を責めるよりも、他人から責められるほうが、ずっと気が楽だってこと」

46

それは六月二日のことだった。その四日後、ぼくらはラ・モットから東に二キロの地点で、爆撃のなか、腹ばいになっていた。オーバーロード作戦[30]の連合軍の爆撃機が最初に命中させた砲弾は、ぼくの自転車を狙ったものだったといまも確信している。ぼくの自転車は家の前で壊れ、ひしゃげていた。「来るぞ」「もうすぐ到着する」「そこまで来てる」。一日じゅう、そんな声ばかり聞こえてくる。ぼくらが走ってカイヨーの農場の前を通り過ぎようとすると、年老いたガストン・カイヨーは外に立っており、ぼくらに「彼らが来た」ことを教え、さらに、「フランスの戦いだ。リュド、フランスの戦いだぞ」と言った。彼はロンドンのラジオ放送で聞いた言葉を引用したわけではない。なにしろ、ド・ゴールがこの言葉を発したのはその二時間後のことだったのだから。

だが、歴史に残る名言というのは、案外そんなものなのである。不可能はときに運を味方にする。杖をつき、片方しかない足で跳ね回るガストンじいさんと別れ、ぼくらは走り続けた。

ドイツ兵の姿はどこにも見えなかった。だが、まわりの野原でも森でも弾幕射撃が行なわれていた。きっと敵の援軍を海岸線に近づけなくするためだろう。

ぼくにはまだ、飛行機から投下される爆弾と、大砲から飛んでくる砲弾を音だけで聞き分けることはできなかったが、地獄は空からやってくることが徐々にわかってきた。当然といえば当然である。その日、ノルマンディーの上空では連合軍の飛行機によって一万回以上の攻撃が行なわれたのだ。

わずか数百メートル進んだところで、道の真ん中で腕を組み、じっと横たわる人の姿が目に入った。見慣れた姿だけに、遠くからでもすぐにわかった。ジャノ・カイヨーだ。目を閉じ、頭から血を流している。死んでいる。ぼくはそう直感した。仲のいい幼なじみだけに、ぼくにはそれしか考えられなかった。

ぼくはリラのほうを見た。

「何やってるんだよ。診てやらなきゃ！」

リラは驚いたものの、ジャノの横に跪き、彼の胸に耳をあてた。

ぼくは笑い出してしまった。離れているあいだ、ぼくはずっとリラがポーランドの抵抗運動に身を投じ、けが人を介抱する姿を思い描いて来たので、ついリラが看護婦の役目を果たしてくれることを期待したのだ。いままさに、思い描いた通りの姿で、ぼくはリラが仲間の身体に屈みこみ、生死の確認をしているのを目にしていた。リラがぼくの方を見た。

「たぶん……」

その瞬間、ジャノは身を動かし、上半身を起こした。さらに、身を震わせながら二、三回頭を振り、まだ目の焦点があわぬまま大声を出した。

「来たぞ！」

「この馬鹿野郎！」。ぼくは安堵のあまり叫んだ。

「そこにいるんだ。来たぞ！」

ぼくはリラの手を取って走り出した。

ぼくはリラを安全な場所に送り届けてから仲間に合流するつもりだった。「グリーン計画」(31)によって、ぼくらの果たすべき任務はかなり前から知らされていた。鉄道封鎖、高圧線、隊列の攻撃。ぼくらはオルヌに集結することになっていた。だが、何ごとも予定通りにはいかない。翌日、スーバに会うと、われらがレジスタンスの指導者殿は怒り狂っていた。大佐に昇級し、制服に身を包んだスーバは、連合軍の爆撃機が周回する空にむかって拳をつきあげた。

「あいつらのせいでめちゃくちゃだ。あいつらが空をひっかきまわして、おれたちの連絡網はめちゃくちゃだ。うちの連中はどこかに姿をくらましている。これが怒らずにいられるかって！」

上陸作戦そのものを呪いかねないようすだ。何年かたった後でも、人びとが彼の前でノルマンディー上陸作戦の話をしようものなら、彼は憤怒を顕わにしていた。彼としては、あと二十年くらいはレジスタンスを続けていたかったのだろう。

爆弾が落ち、地面に伏せるたびに、リラはぼくの顔を撫でた。

「リュド、死ぬのは怖くないの？」

「怖くない。でも、死にたくはないな」

朝六時にラ・モットを出発し、午後六時になってで、ようやくクロの村はずれから三キロのところまで来るのがやっとだった。ちょうどそのあたりで、茂みの陰に伏せ、空を見上げて次の攻撃の波がどちらから来るかを見極めようとしていたときのことだった。ぼくらは、いまとなっては、くだらないのか、英雄的なのか、それとも両方だったのか判断に苦しむような、ある光景を目にする僥倖を得た。四頭のペルシュロン馬がいた。一頭は放下車に、残りはそれぞれ荷馬車につながれており、ぼくらの前を縦一列になって過ぎてゆく。馬たちの周囲にまったく無関心なようすは、飼い主に似たのだろう。マニャール一家が避難してゆくところだった。放下車の上には、山積みにされた荷物のように二人の娘が缶詰の箱に座り、父と息子は前部に立っていた。後ろの荷馬車には家具、ベッド、椅子、マット、トランク、タンス、シーツや樽の類が詰まれており、牝牛三頭がしんがりを務める。天にも地にもちらりとさえ視線を向けず、いつもと同じ堅い表情でがたごとと揺られてゆく。マニャール一家は牛なのか、人間を超えた存在だったのか。たぶん、彼らには彼らの「凪」があるのだろう。そういうことだ。

何ごとにも動じない人びとが通り過ぎてゆくと、ぼくは困惑し、少し恥ずかしくなった。ぼくは恐怖のあまり冷や汗をかいていたからだ。でも、リラは笑っていた。あれだけ精神的にも肉体的にもつらい目にあってきた彼女にとって、純粋な生命の危機というのはむしろほっとするものであるらしい。

「君たちポーランド人っていうのは、みんなそうなんだね。まったく、状況が悪くなるほど、元気になるんだから」

「煙草ちょうだい」

「もうないよ」

そのとき、ぼくにすっかり希望を取り戻させるようなことが起きた。ぼくらの背後で逸れた砲弾の余韻が鳴り響き、軽機関銃の射撃がそれに続いた。ぼくは大急ぎで振り返った。軽機関銃を手にしたアメリカ兵がゆっくりと後ろ向きに森から出てきた。彼は一瞬立ち止まり、安堵したようすでわき腹をさぐり、手を見た。きっと、たったいま弾がかすった箇所を確認しているのだろう。とくに深刻なようすもなく、茂みの影に座り込むと、ポケットから煙草を取り出し、そのまま爆発した。

文字通り、一瞬で吹き飛んだのだ。すぐには理由がわからなかった。砂埃が立ちのぼり、舞い降りて来たかと思うと、もう人間の姿はなかった。彼をかすった弾がベルトに提げてあった手榴弾のピンを緩め、彼が腰を降ろした瞬間にピンが完全にはずれてしまったのだろう。兵士の姿は消えた。

「もったいない！　あれじゃ、一本も残ってないわね」

「何が残ってないって？」

「だって、封を切ってない煙草をもってたのよ。私、アメリカ製の煙草なんてもう何年も吸ってないのに」

最初はあきれ果てた。もう少しで、「おいおい、それじゃ冷静を通り越して、冷酷だよ」と言いそうになり、ぼくはふと安堵した。いま、ぼくが目にしているのは、昔のままのリラ、あの野いちごのときのリラであり、どきりとすることを平気で言ってのけるリラだった。

ぼくらはそのまま一時間ほど、茂みの陰に横たわっていた。ドイツ軍の影も形もない森や野で、どうしてこれほど執拗な砲弾と防弾と交戦が繰り返されるのか不思議でしょうがなかった。

「まるで、私たちを狙っているみたいね！」

リラは髪についた土ぼこりを静かに払い落としながら言った。

「ねえ、リュド、私、夢のなかでは、もう何度も死んだことがあるの」

上陸作戦の海岸線から遠く離れた、ノルマンディーの片田舎十キロ四方ほどの地域が、ほとんど途切れることなく爆弾の雨にさらされた理由は、数日後、ようやくスーパの口から知ることになった。アメリカ軍の空挺部隊が、誤って予定よりはるかに奥まった地点に投下し、そのまま散開した。一方、ドイツ軍はこの誤って投下した部隊を計画実行の中枢部と睨み、海岸線から撤退してこれに応戦したらしい。そんなわけで、ぼくらはドイツ軍の攻撃と、オルヌ川のふたつの橋を守ろうとするイギリス軍部隊の攻撃を二重に受けるはめになった。さらに上空からは連合軍の飛行機がこのあたりの道路と鉄道を片端から攻撃していた。

攻撃の間隙を縫って、少しでもオルヌ川の方に進もうとしていると、ぼくらの目前百メートルのところに、隊列を組んだドイツ軍の戦車部隊が姿を現した。その日の午後四時、ヒトラーがようやく連合軍の橋頭堡を破壊するよう命令を出し、こうして機甲部隊がやってきたのだ。

とっさに思ったのは、「動くと撃たれる」だった。

何かの物語で誰かが殺される場面から思いついたのかもしれない。ぼくはリラの手を握り締めていた。ぼくらは野原のまんなかでじっとしていた。死んだ仲間たちは誰ひとり、こうして誰かの手を握り締めることができなかったんだ。ぼくはまるでこれが最後になるかのようにそう思った。そのとき、光が差した。灰色の重たい雲のあいだから太陽が顔を出す。小さな青空のかけらは、いつだって、ここぞというときに最高の姿を見せてくれるんだ。リラの横顔、うなじや肩にかかるブロンドの髪、その顔は不安を微笑みという形で表していた。

　先頭の戦車の砲塔にドイツ人将校が立っていた。ぼくらの横を通り過ぎるとき、将校は親しげにぼくらに手をあげて挨拶して見せた。彼が誰なのか、なぜぼくらを撃たなかったのかはわからない。馬鹿らしいと思ったのか、人間性を見せたのか、単に面子の問題だったのか。もしかすると、手を握り合う恋人たちの姿に動かされ、つい、情けを見せたのかもしれない。それとも……、いや、わからない。単に彼なりのちょっとしたユーモアだったのかもしれない。ぼくらの前を通り過ぎた後、彼は笑いながら振り返り、もういちど、小さく手を振った。

「ふう」。リラが息をつく。

　ぼくらは疲れ果て、空腹だった。それだけが理由ではない。だが、状況が混乱しているだけに、ぼくはとにかくどこよりもそこに行くべきだと思った。《クロ・ジョリ》はもうすぐそこだった。南にあと三キロほど行けばいい。オルク橋や国道に近いため、《クロ・ジョリ》の辺りは攻撃が激しそうだった。でも、レストランさえ無事ならば、何か食べるものがあるに違いない。たとえレストランが残骸になっていてもだ。リニー通りに出たところで、ぼくらは装甲車がひっくり返り、まだ煙を吐いて燃えているのを前にして立ちすくんだ。装甲車両の脇でドイツ兵が二人死んでいた。さらにもうひとり、樹にもたれて座りこみ、腹を押さえている。白目をむいて、空の管からもれるような息づかいだ。ぼくはその顔に見覚えがあった。ふと、知り合いかと思ったが、見覚えがあったのは、彼のその苦しげな表情だということに気づいた。同じ表情をドゥヴェリエの顔にも見たことがあった。クレリのゲシュタポから逃れ、死に場所を求めてビュイの農場までたどり着いたときのドゥヴェリエの顔だ。ドイツ人だろうと、フランス人だろうと、死が迫ったときは同じ顔をする。その後、「血液銀行」という言葉を聞くたびに、ぼくはこのときを思い出す。彼はぼくにすがるような目を向けた。ぼくは彼を殺すのは嫌だったので、彼を憎もうとした。だが、どうしようもない。人を憎むには才能が要るのだ。ぼくにはできない。ぼくはモーゼル銃を取り出し、彼の顔に向け、本気かどうか確かめようと待った。彼は微笑みのような表情を浮かべた。

「ヤー、グット（うん、いいよ）」

ぼくは心臓に二発打ち込んだ。一発は彼のため、もう一発は残るすべてのために。

それが、ぼくの最初の仏独友好的行為だった。

リラは耳を塞ぎ、目を閉じ、そっぽを向いていた。女らしいというか、子供っぽいというか、その両方にも思えた。

ぼくは奇妙なことに、この死んだドイツ兵が友人だったような気がした。

アメリカ軍の爆撃機が六機、ぼくらの頭上を通り過ぎ、先ほどの戦車部隊が向かっていた辺りに爆弾を落とした。リラは爆撃機の行方を目でたどって言った。

「あのひと、殺されなきゃいいけど」

ぼくらを見逃してくれたあのドイツ人将校のことを言ってるのだろう。ぼくは神経が疲れ果てていたので、ちょっとした悪癖から、いつもの暗算をし始めた。理性が脅威にさらされると防衛本能が働くのだ。ぼくはリラに言った。直線距離にすれば五、六キロしか進んでいないにしろ、二十キロは歩いてきた。ぼくらが無事に逃げられる確率は十パーセントだと見積もっていた。ぼくらが逃れてきた爆弾や砲弾の数を千とし、上空を通過していった爆撃機の数を三万とする。ぼくはそんな計算でリラに自分の冷静さをしめしたかったのか、それとも正気を失いはじめていたのだろうか。ぼくらは疲れて汗だくになり、あちこちの擦り傷に血をにじませながら道端に座り込み、抜け殻のようになっていた。激しい爆撃が起こり、一瞬にしてわずか二百メートル先の森が火に包まれるのを見て、ぼくらははたとわれに返った。ぼくらは野原をリニーの方角に向けて走り出し、三十分後には《クロ・ジョリ》の前に着いた。ぼくはそのいつもと変わらぬ姿に驚いた。《クロ・ジョリ》は、まったくの無傷だった。煙突からはゆっくりと煙が出ていた。庭の花壇も、畑も、マロニエの古木も、深く確かなものを示すかのように穏やかに存在していた。そのときは、とうていもの思いにふけるような余裕はなかったのだが、その日初めて、何もかも大丈夫だという不思議に安心した気持ちになった。

赤い布で装飾されたロトンドはそのままだったが、誰もいなかった。いつ客が来てもいいように、テーブルがセットされている。爆撃の光がクリスタルに反射する。ブリヤン・サヴァラン〔フランスの美食家、料理評論家〕の肖像は少し傾いているが、定位置にある。

マルスラン・ドゥプラは厨房にいた。真っ青になり、手が震えている。ちょうどオーブンから三種の肉のパナードを出したところだった。焼くのに何時間もかかる料理だ。大騒ぎが始まったころから作りだしたに違いない。恐怖に耐えかね、いつもと同じ作業をすることで平常心を取り戻そうとしたのか、いつもと同じ料理をつくることで矜持を示そうとしたのか、それは定かではない。乱れた顔に憔悴した目がぎらぎらと光っており、ぼくにとってはおなじみの、狂気を感じさせるものがあった。ぼくは伯父を思った。ぼくはドゥプラに近寄り、目に涙を浮かべて抱きついた。ドゥプラは驚いたようすもなく、ぼくが抱きついたことすら気づいていないようだった。ドゥプラのしゃがれ声が告げる。

「どいつもこいつもおれを見捨てやがった。おれひとりだけだ。だれも仕事にこない。アメリカ人でも来てくれりゃ歓迎だよ」

「アメリカ軍がここにくるのは、まだ何日か先でしょう」

「あらかじめ知らせてもらわなきゃ困る」

「じょ、上陸計画をですか？」

ドゥプラは考え込んだ。

「だって、わざわざノルマンディーを選んだからには何かあると思わないか」

ぼくは呆れてドゥプラの顔を見つめた。いや、彼は冗談で言っているのではない。彼は常軌を逸している。自意識過剰だ。リラが言った。

「ミシュラン・ガイドを見て、いちばん良さそうな場所を選んだのかもね」

ぼくは怒りをこめてリラの方を見た。タッドの諧謔的な声を聞いたような気がした。たとえ狂気の炎であっても、これだけ偉大なものの前では、もう少し敬意を、せめて哀れみをもって接するべきだと思ったのだ。

ドゥプラは奥の大広間を指して言った。

「どうぞ、おかけください」

彼は自らパナードを給仕してくれた。

「さあ、召し上がれ。残りも調理しておかなければ。なあ、この状況からすれば、たいしたもんだろう。今日は食材の配送がなかったからな。さて、どうしよう」

彼はオーブンからタルトを出してきた。ドゥプラがテーブルに近づいてきたとき、今日だけですでに耳慣れてしまった砲弾が風を切る音が聞こえ、ぼくはとっさにリラをかかえ、地面に押し倒すと、その背中に覆い被さった。そのまま数分間、爆発音が続いたが、どうもオルクの方から聞こえてきたものらしく、ガラスが割れたようすはまったくなかった。

ぼくらは身を起こした。ドゥプラはタルトの皿を片手でもったまま立っていた。

「ここは大丈夫だ」

ドゥプラの声とは思えなかった。鈍く機械的な声だ。深い拒絶の奥底からくる声であり、じっと見据えたまなざしにもきっぱりと拒絶する決意が表れていた。

「そんなことさせるもんか」

リラを助け起こし、二人とも席に戻った。ドゥプラのノルマンディー風タルトをこれほどまでに美味しく感じたことはない。《クロ・ジョリ》全体が地面ごと揺れていた。ガラス製の器が音を立てる。ヒトラーはまる一日逡巡した末に、このときになってようやく戦略的に温存してきた二つの機甲部隊に対し、第八師団の援護に向かうよう指令を出していたのだ。

ドゥプラは動かなかった。彼は微笑んでいた。侮蔑をこめ、すべてを超越した微笑みを浮かべていたのだ。

「ほらね。向こうに逸れただろ。いつだってここは外れるんだ」

ぼくはドゥプラに夜更け前にヌヴェに行き、そこからオルヌ川沿いに進んでレジスタンス仲間に合流する予定だと説明した。

「マドモワゼル・ブロニカはここにいるといい。ここなら安全だ」

「でも、心配じゃないですか。あなただっていつ攻撃されるかわからないじゃないですか」

「ほほう。アメリカ軍が《クロ・ジョリ》をぶっ壊すとでも思ってるのかい。そんなことはできないさ。ドイツ軍だって何もしなかったのに」

ぼくは呆然とした。自分の三ツ星料理をここまで本気で信じてるとあっては、もはや崇拝に近い敬意を抱かざるをえない。連合軍の部隊も、上官、いやもしかするとアイゼンハワーその人の指令によって、ここ、フランスの名勝地は無傷で残さねばならないと命じられているはずだ、と彼は信じて疑わないのだ。

ぼくは説得しようとした。《クロ・ジョリ》は激しい戦闘のまっただなかに巻き込まれるかもしれない。ここを離れた方がいい。だが、彼の答えはあっさりしたものだった。

「とんでもない。おまえらの地下活動やらレジスタンスやらにはうんざりしてたんだ。ふん、レジスタンスの第一人者がいったい誰だったのか、この先誰の名が残るのか、このおれが見せてやろう」

こんなうわごとめいたことまで口にする彼をおいて出発するわけにはいかなかった。ぼくは彼が正気を失い、廃墟と化した《クロ・ジョリ》とともに朽ち果てるつもりなのだと思い込んだ。この辺りの道路、橋、鉄道はすべて頭に入っていた。もし連合軍が上陸に成功したら、その後もっとも熾烈な戦闘が行なわれるのはこの辺りだろう。だが、リラは疲れきっており、その顔をちらりと見ただけで一緒に連れてゆくのは無理だと思った。もし神さまがいるなら、人びとが言うように神がいるのなら、ここにいても別の場所にいても助かる可能性はあるだろう。こんなとき、人は神を思う。神こそ、自分の出番を待つことにかけては師と仰げる存在だからだ。ドゥプラのもとにリラをおいてゆくのが不安なのは、危険すぎるということだけではなく、ぼく自身がここから離れたくないからだということも自覚していた。だが、仲間に合流しなくてはならない。これまで長いあいだ、すべての希望をかけてこのときを待ち望んでいただけに、これ以上躊躇しているわけにはいかなかった。ドゥプラがぼくに心を決めさせた。ドゥプラはつきものがとれたかのように、ぼくの肩を抱くように腕をまわし、言った。

「リュド、心配するな。ブロニカ嬢はここにいれば安全だ。うちにはフランスで最高の地下倉庫《カーヴ》がある。彼女をいちばん安全なところ、最高のワインがおいてある場所においておくよ。絶対に何も起こらない。誰かが『フランスの神さまのように幸福』って言ってたな。神さまは自分の財産をちゃんと気にかけてくれるもんだとおれは信じてる」

このとき、狡猾そうな老人の目に悪戯っぽい光が浮かぶのが見えた。ドゥプラのことを本気で考え、彼がノルマンディー気質の狡猾な「狂気」に込めていたものを知ろうとすると一日がかりになりそうだった。ぼくはリラを抱きしめた。確信があった。リラは何があっても大丈夫だ。ぼくは泣きそうになったが、泣くと体力を消耗する。

ぼくはなんとか仲間たちに合流することができた。午前一時、沼地を渡っていると、顔を真っ黒にしたアメリカ軍のパラシュート部隊に出くわした。着地したときに沼につっこみ、道に迷っていたようだ。ぼくは彼らを仲間との集合場所になっていたヌヴェに案内した。そこにはスーバをはじめ、二十人ほどの仲間が待っていた。ぼくらの任務は、前にも書いた通り破壊活動だったが、緊張が高まっており、大多数は武器を手に戦える状態ではなかった。そのほとんどが殺された。六月八日から十六日のあいだ、軽機関銃は十人に一台で弾薬は百発のみ。機関銃は十人に二台で弾薬は百五発という状態だったが、その後、生き残ったものには、敵から没収した武器が順次与えられた。ぼくは、ひたすら鉄道、橋梁、電話線の爆破に専念した。人は殺したくなかった。Sか人間なのか見極めようとしていると間に合わない。殺されてしまうのがおちだ。リラとぼくを見逃してくれた戦車の将校のことが頭に浮かんだりして、ぼくは少しばかり感覚が麻痺していた。だが、ドイツ軍が敗退してゆくあいだに、ぼくはぼくなりに後方で活躍したのだ。

47

三週間、リラとは連絡がとれなかった。後から聞いた話だが、ドゥプラはリラにとても親切だったという。ただし、一度だけ、リラを驚かせることをしでかした。ドゥプラのやつ、リラのお尻を触ったのだ。ドゥプラ本人も当惑していたようだ。あの年齢になっても欲求を発散させることが必要だったのだろう。リラは二週間《クロ・ジョリ》に残り、ドゥプラがアメリカ軍兵士をもてなすのを手伝い、「フランス料理のメニュー」を英訳してやったという。もっとも、ドゥプラにとってメニューは翻訳不可能なものなのだが。その後、リラはラ・モットに戻り、ぼくはぼくで七月十日にリラの待つ家に戻った。翌日、ぼくらはクレリに出かけた。戦闘はまだ続いていたが、ノルマンディーにあるのは、遠くに過ぎた嵐の残響程度だった。ぼくは翌日から凧のアトリエを再開すること、アンブロワーズの〈凧という楽しい芸術〉に興味がある子供は誰でも大歓迎だということを書いて、町役場の門に貼り出した。リラはそのまま籠つき自転車を漕ぎ、子供たちにあげるためのチョコレートをアメリカ兵からもらおうと出かけていった。パーティーのように華やかな菓子を用意してアトリエ再開を祝おうと思っていたのだ。

ぼくはアメリカ軍が司令部を置いたオテル・デ・セールに向かうトラックに便乗し、庭園の前で下ろしてもらった。ぼくはパリに戻るマダム・ジュリーにお別れが言いたかったのだ。

マダム・ジュリーはピアノの脇のソファに伏して泣きくれていた。ピアノの上には、エステラジ伯爵夫人の旧知の友人たちの代わりに、ド・ゴールとアイゼンハワーの写真が飾られていた。

「マダム・ジュリー、どうしたんですか？」

彼女はしゃべることもままならない状態だった。

「あの人が……殺され……た」

「あの人って？」

「フランシス、いえ、イジドール・レフコヴィッツよ。あんなに気をつけていたのに。ほら、スーパベールに頼んで名前が入っていない『レジスタンス貢献者』の証明書をもらっただろう」

「ええ、覚えてます」

「あれは、イジドールの分だったんだよ。彼に渡してあった。銃殺されたときもポケットにそれをもっていたのよ。あいつら他の二人と一緒に……そっちは本当の対独協力者《コラボ》だったんだけど……イジドールをトラックに押しつけて銃殺したんだ。あとになって例の証明書をみつけたらしい。イジドールは証明書を出さなかったんだ。きっと恐怖のあまり、薬を注射しすぎて、証明書のことを忘れてしまったんだ」

「そうじゃないですよ。イジドールは、たぶん、もう嫌になったんです」

彼女は驚いた顔でぼくを見た。

「何が嫌になったって言うんだい。生きるのが嫌になったって？　とんでもない」

「自分が嫌になって、薬漬けの生活が嫌になって、すべてが嫌になったんだ」

マダム・ジュリーはうなずこうとはしなかった。

「こんちくしょう。あんなに助けてやったっていうのにさ」

「彼を銃殺したのはぼくらじゃありません、マダム・ジュリー。にわかレジスタンスのやつらです。ドイツ軍が敗退してからレジスタンスになったやつらですよ」

ぼくはお別れのキスをしようとしたが、マダム・ジュリーはぼくを押し戻した。

「出てってくれ。もう、あんたの顔なんか見たくない」

「マダム・ジュリー……」

とりつく島もなかった。不屈の女性だったマダム・ジュリーが絶望に身を任せるなんて、出会って以来、初めてのことだった。ぼくは涙にくれる老女を残して帰ることにした。マダム・ジュリーも哀れなイジドール同様、記憶をなくしてしまったに違いない。彼女は、あの頑強な精神をどこかに忘れて来てしまったのだ。

ぼくはジープに乗ってクレリに戻り、ヴィエイユ・レグリーズ通りで降ろしてもらった。ぼくは、数日前から勝利《ヴィクトワール》広場と名を変えたジュール広場でリラと待ち合わせをしていた。広場に着くと、ぼくの目の前、噴水のまわりにひとだかりができていた。叫び声や笑い声が聞こえ、子供たちが駆け回り、ニ、三人が人だかりから離れてゆくところだった。年配の者が多く、ぼくはそのなかに伯父の友人であり、第一次大戦の老兵であり、ヴェルダンの戦い以来、膝が曲がらなくなったルメーヌ氏の姿を見つけた。彼は足をひきずりながらぼくの横を通り過ぎようとしてふと立ち止まると、頷き、何かつぶやきながら去っていった。噴水の前でいったい何があったんだろう。人だかりに興味はなかったが、人びとがぼくの方に向ける視線は尋常ではなかった。新たに《プチ・グリ》の店主になったルルウも、ボウダン通りの雑貨店のシャルヴィオウも、文房具屋のコランも、当惑と哀れみのこもった目でぼくを見つめるのだ。

「何があったんだい?」

誰もが、何も言わずに目をそらす。

ぼくは足を速めた。

噴水の脇に椅子がおかれ、坊主頭のリラが座っていた。床屋のシノが、バリカン片手に口元に笑みを浮かべ、少し離れてみては出来栄えを確認している。夏物のワンピースを着たリラは膝の上で手を揃え、大人しく座っている。ぼくはすぐに動けなかった。だが、次の瞬間、喉を引き裂くように叫び声をあげていた。ぼくはシノに飛びかかり顔を殴ると、リラの腕を掴んで人垣のなかを突き進んだ。人びとが道を空ける。そうか。そうなのか。この人たちは、この「小娘」を犠牲にすることで、占領下の生活のうさを晴らそうとしたのだ。あとになって冷静になると、恐怖よりも際立って記憶に残っているのは、子供のころから慣れ親しんできた人たちの顔だ。彼らは怪物なんかじゃない。それこそがいちばん怖いことなのだ。

記憶は残る。消せるものではない。ぼくはリラの腕をつかんだままクレリの町を走り抜けた。もう止まれないような気がする。世界の果てを目指して走っているわけではなかった。ぼくらはすでに世界の果てにいるのだから。行くあてもなく、どこにも行けやしない。ぼくは叫んでいた。

背後で足音がしたので、振り返ろうとした瞬間、ぼくは誰かにぶつかりそうになった。太っちょのパン屋のボワイエ氏が、ぼくのすぐ後ろで息を切らしている。

「うちに来なさい。すぐそこだ」

彼はぼくらをパン屋に招きいれた。彼の妻はびっくりした顔でリラを見つめ、エプロンに顔を埋めて泣き出した。ボワイエ氏はぼくらを二階に案内し、二人きりにしてくれた。彼は「これじゃ、ナチの思う壺じゃないか」と告げ、扉を閉めて立ち去った。

ぼくはリラをベッドに横たえた。リラはぐったりしていた。ぼくはリラの横に腰を下ろした。どのぐらいそうしていたかは、わからない。ぼくは幾度となくリラの頭に手をやった。髪はまた伸びるさ。いつだって、元に戻るもんさ。

リラの目はじっと一点を見つめたままであり、消えることのない光景を目に焼きつけているかのようだった。人びとの嘲笑する顔。勇敢な村の理容師が手にしたバリカン。

「リラ、なんでもないよ。悪いのはナチだ。やつらはここに四年いていろいろな痕跡を残していったのさ」

夜、ボワイエの奥さんが食事をもってきてくれたが、リラはまったく食べようとしなかった。リラは目を大きく見開いたまま、虚脱状態にあった。ぼくはリラの父親を思った。リラ自身、父のことを「涙と荷物をもって」完全にこの世から隠遁してしまったと言っていたっけ。まったく貴族さまってやつは。若い女性の頭を剃るなんてまだ可愛いほうじゃないか。他のやつらのやったこと、強制収容所や拷問やそれから……いや、でも他に何があったっけ？

連帯というものはときおり、実に醜い顔を見せる。夜中、ぼくは起き上がり、《クロ・ジョリ》に火をつけに行った。古めかしい壁にガソリンをかけ、壁面が崩れ始めたところでようやく安心して眠ることができた。幸い、それはただの悪い夢だった。

ボワイエ氏は医者のガルドュー先生を呼んできてくれた。先生はリラがショック状態にあると診断し、彼女を注射で眠らせた。半開きになったドアの向こうからぼくらの勝利を告げるニュースが聞こえてきた。

午後になり、目を覚ましたリラはぼくに微笑みかけ、手で髪を梳こうとした。

「ああ、なんてこと」

「ナチのせいさ」

リラは両手で顔を覆い隠した。よく言われることだが、泣くと楽になる。

ぼくらはボワイエの家に一週間世話になった。ぼくは毎日リラと外出した。ぼくらは手をつないでクレリの町を歩きまわった。人びとにぼくらの姿を見せるため、ぼくらは何時間もゆっくりと歩き回った。

ぼくらはまっすぐ前を見て進んだ。頭を剃り上げた若い女性と、この辺りでは記憶の天才として有名なリュドヴィック・フルリ、二十三歳。ぼくらはナチを、なつかしむようになるだろう。だって、ナチがいないと大変なんだ。ぼくらはもう言いわけができなくなってしまうから。

町を歩き回って五日目、ボワイエ氏が『フランス・ソワール』紙を手に、感極まった顔でぼくらのいる部屋にやってきた。そこには手をつなぎ、クレリの町を歩くぼくらの写真が載っていた。自分がこんなに険しい顔をしているとは思わなかった。翌日、二人で歩いているとFFI〔フランス国内軍〕の腕章をした三人組みがぼくらの前に立ちふさがった。知っている顔だった。連合軍が上陸後一週間してから「レジスタンス」に入ったやつらだ。

「おい、いつまで、これ見よがしにやっているんだよ」

「目立ちたくてやったんだろ？」

「おい、フルリ。ケツに一発ぶちこんでやろうか。もううんざりだ。いったい何を証明しようというんだ？」

「何も。証明はとっくに終わっている」

やつらはぼくたちを馬鹿扱いするだけで満足したようだ。ぼくらはその後も数日間「行進」を続けた。やめるきっかけを与えてくれたのは、ボワイエ氏だった。

「もうみんな君たちを見慣れてきている。これ以上、続けても効果はないよ」

ぼくらはラ・モットに帰り、十月に結婚するまでずっとラ・モットにいた。

ジャノ・カイヨーが毎朝食糧を届けてくれて、農場で生まれた子犬をプレゼントしてくれた。リラはこの子犬に「愛しいひと《シェリ》」と名づけた。そのせいで、家のなかではちょっとした混乱を招くことになった。彼女がシェリと呼ぶたびにぼくと犬が二人とも馳せ参じるというわけだ。だが、こうした日々のなかにも不幸な出来事はあった。いや、あって当然だろう。人は不幸なしで生きられない。ブリュノが一九四三年十一月の空中戦以来、行方不明になっているという知らせが届いた。彼はそれまでに十七回の勝利を記録し、イギリス空軍でももっとも多くの勲章を手にしていたという。ぼくらはポーランドに何通もの手紙を出し、タッドの消息を求めたが、なしのつぶてだった。

リラは充分な準備期間を取るため、ソルボンヌへの入学を一年遅らせることにした。リラは一生懸命勉強していた。『現代アート潮流』、『珠玉のドイツ絵画』、『フェルメール全集』、『凧の歴史』、『ヨーロッパ美術館めぐり』、リラがアトリエの窓際に置いた机のまわりには、そんな本が積み上げられていた。

リラの両親は結婚式に来なかった。あれだけ困難な状況をくぐりぬけてきたのに、彼らは依然として過去の地位にこだわっており、身分の釣り合わない結婚には反対だったのだ。戦争が終わると、またたく間に階級意識を取り戻し、スタス・ブロニキ氏は立ち直った。ぼくらの結婚式の立会人になってくれたのは、ドゥプラその人とエステラジ伯爵夫人だった。民主主義の復活とともにマダム・ジュリーに戻った彼女は、GIの運転するアメリカ軍のジープに乗り、若くてきれいな女性二人を引き連れて町役場に到着した。

「いまね、昔の商売を再開させようとしているところなんだよ」

クリスチャン・ディオールの大きな帽子を被り、片時も離したことのない金のトカゲのブローチを肩の窪みに宿らせ、マダム・ジュリーは最高の装いだった。

マダム・ジュリーはぼくらが教会でキリスト教式の結婚式をしないのが残念そうだった。

ドゥプラはモーニングを着て、襟にカトレアを挿していた。つい最近、雑誌『ライフ』に彼の記事が載ったばかりだった。同誌の表紙を飾ったロバート・キャパの有名な写真とともに、この記事はいまでも、《クロ・ジョリ》のブリアン・サヴァランの肖像のすぐ下に貼り出されている。キャパの撮った写真には、《クロ・ジョリ》と、その入口にコック服姿で立つオーナー・シェフの姿があり、『フランス的思考のあるべき姿』というタイトルがつけられている。この記事は、パリの報道関係者のあいだでも大いに話題になった。正直なところ、一九四五年当時、高級料理はフランスにおいて現在のような地位を得ていなかった。フランスに上陸したアメリカ人たちが、フランスという国にどんな考えを示そうとしたのかはわからない。でも、アメリカ人は、ドイツ人たちにひけをとらぬぐらい、《クロ・ジョリ》と偉大なるそのシェフに敬意を表したのだ。

結婚式の日の朝、リラは鏡の前で長いこと自分の姿に見入り、顔を曇らせていた。

「床屋にいかなくちゃ」

リラの髪はようやく二センチほど伸びたところだった。最初、ぼくにはわからなかった。クレリの町に床屋は一軒しかない。あのシノだけだ。ぼくはリラを見つめた。リラはぼくに微笑んだ。そうか、なるほど。

その日一日、ドゥプラはぼくらに二台ある軽トラの片方を貸してくれた。午前十一時半、ぼくらは軽トラで床屋に乗りつけた。中にいたのはシノだけだった。ぼくらの姿を見ると、シノは後ずさりした。

「髪を最先端のスタイルに切ってほしいの。ねえ、見て。伸びちゃったでしょ。格好悪いわ」

リラはそのまま椅子に歩み寄ると、そこに腰掛けて微笑んだ。

「このあいだみたいにしてね」

シノはさっきから動かない。顔面蒼白だ。

「さあ、ムッシュー・シノ。もうすぐ結婚式だから、時間がないんだ。彼女がぜひ、あなたに頭をそってもらいたがってるんだ。つい六週間前にやったみたいにね。まさか、わずかな間に、才気が失せたなんて言わないでください」

シノは扉にちらりと目をやった。ぼくは首を振る。

「さあさあ。最初のころみたいなお祭り騒ぎは続かない。もう、そんな気分じゃない。そんなことは百も承知です。でもね、聖なる炎は燃やし続けなくちゃいけないんですよ」

ぼくはバリカンを手にとり、彼に差し出した。シノが後ずさる。

「さっきも言ったけど、急いでるんです。あれは彼女にとって生涯忘れることのできない一日でした。だから、同じ姿でいまひとたびみなさんの注目を浴びようとしてるんです」

「勘弁してくれ！」

「あなたに暴力をふるうつもりはありません。でも、これ以上あなたが……」

「おれがやろうと言ったんじゃないよ。本当だよ。やつらがおれを呼びに来て……」

「やつらだろうと、自分だろうと、私だろうと、仲間の誰かだろうと、まったくの他人だろうと関係ない。どうしたって自分が無関係というわけにはいかないんだ。ほら」

シノは理髪台に近づいた。リラは笑っていた。何も変わってない。ぼくは思った。あのころのまま、変わってない。

シノが作業にとりかかった。数分でリラの頭は、あのときと同じように剃り上げられた。リラは身を乗り出し、鏡のなかの自分に見入った。

「すてき、本当によく似合うわ」

リラが立ち上がった。ぼくはシノの方を向いた。

「で、いくらかな」

シノは口をぽかんとあけて答えない。

「いくらだい？　ツケは残したくない」

「三フラン五十です」

「ほら、百フランだ。釣りはチップだよ」

シノはバリカンを放り出すと店の奥に逃げ込んでいった。

町役場の前に着くと、みんながぼくらを待っていた。リラの頭を見て、全員が黙り込んだ。ドゥプラの口ひげがぴくぴくと震えた。レジスタンス組織〈エスポワール〉の仲間たちは、まるでナチが復活し、また一からやり直さねばならなくなったかのような表情をしていた。ただひとり、ジュリー・エスピノザだけが堂々としていた。彼女はリラに歩み寄ると、リラを抱き寄せながら言った。

「まあ、すごいこと思いついたわね。ほんとうにすてきよ」

リラがあまりにも楽しそうにしているので、気まずそうだった参列者たちもじきに気を取り直した。町役場での式が終わると一同そろって《クロ・ジョリ》に行った。昼食会の最後にドゥプラが短いスピーチをした。彼はそこで「常に闘い続けた」者について思いを込めて語った。といっても自分の話をしたわけではない。彼は、「各自がそれぞれの場所で必死に乗り越えてきた」試練についてふれるだけにとどめた。そのあとはよく聞き取れなかった。彼は「フランスに《クロ・ジョリ》を取り戻すことができて嬉しい」と言ったような気もするし、「フランスを《クロ・ジョリ》に取り戻すことができて嬉しい」と言ったような気もする。最後に彼は、招待客のなかのアメリカ人将校たちの方を向き、陰険な目つきで彼らをにらみつけた。

「未来については不安がないわけではありません。すでにあなた方の偉大なる美しい国、アメリカについてある噂が流れており、私は本気でそれを危惧しております。これだけ不幸をくぐりぬけてきたフランスに新たな試練がやってくることになりそうです。ホルモン剤によって人工的に太らせたチキンの話を聞いたことがあります。それに、ああ、なんということでしょう、冷凍食品、さらにはレトルト食品などというものまで出現しているのです。親愛なるアメリカのみなさん、私、マルスラン・ドゥプラはけっして、〈お手軽食品〉に屈しますまい。われらがフランスを〈餌箱〉にしようとする者がいたら、私が受けて立ちましょう。私は闘い続けます！」

ブラボーの声があがる。真っ先に拍手したのはアメリカ人たちだった。ドゥプラが片手を挙げる。

「目を瞑っていても、事態が変わるわけではありません。これまでの数年間を考えると、空白の世代が出現することが予想されます。私たちは若者を教育する余裕がありませんでした。それでも私は確信しておりました。私が命がけで守ってきたものが、日々確実なものとなりこれからも続くことを。そして最後には、定着し、私どもの思いも寄らないような形で勝利するだろうことを。リュドヴィック・フルリ君、君はこの未来を得るために必死で闘いました。マダム・フルリ、私はあなたが小さなころから存じています。あなたはまだお若いので、いつか、私のような老人が夢に描くことしかできなかった未来のフランスをその目で見ることができるでしょう。そのとき、あなたが私のことを懐かしく思い出し、『ああ、マルスラン・ドゥプラの言った通りだった』とつぶやいていただければ幸いです」

ここで、しばらく拍手が鳴りやまなくなった。マダム・エスピノザは目元をぬぐっていた。

「もうひと言だけ。この席に欠けている者が一名おります。友であり、広い心の持ち主であり、何があっても希望を捨てない男。もう、おわかりでしょう。アンブロワーズ・フルリです。彼の不在が惜しまれます。リュド、君の心痛は察するにあまりあるものです。でも、希望をもちつづけましょう。彼は帰ってくるかもしれません。そう、私たちのもとに戻ってくることでしょう。いつもいつも、愛らしい凧を通してこの地上にある永久に無垢でかけがえのないものを表現し続けてきたあの男は、きっと。ここで、アンブロワーズ・フルリに献杯いたします。アンブロワーズ、君がどこにいても、君の愛息ともいうべきリュドヴィックは、君の凧を作り続けている。おかげで、フランスの空はけっして虚と化すことはない！」

そう、ぼくは凧作りを再開していた。伯父の出立以来、これほど凧作りが忙しくなったことはなかった。フランスじゅうの誰もが復興のための励ましを必要としていた。あちらこちらから注文が相次いだ。ストックはだいぶ傷んでおり、ほとんど一から作り直さなければならなかったのだ。大部分の凧は焼かれてしまったが、伯父が近所の家に避難させていた凧が五十個ほど残っており、それを手本にすることにした。もっとも、その避難させていた凧も保存状態が悪く、傷んだり、形や色が崩れてしまったりしていた。ぼくは凧作りに慣れていたし、作業も速かった。だが、唯一心配だったのは、ぼく自身が、あれほどのものを見たり、経験したりしたことで、インスピレーションを失ってしまったのではないかということだった。凧作りには無垢な心がたっぷりと必要なのだ。さらに材料の問題もあった。ぼくらは一文無しだったのだ。なんとしてでも郷土の文化を守らねばと言って、ドゥプラが少し助けてくれた。だが、本当に資金面を助けてくれたのは、マダム・ジュリー・エスピノザだった。解放後のパリで、エスピノザはこれまで以上に華麗な人生の幕を開け、その後の三十年間で誰でも知っている有名人になった。ぼくは自分の凧がパリの最高級娼館によって支援されていると知ったら、伯父がどう思うだろうかと考えて、少し躊躇したのだが、メセナというのは昔からあったものだし、もし、彼女の出自を理由に援助を断ったりしたら、ぼくも性的なことを特別視し、善悪の根源をそこに求める輩と同類になると思いなおした。そんなわけで、ぼくらはマダム・ジュリーに会うため、パリに行った。マダム・ジュリーはルイ十五世風調度に囲まれ、自ら購入した優美なアパルトマンに暮らしていた。ぼくらに紅茶を出し、彼女はライバルの台頭で苦戦していることを語った。シャバネ通りやプロヴァンス通り百二十二番地の辺りが強敵らしい。マダム・ジュリーは、ドイツ兵を客にしていた娼館がそのまま営業を続け、アメリカ兵を受け入れているさまを嘆いていた。

「まったく、娼婦のなかには尻軽女もいるんだよ」

ぼくは前日にドゥプラとミロメニル通りの娼館の主人、マダム・ファビエンヌとのあいだのちょっとしたやりとりを見ていたので、この話に納得がいった。マダム・ファビエンヌは昨日、アメリカ人陸軍武官とともにドゥプラに対して、自分ばかりが英雄のような顔をしているが、「闘い続けた」人間は彼だけじゃないと言ってのけた。

ドゥプラは怒りのあまり陰険な顔になった。

「マダム、文明を背負った高級レストランと売春宿の区別もつかないようでしたら、出て行っていただきたい!」

マダム・ファビエンヌは引き下がらなかった。近眼にうっすらと微笑を浮かべている。

「マダム、念のため申し上げますが、このレストランでは、ドイツ兵の目の前で、レジスタンスの活動家も連合軍の飛行士も受け入れてきたんです」

「あら、あたくしだって、けっこうがんばったんですよ。だからこそ、粛清委員会に呼び出されても堂々としていられたんです。占領下に、あたくしが何人のユダヤ人を助けたかご存知？　二十人ほど助けてやりましたの。一九四一年から四五年にかけてうちの娼館では二十人のユダヤ人娼婦が働いていましたの。粛清委員会に呼び出されたときも、彼女たちが私のために証言しようとかけつけてくれました。あの、冬季自転車競技場にユダヤ人が集められたときも、私のところには四人のユダヤ人女性が逃げ込んできました。ええ、たしかに売春宿には違いありませんわ。でも、あなた、ドイツ人の目を恐れずに、ユダヤ人従業員を雇いました？　ドイツ人将校たちがじつはユダヤ人娼婦と寝ていたなんてことがばれれば、あたくし、どうなっていたことやら。別に自分のやっていることが人に誇れる仕事だとは思っていませんし、威張るつもりもありません。でもね、あの娘たちは私が雇ってやらなければ、他にどこが雇ってくれたというんです？」

めずらしくドゥプラが口をへの字にまげて無言だった。沈黙のあとようやく彼にできたことは、「ちくしょう」とつぶやき、引っ込むだけだった。ぼくがこの話をすると、マダム・ジュリーはかなり狼狽した表情を見せた。

「ファビエンヌがユダヤ人娼婦を助けてたなんて知らなかったわ」

マダム・ジュリーは、アンブロワーズ・フルリの作品を作り続けるために援助することはこのうえない喜びだと言ってくれた。

「このお金が、なにかきれいなことのために役立つなら本望よ」

マダム・ジュリーは、リラの両親にも理解を示し、あれこれと気を使ってくれた。

「亡命貴族ほどつらいものはない。苦しい時代になると、特定の生活様式に慣れ親しんだ人たちが犠牲になるなんて耐えられないね。私だって没落するのが怖くてしょうがないんだから」

そんなわけで、マダム・ジュリーはマロニエ通りにある邸宅の管理をブロニカ夫人に委託した。その後数年で、世界的に有名になった私邸だ。かくして、ブロニキ氏は再び博打と競馬を日課とするようになった。ブロニキ氏は一九五七年に心臓発作で死んだ。このとき、彼はドーヴィルのカジノにいて、チップの集配人が、彼の稼いだ三百枚のチップを彼の方に押し出した瞬間、発作に襲われたという。彼は至福のなかで死んだのかもしれない。

ポーランド新政府の大使館ができても、タッドの消息についてはなんの情報もなかった。それっきりだ。ぼくらの心のなかで、タッドはいまも生き続け、いつまでもレジスタンス運動を続けている。

　ぼくらは列車でクレリに帰ってきた。鉄道がまだ完全に復旧しておらず、途中で何度も停車したので、クレリに到着したときにはお昼を過ぎていた。ぼくらは野を横切ってラ・モットに帰るところだった。雨が朝の空をきれいに洗い流し、空は晴れていた。ノルマンディーの大地にはまだ血なまぐさい戦闘の名残があふれていたが、秋の静けさがすでにその傷を癒し始めているようだった。ひっくり返った戦車や荒らされた家々の上には、そ知らぬ顔で美しい空が広がっていた。

「リュド！」

　ぼくは見た。それは、勝利を表すVサインのように腕を広げて空を舞っていた。ラ・モットの上空にド・ゴール将軍の凧が揚がっている。弱い風に助けられ、凧は上へと向かってゆく。凧はぐいぐいと糸を引く。束縛されるのがいやなのだ。楕円形の凧は少し重たげだったが、ド・ゴールは威風堂々と夕暮れの光に浸りながら漂っていた。

　リラはもう家にむかって走り出していた。ぼくはそのまま動けなかった。怖かった。近寄れなかった。あちこち情報を求めてパリを歩き回ったばかりだった。捕虜・抑留者担当省庁、赤十字、ポーランド大使館をまわり、ポーランド大使館でアウシュビッツ収容所の囚人名簿にアンブロワーズ・フルリの名があることを確認したばかりだった。

　希望は恐怖になる。全身が凍りついた。失望と絶望の涙が早々に浮かぶ。伯父じゃない。きっと別人だ。子供たちがぼくらを驚かそうとふざけているんだ。真実を知るのが怖くて、ぼくはついに、両手で顔を覆ったまま座り込んでしまった。

「リュド！　伯父さんよ。帰ってきたのよ！」

　リラがぼくの腕を引っ張る。そのあとのことは、幸せな幻のようだった。凧で手がふさがっている伯父はぼくを抱きしめるかわりに、優しく明るい魅力をとりもどした目でぼくを見た。

「やあ、リュド。どうだい、感想は？　こいつもいまや有名だろう？　私の腕は落ちてないぞ。何百個もつくらなくちゃな。みんなが欲しがるぞ」

　伯父は変わっていなかった。老け込んでもいなかった。長く濃い口ひげもそのままだし、陽気なかにも闇を宿した、あの瞳も変わっていない。やつらが何をしようと伯父は変わらなかったのだと思った。自分でも「やつら」が誰を指すのかはわからない。ナチのことを言いたかったのかもしれないし、単に漠然と人びとを指していたのかもしれない。

「リュド、おまえのことが心配だった。リラ、君のこともずっと気がかりだった。心配で眠れないほどだったよ。だって、二十カ月も連絡がなかったんだからな」

おいおい、とぼくは思った。ブッヒェンヴァルトとアウシュビッツに二十カ月もいて、ぼくらのことを心配してたって？

「ソ連経由で戻ってきたんだ。ソ連で数カ月働いていた。彼らもずいぶん苦労したからな、あの国の子供たちは本当に凧を必要としてたんだ。おまえもずいぶんたくさん作ってくれたようだが、まだまだ作らないとな」

ぼくらはそのまま夜までかかって、何が残っているかを確認しながら在庫リストをつくった。伯父は言った。

「修繕できそうなものもあるな。でも、歴史シリーズは全部、見直さなくては。ほら、ごらん」

近所の家から回収してきたパスカル、モンテーニュ、ジャン＝ジャック・ルソー、ディドロが天井から下がっていた。どれも虫にくわれ、しみだらけで形も崩れ、古ぼけていた。

「まあ、修復すればいい。それだけのことだ」

伯父は少し考え込んだ。

「それに、過去をわざわざ再現する必要はあるのかな。まあ、あるんだろうな。記憶に残すためにもね。でも、新しいものが必要だ。とりあえず、ド・ゴールをつくろう。それもいましばらくだけのことだ。あとは別のものを考えなくては。もっと遠くを見て、未来のことを考えなくてはならない」

ぼくは伯父に《クロ・ジョリ》やマルスラン・ドゥプラの話をしたかった。なんとなく、未来はそっちの方向にあるような気がしていたのだ。だが、自分の国の未来を予想することは難しい。当時はまだ結論を出すにはほど遠い状況だった。

人びとはまるで国民行事のようにアンブロワーズ・フルリの帰還を祝った。フランスが本来の姿を取り戻したことを象徴する出来事のように思ったのだろう。子供たちにも手伝ってもらい、ぼくらは伯父に内緒で伯父の似顔絵を描いた凧をつくった。伯父の顔が描かれた凧は、日曜日のあいだじゅう広場のうえを漂っていた。この広場には現在、伯父の名前がつけられている。広場の近くにはクレリ町立凧博物館がある。残念なことにこの凧博物館は、海外に比べてフランス国内ではあまり知られておらず、知名度の点では《クロ・ジョリ》の足元にも及ばない。ただ、伯父の似顔絵の凧は、この博物館に展示されていない。伯父が博物館の展示品になるのなんてどうしても嫌だと断固拒否したのだ。もっともこうした伯父の態度も、マルスラン・ドゥプラの毒舌にかかっては「きっと後悔するぞ」ということになる。二人の関係は、かつてのようにはいかなくなっていた。互いに嫉妬しているのか、どうかはわからない。でも、彼らは未来を競いあっているように思う。「最後に勝つのはどっちか、いまにみておれ」とつぶやくのを聞いたことがある。二人とも互いにそうつぶやいているのだ。最後にもう一度、アンドレ・トロクメ牧師の名と、シャンボン・スゥール・リニョン村の名を書いておく。これ以上にうまくは言えそうにないからだ。

訳注

（1）実在の市町村ではない。ロワレ県クレリ・サン・タンドレをモデルとする説が有力。本書では実在の地名、人名とフィクションが入り混じる。
（2）レオン・ガンベッタ（一八三八－八二）。普仏戦争中の一八七〇年、当時フランス内相だったガンベッタはプロイセンに包囲されたパリから気球で脱出した。
（3）レオン・サジィによる新聞連載小説『怪盗ジゴマ』（一九一〇年刊）の主人公。当時、非常に人気があった。
（4）ジョゼ・マリア・ド・エレディア（一八四二－一九〇五）。キューバ出身のため、スペイン語読みで、ホセ・マリアと表記されることもある。一八九三年刊行の詩集『戦勝牌』に収録された「出征」は教科書に収録され、多くの学童に暗唱が課されてきた。
（5）『砲火』は一九一六年、『西部戦線異状なし』は一九二九年の作品。いずれも第一次世界大戦を題材としており、当時、欧州がまだ「前の大戦」の記憶をとどめていたことを象徴している。
（6）イゼール県ヴィエンヌのフェルナン・ポワン、ドローム県ヴァランスのアンドレ・ピック、コート・ドール県ソーリューのアレクサンドル・ドュメーヌは、いずれもミシュランで星を獲得した実在の有名シェフ。ポワンの店〈ラ・ピラミッド〉、ピックの〈ピック〉、ドュメーヌの〈コート・ドール〉は、いまも高級レストランとして知られる。
（7）エレディアについては注（3）参照。リュドは、詩集『戦勝牌』より、「美しきヴィオル（La Belle Viole）」を暗唱している。
（8）十七世紀のブルボン朝フランスの政治家ジャン＝バティスト・コルベールが森を整備し、

海軍の木材調達にあてたことをさす。

(9) エドゥアール・コルニグリオン・モリニエ(一八九八－一九六三)は戦前、映画プロデューサーをしていた。ガリとは非常に親しく、『夜明けの約束』にも登場している。ただし、コルニグリオン・モリニエが、イギリス人飛行家ジム・モリソン(一九〇五－五九)とともに一九三六年に成功させたのは、ロンドン－ケープタウン間の飛行ルートであり、パリ－オーストラリア間ではない。

(10) マリア・スクウォドフスカ＝キュリー、仏語名はマリー・キュリー(一八六七－一九三四)。ポーランド出身である彼女は、放射線の研究で一九〇三年のノーベル物理学賞、一九一一年のノーベル化学賞を受賞し、パリ大学初の女性教授職に就任している。リラは、同じポーランド人として彼女を意識していたのだろうか。

(11) スヴェン・ヘディン(一八六五－一九五二)はスウェーデンの地理学者、中央アジア探検家。一八九九年から一九〇二年にかけての探検では楼蘭遺跡を発掘して多数の古文書を発見し、またチベット各地を探検した。『さまよえる湖』の著者としても知られる。

(12) 一八〇三年のサン・ドミンゴ遠征(カリブ海)、一八〇八年のソモシエラの戦い(スペイン)は、いずれもナポレオン軍による領土戦争である。このとき、ポーランド警備隊は、ナポレオンの援軍として参戦している。ご先祖の肖像画もフランスとポーランドの友好の象徴であり、貴族の誇りをしめすものでもある。

(13) いずれもフランス第三次共和制で重職を得た大物政治家たちである。なかでもピエール・ラヴァルは、ナチス政権への協力を主導したことで知られる。

(14) 「沈める森」は、ガリの長篇デビュー作『ヨーロッパ式教育』(邦題『白い嘘』)の舞台となったポーランドの森を思わせる。いかにも実在の詩人のように思えるが、ウォールデンは架空の詩人。ソローの『森の生活』にあやかったものだろうか。

(15) バクーニン、クロポトキンは、いずれも十九世紀ロシアのアナーキスト。アントニオ・グラムシ(一八九一－一九三八)は、共産党設立に尽力したイタリアの思想家であり、タッドが左派思想の最先端を追いかけていたことがわかる。

(16) 「ラ・パショナリア」は、スペイン共産党の指導者ドローレス・イバルリ・ゴメス(一八九五－一九八九)の異名である。一九三六年から一九三九年まで続いたマドリード包囲戦における有名なスローガン、「奴らを通すな！」（¡No pasarán!）は彼女の言葉とされている。

（17） 一九四一年、モン・ヴァレリアン要塞がドイツ軍によって占拠され、一〇〇〇人を超えるフランス・レジスタンス兵が捕虜となり、処刑された。

（18） シャルル・マルテル（六八六－七四一、別名カール・マルテル）は、フランク王国の宮宰。歴代ルイ王とは、ルイ一世から十六世までを指すと思われる。ゴドフロワ・ド・ブイヨン（一〇六〇－一一〇〇）は、十字軍の指揮官。ローラン・ド・ロンスヴォーは、伝説「ローランの歌」のローランを指す。いずれにしても、凧のテーマがフランス革命以前の古い歴史に回帰していることがわかる。

（19） ジャン・サンテニー、本名ジャン・ロジェ（一九〇七－七八）、実在したレジスタンス運動の中心人物。

（20） レジスタンス運動のリーダーだったシャルル・ド・ゴール（一八九〇－一九七〇）はロンドンに渡り、ラジオ放送を通じてフランス国内の運動を支援していた。戦後、ド・ゴールはフランス大統領となる。ガリは生涯を通じてド・ゴールと深い親交があった。

（21） ペドーク風ソースは、トゥルーズを治めていたペドーク女王に由来する。余談だが、アナトール・フランスに『鳥料理レエヌ・ペドオク亭』という作品がある。

（22） 実在の飛行家イヴ・リュセッシ（一九一五－四七）、または、ジャン・リュセッシ（一九一八－二〇〇四）がモデルと思われる。前者は、ガリと親交があった。

（23） いかにももっともらしく書いているが、ドナルド・シームスは架空の人物。ちなみに、同じタイトルの映画は存在するが、マルセル・レルビエの映画『焔の夜』（一九三七年）は、トルストイの小説を下敷きにしたもの。

（24） アルベルティーヌは、プルースト『失われた時を求めて』のヒロイン。ロドリーグは、コルネイユ『ル・シッド』の主人公を想起させる。

（25） ハインリッヒ・ハイネの詩『ローレライ』（近藤朔風訳）。ジルヒャーが曲をつけたことで広く知られる。日本では、近藤の訳詞により、一九〇九年の『女声唱歌』に収録されている。

（26） ヴェルレーヌ「落葉」は、ここに引用した上田敏訳（新潮文庫版『海潮音』所収）をはじめ多数の訳が存在し、堀口大學訳では「秋の歌」である。

（27） イルゼ・コッホ（一九〇六－六七）は実在した女性看守。ブーヒェンヴァルト強制収容所所長の妻であり、囚人の皮膚で工作を行なったのも事実である。

（28）　ジャン・ムーラン（一八九九－一九四三）、オノレ・エスティエンヌ・ドルヴ（一九〇一－四一）は、いずれもフランス・レジスタンス運動の中心的人物。エスティエンヌ・ドルヴは、モン・ヴァレリアンの英雄（注17）のひとりである。

（29）　ルイ・ロシェ（一九〇三－四九）は、両大戦間に活躍した外交官であり、詩人でもある。ガリとは親交があった。

（30）　オーヴァーロード作戦。ノルマンディー上陸を含む。連合軍のフランス解放のための一連の作戦の総称。

（31）　フランス自由軍によって計画されたフランス解放プランのひとつ。グリーン作戦は、鉄道の破壊による運送機能の停止を指す。

訳者解説

ロマン・ガリがこの作品を別の筆名で発表していたら（実際、彼はいくつもの筆名を使い分けていた）、多くの人は若い作家の顔を想像したのではないだろうか。本作を初めて読んだとき、そのみずみずしさに胸を打たれ、そんな想像をした。だが、実際のところ、『凧』は一九八〇年四月に出版され、その年の十二月に著者ロマン・ガリは六十六歳でピストル自殺をしているのである。

華やかな孤独

もちろん、本書は、何の前知識なく読んでもじゅうぶん心を打つ作品であるし、ガリの経歴については、本書と同じ共和国から刊行されている『夜明けの約束』（岩津航訳、二〇一七年）の解説および年譜に詳細があるので、ここでは簡単に述べる。正直なところ、その破天荒な人生を語ればそれだけで本一冊の分量にならざるをえないのだ。フランス本国では、ガリの評伝がすでに何冊も刊行されており、それでも彼の人生は語り尽くされていない。

ロマン・ガリは、ロマン・カツェフとして、一九一四年に生まれた。父は彼の誕生直後にロシア軍に入隊し、以後、母と二人暮らしが続く。彼の人生同様、その出生地もまた一筋縄ではいかない。彼が生まれたヴィリニスは当時ロシア領であったが、その後ドイツに占領されるとリトアニア共和国に、一九一八年にはポーランド領となる。そんなめまぐるしく変わる政治を背景に、ガリは母とともにポーランドで暮らしたのち、十四歳でフランスに移住、二十一歳でフランス国籍を取得する。その後、空軍に入隊、フランスがドイツに占領されると、レジスタンス運動に身を投じる。彼とド・ゴールとの親交はここに始まったのだ。

一九四四年戦場で書いた『白い嘘』(角邦雄訳、読売新聞社)の英語版が刊行され、翌年、戦争終結とともにフランス語版が刊行、それ以前にも短篇作品が掲載されたことはあったが、作家としてはこれがデビュー作となる。

戦後は、対独レジスタンス活動の功績を評価され、外交官となる。こうした政治的キャリアと並行して、一九五六年に『自由の大地(原題は『天国の根』)』でゴンクール賞を受賞。さらに一九七五年には別のペンネーム、エミール・アジャール名義で二度目のゴンクール賞を受賞している。

だが、こうした華やかな成功譚の裏には孤独があった。一九四五年文筆家のレスリー・ブランチと結婚するが、一九六二年に離婚。これは、女優ジーン・セバーグと再婚するためであった。だが、セバーグとの結婚生活も順風満帆とはいかない。セバーグが黒人解放運動にのめりこむにつれて、ふたりの間にはすれ違いが生じる(このあたりは『白い犬』に詳しい)。セバーグはガリと離婚後、女児を死産、一九七九年に死亡している。

各地をさまよい歩き、故郷と呼べるのは最後の住まい、パリ六区バック通りだけだと言っていたガリは常に海と空を愛してきた。大陸を離れたがっていたと言ってもいい。本書には、彼の空に対する強い思いが凧を通して描かれている。

空への憧憬

最近はあまり見かけないが、凧揚げは日本でもおなじみのものである。その感触を手で覚えている人も少なくないだろう。空に向かって引っ張られるあの感覚。糸を緩めれば落ちる。風にあおられる凧を見上げ、手に力をこめる、その緊張感。個性的な名前をもつ色とりどりの凧、さまざまな形をした郷土色溢れる凧。その素朴なイメージは心をなごませる。

凧はまた、象徴的な意味も背負っている。紺碧の空を見上げる主人公の視線は、希望を求める人間の姿であり、向上心や上昇志向ともとれる。ガリの作品に「地上の住人」（短篇集『ペルーの鳥』所収）という短篇がある。傷つきながらも気遣いあいながら生きる盲目の女性と老人が主人公だ。ガリの描く地上は苦しみに満ちている。それでもなお、天ではなく、地に生かざるをえないのが人間であり、天に憧れ続けるのが人間の宿命でもあるのだ。

ガリ自身もフランス軍に志願し、飛行機乗りとなっている。当時、航空隊はまだできたばかりの部隊であり、海軍、陸軍に比べ家系や階級に捉われない自由があった。地上のしがらみを逃れ、空を舞うひとときはガリにとって貴重な時間であったに違いない。

だが、戦争が激化し、爆撃機の飛来が頻繁になることは、凧揚げの自由が奪われることでもある。凧揚げは軍によって制限され、凧は「平和」の象徴となる。再び凧が空に飛び立つ日こそが、戦争の終わる日なのだ。凧は希望であり、未来である。

主人公リュドにとって、高みに舞うリラもまた「凧」なのである。糸を離してしまえばそれで終わりになることを知りつつ、リュドは手が届かないリラを愛し、求め、支え続ける。それぞれのひとにそれぞれの「凧」がある、とガリは書いている。

無償の愛とポエジー

『夜明けの約束』でガリは、無償の愛を捧げる母、そして「愛される」自分を描いた。本作で描かれるのは、ひとりの少女を愛し続ける少年の愛、「愛する」側の物語だ。孤児とお嬢様の恋物語。『嵐が丘』ではあるまいし、前時代的な、と思われるかもしれないが、ガリが最後に遺したのが、幼年期から貫き通された初恋、そして「純愛」の物語であることは興味深い。

幼い日の出会いから青年期まで、リュドはひたすらリラのために生きる。リラは彼にとって生身の人間であると同時に、人生の目標であり、理想の自分への道しるべなのだ。本書は、純愛の物語であってもメロドラマではない。その理由は、主人公リュドの気持ちに「揺れ」がないからだ。彼女がたとえ他の男性と肉体関係をもっても、リュドは嫉妬しない。最初から最後まで、リュドの前にはリラ以外の少女が登場しない。彼には、リラしかいないのだ。一緒にいられない時間の方が長くなっても、彼の愛は変わらない。リュドは記憶力と想像力でリラをつくりあげ、その「理想のリラ」が「現実のリラ」を救うのである。

現実を超える美は、ポエジーというかたちで作品中に繰り返し登場する。リュドはリラの前でエレディアの詩を朗誦する。陶酔的で韻律の美しいその作品は、古き良きフランスそのものと言っていい。いっぽう、リラが愛読するのは、前衛的でハイセンスなアポリネールやランボー。ハンスが死のその日まで持ち歩いた愛読書は、ロマンティックであり、反ナチスの象徴でもあるハイネなのである。

成長物語

勇者が試練を与えられ、妨害や助けを受けて、試練を乗り越えるごとに一つ上のステージへ進む。これこそは、神話から引き継がれるパターンであり、今や多くのゲームがこの形式を踏襲している。その意味で、本書には現代にも通じるカタルシスがあると言えるだろう。

『凧』は、リュドの一人称で語られる成長物語である。彼が迷うとき、悩むとき、そこには叔父の微笑みがあり、エスピノザの助けがある。第一次大戦の教訓を活かすべく、平和主義を貫く愚直なまでの伯父の姿は、「動」の主人公に対して、「静」の戦いを示している。また、ただひたすら美味を追及するドゥプラ、清濁あわせ飲んで危機を切り抜けてゆくエスピノザのたくましさは、リュドの若さや純粋さと対照をなし、年配者のもつ深みや、凄みを感じさせるものである。こうして、励まされ、刺激を受けることで主人公は成長してゆくのだ。

リラもまた自分探しを続ける。特に、リラの「何かになりたい」が、「実際には本気で打ち込めるものがみつからない」という苦しさは、彼女の自立心と無力さを見せつける。これなど、むしろ、現代の若者像に近いものが感じられる。そんな彼女も物語の最後に「ドイツ協力者」の烙印を押され、芯の強さを垣間見せる。本書の主題は、戦前から戦後への大きな時間の流れであり、その中で成長していく人間像なのだ。

絶望と希望のはざまで

二〇一九年五月、ガリマール社のプレイヤード叢書からガリの作品集が刊行された。同叢書は充実した注解で知られ、初版から改訂版までをふまえた決定版とされることが多い。本作品についても詳細な註がつけられているが、その多くが、実在の人物であるか架空の人物であるか、はたまたモデルは誰かなど、事実とフィクションの判別に充てられている。もちろん、研究者にとっては重要なことであろうし、訳者としても参考になることではあるが、本作品の魅力は、この虚虚実実とした混沌にこそあるのだ。

本書には、著者のレジスタンス運動での経験が活かされている。前半、ドイツ人青年をライバルにポーランド人少女の心を得ようとするリュドの立場は、まさに第二次大戦開戦時のフランスである。リュドの愛国心、正義感は、レジスタンス運動へと向かい、祖国の解放とポーランド人少女の奪還は彼の中でひとつになる。だが、後半、ドイツ＝敵＝悪、フランス＝善という勧善懲悪の図式がリュドの中で崩れ始める。人間的なドイツ兵、残酷なレジスタンス活動家、さらには、フランスへの愛国心とドイツ人への友情を矛盾することなくあわせもつ人物が登場することで、人間の複雑さ、感情の深みが表現されている。この複雑化は、リュドの成長をあらわすと同時に戦争というものがもつ実態を描いている。

ガリは、ナチスのもつ残忍さは、決して「異常」なものではなく、むしろ人間の本質なのではないかと指摘している。アーレントの書いた「凡庸な悪」を引用するまでもなく、すべての人に残虐さは潜んでいる。戦争中はその悪意がユダヤ人に向けられ、戦争が終結するやいなや、その悪意はドイツ将校の愛人と噂された女たちに向かう。ほんとうの失望は終戦後にこそあると記したガリは、その生涯を通じて人間の絶望的なままでの愚かさ、弱さを描き続けた。

人間への絶望は、ときに動物愛というかたちで表現される。本書に登場する動物たちの多くにちゃんと名前があること、犬についても犬種が明記されていることに気づかれた読者はいるだろうか。猫のグリモー、犬のチョン、ロルニュット、馬のクレマンティン。ガリは動物好きで知られる。ロジェ・グルニエの『ユリシーズの涙』（宮下志朗訳、みすず書房）には、グルニエの愛犬ユリシーズの死期が近いことを知り、ガリが涙を流したというエピソードが書かれている。また、ガリが最初にゴンクール賞を受賞した作品『自由の大地』もアフリカを舞台とし、象牙を目当てに象を殺そうとする密猟者とそれを告発するジャーナリストの闘いを描いた作品である。アメリカ滞在時の経験をもとに書かれた『白い犬』（大久保徳明訳、角川文庫）も、黒人差別を教え込まれたシェパード犬と対峙する苦悩を描いている。そのなかにこんな文章がある。

動物を愛するというのは、それ相当に恐ろしいものだ。犬の中に人間の姿を見るとすれば、人間の中にも犬の姿を見て、それを愛さずにはいられなくなる。すると、けっして人間ぎらいの境地に、絶望の境地に到達できなくなる。けっして平安を得られないのだ。

ガリが本当に人間に絶望し、ペシミズムやシニシズムに沈んでいたのなら、本書は誕生しなかっただろう。ガリは人間を完全に見捨てることができないからこそ、苦しみ、悩み、そのすえに再び人類愛へと回帰しているのである。

『白い嘘』への回帰

ガリはその長篇デビュー作から戦争と向き合ってきた。『白い嘘』（原題は『ヨーロッパ式教育』）は、ドイツ軍に占領されたポーランドで森にこもり、レジスタンス活動を続けるパルチザンたちの物語である。孤児になってしまった少年ヤニクは、少女ゾーシャに出会い恋に落ちる。だが、梅毒もちのゾーシャはドイツ兵と寝ては病気をうつし、情報を得るという娼婦兼スパイとして活動を行なっていた。敵でありながら、善良なドイツ人との交流、そして別れも描かれており、本書と重なる部分は決して少なくない。活動家同志の名前も本書と同じスーバベールだ。
だが、大きな違いは、『白い嘘』が戦中に書かれており、まだ「俯瞰図」が完成していなかったことにある。ドゥプラやエスピノザの描かれ方のように、「戦後」まで見据えた視点はなかったのである。『凧』は決して『白い嘘』を「書きなおした」ものではない。死を意識し始めたガリは、当初、レジスタンス活動のノンフィクションを書こうとしていた。だが、その計画を断念して生まれた本作品では、戦場の戦争ではなく、生活の戦争を描こうとしている。戦死した英雄たちの追悼ではなく、トロクメ神父のように、ただひたすら「救う」ことに命を懸けた人への敬愛の念が作品の中心にあるのだ。

ガリが最後の作品でリュドとリラ、そして伯父を救ったのは、絶望を突き抜けたうえでの希望なのだろうか。本書は、レジスタンスのヒーローであったガリが、初めてヒロイズムを捨て、敵に対する優しさを見せた作品だと、作家ドミニク・ボナはロマン・ガリの評伝の中で書いている。

『夜明けの約束』で、母の最期の手紙には、「他に方法がない」とある。本書の最後のことば、そして、ガリの遺書にも「これ以上うまくは言えそうにない」とある。ほかに選択肢がなくなるまで問い詰め、考え詰めた結論なのだろうか。「これ以上うまく言えそうにない」という言葉でガリが作品を締めくくっている以上、解説めいたことをここで書いたところで、作品以上のことは語れるはずがない。あとはただ読者にゆだねるばかりである。

*

最後に、ガリの面白さを教えてくださった堀茂樹先生に心より感謝申し上げたい。東京日仏学院（現アンスティチュ・フランセ東京）の文芸翻訳講座で、堀先生は何度もガリの作品をとりあげ、眼を輝かせてガリの魅力を語ってくださった。あの教室でガリと出会い、この作家が日本では冷遇されてきたことに疑問を感じた受講生は他にもいるはずだ。そこからいくつもの縁がつながり、このたび、『夜明けの約束』につづき、『凧』が共和国より刊行されるに至った。丸山有美さん、そして共和国の下平尾直さんのご尽力に心より感謝申しあげる。

二〇二〇年一月

永田千奈

著者

ロマン・ガリ Romain GARY

出生名、ロマン・カツェフ。

フランスの小説家、映画監督、外交官。

一九一四年、ロシア帝国領ヴィリア（現在のリトアニア共和国ヴィリニュス）に生まれ、
一九八〇年、パリの自宅で自殺。

三五年、フランス国籍を取得。第二次世界大戦では空軍に参加し、対独戦に従事。

戦後は外交官として各国を転任しつつ、戦後フランスを代表する小説家として活躍する。

主な作品に、

『白い嘘』（一九四四）、

『自由の大地』（一九五六、ゴンクール賞受賞）、

『夜明けの約束』（一九六〇／一九八〇、小社刊）

『白い犬』（一九七〇）、

『これからの一生』（エミール・アジャール名義、一九七五、ゴンクール賞受賞）、

『ソロモン王の苦悩』（エミール・アジャール名義、一九七九）がある。

自作の短篇小説を原作にした映画『ペルーの鳥』（一九六五）では、
妻ジーン・セバーグを主演に監督を務めた。

訳者

永田 千奈 China NAGATA

翻訳家。早稲田大学第一文学部卒業。
訳書に、
モーパッサン『女の一生』（光文社古典新訳文庫、2011）、
デュラン他『海賊と資本主義』（CCCメディアハウス、2014）、
ゲノ『戦地からのラブレター』（亜紀書房、2016）
ユバン他『クリトリス革命』（太田出版、2018）など多数がある。

風

二〇二〇年一月二〇日初版第一刷印刷
二〇二〇年二月一〇日初版第一刷発行

著者 ロマン・ガリ
訳者 永田《ながた》 千奈《ちな》
発行者 下平尾 直
発行所 株式会社 共和国 editorial republica co., ltd.
東京都東久留米市本町三 - 九 - 一 - 五〇三　郵便番号二〇三 - 〇〇五三
電話・ファクシミリ 〇四二 - 四二〇 - 九九九七　郵便振替 〇〇一二〇 - 八 - 三六〇一九六
http://www.ed-republica.com

印刷 モリモト印刷
ブックデザイン 宗利淳一
DTP 岡本十三

本書の内容およびデザイン等へのご意見やご感想は、以下のメールアドレスまでお願いいたします。 naovalis@gmail.com

ISBN978- 4-907986-61-2 C0097